빛이 보이지 않던 야인 시절….

현실을 도피하려 술잔을 기울일 때마다 말재주 없는

나의 역사 이야기를 귀 기울여 들어 주던…

언젠가 시집을 한 권 내는 게 생의 바람이라던…

온몸 바스라지고 가루 되어 세상 곳곳 바람에 날려

파도에 실려 유영하고 있을…

나의 형제 이구현에게 이 책을 바칩니다.

혈명 血名

민강 지음

좋은땅

목
차

1. 사내

세종 4년(1422년).

궐의 아침은 분주하다. 내관과 궁녀들이 부지런히 각자의 소임을 가지고 움직인다. 어떤 이는 특유의 총총걸음으로 발을 움직였고, 또 어떤 궁녀는 놋그릇을 들고 잠에서 다 깨지 못한 모습으로 휘청이며 문을 넘는다. 참으로 바쁜 것인지 아니면 별 의미 없이 발만 바쁘게 움직이는 것인지 알 도리가 없다. 겨울 해는 게으르고 사람들은 부지런히 움직이고 있었다.

수강궁(壽康宮)[1] 안채 앞에 내관 여럿이 모여 발을 동동 구르고 있다. 구르는 발과 더불어 하나같이 미간에 주름이 깊은 것은 여기 모여 있는

---

1) 수강궁(壽康宮): 태종 이방원이 세종대왕에게 선위한 후 머무르던 궁전, 창덕궁 동쪽에 위치하며 훗날 성종대에 창경궁으로 이름을 고침.

이들의 마음만큼은 다급하다는 것을 뜻하고 있었다.

- 어찌 이자가 이리도 늦는다는 말인가. 전하께서 곧 기침을 하실 터
   인데…. 이러다 경이라도….
- 아이고, 자네는 어찌 매번 입방정을 그리 떠는 겐가…. 그러다 안 칠
   경도 찾아 치겠네. 그자가 늦는 게 우리 잘못도 아니고 얌전히 기다
   려 보시게나….

불안감에 싸여 잘게 떨리는 젊은 내관의 목소리에 일행 중 가장 깊게 패
인 주름을 가진 내관 하나가 다그치듯이 그 말을 잘랐지만, 그 목소리조
차 옅은 떨림을 가진 것은 마찬가지였다. 흐려지는 목소리를 가다듬으며
애써 마음을 달래려 하던 내관이 그 또한 마음이 무겁기는 마찬가지인지
가슴팍에 손을 슬며시 올려 가슴을 진정시키고 있었고 찻물이 끓을 정도
의 시간이 되었을까, 연신 문을 힐끔거리느라 바쁘던 젊은 내관의 눈동자
에 어떤 이의 모습이 비치자 그 낯빛에 화색이 돌았다.

- 저기 왔나 봅니다.

젊은 내관이 손가락을 뻗어 가리킨 곳에 사내 하나가 급한 발걸음을 옮
겨 문턱을 지나고 있었다. 다급한 몸짓에 출렁이는 무명 옷감으로 보아
사내는 아마 벼슬을 하는 이는 아닌 듯 보였고, 차가운 아침 공기를 맞으
면서도 망건 사이로 땀이 흥건히 베인 것은 그 역시 내관들의 마음과 다
르지 않기에 꽤나 발길을 서둘렀음을 보여 주고 있었다. 내관 일행 앞에
발을 멈춘 사내가 거친 숨을 고르고는 조심스레 입을 열었다.

- 이런 제가 늦었습니다…. 전하께서 기침하셨는지요. 며칠 폭우 탓
   에 길 곳곳이 워낙 진흙져 놔서….
- 아니네. 이 사람 반갑기 참으로 그지없네. 요즘 전하께서 기침이 늦

으셔서 참으로 다행이구만…. 일단 숨을 좀 고르시고 복장을 살피게 나 곧 고해 올릴 테니….

- 네, 어르신.

내관이 건네는 손수건을 받아 든 사내가 급히 땀을 닦으며 옷매무새를 가다듬었고 사내의 거칠던 숨소리가 어느 정도 잦아들자 내관 하나가 안채 문 앞에 서서 양손을 모으고 가늘게 입을 열었다.

- 전하… 전하 기침하셨나이까.

- ….

- 전하, 개성에서 일러 두셨던 이가 알현을 왔사옵니다.

가늘게 떨리던 내관의 말끝이 살짝 흐려진다. 아마 스스로 인지하지 못하면서도 말투에 채근이 묻어 있는 것에 대해 본능적으로 두려움을 느꼈기 때문일 것이다. 눈치를 살피던 내관이 응답이 없음에 다시 아뢸 요량으로 목을 살짝 가다듬을 때 즈음 나지막한 목소리가 문틈으로 새어 나왔다.

- …들라 하라.

- 네, 전하.

내관의 얼굴에 안도감이 빠르게 스쳐 갔고, 이내 뒤의 내관에게 눈빛을 보냈다. 기다렸다는 듯이 내관들이 빠르게 움직여 문의 양옆으로 마주 서서 천천히 문고리를 잡아당겼다. 그 광경을 지켜보던 사내의 식었던 등 위로 다시금 축축함이 엄습하였고 문 안을 가리키는 내관들의 손짓에 사내는 고개를 숙이고 천천히 발걸음을 옮겼다. 무려 이십 년이 넘는 시간 동안 수없이 맞이했던 순간이지만, 사내는 여전히 이 상황에 완전히 적응하지 못하고 있었다. 하지만 그렇다 하여 발길을 멈출 수 없음을 사내는 너무나도 잘 알고 있었기에 이내 숨을 깊이 들이마시며 천천히 문을 넘었고, 그를 흘겨보던 내관들의 눈빛에도 긴장감이 역력하게 묻어 있었다. 문을 넘어 안으로 몸을 움직이던 사내의 앞을 촘촘히 엮인 대나무 발이 가로 막고 있었고 여닫히는 문 틈새로 들어온 바람에 발이 살짝 일렁이자 사내는 재빨리 허리를 숙여 바닥에 엎드려야 했다. 이윽고 들리는 문이 닫히는 소리에 숨을 한 번 더 고른 사내가 천천히 떨리는 입술을 움직였다.

 - 상왕전하, 찾아 계셨습니까….

 말을 마치며 슬쩍 고개를 든 사내의 눈에 늘어진 발 밑으로 상왕의 손이 보였고 손을 지나 팔 전체가 이불 위에 붙어 있는 것으로 상왕이 누워 있는 것임을 사내는 알 수 있었지만 그 이상 사내의 고개는 움직이지 않았다. 딱 거기까지였다. 절대 고개를 바로 들고 마주 볼 수 없는 사람. 지척의 공간에 있다는 것만으로 상대의 숨이 막히고 온 신경이 곤두서게 만드는 사람…. 조선의 백성, 백관, 고귀한 왕족 심지어는 주상전하조차도 감히 함부로 눈을 마주칠 수조차 없는 조선 하늘 아래 유일무이한 존재 그는 '상왕(上王)[2]'이다.

 - 오셨는가.

 살짝 쇳소리가 섞인 듯한 나지막하면서도 묵직한 목소리가 방안에 퍼져 나갔다. 그 짧은 말투 하나에서 일찍이 들었던 목소리가 아님과, 한 번도 누운 상태로 뵌 적이 없는 점, 눈앞에 살짝 보이는 손등의 색이 평소보다 검붉은 것으로 인해 사내는 그의 건강이 좋지 않다는 것을 직감할 수

---

2)　상왕(上王): 생존해 있는 현왕의 전대 왕.

있었고 그의 건강이 미령하다는 것을 인지한 그 순간 사내의 머릿속에 알 수 없는 안도감이 잠시 스쳐 가고 곧 먹먹하고 찌릿한 느낌이 그의 늑골 위로 복받쳐 올라왔다.

- 네, 전하. 망극하오나 폭우 때문에 길이 험해 급히 오느라 미처 의관을 정제하지 못하였습니다. 용서하여 주시옵소서….

찰나의 순간에 복잡하게 일어난 감정의 소요를 애써 다잡으며 사내가 말을 이었다.

- …개성에 비가 많이 왔다지.

- 네, 전하. 근 서너 해 중 본… 가장 큰 폭우였습니다.

- …ㅍ…. 자국은 어떻더냐.

상왕의 말의 시작과 끝이 흐릿하다. 편치 않은 몸 때문인지 어떤 감정의 동요 때문인지 쉬이 짐작하지 못한 채 사내는 자신이 해야 할 말에 집중했다.

- 네, 전하. 망극하오나…. 붉은 자국이 아직 선명…하옵니다….

이 말을 전할 때마다 찾아오는 순간의 고요를 사내는 누구보다 잘 알고 있었고, 그의 답이 있기 전까지 사내는 숨조차 제대로 내뱉을 수가 없는 채로 검붉은 그의 손등만 보고 있을 뿐이었다. 이윽고 누워 있던 그의 검지가 살짝이 위로 흔들리는 모습에 목 끝에 매인 숨을 뱉어도 될까 고민하고 있던 사내의 귓가에 예상치 못한 말이 들려왔다.

- 자네 아들이 있었던가.

- 네, 전하. 슬하에 세 명의 아들이 있사옵니다.

- 그래…. 글 공부는 시켰더냐.

- 네, 전하. 살면서 필요한 만큼만 쓰고 읽을 정도는 될 만큼만 익히라

하였습니다.

- 혹… 과거에 뜻이 있는 아이가 있더냐.

- 저… 전하, 어찌 감히 그런 망극한 뜻을 품을 수 있겠나이까. 죽여
  주시옵소서….

과거라는 말이 들림과 동시에 사내는 가다듬었던 호흡이 흐트러지며
숨이 막혀 옴을 느끼고 있었다. 그가 어떤 의도로 말을 하였든 간에 까딱
하면 자신의 수급은 물론, 겨우 건사하고 있는 가족과 일가 친척들 모두
화를 볼 수도 있음이라 떨리는 목소리로 다급하게 황망함을 표해야 했고
머리털 한 올까지 느껴지는 오한에 그의 입에서 나올 다음 말을 기다리는
그 순간이 사내에게는 억겁처럼 느껴졌다.

- …부탁 하나 해도 되겠는가.

부탁이라니, 정녕 상왕의 입에서 나온 단어인가 믿기지 않는 마음을 급
히 추스르고 사내는 답하였다.

- 전하, 부탁이라니 그 어찌 황망한 말씀이십니까. 무슨 일이든 하교
  하십시오.

말이 끝날 즈음 느껴진 기척에 살짝 눈 끝을 들어 살피니 상왕이 몸을
일으켜 팔을 짚고 앉는 듯했고 거동을 못할 정도로 몸이 무거운 것은 아
니란 생각이 사내의 머릿속을 스칠 때 죽발 밑으로 검붉은 손에 목함 하
나가 밀려 나오고 있었다.

- 그래, 자네가 내 심부름을 한 지도 제법 되었구나…. 그동안 노고를
  생각하여 내 준비해 두었으니 받게나.

잠시 머뭇거리다 받아 든 목함을 받친 손끝에 나무 무게 정도만 느껴지
는 데다 그 크기가 크지 않은 것으로 인해 사내는 그 안에 아마도 문서류

가 있을 것이라 직감하고 있었다.

- 선지교 지척에 고택일세. 일가가 대대로 지내기에 부족함이 없을 것
이네… 농지와 노비 문서도 함께 챙겨 두었으니 오랜 시간 심부름한
대가로 부족하지는 않을 것이야…. 내 긴 시간 자네를 지켜보니 제
법 눈치가 있고 믿을 만한 구석이 있다 생각되어 이리 대가를 치르
는 것이네. 내 부탁이 무엇인지 자세히 이르지 않아도 알아들었겠
지….

- 저… 전하….

목 언저리를 차오르는 뜨거운 숨결에 아무런 대답을 할 수 없는 채로
가볍게 느껴졌던 목함이 순간 한없이 무거워지는 느낌에 그것을 받쳐 든
사내의 손끝이 떨려 왔다. 목 뒤에 닿은 서늘한 쇠붙이의 느낌에 눈을 감
고 생을 포기하려던 그때 기어이 자신을 살려 냈던 그는 그 목숨의 대가
로 목숨과 같다 할 수 있는 '그것'을 자신에게서 가져가 버렸다. 그럼에도
오직 살아야 한다는 그 일념 하나로 온갖 비난과 오물을 뒤집어쓰고도 긴
세월을 해 온 일이었다. 목숨을 부지하고 처자식의 얼굴이라도 보고 살
수 있음에 감사하며 살아가던 그 세월 속에…. 없는 살림과 뚜렷하지 않
은 미래를 앞두고도 영민하게 자라는 자식들을 바라보면 한없이 기특하
고 또 미안했다. 하지만 정확히 거기까지였다. 자신이 선택해서 살아왔고
또한 앞으로 살아갈 세월은 자신이 감당해야 할 일이었지만, 그 자식들의
앞날은 어찌할 것인가…. 여러 생각들 속에서 목숨이라도 부지해서 다행
이라 자위하던 그 마음들은 온데간데없이 자식들의 미래에 대한 걱정은
나날이 커져만 갔다. 벼슬은 고사하고 중인으로라도 살 수 있다면 그 얼
마나 다행인 일일 것인가라고 생각하면서도 자식들과 그 후손들의 미래

까지 자신이 재단할 자격이 있는 것인가…. 그랬던 사내의 복잡한 생각들을 지금 상왕은 말 몇 마디로 깨끗하게 정리하고 있었다. 으리으리한 집에 노비들을 거느리고 농지를 경작할 수 있다면 벼슬을 하지 못한들 무슨 상관일 것인가…. 하지만 사내는 상왕의 말 속에 담긴 의미가 단순히 그런 생계의 문제가 아님을 잘 알고 있었다. 그가 원하는 것은 아마 자신 사후에도 지금 해 오던 일을 계속하여 이어 나가 주길 바라는 것일 텐데, 굳이 이런 대가를 치르지 않아도 조선 땅에 그 일을 할 사람이 얼마나 많을 것인가…. 그렇기 때문에 사내는 누구보다 이 목함에 담긴 대가의 의미를 잘 알고 있었다. 결국 감히 거부할 생각조차 할 수 없는 자신의 모습과 찰나에 머릿속을 스쳐 간 미래의 풍요를 상상하는 자신의 모습을 번갈아 저울질하던 사내는 뜨거운 숨결이 식어 갈 즈음 그 정리된 마음을 천천히 밖으로 꺼내기 시작했다.

　- 전하, 미천한 저를 이리 믿어 주시고 또한 이런 중임을 맡겨 주시니 이 은혜를 어찌 살아 생전에 다 갚을 수 있을지 저어되옵고… 또한 망극한 마음을 다 표현할 수가 없사옵니다….

목함을 든 양손 밑으로 고개를 바닥에 대고 흐느끼던 사내가 순간 말을 다 잇지 못하며 결국 눈물을 흘리기 시작했다.

　- 소인… 뜻을 받들어 눈을 감는 그날까지…. 또한 자식에서 자식에게 대대로 이 뜻을 전하고 지켜 나갈 것을 맹세하겠사옵니다.

그런 사내의 눈물에 개의치 않는 듯 상왕의 입이 담담하게 움직였다.

　- 그래 조선 땅 천지에 어보가 찍힌 집문서는 그게 유일할 것이니라…. 차후 대대로 왕조가 유지되고 역성 같은 것에 얽히지 않기만 하면 그 영화를 천 년을 누릴 것이네…. 부디 대대로 무탈하고 가문

이 번성하기를 내 진심으로 바라네.

- 전하….

한참을 말을 잇지 못하는 사내를 개의치 않는 듯 상왕은 여전히 담담했다.

- 그래, 이제 나가 보게. 앞으로 내 살아생전에는 다시 찾지 않아도 되니 처자식과 안돈하며 지내게나…. 참, 요즘 사람들이 선지교를 선죽교라 부른다지….

- 네, 전하. 송구하오나… 더러 그렇게 부르는 사람들이 있다 들었습니다.

선지교 옆에 돋아난 죽순을 떠올리기라도 하는 것인지 상왕의 얼굴에 잠시간 어둠이 스쳤다.

- 그래 알겠네. 나가는 길에 내관에 일러 오늘 주상께 문안을 오지 말라 연통하라 전하게….

- 네, 전하. 이만 물러가겠습니다. 옥체 강녕하시옵소서.

상왕은 다시 자리에 눕는 듯했고 사내는 서둘러 절을 올리고 몸을 일으켰다. 죽발 너머로 언뜻 느껴졌던 상왕의 고독함과 이제 다시 그를 볼 일이 없을 거라는 사실에 사내의 머릿속이 복잡했다. 세간에서 상왕을 일컬어 아비를 폐하고 형제와 처갓집을 몰살한, 그리고 수많은 신하들을 죽이거나 유배 보낸 무지막지한 사람이라 손가락질을 해 댔지만 그의 치세 동안 조선이 얼마나 평화롭고 또한 강성해졌는지에 대해 반대하는 사람은 없을 것이다. 왜적과 북방 야인들에 매일같이 약탈당하던 무능한 고려는 더 이상 없었고, 끝없는 욕심으로 백성을 수탈하던 권문세가들도 조선 땅에 발붙이지 못하였다. 혹세무민하며 거짓된 교리로 백성을 농간하던 가짜 중들도 모두 산속 깊숙이 자취를 감추어 버렸다. 조선의 개창을 반대했던 수많은 사대부들은 천천히 돌아오고 있었고 고려 때부터 살아온 수많은 노인들은 하나같이 아수라 판이던 그 시절보다 지금이 살기 좋아졌다 말하고 있었다. 상왕은 고려와 조선의 같으면서도 다른 모습처럼 이중적이며 또한 확고한 사람이다. 그를 욕하고 헐뜯는 사람들 중에 그를 직접 대면한 이가 몇이나 될 것인가…. 적어도 사내가 직접 보고 겪은 상왕은 사람들의 입방아에 오르내리는 그런 사람이 맞았지만 또한 아니기도 했다. 적어도 무지하고 소박한 백성 중에 상왕의 벼락을 맞은 이가 없다는 것은 명백한 사실이었으니…. 사내는 이제 다시 살아 있는 상왕을 만나지 못할 것이다…. 그러나 또한… 대대로 계속하여 만나게 될 것이다….

* * *

사내가 다녀가고 봄의 끝자락에 상왕의 명으로 지신사(知申事)[3]가 수강궁을 다녀갔다. 몇 마디 말을 전했다 하는데 자신 사후 상중이라도 주상의 수라에 고기를 빠뜨리지 말라 하였다 했다. 그리고 얼마 후 훙서하였다. 백성들 사이에선 상왕께서 나라의 가뭄이 걱정되어 사흘 밤낮을 기우제를 올리다 몸이 상하여 승하하신 것이라는 소문이 돌았다. 그날 조선

---

3) 지신사(知申事): 정3품 벼슬, 왕명의 출납을 담당하였으며 현재로 치면 국가원수의 비서실장 격의 임무를 띤 직책, 관제 개혁이 잦던 조선 전기에 수차례 지신사와 도승지로 명칭이 바뀌었으나 세종 대에 이르러 도승지로 그 명칭이 안착함.

의 왕과, 신하들, 모든 백성들은 내리는 빗소리와 함께 슬피 울었다. 그 후 매년 5월 초열흘날은 비가 내렸다. 후대에 그 시기에 내리는 비에 그의 묘호를 붙여 '태종우'라 불렀다.

이방원(李芳遠)

조선의 3대 국왕으로서 고려말 변방의 군벌 집안 5남으로 태어나 공민왕, 우왕, 창왕, 공양왕 고려의 4명의 왕의 시대에 성장한 후 아버지인 태조 이성계를 도와 조선을 창업하였으며 수많은 정쟁을 거치며 조선의 3대 임금으로 재위하니, 묘호는 태종[太宗]이다. 18년이 조금 안 되는 기간 동안 치세하였으며 상왕으로 물러나 54세를 일기로 홍서하였다. 수많은 공과 과가 있으며 공 중에 으뜸은 양녕대군을 폐하고 충녕대군을 세자로 삼는 결단을 한 것이니 이가 훗날의 세종대왕이다.

2. 명의

태종 18년(1418년) 8월 8일.

궐 곳곳의 처마마다 빗물이 흘러 넘치고 있다. 입추가 지났음에도 며칠째 내리는 폭우로 농가 곳곳에 걱정 섞인 한숨들이 새어 나왔으며 그치지 않고 음산하게 내려오는 비를 보며 관리들은 민심이 흉흉해질까 우려 섞인 눈빛으로 하늘을 올려 보기를 반복했지만 천둥 번개에 지진까지 났다는 소식에 무력한 마음으로 일과가 끝나면 술잔을 기울이는 것 외에 할 수 있는 일이 없었다.

- 비가 좀 그치려나….

전날 기청제(祈晴祭)[4]를 지낸 덕일까, 오전에 잠시 비가 그치는 듯했다. 본 적 없는 속도로 먹구름들이 움직여 댔고 그 사이로 잠깐 잠깐 비치는

---

4) 기청제(祈晴祭): 나라에서 장마 등으로 인한 우천으로 인한 피해가 있을 때 비가 멎기를 기원하며 지내는 제사.

햇살이 그리 반가울 수가 없었고 유려하게 움직이는 구름 위에 혹여 신선이 유람 중인가 싶을 정도로 먹구름과 햇살의 어우러짐과 조화가 신묘하다. 가물 때는 그리 보고싶던 먹구름이 원망스럽다가도 한참을 보고 있으면 넋을 놓을 정도로 아름답다 생각하며 관리 하나가 걷고 있다.

   - 거기 우부대언(右副代言)[5]이 아니신가.

하늘을 올려 보느라 뻐근해진 목을 잠시 가누려 고개를 숙였다 폈다 하고 있던 관리가 익숙한 목소리에 반갑게 몸을 돌린다.

   - 영상대감 입궐하셨습니까.

관리는 재빨리 손을 모으고 고개를 숙였다.

   - 내 한참을 걸어오면서 누가 저렇게 하늘만 보고 있는가 했더니 성엄
     이 자네였구만 그래. 뭐 재미난 것이 있는가 같이 보세나.

온화한 말투로 말을 걸어 온 이는 영의정(領議政)[6] 한상경이다. 관모 밑으로 맞닿은 눈썹은 하얗게 세었고 눈 끝이 약간 올라갔지만 묘하게 사납지는 않은 인상을 가졌다. 콧대가 높고 날렵해서 젊어서는 제법 미남이었을 것이다. 태조에게 옥새를 전달하는 일에 참여해 공신에 올라 조선 개창 후 세 번째 임금을 모시고 있는 원로 중의 원로였다. 예순을 바라보는 나이에 눈의 총기를 잃지 않은 것은 그가 어떻게 오랜 시간 스스로를 잘 지켜 내며 조정의 영수 자리에 있는지를 가늠케 했다.

   - 네, 그저 비가 좀 그치려나 싶어서…. 아침부터 실없이 하늘만 보고

---

5) 우부대언(右副代言): 정3품 벼슬, 조선 초기에 승정원에 소속되어 있던 관직.
6) 영의정(領議政): 정1품 벼슬, 조선조 조정의 최고위관직으로 삼정승(영의정, 좌의정,
    우의정)의 수장 격 성격을 띠며 흔히 영상이라는 칭호로 불림.

있습니다.

- 허허, 그래 다들 걱정이 많을 테지…. 올해는 유독 가을장마가 지독
하구만. 여름에는 그리 가물더니만….

걱정 섞인 어투로 말끝을 흐리는 것으로 보아 그의 심중이 편치 않은 듯
보였고, 그것이 비단 날씨 때문만은 아닐 것이라 짐작하며 성엄은 말을
이었다.

- 그나저나 영상대감…. 전하께서 어찌 정전이 아닌 경회루로 오라 하
신 건지 혹여 짐작 가는 바가 있으십니까….

- 음…. 자, 가시면서 얘기하게나.

상경이 잠시 말끝을 흐리다 손을 앞으로 내세우며 발을 떼었다.

- 네, 영상대감.

- 요 며칠 상참(常參)⁷⁾도 안 받으시는 걸로 봐선 심중에 무언가 변화
가 있으실 터인데….

- 변화라면 혹시….

사뭇 어두워진 낯빛으로 성엄이 주저하며 잠시 말을 잇지 못하였다.

- 멍석을 준비해야 하겠습니까.

걱정스런 말투로 조심스레 물어 오는 성엄의 표정을 보며 한상경은 살
짝 미소를 짓는다. 자신의 관직 생활이 얼마 남지 않음을 직감하던 차에
뒤를 이어 정사를 꾸려 나갈 후배가 제법 노회해진 것에 대한 반가움일
것이다.

---

7) 상참(常參): 대신들이 매일 아침 편전에서 임금에게 각종 사안을 보고하는 일.

- 하하, 자네도 제법 노련해졌구만 그래. 머지않아 정승 자리도 노려 볼 만하겠네 그려.

- 아이고, 가당치도 않습니다…. 원로 분들께서 아직 다들 정정하신데 감히 제가 어찌….

성엄이 민망함을 애써 숨기며 손사래를 쳐 댔고 상경의 얼굴이 순간 굳었다.

- 멍석이라…. 아마 그리 되지 않겠는가…. 주상께서 일전에도 수차례 양위를 언급하셨으니…. 언제까지고 말릴 수도 없는 노릇이고….

'양위'라는 단어가 주는 의미를 잘 알고 있는 두 사람의 발 걸음이 잠시 멈춘 채로 낯빛이 순간 어두워졌고 잠시 적막이 흐르다가 살짝 고개를 숙여 무릎 언저리를 보던 성엄이 애써 웃으며 말했다.

- 무릎이 또 아작 나겠군요, 날도 궂은데….

농반 진반으로 던진 성엄의 말에 한상경이 뜻 모를 미소를 지었다.

- 자네는 아직 아작 날 무릎이 있나 보구만, 허허. 한 살이라도 젊은 것이 좋긴 하구만 그래….

- 아닙니다…. 저도 뭐 천자문 떼면서부터 무릎이야 없는 셈 치고 살았지요. 대감만이야 하겠냐만은….

- 그래 관직은 무릎이랑 바꾼다 하지 않던가. 밖에서야 비단 상복 입고 궐에 드나드니 대감거리면서 받들어 주는 거지…. 궁궐 안에서는 자네나 나나 다 같은 신세가 아니던가 허허….

자신의 농을 부드럽게 받아 주는 한상경을 진심 어린 존경의 눈으로 빤히 바라보던 성엄이 다시 한번 조심스런 물음을 꺼내었다.

- 그나저나 이번에는 양위(讓位)[8]를 정말 하시려는 뜻이겠습니까.

- 글쎄…. 호정대감이 살아 계셨다면 짐작하셨을 터인데…. 내 도량으로는 뭐라 단언하기가 어렵구만….

- 영상께서 주상을 그리 오래 모셨는데 호정대감만 못하시겠습니까. 그러지 마시고 짐작하는 바를 좀 일러 주시지요.

- 허허, 이 사람 마음이 급하구만. 양위가 진심인지 아닌지가 뭐가 중요하겠는가 전하께서 진심이라 하시면 그래 그러십시오, 하기라도 할 텐가.

- 아이고, 영상 어찌 그런 망극한 말씀을….

　성엄이 급히 가당치 않음을 표했고 그 민망함 속에 두려움이 포함되어 있는 것을 상경은 잘 알고 있었다. 고금에 있어 '양위'라 함은 그런 것이었다. 그 단어 하나만으로 백관들은 혼비백산할 수밖에 없었다. 왕은 때때로 '양위'를 통해 시위하는 마음을 표했고 신하들의 충심을 시험했다. 아주 가끔은 단순한 변덕이었으리라…. 왕이 양위하겠다 하면 신하들은 멍석을 깔고 무릎 꿇어 밤낮으로 뜻을 거두어 달라 청해야 했다. 그 중에 누구 하나 양위의 뜻을 곧이곧대로 듣고 해석하는 이는 없었다. 혹시라도 전하께서 진심이신가 싶어서 '그리 하십시오' 했다가는 뒷일이 어찌 될지야 삼척동자라도 알 만한 내용이었다. '양위'는 그 자체로 왕과 신하들의 기 싸움이었으며, 왕권과 신권의 균형을 잴 수 있는 저울이었다. 왕권이 강한 시절의 양위는 신하들을 옭아매는 사슬이었고, 신권이 강한 시절의

---

8)　양위(讓位): 생존해 있는 현왕이 세자 혹은 다른 이에게 왕위를 물려주는 것(선양, 선위, 내선, 전위 등등의 동의어가 있음).

양위는 왕이 함부로 입 밖에 꺼낼 수 없는 스스로를 묶는 도구였다. 그리고 승패는 항상 정해져 있었다. 망하기 직전의 왕조가 아니고서야, 원론적으로 신하들은 왕을 이길 수가 없음이다. 하물며 지금이 어느 때인가. 삼한 역사상 가장 높은 왕의 권위 아래 살아가고 있는 시대이다. 그 왕좌의 주인이 '양위'를 말할 때마다 신하들이 죽는 소리를 내는 것은 그럴 만한 것이었다.

- 뭘 그리 겁을 드시는 겐가…. 그리 담이 작아서야 후에 정승 자리에 앉겠는가.
- 영상께서도…. 짓궂으십니다. 은근히 사람 놀리는 재주가 있으십니다.
- 허허, 놀린다 하기에 주제가 너무 무겁지 않은가…. '양위'라는 게 뭐…. 어쨌든 그냥 평소대로 하는게 좋을 듯 허이. 전하께서 혹여 진심이시더라도 원민생이 명나라에서 돌아와야 일이 진행되지 않겠는가. 오늘은 통보 정도 하시려는 게 아니겠는가 싶네….
- 네, 영상대감. 일단 평소대로 하겠습니다. 조언 감사드립니다.
- 허허 감사라니 뭘…. 어차피 같이 해야 할 일인데….

담소가 끝날 즈음 경회루에 다다른 둘은 석교 앞 금군들의 인사를 받으며 다리를 건너 계단을 올랐다.

* * *

경회루에 신료들이 삼삼오오 모여 있다. 어떤 이들은 난간에 기대어 연못을 보며 말을 주고받았고 어떤 이들은 모여서 얘기를 나누며 가벼운 웃음들을 섞어 가며 떠들어 대는 것으로 보아 희롱 섞인 말들을 나누는 듯했다. 또 어떤 이는 그들을 잠시 흘겨보며 한심하다는 듯이 살짝 인상을 찌푸리고는 처마 끝자락을 쳐다보며 홀로 고고한 척을 해 대기도 했다. 계단 앞에 서서 멀리 살피고 있는 자는 얼굴이 개중에 제법 앳된 것으로 보아 주상께서 언제 오시려나 망을 보는 듯하다. 모인 자들 모두가 궐 밖에 나서면 고개를 숙일 일이 없는 조선 최고의 권세를 누리는 자들이지만, 모여 있는 순간에는 또 그 안의 서열이 나뉘고 파당이 존재했다. 고요와 혼잡이 공존하던 경회루 위의 모습이 망을 보던 이의 급박한 한마디에 급격히 바뀐다.

- 홍양산(紅陽傘)[9]이 보입니다.

말이 끝나기가 무섭게 신료들은 움직여 댔다. 웬만한 군대의 진법 훈련 못지않은 일사불란함으로 서열과 연배에 맞추어 자신들의 자리를 찾아서 걸음을 옮겼고, 줄 맞추어 자리를 잡은 이들은 소매와 관모를 만지작거리며 급히 몸을 추슬렀다. 이윽고 찾아온 고요에 어떤 이 하나도 숨소리를 크게 내지 않았고 연못 위로 불어오는 바람에 살짝이 옷자락이 나풀거리는 것 외에는 움직임이 없었다. 살짝이 숙인 고개 사이로 다들 굳은 표정을 짓고 약속된 듯이 무거운 고요를 지키고 있을 때 들려오는 소리에 긴장은 극에 달했다.

- 주상전하 납시오.

계단 위로 익선관이 모습을 드러내고 이윽고 금빛 관자가 반짝였다. 짙은 청색 곤룡포는 흐린 날씨로 인하여 햇빛을 못 받아서인지 검은색에 가

---

9) 홍양산(紅陽傘): 임금이 거동할 때 쓰던 붉은 빛깔의 양산.

까워 보였다. 선왕들의 청색 곤룡포가 마음에 들지 않았는지 임금은 상의원(尚衣院)[10]에 최대한 어두운 청색으로 곤룡포를 주문하였고, 그 덕에 상의원 관리들이 골치 깨나 썩었음은 궐내에 널리 알려져 있었다. 그 수고스러움에 보답하듯 임금은 짙은 청색 곤룡포를 훌륭히 소화해 냈다. 그것은 임금이 아닌 세상 그 어떤 이에게도 허락되지 않으려는 듯 그의 몸을 감싸고 멋들어진 자태와 감히 범접키 어려운 위엄을 내뿜고 있었다. 명(明)에 사신으로 가 황제를 알현한 대신들은 하나같이 천자보다 우리 임금의 위엄이 넘친다 했다. 조선에 온 명의 사신들은 대국에서 왔음을 과시해 대며 거들먹거리다가도 임금을 알현한 후에는 그 위엄에 짓눌려 태도가 바뀌고는 했다. 사석에서는 조선 땅이 산수가 화려하고 물이 맑으니 그 기운이 상서로와 좋은 임금을 낸 거 같다고 말하는 이도 있었다. 임금의 곤룡포는 오늘도 어김없이 짙은 청색을 뽐내며 신료들 사이를 거침없이 지난다. 임금을 뒤따르던 내관이 미리 준비된 어좌를 급히 살피고 뒤로 숨듯이 움직였고 세자와 사관이 나란히 어좌의 좌측에 자리를 잡자 임금은 어좌 앞에 서서 천천히 고개를 좌에서 우로 돌리며 앞의 신료들을 훑다가 어느 순간 움직임을 멈췄다.

　- 우상 아니시오. 고뿔이 들었다 들었는데, 쉬지 않고 어찌 나온 것이오.

　- 저, 전하 신이 어찌 벼, 병중이라 하여 재상으로서 전하의 부, 부름을 받잡지 아… 않을 수 있겠나이까.

우의정 이원이다. 말을 시작할 때마다 왼쪽 눈 끝과 입 끝이 맞닿을 듯

---

10)　상의원(尚衣院): 조선 시대 임금의 의복 등을 제작 및 관리하고 대궐 내의 보물 및 재물을 관장하던 관서.

움직인다. 표정의 일그러짐과 말을 더듬는 것이 몇 해 전 앓았던 구안와사의 후유증인 듯하다.

- 음…. 아직 고뿔이 들 정도 날씨는 아닌 듯한데 우상께서 연로하여 힘이 든가 보오. 가만…. 우상이 나와 비슷한 연배가 아니던가…. 그러고 보니 나도 조심해야 하겠소 그려.

- 저, 전하 망극하옵니다.

- 혹… 집에 땔감이 부족하시오. 가만 보자, 그래. 전에 근정전을 보수하느라 가져다 놓은 목재가 좀 남았을 것인데…. 내 내어 줄 테니 땔감으로 쓰시겠소. 고뿔에는 화기만한 것이 없지 않소.

- 저, 전하… 신이 어, 어찌….

이원이 안절부절 말을 잇지 못했다. 어찌 재상쯤 되는 이가 집에 땔감이 없을 수 있겠으며, 없다 한들 궁궐을 보수하는 목재로 불을 땐다는 것이 가당키나 하단 말이던가…. 주상이 작심하고 말을 돌려 자신을 추궁하는 것을 누구보다 잘 알고 있었기에 이원은 말을 더듬으며 쉬이 답을 하지 못하였다.

- 어찌 뭘 말이오.

- 전하 시… 시, 신이 어찌 나라의 재산을 사사로이… 탐할 수 있겠나이까…. 망극하옵니다….

임금이 잠시 이원을 바라보다 대수롭지 않은 듯 말했다.

- 뭘 그리 망극할 게 많은지, 원….

이원의 푹 숙인 고개 밑으로 눈 끝이 떨려 왔다. 오금에 힘이 들어 가지 않는 것이 금방이라도 주저앉을 것만 같았지만 혼신의 힘으로 육체를 통제하고 있었다. 조선의 재상이자 온갖 정쟁을 겪은 이 노신은 지금 임금

앞에서는 호랑이 앞의 갓난 돼지 새끼보다 못한 존재였다. 그마저도 호랑이가 배가 고픈지 아닌지조차 가늠하지 못하고 있었다.

얼마 전 사헌부에 투서가 하나 날아들었다. 내용은 우의정 이원의 서자가 뇌물을 받아 놓고도 보답 없이 안면몰수함에 대한 것이었다. 그러나 발신인이 신분을 밝히지 않았고 뇌물의 종류나 금액, 여러 명의 서자 중 누구인지조차 언급이 없으므로 현직 재상을 추핵하기에는 무리한 감이 있는 데다, 무고일 경우나 정쟁의 도구일 가능성이 크다는 결론으로 유야무야된 사항이었다. 이원은 단지 사실 유무와 상관없이 불미스러운 일에 연루된 것에 대한 부끄러움으로 고뿔을 핑계 삼아 입궐을 하지 않은 것이었다. 중요한 사실은 임금이 그 사건을 인지하고 있는 지였고 방금의 대화를 통해 그 여부를 알게 된 이원은 바닥만을 바라보며 임금의 하교를 기다릴 수밖에 없었다.

- 그래, 여하간에 건강 잘 챙기시오. 그대는 세자의 스승이기도 하거니와, 아직 할 일이 많지 않소이까…. 그대 없이 조정이 바르게 돌아가겠소.
- 전하 망극하옵니다….

임금의 부드러운 어투에 극도의 긴장이 풀린 탓일까, 대답하는 이원의 얼굴이 순간 일그러지지 않았고 말도 더듬고 있지 않았다. 짧은 순간 이원은 생사의 기로에 선 기분을 만끽했을 것이다. 임금은 보통 이런 식이었다. 직접적으로 잘못을 질타하거나 노기를 보이는 경우는 보기 드물었다. 우회적으로 대화를 이끌어 가며 신하들을 안절부절못하게 만든 다음에 벌을 주거나 넘어가거나 했다. 넘어갈 정도로 대수롭지 않은 일들을 굳이 특유의 이죽거림으로 망신을 주는 것을 특히 즐겨 했다. 그것은 상대방의 괴로운 모습을 보며 즐기는 왕의 이상한 성향일 수도 있겠지만, 그 과정을 통해서 신하들에게 끊임없는 경고를 함과 동시에 임금으로서 자신과 신하들의 위치를 각인시켜 주는 수단이기도 하였다. 웬만한 노신들은 오늘의 이원과 같은 일을 한두 번씩은 다 겪어 보았을 것이다. 그리고 차라리 그런 망신당함이 신하들 입장에서는 백배 나을 것이었다. 혹여라도 임금이 직접적으로 노기를 보이는 날에는 상상 이상의 일들이 벌어졌기 때문이다….

— 자, 다들 좌정하십시다.

— 네, 전하.

대수롭지 않게 자리에 앉은 임금은 잠시 바깥으로 눈길을 향했다. '드극 드극' 사관의 먹 가는 소리만 경회루에 조용히 퍼지다 어느 순간 그 소리마저 멈추었다.

— 내 오늘 경들을 이리 모이라 한 것은…. 중히 전할 말이 있기 때문이오. 잘 새겨 들어 과인의 뜻을 잘 받아 따라 주길 당부하오.

— 네, 전하. 하명하시옵소서.

신료들이 능숙하게 입을 모아 답하면서 귀와 신경을 한껏 집중하고 있었다.

— 과인이 재위한 지가 이미 18년이 되었소…. 내 비록 덕망이 부족하나 불의한 일을 행하지 않았건만 하늘의 뜻을 다 받들지 못하여 여러 번 물난리와 가뭄과 벌레 떼가 창궐하는 재앙을 겪고 근자에 묵은 병이 더욱 도지는 터라 세자에게 전위하고자 하오. 아비가 아들에게 보위를 전하는 것은 천하 고금에 떳떳한 일이니, 그대들은 명을 받드시오.

모든 신하들의 표정이 동시에 굳어 갔다. 모두가 [올 것이 왔구나.]라는 생각을 하며 숨죽였고 왕은 그런 신료들의 심정을 아는지 모르는지 전혀 개의치 않고 계속 말을 이어 갔다.

- 무인년의 일은 비록 내 목숨을 보전키 위한 것이었으나 또한 사직을 지키기 위한 결단이었음을 다들 알고 있을 것인즉 하늘의 뜻이 없었으면 불가하였을 것이오. 내 상이 임금에 적합하지 않으나, 20년을 내 한 몸 돌보지 않고 부지런히 재위를 지켜 왔으니 충분하지 않겠소. 일찍이 태조께서 총애하던 두 아들을 잃고 그 상심이 극에 달한 것을 알고 자식 된 도리를 다하려 병술년 세자에게 전위하려 하였으나, 백관들이 중지하라 청하고 어머님께서 꿈에 나타나 눈물을 흘리며 만류하시니 어찌 뜻을 굽히지 않을 수 있었겠소이까…. 또한 민씨의 사건을 겪으며 내 아직은 자리를 지켜 할 일이 있다 생각한 것이 오늘날까지 이르렀으니 이는 나의 사사로운 욕심이 아니었음을 경들은 새겨 들어야 할 것이오. 원민생이 명에서 돌아오면 세자가 천자를 뵙고 보위를 받음이 마땅하나 근래 중전의 병이 위독하고 나의 몸 또한 미령하니 어찌 절차를 일일이 따질 수 있겠소. 또한 양녕이 폐세자되었다 하나 불순한 무리들이 혹여 준동하여 변을 일으킬 염려를 하지 않을 수 없으니 세자가 자리를 비울 수 없을 것이오. 이에 서둘러 전위를 하고자 함이니 경들은 과인의 뜻을 따르시오.

길었던 임금의 말 끝으로 고개를 숙인 신료들 사이로 무거운 침묵이 내려앉았고 그 짧은 순간 그들은 숙여진 고개를 슬쩍 움직여 가며 주위의 눈치를 살피기 바빴다.

- 어찌 답들이 없는 것인가.

임금의 어투가 일순간 변하였다. 경어를 사용치 않음은 응답이 없는 신료들에 대한 질책을 뜻했다. 그제서야 고개를 들어 왕을 올려 보는 신료들이 입을 모아 답을 하려 다시 주위를 살피던 중에 들려오는 목소리에 모든 이들의 입가에서 안도의 한숨이 소리 없이 새어 나왔다.

- 전하, 신 영의정 한상경, 조정의 영수로서 중신들을 대신하여 답을 올리겠나이다.
- 말해 보시오.
- 아뢰옵기 송구하오나 전위를 함은 옳지 못한 것으로 사료되옵니다. 거두어 주시길 간곡히 청합니다.
- …옳지 못하다….

임금이 말끝을 잇지 않고 잠시 눈을 감은 것도 잠시…. 곧 어떤 결심이 선 듯 두 눈이 부릅떠졌다. 안광이 스쳐 지나가는 듯하더니 임금이 보다 묵직한 음성으로 다시 말을 이어 나갔다.

- 내 18년 동안이나 호랑이 등에 올라탔으니 그것으로 족하다 할 것이오…. 뜻을 거두지 않을 것이니 모두 따르도록 하시오….

상경은 왕의 뜻이 이전과는 확연히 다르다는 것을 직감했다. 하지만 그렇다고 해서 바로 양위를 받아들이는 것은 안 될 일이었기에 잠시 고민에 빠졌지만 고민할 시간은 찰나에 불과했으므로 일단 당장은 다시 한번 뜻을 거두길 청해 올린 후 다시 한번 적절한 시기를 보아야 한다는 결론을 내리게 되었다.

- 전하 뜻을 거두어 주십시오.
- 전하 뜻을 거두어 주십시오.

상경의 간곡한 청을 모든 신료들이 재창함으로서 다시 한번 왕과 신료들의 대립이 시작되었다.

- 어찌 과인의 뜻을 이리도 헤아리지 못한단 말인가.

- 전하, 아직 전하의 춘추가 노령이라 말할 수 없고 그 병환 또한 정사를 돌보지 못할 정도에 이르지 않았습니다. 또한 원민생을 명에 파견하여 세자를 세우도록 한 것이 고작 몇 달이 채 안 되었는데 이리 급하게 전위를 함은 절대 옳다고 할 수 없을 것입니다. 더구나 보위를 넘기는 것은 나라의 가장 큰일이니 마땅히 민심을 두루 살펴서 행해야 옳다 할 것입니다.

상경은 잠시 고개를 들어 용안을 살폈다. 눈빛에 큰 동요가 없음을 확인한 후 아직은 괜찮겠다 생각하며 다시 고개를 숙였고 왕은 기다렸다는 듯이 답을 했다.

- 과인의 춘추가 50에 다다랐는데 어찌 노령이라 하지 않겠느냐…. 인명은 재천이니 내 당장 내일 자리에 누워도 이상하지 않을 때가 아니겠는가. 혹여라도 그런 불상사가 일어나면 세자가 즉위하자마자 아비의 병을 살피느라 정사를 돌보지 못할 것이니 이는 아비인 나와 신하인 그대들에게도 이롭지 못함이니, 잘 살피도록 하라. 또한 명에 이미 세자를 세우는 것을 고하였으니 왕위를 전하는 것은 순전히 아조(我朝)[11]의 내정이니라…. 아비가 아들에게 왕위를 전하고자 하는데 그 시기가 무엇에 상관이 있겠는가. 그리고 과인이 부덕하여 재해가 들끓는 지금은 민심을 살피는 것이 아니라 보듬어야 할 때이니 은덕이 있는 세자를 새 왕으로 앉힌다면 이 어찌 만백성이 기뻐

---

11) 아조(我朝): 자신이 속한 왕조를 일컫는 말.

하지 않겠는가.

　임금의 말투가 하대로 바뀌었다. 이가 의미하는 바를 아는 노신들은 잠시 눈빛을 주고받았다. 아마 앞으로 두어 번 정도만의 항명만이 임금이 허락하는 한계일 것이다. 그 이후로 다같이 명석을 깔고 정전 앞에 엎드리느냐 진정으로 받아들일 것이냐는 자리가 파한 후에 모여 의논할 일이었다.

　－ 전하⋯. 전하께서 즉위한 이후로 백성이 평안하고 천하가 풍요로움에 왜적들 또한 감히 전하의 위명을 알고 이 땅을 범하지 못하니 오늘날과 같이 태평한 적이 없었습니다. 또한 수재나 가뭄이 잇따른다 하여 어찌 그것을 군왕의 책임이라 하겠나이까⋯. 일찍이 요순 시대의 성왕들이라 하더라도 재해를 피해 가지 못하였으니 이는 군왕의 잘못이 아니라 다만 하늘의 뜻임을 헤아려야 할 것입니다.

　말을 마치는 상경의 귓가에 '후두둑'거리는 소리가 들려왔다. 천의를 입에 담자 마자 내리는 비는 하늘이 임금의 뜻이 옳은 것인지 신료들의 뜻이 옳은 것인지 직접 알려 줄 생각이 없는 듯 급격히 거세게 내려왔고 내리는 비를 바라보던 임금이 다시 한번 목을 가다듬었다.

　－ 그대들이 하늘의 뜻을 깨우쳤는가. 어찌 천의를 입에 담는단 말인가⋯. 내 다시 한번 이르니 아비가 아들에게 보위를 전하는 것이니 신하들이 간쟁할 일이 아니다. 어느 경전에도 이에 대해 신하들의 간쟁하는 법에 대해 나와 있지 않다. 내 학식이 부족하여 혹 모르는 것이라면 그대들이 말해 보라. 그런 경전이 있는가.

　－ ⋯.

　임금의 결연한 어투에 신료들 중 그 누구도 쉬이 답하지 못한 채 침묵이 이어졌다.

- 나의 뜻이 이미 결정된 지 오래이니 이를 고칠 수 없다…. 이미 하늘에 고하고 종묘에 고하였으니 보위를 물려주는 것에 대하여 신하들이 더 이상 간하지 말라.

거듭된 임금의 결연한 말투에 신료들의 어깨 위로 적막이 감돌았다…. 노련한 노신들은 이제 한계에 다다랐음을 직감하고 있었고 주상께서도 신료들의 입장을 어느 정도 이해하실 테니 오늘은 이쯤에서 자리를 정리하는 것이 좋겠다 판단을 한 상경이 숨을 들이마셨다 말을 내뱉으려 할 때 들려오는 소리에 다시 숨을 삼켜야 했다.

- 전하, 신 지신사 이명덕, 감히 아뢰옵니다. 양위를 하려는 뜻을 거두어 주시옵소서.

임금의 눈썹이 일그러졌다. 신료들이 여태껏의 관례상 양위의 뜻을 받들지 않을 것은 예상한 일이었으나, 지금 보이는 양위에 대한 뜻은 순전히 진심이었다. 예전 같았으면 양위라는 줄을 만들어 줄다리기를 해 대며 신료들을 압박하고 옥죄어 가는 과정이 꽤나 흥미로웠겠지만, 지금은 분명 아니었다. 어느 정도 신하들 체면치레도 해 줬다 싶어 슬슬 끝을 내려 할 때에 계속하여 들려오는 반대의 목소리는 임금의 인내심을 갉아먹고 있었다. 더군다나 자신을 지척에서 모시는 지신사가 눈치가 없는 건지 혹은 자신이 격렬히 반대하였음을 인지시키고 싶은 건지 간에 슬슬 끝을 맺어야겠다 생각하며 임금이 다시 한번 단호한 어투로 입을 열었다.

- 내 더 이상 간하지 말라 했거늘…. 어찌 거두라 말하는가.
- 전하, 명나라에 아직 전위의 뜻을 전하지 못하였으니 이는 사대의 예에 맞지 않사옵니다. 후일에 명의 주준을 받은 후에 이를 논함이

옳다 사료되옵니다.

- 명에 사대를 다하라…. 그대는 어찌 조선의 신하로서 스스로 국격을 떨어뜨리는 것인가. 보위를 전하는 것은 순전히 내정이라 하지 않았던가. 어느 나라가 스스로 왕을 정하고 또한 전하지 못한다 하던가. 태조대왕때부터 사대의 예를 갖추어 온 것은 순전히 국익과 실리를 챙기기 위함임을 그대는 모른단 말인가. 그대는 사대보다 과인의 뜻이 중함을 알아야 할 것이다. 명에는 후에 주문하면 될 것이니 세자의 장인인 심온을 찬성사로 파견하면 될 것이다.

- 전하….

- 케헴….

말을 이으려던 명덕이 인위적으로 들려오는 기침소리에 말을 멈추며 소리나는 쪽으로 고개를 돌린 곳에 영의정 한상경과 좌의정 박은이 자신을 뚫어져라 보고 있었으며 눈이 마주치는 순간 상경이 살짝이 고개를 좌우로 흔들었다. 순간 자신의 실수를 인지한 명덕은 잠시 임금의 턱 끝을 바라보고 고개를 숙여야만 했다. 노련한 왕이 이를 모를 리 없다는 듯이 명덕을 슬쩍 내려 보며 입꼬리를 올렸다.

- 내 일찍이 범인이던 시절에 천자를 뵌 적이 있음을 다들 알 것이다. 한 번의 만남이었으나 뜻이 서로 통하였음이 오늘날에 이르니 내 보위를 전하는 것에 대하여 이해하실 것이니라…. 허니 더 이상 대국의 일을 논하지 말라. …명덕아.

- 네, 전하.

자신의 이름을 직접적으로 불러 옴에 화들짝 놀란 명덕이 급히 대답하였다.

- 너는 앞으로 나보다는 세자를 보위할 세월이 길 것인데 뭣 하러 나를 왕위에 앉혀 두려 하느냐…. 네 충심을 헤아리고 있으니 그 마음을 세자가 보위에 오르면 잃지 않고 잘 간직하거라.
- 저… 전하 성은이 망극하옵니다….

명덕의 눈시울이 붉어지고 목소리가 떨려 왔다. 짐작만 해 왔던 임금의 뜻이 참이고 또한 확고하단 사실을 직접 확인하게 되자 눈물이 주체할 수 없이 흘러나왔다. 흐느끼는 명덕을 보며 여러 신료들 역시 동조하여 흐느꼈다.

- 내 왕위에서 내려오더라도 삿된 무리들의 준동을 막기 위해 한동안 군권은 넘기지 않을 것이니 그대들은 너무 염려치 말고 세자의 즉위에 만전을 기하여야 할 것이다.
- 네, 전하.
- 상의원에 새 곤룡포와 홍양산을 급히 만들라 전하라.
- 네, 전하.

허리를 숙이고 흐느끼는 신하들의 등을 임금은 지긋이 바라보았다.

양위는 임금의 뜻대로 될 것이다. 그간 숨조차 편히 쉬지 못하게 하던 임금이 막상 용상에서 내려올 생각을 하니 신료들의 심신이야 편해지겠지만은 저 짙은 청색 곤룡포의 위엄을 다시 보지 못한다 생각하면 섭섭함이 더 클 것이다. 그 존재만으로 두려움의 대상인 그였지만 왕 중 진정한 왕인 그 밑에서 관직 생활을 버텨 낸 이들의 마음에 새겨진 자부심은 이루 말할 수 없을 것이었다. 그리고 임금이 재위를 내려놓겠다 말하는 순간 모든 신료들은 깨달았다…. 그들이 그간 임금에게 가졌던 두려움이라는 감정…. 실은 그 감정 자체가 충심이었음을.

왕이 자리를 뜨고 신료들이 경회루에 남았고 흐느끼던 이들이 울음을 그쳐 갈 즈음 영의정 주변으로 모여들었다. 어떤 말을 해야 할지 생각을 정리하던 상경의 옆으로 좌의정 박은이 묘한 표정으로 이원을 바라보다 입꼬리를 올렸다.

- 우상대감.

- 네… 좌상.

박은의 얼굴에 웃음기와 의아한 표정이 동시에 감돌았다.

- 그… 우상 얼굴이 좀…. 말투도 그렇고 못 느끼시겠소.

- 에…. 에헤 엥….

그제서야 뭔가 이상함을 느낀 이원이 허둥지둥 양손을 휘젓다 얼굴에 가져다 대며 뜻 모를 소리를 내었다. 얼굴에 경련이 없어진 것이 느껴지는 듯하자 성대에 손을 올려 흔들어 대며 소리를 냈다.

- 아, 어, 아아, 이게 어찌 된 일이지….

순간 허둥거리던 이원이 자신의 얼굴과 목젖이 온전히 병을 앓기 전으로 돌아온 것을 깨닫게 되자 온몸에 힘이 빠짐을 느끼며 그대로 자리에 쓰러졌다. 엉덩이를 마룻바닥에 붙이고 양손을 뒤로 받친 채 양 발을 앞으로 엉거주춤 내민 것이 재상 체면으로 상상도 못할 자세였지만 그것조차 전혀 인지하지 못하고 멍하니 마룻바닥을 바라볼 뿐이었다. 모여든 이들이 다들 신기하다는 듯한 표정으로 그 모습을 지켜보았다.

- 아이고, 형판대감 어디 계시오.

갑자기 자신을 찾는 좌의정의 목소리에 놀란 형조판서가 급히 대답하였다.

- 네, 좌상대감 여기 있사옵니다.

- 형판 이 일을 어쩌오…. 한동안 바빠지시겠구만 그려….
- 네, 좌상 갑자기 무슨 말씀이시온지….

박은이 한껏 고조된 목소리로 주위를 둘러보며 말했다.

- 아니 여기 모두가 잘 알고 있지 않소. 우상대감이 그간 얼마나 고생이 심하셨소. 용하다는 의원은 죄다 찾아다가 침에 약에 안 써 본 수가 없지 않소. 그러기를 몇 년이 지나도록 나아지지 않던 것이 오늘 나았으니 형판께서 그동안 우상에게 삵을 받아 간 의원들을 모조리 잡아 문초해야 하지 않겠소. 그 돌팔이들을 다 잡아다가 그간 받아 간 삵을 받아 내 병을 낫게 해 주신 주상전하께 드려야 하는거 아니오. 그러니 한동안 참으로 바쁘시겠소 그려.
- 하하하하하하.

언제 울음 바다가 되었던지 모르게 신료들이 배를 잡고 웃어 댔다. 웃는 이들 대부분이 우의정보다 낮은 품계였지만 뭔 상관이냐는 듯이 웃음은 그칠 줄을 몰랐다. 이원은 자신이 놀림감이 되어 민망할 법도 하였지만 그런 생각을 할 겨를이 없었다. 박은의 말대로 얼마나 고된 몇 년이었던가…. 약에 침만 썼던가. 무당을 불러다 굿판을 벌이길 여러 번…. 그 마저도 시원찮아 지렁이를 생으로 먹어 보기도 하고 염소 오줌에 옻나무를 생으로 갈아먹다가 사경을 헤매기도 하였다. 그 시간들이 주마등처럼 뇌리를 스치며 스스로가 그리 우스울 수가 없었다. 병을 얻고 처음에 보았던 의원이 위장에 좋은 약을 처방해 주며 마음을 잘 다스리라 하였을 때, 보다 빠르고 신통한 약을 찾던 자신이 한없이 한심스러웠다. 결국은 그 의원의 말이 맞았던 것이다. 주상 앞에 선 찰나의 순간 극도의 긴장감 하나로 이리 쉬이 나을 병이었단 말인가…. 좌의정 말대로 주상전하께 삵을 치르고 싶은 기분마저 들었다. 그리고 한없이 나약한 자신의 모습과 그런 주상을 모실 날이 얼마 남지 않음을 생각하니 또다시 목 밑 언저리가 울컥하고 뜨거워졌다. 뜨거워진 목젖을 겨우 달래며 이원이 나지막이 한숨을 뱉었다.

－ 주상께서 참으로 명의이시구나….

얼마 후 경회루의 신료들마저 흩어졌다. 그 후 며칠간 몇 번의 양위를 거두어 달라는 상소가 있었지만 왕은 개의치 않고 어보를 세자에게 넘기었다. 그리고 상참에 백관들을 다시 불러 모아 그 앞에 곤룡포를 입은 세자를 내세움으로 양위는 막을 내렸다.

이에 세자 '충녕대군 이도'가 조선의 4대 임금으로 즉위하게 된다.

3. 감히

세종 즉위년(1418년) 11월.

동풍이 매섭게 몰아치는 겨울날에 세자복에서 곤룡포로 갈아입은 임금이 다시 경회루를 찾아 누각 위에 서서 쓸쓸히 연못을 바라보고 있었다. 그 아래에서 임금을 수행 중인 사관과 내관들은 특별한 방도 없이 몸으로 겨울 바람을 버티고 서 있었다. 두어 번 사관이 내관에게 주상께 안으로 들으라 청함이 어떠냐 재촉하였지만 내관은 그 말을 쉬이 들어줄 수 없었다. 며칠째 불미스러운 일들이 있어서 주상의 심중이 편치 않음이야 당연한 것이겠지만, 오늘 경연이 끝난 후 찰나간 스쳐 간 용안의 변화가 짐짓 마음에 걸렸기 때문이다. 그 이유를 어찌 짐작이야 못하겠지만 자신의 직감으로는 지금 주상께서는 충분한 생각의 시간이 필요해 보였다. 내관의 생각에 응하듯 임금은 별다른 미동 없이 연못 속의 잉어들을 바라보고 있었다. 개중 제법 큰 놈이 물 위로 입을 뻐끔거리자 생겨난 원이 넓게 퍼져가는 것을 보며 수많은 생각의 교차 속에 스스로를 던져 놓고 끝없는 사색에 빠져 있었다.

즉위한 지 100여 일 즈음 되었을까 어색하던 곤룡포가 제법 몸에 익숙해졌다. 상왕과 동석한 자리에서 주상전하를 찾는 신료들의 목소리에 반응하지 못했던 때도 있었지만 이제는 그 주상전하가 자신임을 잘 인지하게 되었다. 그렇게 시간의 바람은 자신을 천천히 임금으로 조각해 내고 있었지만 스스로 임금임을 인지하면 할수록 여러 생각의 고충들이 쉴 틈 없이 뇌리를 맴돌았다. 즉위 직후에는 여러 행사들로 딱히 생각에 치중할 여력이 없이 주위에서 일러 주는 대로 바삐 움직였다. 늦게 잠자리 들어 새벽같이 일어나는 것은 사가에서도 항시 가져 온 습관이라 힘들다 말할 수 없었지만, 정작 괴로운 것은 책 읽을 시간이 부족하다는 것이었다. 왕이 되자마자 궁의 방대한 도서들을 모조리 읽을 생각에 제법 흥에 겨웠지만 뜻대로 되지 않음에 속이 상했다. 하지만 시간이 생각보다 오래 걸릴 뿐 언젠가는 다 할 수 있는 일임을 알고 있기에 충분히 인내할 만하였다. 하고 싶은 일을 당장 못 하는 것을 참는 것은 그리 어려운 일이 아니었음이다….

이틀 전 허지와 정초가 회안대군 이방간을 참하라 간언하였다. 상왕의 재위 시절에도 간혹 있던 일이지만 매번 상왕의 반대에 부딪혀 왔던 일이다. 그 일을 지금의 자신에게 청하는 것은 그 자체가 상왕의 뜻을 거스르라는 뜻이 아니던가. 더군다나 상왕께서 건강히 살아 계신 마당에 그 일을 언급함은 상왕을 무시하는 뜻이거나 자신을 시험하려는 뜻일 것이다. 일단 전자의 가능성은 무에 가깝다 할 수 있을 것이다. 아무리 보위에서 내려왔다 한들, 어느 누가 감히 상왕의 권위를 거스를 수 있다는 말인가…. 그렇다면 후자의 경우가 맞다고 봐야 했다. 새로이 보위에 오른 임금에게 묵은 일들을 하나하나 꺼내어 청함으로 임금이 어찌 반응하는 가를 살필 요량일 것이다. 물론 임금이 숙부인 이방간을 참하는 일은 일어나지 않을 것이다. 그 누구도 그 사실을 모를 리 없다. 이방간이 방탕한 짓을 일삼는다 하나 목숨을 거둘 것이라면 박포의 난 때 진즉 그리 하였을 것이다. 모든 주동자를 참하고 이방간을 살려 둔 것은 전적으로 상왕의 완곡한 뜻이었음이다. 그게 혈육에 대한 정인지 다른 이유인지는 중요치 않다. 적어도 상왕의 살아 생전에 이방간이 처형되는 일은 없을 것이었다. 그럼에도 저들은 끊임없이 간언을 올려 댄다. 할 수 없는 일임을 알면서도 군이 기를 써 가며 상소함은 왕의 기를 꺾기 위함인가, 자신들은 아무리 되지 않는 위험한 일도 끊임없이 상소할 줄 아는 바른 신하임을 피력하기 위함인가….

[조그만 틈만 보여도 저들은 피냄새를 맡은 이리 떼처럼 달려들 것이다.]

상왕께서 보위를 전해 주며 하신 말씀이다. 무소불위의 권력을 누린 상왕의 입에서 나온 말이라 의아해했었지만 이제는 조금씩 이해가 되는 듯했다. 신료들의 간언에는 그 자체의 뜻만이 있는 것이 아니라 그 주제를 핑계 삼아 끊임없이 왕을 귀찮게 하고 압박하는 뜻이 더해져 있는 것이었다. 그리고 그것을 어떻게 받아 내어 극복하는 가는 순전히 임금 스스로의 소임이다. 상왕께서는 수년간 다져 온 자신에 대한 두려움을 이용하여 스스로의 위엄을 세웠다. 그 방법은 아주 완벽했고 그 재위 기간의 모든 정치적 밑바탕이었음에 아주 훌륭한 통치 수단이었음을 후세인들이 사초를 통하여 알게 될 것이다. 그렇다면 자신은 어떤 방법을 써야 하는 것일까…. 상왕과 같은 방법은 불가했다. 애초에 스스로 왕좌에 오르려 많은 피를 보는 험난한 길을 걷지도 않았을 뿐 더러 타고난 성정 자체가 그러 하지 않기 때문에 그 방법은 자신과 어울리지 않는다. 그리하여 다른 방법을 찾아야만 했다. 당장이야 상왕이 건재하시고 나라가 두루 평안하니 괜찮겠지만, 자신의 재위가 10년이 될지 20년이 될지 모르는 마당에 언제까지고 상왕의 후광에 얹혀서 갈 수는 없음이다. 그리고 사실 스스로 그 방법에 대해 이미 알고 있기는 했다. 자신만의 그 칼이 과연 상왕의 날카로운 칼날만큼이나 잘 들을 것인지는 알 수 없었지만 아마 자신에게는 그 길밖에 없을 것임을 막 보위에 오른 임금은 잘 알고 있었다. 이방간에 대한 참소 건은 전일 상왕께서 친히 대신들을 불러다가 갖은 면박을 주고 마무리 지었다. 허나 상왕은 물론 왕도 이제는 알게 되었다. 저들은 끊임없이 또 같은 주제를 가지고 찾아올 것임을….

- 전하.

들려오는 내관의 소리에 짐짓 놀라며 임금이 뒤를 돌았다. 기척도 없이 내관이 서 있었다.

- 말하시오.

- 송구하오나 바람이 거세어 옥체가 상할까 저어되옵니다. 이제 정전 으로 드심이 어떠신지….

분명 내관은 자신을 걱정하는 투로 말하고 있었지만 왠지 모를 어색한 감정이 치밀어 올랐다. 아니 어색한 감정이 아니었다. 이것은 아까 경연 때에 겪었던 그 감정과 비슷했다. 지금은 아마 온갖 생각에 빠져 정신이 없던 자신의 등 뒤에 기척 없이 다가온 그 상황이 그 감정을 유발한 듯싶었다.

- 아니오…. 아직 생각할 것이 있으니 물러가 있으시오.

- 네, 전하….

뒷걸음질 치며 내관은 쉬이 놀란 마음을 다스릴 수 없었다. 대군시절 그리고 세자 시절부터 임금을 보아 온 이후로 처음 보는 표정과 말투였다. 애초에 심상찮은 주상의 심기를 예측했기에 방해하지 않으려 하였건만…. 추위에 떨어 대며 몇 번이나 재촉해 대던 사관이 원망스러웠다. 그런 내관의 속사정은 개의치 않고 임금은 다시 한번 사색에 빠져들었다.

그 감정을 처음 구체적으로 인지한 것은 엿새쯤 되었을 것이다.

왕이 된 후 책 읽을 시간이 거의 없음에 다소 실망스러운 마음을 그나마 덜어 준 것이 바로 경연(經筵)[12]이었다. 어린 시절부터 끝없이 읽어 대던 책들로 쌓여 간 지식은 차곡차곡 머릿속에 쌓아 놓을 수밖에 없었다. 세자가 되지 못한 대군의 운명은 그 총명함을 스스로 드러내서는 안 되었기에 그저 하나하나 깨닫게 되는 지식들은 자신의 머릿속을 무한히 맴돌 뿐이었다….

그동안 그 쌓아 놓은 것들을 꺼내고 싶은 열망이야 이루 말로 표현할 수 없었고 그 답답함에 홀로 속앓이를 하며 얼마나 많은 시간을 지새웠던가. 그 세월 동안 세자이던 큰형님의 실수와 갖은 일탈이 이어지는 것을 지켜보며 혹여나라는 생각을 이어 왔음에 그 혹여나가 현실로 다가왔을 때 형제에 대한 연민보다 자신에게 기회가 있을 수도 있음에 대한 희열이 더 컸던 것에 스스로도 적잖이 놀랐었다. 그리고 은밀히 염원하던 세자의 자리에 오르던 그날 이후 총기를 더 이상 숨길 필요가 없었지만 마땅히 드

---

12) 경연(經筵): 임금이 신하들과 정사나 고서 등을 논하며 공부하는 것.

러낼 곳 또한 없었다. 강연(講筵)[13]은 철저히 듣는 입장에서 진행되었고 내용은 수천 번은 익히 읽고 들었던 것들뿐이었다. 그 따분함을 참아 내는 것이 오히려 새로운 고역이었지만, 다행히 강연을 들어야만 하는 세자 기간은 그리 길지 않았다.

즉위한 후 첫 경연을 하였을 때의 즐거움은 일찍이 느껴 보지 못한 것이었지만 그 또한 그리 길게 이어지지는 못했다. 매일같이 비슷한 주제와 같은 사람들…. 달라진 것이라면 자신에게 말할 기회가 조금 더 생겼다는 것 정도였다. 어린시절 책을 읽기 시작한 때부터 항상 생각하던 것이 있었다. 자신과 같은 사람이 또 존재하여 만날 수 있다면 밤을 지새우고 또 지새우며 얘기를 나눌 수 있을 것인데…. 그러나 그런 이는 존재하지 않았다. 또한 존재해서도 안 되는 위치에 자신이 있음이다. 그럼에도 임금은 경연이라도 있어서 그나마 숨 쉴 수 있다 생각하며 지내 왔다.

엿새 전이다. 다름없이 경연을 하는 중 사간원(司諫院)[14]에서 간관(諫官)[15]을 경연에 들게 해 달라는 청을 해 왔다. 큰 주저 없이 한 명이라도 더 있어서 나쁠 것이 있겠나 하는 생각에 그리 하라 하였다. 그리고 잠들기 전 그 일을 생각해 보니 조금 의아한 마음이 들었다. 어찌 선왕의 재위 기간 동안 없던 일을 자신이 즉위한 지 얼마 되지 않은 시점에 청하여 왔을까…. 그것도 사간원 간관이라니…. 쉬이 짐작할 수 없는 마음으로 약간의 찜찜함을 뒤로 두고 잠자리에 들었지만 그 후 며칠간 그 일이 스쳐

---

13) 강연(講筵): 임금이나 왕세자 등이 유학에 능통한 신하에게 가르침을 받거나 토론하는 것.
14) 사간원(司諫院): 조선시대 언론과 임금에 대한 간쟁과 논박을 담당한 기관.
15) 간관(諫官): 임금의 옳지 못한 행동 등에 대해 간언을 하는 관리.

갈 때마다 뭔가 알 수 없는 기분이 머릿속을 맴돌았다. 그리고 오늘 경연에서 그 기분이 무엇인지 알게 되었다. 매일같이 논하는 《대학연의(大學衍義)》[16]가 아닌 《자치통감(資治通鑑)》[17]을 논해 봄이 어떤가 신료들에게 물었다. 즉위한 후 몇 안 되는 자신의 의견 피력이었음에 조심스러웠다. 하지만 그에 대한 대답은 [책의 수효가 많고 방대하니 두루 다 보기 힘들 것 같다.]였다. 순간 그럼 《대학연의》는 그 내용이 적어 지금껏 경연해 왔는가라는 말을 하고 싶었지만 애써 참으며 그럼 어떤 것으로 하는 게 좋겠는지 되물었을 때 김익정이 《근사록(近思錄)》[18]을 논하는 게 어떠냐고 물어 왔다. 그 말을 하는 김익정의 표정을 보는 순간 왕의 관자놀이가 꿈틀거리며 며칠간 느껴지지만 뭐라 정의할 수 없던 기분이 무엇인지를 깨닫게 되었다.

그 기분은 바로 '감히'였다.

그 뜻을 알고 있고 수없이 들어 보았지만 자신의 입에 담아 본 적도 또한 담게 될 거라 생각조차 해 보지 못했던 단어. 그렇기에 그 단어를 쓰게 될 때 느낄 기분이 무엇인지조차 몰랐던 것이었다. 그 '감히'라는 기분을 임금은 격하게 느끼고 있었다. 그것은 신료들이 자신의 의견을 묵살함에서 온 것이 아니었다. 김익정이 《근사록》을 입에 담으며 잠시 지었던 표정을 인지한 순간에 무너진 제방을 넘는 물줄기처럼 뇌리를 넘쳐 흘렀다. 《근사록》은 주자학의 경전과 같은 것으로 유학을 공부하는 이들이 이를

---

16) 대학연의(大學衍義): 사서의 하나인 대학의 깊은 뜻과 이치를 해설한 책.
17) 자치통감(資治通鑑): 중국 송나라 시절의 사마광이 편찬한 역사서.
18) 근사록(近思錄): 송나라 때에 편찬된 주자학의 초석이라 할 수 있는 내용이 담긴 책.

논함은 당연한 것이었고, 자신 또한 누구보다 많이 읽었고 이해하고 있다 자부하고 있었다. 그래서 제법 지루해진 《대학연의》가 아니기만 하면 괜찮겠다 싶어 《근사록》이란 단어에 반가움을 느끼려던 찰나, 움직이는 김익정의 입 모양과 눈매 사이로 언뜻 스쳐 간 조소를 보았다. 아주 짧은 순간이었지만 왕은 어찌된 영문인지 그 조소의 뜻을 통찰할 수 있었다. 아마 김익정은 자신 생에 공부한 것 중에 《근사록》만큼은 누구에게도 뒤지지 않는다 자부할 정도로 정통해 있을 것이다. 마침 왕이 경연 주제를 바꿔 보자 하니 기다렸다는 듯이 《근사록》을 청해 올리며 풋내기 왕을 평생 쌓아 온 그것에 대한 지식을 펼쳐 보임으로 기죽이거나 깊은 인상을 심어 줄 생각이었을 것이다. 그리고 그런 생각은 은연중에 잠시 조소로 비춰진 것일 것이었다. 그 순간 임금이 느낀 '감히'라는 감정은 왕의 의견을 묵살한 신하의 태도에 기인한 것이 아니었다. 그것은 오로지 단 하나 [감히 네가 나보다 《근사록》을 잘 이해하고 있을까.]라는 감정에서 온 것이었다. 지금의 임금에게는 신하의 무례하다 할 수 있는 행동보다 학문에 있어서 자신 앞에서 자신감을 드러낸 것에 대한 분노가 더 큰 것이었다. 그리고 임금이 그것을 통찰해 냄은 타고난 군왕의 기질이 발현되고 있음이 아닐까…. 이를 스스로 인지를 못하고 있었지만 그것은 머지않아 천천히 그리고 온전히 그 모습을 드러낼 것이다. 두려움의 대상이던 상왕이 보위를 왕에게 전한 후 그 두려움에 숨죽여 있던 신료들이 그 본색을 서서히 드러내려 기지개를 켜며 현왕을 얼핏 쉬운 상대로 생각하고 있었지만 그들은 '감히' 꿈에서조차 생각지 못하고 있었다. 오히려 두려움의 정치를 그리워하는 날이 오게 될 줄을….

임금은 여전히 찬바람에 아랑곳 않고 꼿꼿이 서 있다. 조선의 모든 이들을 모아 놓고 '감히'라는 말을 쓸 수 있는 유일한 사람이 자신임을 깨닫게 되었지만 혼란은 쉬이 사그라들지 않았다. 100여 일간의 재위의 경험으로 이리 혼란스러울진대 앞으로의 치세를 잘 해 나갈 수 있을 것인가…. 그토록 은밀히 염원하던 임금의 자리는 생각과는 다른 모습이었다. 임금의 자리에서 무언가를 해야 하지만 그 무언가가 무엇인지조차 쉽사리 찾지 못했고 그 무언가를 찾아낸다 해도 해 나갈 방법이 막막한 것이었다.

잉어들이 줄지어 지나가며 임금의 사색을 방해했다. 아까의 그 큰 놈이 수면 위로 꼬리를 쳐 대는 바람에 물이 첨벙이며 물살이 흩어진다. 공교롭게도 임금의 얼굴이 비친 곳이다. 임금은 물 위에서 일그러지는 자신의 얼굴을 바라보며 얼굴을 찡그렸다. 제법 먼 거리라 자세히 보이지 않지만 임금은 순간 물결에 일그러진 얼굴과 지금 자신의 얼굴 중 무엇이 더 보기 흉할까라는 생각을 해 보았다. 그 순간 임금은 자신의 뇌리를 관통하는 생각과 다시 마주하게 되었다.

[물 위에 비친 저 얼굴은 내 얼굴인가. 그렇다면 내가 저기 또 존재하는 것인가…. 위에서 내려 보는 나와 올려 보는 저것 중에 어느 것이 실이고 허인가….]

임금은 급히 고개를 들어 해를 찾았다. 아주 잠시간 해를 바라보던 임금은 금세 눈을 감으며 다시 고개를 숙였다. 그리고 물 위에 비친 해를 다시 응시했다.

[하늘에 있는 해가 실이고 물 위에 비친 해는 허가 아닌가….]

너무나도 당연한 사실을 임금은 깊이 생각했다. 하늘의 해는 그 빛이 너무나 눈부셔 다섯을 세기도 전에 눈을 감을 수밖에 없게 만들고 물 위에 비친 해는 스스로 빛을 내지 않았다. 글을 깨치기 전에 이미 알게 되는 자연의 이치가 아니던가.

  - 실과 허…. 허와 실….

  무엇을 좇을 것인가…. 너무나도 직관적이고 간단한 사실….

  [실을 따라갈 것인가 허를 따라갈 것인가.] 궁중의 삶, 또한 한 명의 유자로서의 삶, 온갖 허에 가득 찬 삶을 좇아왔던 시간들…. 그 뜻의 경중을 떠나 추상적이며 실질적이지 못한 수많은 경전들…. 의미 없는 왕가의 제례와 의례들…. 그것들은 실과 허의 중간에서 내내 그 실체를 파악하기 힘들게 자신의 마음을 가리고 있었다. 그렇다면 그것들을 너머서 직시해야 하는 '실'이란 무엇인가…. 태고로부터 전해져 온 이 땅과 그 땅 위에서 살아온, 그리고 살아갈 셀 수 없는 백성들…. 그리고 만백성의 어버이라 불리는 자신…. '실'이란 말 그대로 실질적인 것이다. 군왕과 백성은 서로에게 실질적인 존재여야만 한다. 임금은 백성에게 태양과 같은 존재이며 또한 백성은 임금에게 태양과 같은 존재이다. 서로에게 필수적인 존재…. 백성들이 경작한 땅 위에서 임금은 백성들이 수확한 곡식을 먹는다. 백성들이 창검을 들고 지켜 낸 땅 위에서 임금은 백성들을 다스린다. 그렇다면 그 다스린다는 범주에는 그저 몇천 년 전에 쓰여진 유학의 본질이 다라는 말인가…. 그렇지 않다. 백성들에게는 실질적인 것이 필요하다. 유학은… 그저 통치 이념에 지나지 않는 것이다…. 임금은 보다 더 실질적인 것을 백성들에게 제공해야만 한다….

  - 실…. 실을… 찾아야….

  중얼거리는 임금의 뒤로 다시 한번 다가온 내관이 이번에도 혼이 날까 싶은 마음에 눈을 질끈 감고 말을 했다.

  - 전하….

들려오는 소리에 잠시 말을 멈춘 임금이 새삼 엄습해 오는 추위를 느꼈다. 실을 깨우쳐 가는 그 시점에 잊고 있던 현실적인 실이 자신의 육체를 괴롭히기 시작한 것이었다. 그제서야 임금은 실의 본체를 깨닫게 되었다. 그리고 임금은 순식간에 생각을 정리해 나가며 동공을 급히 움직이다 몸을 돌렸다.

- 지금 시간이 어느 즈음 되오.

아까와 달리 무언가 기대에 찬 듯한 표정으로 물어 오는 임금을 보며 내관은 잠시 하늘을 살폈다.

- 네, 전하. 미(未) 시[19]가 좀 지난 듯하옵니다.

- 그래…. 그게 정확한가. 그대는 그걸 어찌 그리 잘 아는 것이오.

- 전하 그것이…. 소인이 궁에서 살아온 세월이 있사온지라…. 계절이랑 하늘의 해가 어디쯤 있나 맞춰 보면 대략 짐작할 수 있나이다. 정확하다 말하기는 민망하옵지만…. 십중팔구는 맞을 것입니다.

묘한 표정을 한 채로 하늘과 연못을 번갈아 보던 임금이 급히 말했다.

- 책력(冊曆)[20]이나 날씨 같은 것에 관한 서책은 서운관(書雲觀)[21]에 가면 있소. 비가 언제 많이 왔는지라든지 그런 기록 같은 것 말이오.

- 네, 전하. 날씨 기록은 사초(史草)[22]에 있을진대…. 책력은 서운관에

---

19) 미(未) 시: 오후1시~오후3시 사이의 시간.

20) 책력(冊曆): 현대의 달력을 의미하는 옛말.

21) 서운관(書雲觀): 조선시대에 천문 등에 관련된 일을 맡던 관청, 후에 관상감으로 명칭이 바뀜.

22) 사초(史草): 좁은 의미로 사관이 기록한 역사 자료, 넓은 의미로 역사 기록과 그에 관련된 행위에 대한 전반적 명칭.

종류별로 보관하고 있는 것으로 알고 있사옵니다.

- 서운관으로 갑시다.

급히 몸을 움직이는 임금을 내관이 급하게 부른다.

- 저… 전하.

- 왜 그러시오.

- 그… 상왕전하께서 찾아 계시옵니다.

- 아바마마께서…. 내 오전에 수강궁에 다녀왔는데…. 무슨 일이 있
  다 하였소.

- 네, 전하. 송구하오나 그 까닭은 따로 알리지 않으셔서….

임금은 의아함을 느꼈다. 오전에 분명 문안 인사를 드렸거늘 갑자기 찾
으시는 이유가 뭘까 궁금한 것도 잠시, 부름을 받고 지체할 수 없음을 금
세 인지하였다.

- 음…. 그럼 일단 수강궁으로 가십시다.

- 네, 전하.

수강궁으로 향하는 임금의 발걸음이 제법 경쾌하다. 아마 풀리지 않던
문제의 실마리 끝 부분이라도 손에 잡히는 듯했다.

* * *

- 상왕전하, 주상전하께서 오셨습니다.

내관의 말이 끝나기 무섭게 상왕의 목소리가 울렸다.

- 뫼시어라.

문을 열고 들어선 임금은 밀려오는 따스한 공기에 잠시 숨이 막혀 왔다.

생각에 깊이 빠져 있느라 바람과 추위를 버티고 있었던 시간들이 잠시간의 그 온기에 녹아 심신이 아늑해져 옴을 느꼈다.

- 아바마마 찾아 계셨습니까.

말을 마치며 상왕을 살피던 임금은 평소와 다른 상왕의 모습에 적잖이 놀라 몸을 살짝 휘청였다.

상왕은 검은 비단옷을 입고 있었다. 중간중간 색이 바랜 부분들이 등불에 비쳐 어두운 회색빛을 내었고 동정 언저리는 헤어져 실낱들이 튀어나와 있었다. 앉은 자리 앞에 상이 하나 놓여 있고 그 옆에 나무 그릇 두 개가 올라간 독이 있었다. 독의 모양새가 궐에서 본 적이 없는 데다 그 빛깔이 제법 오래되어 보였다. 그 묘한 광경에 의아한 마음을 추스르는 중에 따뜻한 기운 속에 섞인 눅눅한 냄새가 코 끝을 찔러 왔다. 무언가 평소와 다른 심상찮은 상황임을 직감하던 중 상왕은 아무렇지 않게 말했다.

- 주상, 자리에 앉으시지요.

- 네, 아바마마.

상왕은 잠시 임금의 얼굴을 살피는 듯하다 돌연 큰 소리를 내었다.

- 밖에 있느냐.

- 네, 전하. 하명하시옵소서.

- 내 오늘 주상과 긴히 할 얘기가 있으니 너희들은 밖으로 나가 100보 이내로 들어오지 말거라.

- 허나 전하, 시중들 사람이 필요하실진대….

- 괜찮으니 다들 명을 들거라. 필요한 것이 있으면 내 직접 나가서 찾을 것이니 한두 명만 소리치면 들을 수 있을 곳에 남고 나머지는 물러가서 쉬고 있거라.

- 전하… 하오나….

내관이 떨리는 목소리로 재차 상왕의 명을 받기 난처함을 표했다.

- 내 용상에서 내려왔다 하여 그대가 나의 말을 듣지 않는 것인가.

살짝이 노기 섞인 어투였음에도 내관은 오금이 저려 오는 것을 느끼고 있었다.

- 저, 전하. 죽여 주시옵소서…. 신이 어찌 그런 망극한 마음을 가지겠나이까….

- 됐으니 명을 듣거라.

- …네, 전하.

- 참, 사관은 특히나 근처에 오지 못하게 하여라. 혹여나 사관이 내 눈에 띈다면 경을 칠 것이다.

- 네, 전하. 소인이 100보 밖에 있을 것이니 언제든 불러 주시옵소서.

내관의 기척이 금세 사라지고 상왕은 다시 임금의 얼굴을 살폈다.

- 주상 앞에서 무례한 모습을 보였습니다. 용서하시지요.

- 아바마마, 용서라니 어찌 그런 망극한 말씀을 하시옵니까. 소자 몸 둘 바를 모르겠사옵니다.

짐작할 수 없는 상황에서 임금이 긴장된 마음을 다스리며 침을 삼켰다.

- 허허 국법이 지엄하니 아무리 왕의 아비라 한들 주상 앞에서 불경스런 언사를 할 수 있겠나이까. 아직 이 나라의 지존임이 몸에 익지 않으신 듯합니다.

- 아바마마 《효경(孝經)》[23]에서 이르기를 군자의 가장 중요한 덕목은

---

23) 효경(孝經): 13경전의 하나로 효의 원칙과 규범을 수록한 유교 경전.

효라 하였습니다. 허니 제가 아무리 군왕이라 하나 아바마마께 용서라는 말을 듣는 불효를 저지를 수 있겠사옵니까. 거두어 주십시오.

임금의 막힘 없는 말에 상왕은 잠시 고개를 흔들었다.

- …주상, 급히 주상을 뫼신 것은 경연을 하고자 함이 아닌지라…. 재미없는 경전 얘기는 그만하시는 게 어떻겠습니까. 그나마 상왕이 되어서 좋은 것 중 하나가 그놈의 경연을 피해 갈 핑곗거리를 찾지 않아도 되는 것인지라….

상왕의 말투가 살짝 유해졌다. 아마 딱딱한 얘기를 나누고자 부른 것이 아닌 듯 보였다.

- 네, 아바마마…. 헌데 복색이 어찌 그런 것이온지…. 혹여 시중이 시원치 않은 것입니까.

- 허허허 내 왕이 되기 전에 즐겨 입던 옷인데 묵혀 두었던 것을 이리 꺼내 입어 보았습니다. 보기 흉하십니까. 내 젊어서는 제법 옷태가 좋다는 말을 들었었는데….

임금은 다시 한번 상왕의 옷을 살펴보았다. 비단결에 녹아 있는 그 세월의 흔적들을 상상하니 기억 언저리에 있는 흑발의 아버지의 모습이 언뜻 스쳐 가는 듯했다.

- 아니옵니다, 아바마마. 마치 청년 시절로 돌아가신 듯 아주 보기 좋사옵니다.

임금은 뭔가 칭찬의 말을 더욱 거창하게 하고 싶었지만 상대가 상대인 것을 떠나 살아온 동안 아첨의 말을 할 상황도 이유도 없었음에 그런 류의 말을 하는 게 서툴렀기에 어색하게 생각나는 대로 급히 말을 할 수밖에 없었다.

- 주상께서는 왕가에 태어나지 않고 과거로 관직에 들었다면 재상까지는 못하셨겠습니다. 모름지기 사람은 아첨하는 법도 알아야 하는 것일진대….

- 다행히 아바마마 덕에 왕자로 태어나지 않았습니까.

상왕의 표정에 잠시간의 변화가 일었다.

- 주상…. 성녕(誠寧大君)[24] 이전에 태어난 아이들은 태어날 적에 왕자가 아니었소만….

임금은 순간 실언을 했음을 깨닫고 급히 말을 하였다.

- 아바마마 제가 실언을 했사옵니다. 용서하여 주시옵소서.

상왕은 답이 없이 잠시 눈을 감았고 그것이 의미하는 바를 아는 왕 또한 잠시 생각에 빠졌다. 상왕은 일찍이 요절한 그토록 총애하던 아들 성녕대군을 잠시 기억하느라 한없이 깊은 슬픔에 빠졌을 것이고 왕은 유독 자신을 잘 따르던 너무나도 사랑했던 아우 이종을 추억하고 있었다. 그 잠깐의 침묵은 상왕이 눈을 뜸과 동시에 깨어졌다.

- 주상, 청이 하나 있는데 들어주시겠습니까.

- 아바마마, 어찌 청이라 말하십니까. 무엇이 되었든 편히 말씀하시옵소서.

- …내 이리 왕가의 복색을 벗고 그 옛날 입던 옷을 꺼내 입은 것은….

상왕이 생각을 잠시 정리하는 듯 말을 채 잇지 못하였다.

---

24) 성녕대군(誠寧大君): 태종의 넷째 아들(조졸한 3명의 아들 제외)로 이름은 이종이다. 어려서부터 태도가 의젓하고 총명하여 태종의 무한한 총애를 받았으나 홍역에 걸려 14세를 일기로 사망한다.

- 잠시 필부이던 시절로 돌아가 주상과 상왕과 왕이 아닌 아비와 아들
　　로 얘기를 나누고자 함이니 허락해 주신다면 부자간에 정을 더 깊이
　　쌓을 수 있는 일이 아닐까 생각되옵니다.

　상왕의 말에 임금은 한없이 반가움을 느꼈다. 왕이 되고 너무나도 많은
생각이 얽히고설켜 정리조차 되지 않던 와중이었음에 누가 되었든 그 답
을 알고 있다면 몇 번이고 절을 해서라도 답을 받아 내고 싶은 심정이었
다. 하지만 그 답을 가진 이는 그리 멀지 않은 곳에 있었다. 상왕인 자신의
아버지이다. 수많은 고난을 겪고 왕위에 올라 근 20년 가까이 나라를 다
스린 사람, 자신이 하는 이 고민들을 진즉에 겪고 그에 대한 답을 찾았거
나 적어도 그 답에 가장 가까이 있을 사람, 그 존재만으로 가장 큰 스승이
될 수 있는 사람이었지만 상왕과 왕이라는 그 거리감과 자신에게 존대를
해야 하는 아버지와의 어색한 관계 때문에 쉬이 먼저 말을 꺼낼 수 없었
다. 그런 상왕이 지금 자신에게 손을 내밀고 있었다. 하지만 상왕이 답해
줄 것들은 자신과 어울리지 않을 수도 있고 어울린다 하여도 자신이 그대
로 따라할 수 있을지조차 가늠할 수 없었다. 그럼에도 왕은 당장의 이 제
안이 너무나도 기쁘게 다가왔다. 답을 구하느냐 구해서 잘 쓸 수 있느냐
는 차후의 문제였음이다. 아마 자신이 생각하는 이 모든 것들은 이미 상
왕의 심중에 있을 것이다. 그러므로 왕은 상왕의 제안에 정면으로 맞서
보기로 하였다.

　- 아바마마, 그것이 어찌 허락을 구할 일이란 말이옵니까. 아비와 아
　　들이 덕담을 주고받는 것은 천하 고금의 아름다운 일이니 원하는 대
　　로 행하시옵소서.

　아들의 얼굴을 지긋이 바라보던 아버지가 어렵게 입을 떼었다.

- 주상…. 아니 도야.

자신의 이름을 불러오는 아버지의 목소리에 아들은 잠시 생각을 해 보았다. 주상전하, 세자저하, 충녕대군이 아닌 '이도'라는 자신의 이름으로 불려 본 것이 언제였을까…. 더군다나 다른 누구도 아닌 자신의 아버지에게…. 한없는 아련함으로 아들은 답하였다.

- 네, 아바마마.

- 내 뜻을 잘 헤아려 주니 참으로 고맙구나.

- 아바마마, 저 또한 제 이름을 이리 다정하게 불러 주시니 참으로 감격스럽습니다. 소자가 진즉 이런 자리를 청했어야 하는 것인데…. 불효한 소자를 용서해 주십시오.

- 허허 도야, 오늘은 용서니 어쩌니 하는 허례 섞인 말들은 되도록 하지 말자꾸나….

머쓱한 마음으로 아버지를 보던 아들의 눈에 상 옆의 독이 들어왔다. 방에 들어올 때부터 느낀 그 정체 모를 누눅한 냄새의 원인이 아마 저기 독 안에 있는 듯하였다.

- 네, 아바마마. 근데 이 독은 무엇입니까. 생김새가 궐에서 쓰는 것 같지는 않아 보이는데….

아비가 마치 그 말을 기다렸다는 듯이 독 위의 그릇을 집어 들었다.

- 도야, 네가 세자가 될 수 있었던 이유 중 하나가 술 때문인 것을 알고 있느냐.

- 네, 아바마마. 효령 형님께서 술을 못하셔서…. 대국의 사신을 맞을 때 술은 적당히 먹을 수 있는 게 좋을 거라 하셨다 들었습니다.

- 그래 그랬지….

아비는 다음 말을 차마 꺼내지 못하고 나무 그릇을 상 위로 치운 뒤 독의 뚜껑을 열었다.

- 윽….

아들이 급히 손을 코로 가져갔다. 독의 뚜껑이 열림과 동시에 눅눅함에 섞인 여러 냄새들이 급히 코를 찔러 왔다. 쌀밥이 쉬었을 때 나는 냄새 같기도 하였고 노신들의 근처에 갔을 때 느낀 노인들 특유의 숨결 같기도 한 냄새가 뒤섞여서 방을 휘저었다.

- 하하하, 왜 그러느냐 이 향이 코에 잘 안 맞느냐.

아비가 제법 크게 웃으며 재미있다는 듯한 말투로 물어 온다. 아들은 이 것을 어찌 향이라 표현할 수 있는가 잠시 생각하며 독 안에 있는 저것이 무엇인지 궁금해지면서도 상 위에 놓인 두 개의 그릇을 보고 설마 저게 마시는 것은 아니겠지라 생각하며 물었다.

- 네, 아바마마. 처음 맡아 보는 향이라…. 이것이 무엇입니까.

- 뭣이, 처음 맡아 본다라…. 하긴 네가 술을 먹은들, 청주 정도나 마셔 보았겠지…. 이것은 탁주니라.

- 탁주라면…. 민가에서 즐겨 먹는다는 술 말씀이십니까.

- 그래…. 민가에서 즐겨들 먹지…. 이것은 그보다 좀 더 묵혀서 만드는 것인데…. 삼봉이 즐겨 먹던 술이니라.

- 네 네….

아들이 대답을 하면서도 흠칫 놀라 말꼬리를 올린다. 아버지가 어찌 삼봉을 언급하는지 그 의중을 알 수가 없어 표정을 어찌해야 할지 안절부절 못하였지만 정작 그는 대수롭지 않게 손의 검지와 엄지 사이에 그릇을 끼워서 들었다.

－ 그가 유배 생활할 때 즐겨 먹었다 하더구나…. 내 특별히 밖에 명하
  여 만들어 온 것이니 같이 들자꾸나.

아비가 그릇을 독에 담궈 허여멀건한 그것을 퍼 올렸다.

－ 자, 받거라. 탁주는 손을 이리 잡고 마셔야 제 맛이니 이제 네가 직
  접 하려무나.

아들은 두 손을 공손이 모아 나무 그릇을 받쳐 들었다.

－ 허허, 그게 아니라 자 보거라.

아비는 남은 그릇을 다시 검지와 중지에 끼워서 독에 넣었다 뺐다.

－ 이렇게 드는 것이니라. 네 들고 있는 모습이 마치 탕약 그릇을 든 듯
  하구나. 이리 잡아 보거라.

아들은 아버지가 어찌 이러나 싶은 생각이 들었지만 순간 그의 표정에
본 적 없는 온기가 서린 것을 보고 오늘은 그의 뜻대로 하는 게 좋겠단 생
각에 생전 해 본 적 없는 손짓으로 엉성하게 그릇을 다시 집어 들었다.

－ 그래, 그것이니라…. 몇 번 해 보면 금세 익숙해질 게다.

－ 네, 아바마마. 헌데 이것이 정녕 마시는 것이 맞습니까.

이것에 과연 익숙해질 수 있을까라는 생각으로 아들이 되묻는다.

－ 허허 처음엔 그럴 수도 있지…. 일단 마셔 보거라.

아버지가 그릇을 입에 가져다 대고 지체 없이 그릇을 기울였다. 아들은
울럭거리는 그의 목젖을 보다 손에 들린 그릇을 빤히 보았다. 다시 고개
를 그에게 향했을 때 이미 그릇을 비운 아버지는 알 수 없는 눈빛으로 자
신의 얼굴을 빤히 보고 있었다. 그 눈빛에 부응해야만 할 것 같은 생각에
아들은 그를 흉내 내어 숨을 잠시 참으며 그릇을 기울였다. 목을 천천히
넘어오는 그것은 누린 향을 품고 걸쭉하게 목젖을 건들며 배 속으로 점

차 내려갔다. 자신도 모르게 금세 넘겨 버린 것을 인지하자 혀 언저리에 단맛과 약간의 쉰 맛이 같이 감도는 느낌이 든다. 생전 처음 느낀 맛에 숨을 크게 들이켜 내쉬자 내쉬는 숨에서조차 그 냄새들이 느껴지는 듯했다.

- 입에 안 맞느냐.

- 아… 아닙니다. 원래 술이란 것이 단맛으로 먹는 게 아니지 않습니까.

- 허허…. 몇 잔 더 먹다 보면 적응될 것이다.

[이걸 계속 마셔야 한다고….] 근심 어린 마음으로 그릇을 바라보자 장난스런 말투가 들려온다.

- 이번에 궁에 든 나인들 미색이 그리 출중하다지.

- 아…. 보셨습니까. 그렇다고들 하던데…. 동궁에 비할 만한 이는 없는 듯합니다.

- 어찌 젊어 혈기왕성한 놈이 이리 팔불출이더냐 허허.

아들이 머쓱한 듯 손으로 무릎 언저리를 긁다가 언뜻 생각난 듯 말한다.

- 아바마마께서 새 장가가 들고 싶으신가 봅니다.

아버지의 농에 아들은 같은 농으로 응대를 해야겠다 생각했다.

- 뭐라…. 말도 말거라. 내 다 늙어서 주책 아니겠느냐…. 네 애미가 서슬 퍼렇게 보고 있는데 어찌….

- 송구하오나…. 아바마마께서 어마마마 눈치를 보시지 않으시지 않습니까….

- 그건 내가 보위에 있을 때 얘기지…. 내 여태껏 왕이란 핑계로 그나마 버틴 거지, 이제 왕이 아닌데 대비인 네 애미 눈치를 어찌 안 보겠느냐….

- 그러지 말고 늦은 동생 한 명 볼 수 있게 해 주시지요. 어마마마께는

소자가 잘 얘기해 드리겠습니다.

　- 허허허 아서라, 이 놈아. 내 힘이 딸려 그리 하고 싶어도 못한다 이제.

아들의 입가에 웃음기가 떠나질 않는다.

　- 할바마마께서는 예순이 넘으셔서 고모님도 보셨는데 아바마마라고
　　그리 못 하시겠습니까.

　- 허허허 그래…. 아버지께서 정정하시게도 그리 하셨었지…. 그분이
　　야 워낙 기골이 산 같으셨으니…. 그 정도 기운을 가진 이는 천 년에
　　한 번 나올까 말까 할 것이니라.

아버지가 잠시 눈을 감는다. 그 아버지에 대한 생각에 빠진 듯했다.

　- 도야.

　- 네, 아바마마.

　- 음…. 그 마마 소리를 빼야 하지 않겠느냐. 오늘 아비와 아들로 앉은
　　것 아니더냐.

아들이 잠시 고민을 하다 조심스레 입을 열었다.

　- 아버님…이라 하여도 되겠습니까.

　- 음…. 그것도 좋다만은…. 한 번 '아바이'라고 불러 보겠느냐.

아들의 입이 순간 멈춘다. 아바이라 함은 북쪽에서 쓰는 말일텐데….
생각해 보니 아버지의 고향이 원래 그쪽 아니던가. 할아버지 얘기가 나오
자 그 시절의 추억이 생각났겠거니 생각이 들었다. 아들은 그 청을 들어
주려 하였지만 쉽사리 입이 떨어지지 않았다. 그 말을 입 밖에 내려 하니
등과 엉덩이 사이 쯤이 한껏 가려운 느낌에 몸이 베베 꼬일 것만 같고 손
발에 땀이 가득 차 왔다. 한 번도 말해 보지 않은 단어인 데다 그 어감이나
발음이 뭔가…. 민망하다는 말로는 표현할 수 없는 기분이었다. 하지만

아들은 아버지에 대한 효심으로 그 난관들을 극복하고 힘겹게 한 글자씩 입 밖으로 내었다.

- 아…바이. 음…. 흠….

혼신을 다해서 힘겹게 말을 마친 아들은 민망한 표정을 애써 감추며 아버지를 바라보았다. 그는 눈을 감고 있었다. 굳게 다문 입의 양 끝이 살짝이 올라간 것이 한없이 평화로워 보였다. 순간 사찰 법당에서 본 불상의 얼굴이 저러하지 않았을까란 생각이 들었다. 아니면 처음 아이를 품에 안아 보았을 때 자신이 지은 표정이 저러 했을지도 모르겠다. 아버지는 평안한 표정으로 잠시 사색에 빠진 듯했고 아들은 그를 방해할 뜻이 없는 듯 조용히 그 얼굴과 비어 있는 그릇을 번갈아 쳐다보았다.

4. 아바이

　북녘 땅은 억세고 척박하다. 바람은 거세게 불어 한여름에도 그늘진 곳에 서면 오한이 느껴지곤 한다. 하늘엔 까마귀들이 떼 지어 날며 그나마 아쉬운 한 줌의 햇살까지 가리고 있다. 고려왕의 쌍성 수복으로 인해 지금은 화령으로 불리고 있는 이곳은 얼마 전까지만 해도 원나라의 지배하에 있었다. 그전에는 화주였고 그 전에는 신라와 발해의 어느 즈음에 있었을 것이다. 그리고 그보다 더 전에는 고구려 기병들의 힘찬 말발굽 소리가 가득한 곳이었다. 하지만 어느 국가의 어느 지명인지는 이곳 사람들에게 중요하지 않았다. 신라 이후로 철저히 변방으로 배척받아 온 기간이 까마득했다. 그 기간 이곳 사람들은 스스로 생존하는 법을 익혀야만 했다. 끝없는 북방 야인들과 동쪽 해안의 왜구들의 노략질을 스스로 막아 내야 했고 기근과 호환, 혹독한 겨울을 견뎌 내며 스스로 강해져야만 했다. 그 고된 세월을 참아 낸 후 놋그릇 하나 없는 집은 있어도 창이나 활 한 자루 없는 집은 볼 수 없게 되었고 야인이나 왜구들은 약탈은커녕 처

들어온 그대로 죽거나 포로가 되고 말과 병장기까지 다 빼앗기는 지경에 이르자 그 소문에 힘입어 국경 최북단에 위치한 이곳은 오히려 약탈로부터 가장 안전한 곳이 되어 있었다. 대대로 전해지는 세 발 달린 까마귀의 전설을 여전히 굳게 믿고 있는 이곳의 순수한 사람들은 어느새 고려에서 가장 강한 사람들이 되어 있었다.

쌍성의 수복 이후 고려 조정에서는 북방인이 아닌 이를 지방관으로 제수하여 보냈다. 새로운 지역을 수탈할 꿈에 부푼 이 눈치 없는 지방관은 부임하는 길에 자신이 탄 말을 가로막았다는 이유로 10살이 채 안 된 아이를 괘씸하다 하여 관으로 끌고 가 문초하다 죽게 만들었다. 이에 분노한 백성들은 지체 없이 관으로 달려가 맨손으로 관병들의 목을 죄다 비틀었고 그 지방관은 저자에서 돌에 맞아 죽은 후 그 시체는 껍데기가 벗겨져 버려졌다. 조정이 뒤집어질 일이었지만 왕과 조정은 이에 대해 큰 언급을 하지 않았다. 이에 눈치 없기로는 마찬가지인 그 지방관의 절친하던 관리 하나가 계속하여 상소를 올려 댔고 그는 얼마 안 가 노비 송사 문제로 탄핵을 당해 유배 가던 길에 병사했다.

고려 조정은 화령의 충성을 바라지 않았고 바랄 수도 없었다. 고려에 중요한 것은 단 하나 화령이 그저 고려의 소속이기만 하면 되는 것이었다. 그 일을 계기로 고려와 화령은 공존하되 공생은 하지 않았다. 그렇게 화령은 혼돈이 가득한 고려의 하늘 아래서 지난했던 세월 동안 쌓여 온 그 힘을 빛내게 될 순간을 맞이할 채비를 하고 있었다. 그리고 그 힘의 주인은 이미 그 행보를 딛고 있었다.

화령 서쪽으로 성벽의 끝자락이 산맥과 맞닿아 있다. 아주 오래전부터 북쪽 사람들은 성을 산과 맞닿게 쌓았다. 침략에 효율적으로 수비하기 위한 그들만의 지혜이다. 그 성벽은 수백 년 전 수나라와 당나라의 수십만 병력의 침입을 훌륭히 막아 내었지만 성 안의 내분으로 고구려가 멸망하게 되었음을 목도한 이들은 그를 교훈 삼아 철저히 그들만의 친분과 우애를 다져야만 했다. 그리고 그렇게 수백 년을 다시 고립되었다.

산 정상 언저리에 까마귀 한 무리가 둥글게 돌아 돌아 날고 있다. 그 밑 언저리쯤 약초꾼 하나가 허리를 수그려 고목들 아래를 살피고 있다. 까마귀 한 마리가 이탈해 고목 위 가지로 내려앉는다. 고목 밑동을 살피는 사내의 옆 언저리에 활이 놓여 있다. 사내는 약초꾼이 아니라 사냥꾼일 것이다. 호랑이나 곰이 많은 북쪽의 산에서 사냥꾼들은 보통 여럿이 모여 다니지만 간혹 혼자 활동하는 이들도 있었다. 이 사내는 홀로 사냥을 다니다 전과가 여의치 않은 날이 잦아지자 약초꾼을 겸하기로 마음을 먹었다. 약초에 대해 아는 것은 전무했지만 약방 의원이 일단 희귀해 보이는 풀들은 일단 다 뽑아 와 보라 했다. 그렇게 하나하나 눈과 손으로 익히다 보면 자연스레 약초꾼이 될 것이다 했기 때문이다. 북방 사람들은 이런 투박한 방법으로 삶을 살아 내고 있었다. 흙과 풀을 바쁘게 살피던 사내가 순간 손을 멈추고 활을 움켜쥐었다. 쉬지 않고 '깍깍'거리던 까마귀들이 일순간 울음을 멈추고 한 방향으로 모여 날기 시작했다. 가지 위에 있던 한 마리가 무리에 뒤처지지 않으려 급히 날갯짓을 하며 가지를 박차고 하늘로 올랐다. 사내는 서서히 몸을 반쯤 일으킨 상태로 주위를 살폈다. 남은 한 손을 화통에 슬쩍 가져다 대며 까마귀들이 날으는 방향 능선으로 몸을 움직였다. 조심스런 발길로 고목들을 지나 서쪽 벼랑에 다다르자 사내는 잠시간의 긴장을 한숨에 뱉으며 입꼬리를 올렸다.

서쪽 들판을 한참 지나 시야에 들어올 지점 즈음에 흐느적거리는 무언가가 보였다. 사내는 단숨에 그것을 알아보았다. 가별초의 깃발일 것이다. 사내의 가슴이 순간 뭉클해졌다. 어릴 적 돌멩이를 던지며 놀던 시절부터 사내의 꿈은 가별초에 들어가 장군을 모시는 것이었다. 어찌 이 사내만의 꿈이었을까 화령 일대의 모든 장정이라면 가별초에 들어 전쟁에 목숨을 거는 것을 최고의 영예로 여겼다. 하지만 사내는 가별초에 들지 못하였다. 집에 아들이 한 명이면 지원을 못하도록 장군이 명했기 때문이다. 그에 대한 아쉬움은 그나마 같이 나고 자란 동무들 덕에 좀 덜 수 있었다. 동무들은 활이나 창을 다룰 수 있게 되자 마자 가별초의 일원이 되었고 무수히 많은 전쟁을 겪으며 살아남아 그 경험들을 얘기해 주었다. 그리고 오늘 그들이 돌아오고 있었다. 이번에는 어떤 일들이 있었을지, 또 어떻게 가별초와 북방인들의 용맹을 떨쳤을지 그 얘기를 들으며 밤을 지새울 생각에 설렌 가슴을 진정시키며 사내는 급히 산을 내려갈 채비를 하였다. 고사리나 온갖 잡초들만 그득한 망태기를 고목 옆에 둔 것조차 잊은 채 집에 담가 놓은 술을 생각하며 사내는 연신 웃음을 띠며 산을 내려갔다.

* * *

까마귀들이 본능적으로 바람에 실려 온 피와 전쟁의 냄새를 감지하고 행군 중인 병사들 위로 날아 들어 다시 둥글게 원을 그리며 날았다. 진군 중인 병사들은 대수롭지 않게 잠시 하늘을 올려 보고는 계속하여 걸었다. 족히 천여 명은 되어 보이는 군사들이 동쪽으로 걷고 있다. 말을 탄 지휘부 뒤로 깃발을 꼿꼿이 세운 기수들과 보병들이 나란히 걷고 있다. 가까이에서 본 이들에게 군기라고는 찾아볼 수가 없다. 투구는 허리춤에 매달려 흔들거렸으며 걸음걸이가 흐느적거리는 것이 발 맞춰 걷는 이가 하나도 보이지 않는다. 고단한 눈을 비벼 대는 이도 있고, 시시한 농담을 건네며 떠들어 대는 이가 태반이다. 중간중간 몽고나 여진식 변발을 한 이들도 제법 있다. 진군을 하는 모습만 보아서는 마치 패잔병들의 진군처럼 보일 정도로 힘과 기백이 느껴지지 않는다. 혹여나 조정에서 감찰이라도 나와 이를 보았다면 기겁을 했을 법한 광경이다. 누가 이들을 고려 최고의 전력을 가진 가별초임을 상상할 수 있을까. 하지만 그들의 생각은 전투가 시작됨과 동시에 삽시간에 바뀔 것이다. 이들은 개개인의 뛰어난 무력뿐 아니라 실전에 가장 적합한 진법과 전술을 완벽하게 숙지하고 있었다. 더군다나 역사상 유래 없는 최고의 지휘관이 이들을 지휘하고 있으니 백전백승을 자랑하는 이들의 무용담은 명확한 사실이다. 단지 힘을 써야 할 때와 아껴야 할 때를 알고 있었기에 자연스레 행군 중 고된 몸과 긴장을 풀고 있는 것이다. 그리고 갑작스런 어떤 상황에서도 이들은 그 상황을 순식간에 헤쳐 나갈 것이다.

　대열의 맨 앞 중앙에 터질 듯한 다리 근육을 자랑하는 진한 갈색 털의 군마가 걷고 있다. 그 등 위로 호랑이 무늬 가죽이 보인다. 그것은 말 그대로 호랑이 가죽이다. 잘라서 재단한 것이 아닌 호랑이의 얼굴에서부터 꼬리 끝까지 통으로 벗겨 낸 듯한 모양이다. 말의 등 위로 가죽의 뒷다리와 꼬리가 흔들거렸고 그 위 등을 지나 머리까지 이어져 있다. 무늬와 그 크기로 봤을 때 제법 영험한 산의 산군 정도는 될 법한 호랑이 일 것이다. 호랑이의 얼굴 가죽을 그대로 덮어쓴 사내가 고개를 숙였다 들었다를 반복하고 있다. 믿기 힘든 광경이지만 가별초의 수장은 호랑이 가죽을 통으로 덮어쓰고 흔들거리는 말 위에 앉아 졸고 있는 것이다. 그는 몇 해 전 직접 사냥한 호랑이를 그대로 가죽을 벗겨 들고 다니며 이불 따위로 쓰고 있었다. 그의 부인이 흉측하다고 극구 만류하였지만 그는 아랑곳하지 않고 전투가 있을 때마다 꼭 그것을 챙겨서 출정을 했다. 병사들은 그것이 적병에게 위협을 가하거나 어떤 과시의 목적이겠거니 생각했지만 실상 별다른 이유는 없었다. 굳이 이유라면 그 호랑이 가죽이 바람과 추위를 잘 막아 준다는 것 정도일 것이다. 그리고 자신의 몸에 제법 잘 맞는 듯도 하였고…. 어릴 적 언젠가 자신이 장성하면 호랑이를 잡아 가죽을 입고 다니겠다 허세를 부려 놓았던 것에 대한 책임감일 수도 있을 것이다. 말 위에서 졸고 있는 자신의 수장과 아무렇지 않게 나란히 말을 타고 걷던 장수가 날아드는 까마귀 떼를 잠시 올려 보다 옆을 보고 장난스레 말했다.

- 방과야 잘 봐 봐라 세 발 달린 거 있니.

- ….

스물이 채 안 돼 보이는 앳된 얼굴이지만 기골이 제법 듬직한 청년이 답 대신 눈을 흘겼다.

- 야야, 니는 어른이 말을 하면 대답을 해야지, 어찌 눈만 번득이니.

- 내레 어린 아도 아인데 그만하시우다.

제법 짜증 섞인 말투로 방과가 답하자 장수는 입꼬리를 올리며 웃음 섞인 말을 다시 건넨다.

- 므시기 아가 아이라 니 왜놈들 모가지 몇 개나 비틀었니.

- …한 너댓 명 정도는 조져 놨지비….

방과의 말 끝이 흐려지는 걸로 봐서는 이번 전쟁에서의 전과가 시원찮은 듯했다.

- 야야 봐라, 내레 니 만할 때는 100명도 넘게 모가지 비틀었다야. 100명 채우고 오면 어른 대접해 주꾸마.
- 일 없수다. 농 할라믄 가서 방원이나 골려 주기요. 내레 그런 농담 들어줄 나이 아님메.
- 아이고, 말도 마라 야 방위이가 니보다 똑똑해가 내 말도 못 붙이겠더라야. 고 쪼매난 놈이 어찌 그리 따닥따닥거리는지 내레 방위이는 못 당하지비….

방과는 더 이상 농담에 응할 생각이 없는듯 고개를 돌려 뒤의 행렬을 살피는 척했고 장수는 놀려 먹는 재미가 쏠쏠하다 생각하며 계속하여 방과를 불러 댔다.

- 시끄럽다.

호랑이 머리 가죽을 뒤로 넘기며 가별초의 수장 이성계가 잠에서 깨어나며 나지막이 말했다. 장수와 방과는 그런 그를 빤히 쳐다보았고 그는 뻐근한 목 언저리를 만지며 목을 좌우로 움직였다.

- 지란이.
- 야 성님.
- 와 우리 아 괴롭히네.
- 무시기 괴롭힌다 하우까. 저만할 때는 세 발 달린 까마귀 찾으러 댕기기도 하는거 아니우까….
- 혼례까지 마친 아한테 무시기 객쩍은 소리 짖어 대니. 방과 아 아이다 이제 어른 대접해 주라.
- 에이…. 그래도 아직 스물도 안됐는….

지란의 말이 채 끝나기 전에 성계가 장난기 가득한 표정으로 말한다.

- 니레 스물 안되서 몽고 아들하고 칼부….

- 성님.

지란이 다급히 성계의 말을 끊었다.

- 야야 귀청 떨어지겠다. 사람 말하는데 어찌 그리 고함을 치니.

- 그거 어서 들었수까.

성계의 눈꼬리가 한껏 내려가며 흘러나오는 웃음을 참으며 어깨를 들썩인다.

- 그거이 이 동네서 모르는 사람 있다디, 뒤에 아무나 잡고 물어봐라.

지란이 급히 뒤를 돌아 부관들과 기수들을 쳐다보았다. 그 중 한 명이 지란과 눈이 마주치자 실실거리며 소리 내지 않고 눈으로 웃음을 보였다.

- 간나새끼…. 니레 모가지 간수할라믄 입 조심해라야.

- 야 장군.

- 야야 어데 엄한 사람 잡고 있니. 내레 말하면 내 모가지도 비틀꺼니.

- 일 없수다.

지란이 기분이 제법 상한 듯 고개를 획 하고 돌렸다.

- 아바이 뭔 얘기우까. 좀 알려주시기요.

방과는 그간 당한 놀림들을 그대로 갚아 줄 수 있겠다 싶어서 한껏 들뜬 목소리로 아버지를 불렀다.

- 야야 내레 모가지 간수할라믄 말 못하지비. 난중에 지란이한테 직접 물어보라.

- 아이 근데 성님은 대단도 하오 그 말 위에서 잠이 오오.

성계가 방과에게 자신의 치부를 말하지 않은 것이 내심 안심스러운 듯 지란이 슬며시 말을 건넨다.

- 간나새끼 봐 바라. 말 위에서 쌈질하면서 똥 오줌도 지리는데 잠을
  못 자겠니.
- 아이고, 성님 인간적으로다가 똥은 지리지 말서. 성님 방귀 냄새만
  도 팽이 똥 냄새보다 독하던디, 그 말한테 안 미안하오.
- 이 놈이….

성계가 갑자기 손을 엉덩이 춤으로 가져갔다.

- 야 내 좀 지린 거 같은데.

성계가 소리를 치며 기습적으로 손을 빼서 지란의 얼굴 앞으로 가져다
대었다.

- 어… 어, 참말로 이러기요.

지란이 손사래를 치며 급히 몸을 돌리고 방과와 주위 부관들은 손으로
입을 막고 킥킥거렸다.

- 쪼개지들 마라, 내 면상 다 봐 놨디.

지란의 정색에 몇몇은 머쓱하게 웃음을 참았고 남은 이들은 개의치 않
고 계속해서 웃었다.

- 야야, 괜한 아들 잡지 마라. 아 참, 방우 어디 갔니.
- 정신없수까 성님이 개경에 심부름 보냈지비.

지란이 퉁명스레 말을 했고 성계가 머쓱한 듯 어깨 즈음을 만지며 뒤를
돌아보았다.

- 개석아.
- 네, 장군.
- 성에 전령 보냈니.
- 네, 장군. 날랜 자로 보내 놓았습니다. 지금쯤 도착했을 겁니다.

- 야 니 개경 말 멋들어지게 잘 한다야.

- 아…. 네 제가 이천서 나고 자라서….

- 아 맞다. 기래 니 이 동네 아 아이였지비. 내레 이 촌놈들이랑 말 섞
  다 보이 정신이 없어가….

성계가 잠시 좌우를 흘겨보자 어이없다는 듯한 표정으로 지란이 알아
들을 수 없는 말을 중얼거렸다.

- EIOJFLKSDJEOVNLKSDJFOWLDSKJFLDSJFL

- 야 이 종간나새끼 내레 여진 말 모르는지 아니, 이리 온나 대갈빡이
  를 오늘…. 이리 안 오니.

지란이 급히 말 고삐를 성계의 반대 방향으로 잡고 달아난다.

- 저 간나새끼 튈 때는 저리 날래다, 봐라.

멀어지는 지란을 보며 주위의 웃음이 한참을 끊이질 않았다.

- 개석아.

- 네, 장군.

- 뒤에 말 전하라. 이번에 전공은 내 며칠 따져 가지고 나눌 꺼니께는
  오늘 성에 들가면 다들 바로 집으로 가라 해라.

- 네, 장군.

- 그라고 술 쳐먹지들 말고 얌전히들 있으라 해라.

- 네, 장군…. 전하겠습니다.

부관의 목소리가 급격히 작아졌다. 아마 전한다 하여 지켜지지 않을 것
임을 알기에 그럴 것이다.

- 에이…. 꼭 쳐 먹을기면 세 명이상 모이지 말라 해라. 전에처럼 소란
  떠는 아새끼들 있으면 내레 모가지를 확…. 아이… 머리털이랑 수염

이랑 모조리 뽑아뿐다 해라, 알겠니.

- 네, 장군.

부관이 밝아진 표정으로 말 머리를 뒤로 돌려 달려가자 어느샌가 지란이 슬며시 제자리로 돌아오며 성계를 불렀다.

- …오늘 한잔 하우까 그 보니까 개경에서 좋은 술 받아 논 거 있는거 같….

- 간나새끼 니 줄 거 없으이 얼씬거리지 마라.

- 에이 성님, 내레 이번에 죽을 뻔 본 거 모르오. 좀 나눠 마시우다.

- 엣 흠….

지란이 실실거리며 눈웃음을 쳐 대자 성계가 말려들기 싫은 듯 헛기침을 하며 방과를 불렀다.

- 방과야.

- 야 아바이.

- 그래 니 세 발 달린 거는 찾았니.

- 아 아바이.

방과가 발끈하여 칭얼거렸고 가별초의 귀환 행렬은 다시 한번 웃음이 가득 찼다.

* * *

화령 성내에는 개경의 궁궐에 비견될 만한 대저택이 있다. 이곳의 사람들에게는 궐과 같거나 그 이상의 의미를 가진 곳이다. 그 저택의 가주가 왜적들을 격퇴하고 지금 성으로 귀환하고 있다. 해 지기 전에 도착한다는 전령의 소식에 집안의 사람들이 한결같이 바삐 움직이고 있었다. 대 저택의 본채 기와 끝에 나무 동강 둘이 걸려 있다. 마치 풍등을 흉내 낸 듯 나무 조각 들이 바람에 서로 부딪히며 '따닥 따닥' 소리를 내었다. 투박하게 걸려서 소리를 내는 나무 풍등은 저택 주인의 취향이나 성격뿐 아니라 북방인들의 마음을 대변하는 듯했다. 바람에 부딪히는 나무 풍등 아래로 대청마루 중간에 한 소년이 엎드려 있었다. 바삐 움직이는 사람들의 발소리에 아랑곳 않고 소년은 풍등 소리를 자장가 삼아 그 혼자 세상 편안한 잠에 빠져 있었다. 바쁜 와중에도 누군가가 그 소년의 등에 담요를 덮어 두고 간 것으로 보아 집안 사람들에게 소년의 넉살 좋은 낮잠이 대수롭지 않은 일인 듯했다. 그렇게 소년은 몸을 움찔거리며 깊은 꿈속에 빠져 있었다.

사방이 온통 초록 빛으로 가득하고 그 초록은 끝이 보이지 않게 세상에 펼쳐져 있다. 소년은 어찌 산 하나 없는 이런 곳이 있을까 의아해 하면서 순간 방우 형이 해 줬던 몽골 초원 얘기가 생각이 났다. 믿기 어려웠지만 몽골의 초원 이란 곳에 가면 끝없는 초야가 펼쳐져 있다고 했다. 거기서 말과 양을 먹이고 하루 종일 말을 타고 달려도 그 끝에 닿을 수 없다는 말에 소년은 꼭 자신을 거기에 데려가 달라고 형을 졸랐었다. 소년은 아마 형이 자신이 잠든 사이에 초원으로 데려왔을 것이라 생각했다. 초원을 둘러보던 중에 인기척에 앞을 보니 어느샌가 아버지와 형들이 말에 올라타 자신을 보고 있었다.

　- 방간이, 방원이, 방연이, 니네는 말 못 타니 여서 기다리고 있으라.
　아버지가 단호한 말투로 말을 했다. 어찌 된 일인가 싶어서 다시 뒤를 보니 방간이 방연의 손을 잡고 서서 자신을 빤히 쳐다보고 있었다. 소년은 급히 몸을 돌려 아비에게 말한다.

－ 아바이 나도 댓고 가시기요. 여 남기 싫소.

아버지는 그런 소년을 잠시 내려 보고는 말없이 말머리를 돌렸다. 방우방과 방의 세 명의 형까지 말머리를 돌리고 순식간에 아버지와 형들은 말을 달려 소년에게서 멀어져 갔다. 방원의 마음이 급해졌다. 이대로 아버지와 형들을 따라가지 못하면 영영 그들을 보지 못할 거란 생각이 머릿속을 맴돌았다. 이대로 있을 수 없다는 생각에 안절부절못하며 주위를 살피니 아버지가 사냥 나가실 때 데리고 다니는 사냥개 두 마리가 보였다. 누런 색의 그 사냥개들은 몸집이 제법 컸기에 소년은 순간 떠오르는 생각을 바로 실행에 옮겼다. 급히 한 마리의 등에 올라타 아버지를 흉내 내듯 양발을 개의 배 언저리에 놓고 꽉 조였다. 얌전히 '헥헥'거리는 개를 보며 소년은 뒤를 돌아 형에게 말했다.

－ 성 빨리 방연이랑 같이 저 개에 올라타오.

방간과 방연은 미동치 않고 서 있었고 소년은 급한 마음에 그들을 생각할 겨를 없이 개의 목덜미를 잡았다. 개는 여전히 '헥헥'거리며 풀들 사이에 얼굴을 기웃거리기만 할 뿐 달려 나갈 생각이 없는 듯했다. '고삐가 있어야 하는데…' 고민하던 소년의 눈에 쫑긋하게 솟아오른 개의 귀가 보였다. 소년은 아무 생각 없이 손을 뻗어 귀를 잡고는 아버지를 흉내 내듯 위아래로 당기면서 소리를 내었다. 반응 없던 개가 갑자기 다리를 움직였다. '됐다'라는 생각이 퍼져 가자 소년은 양손을 더 힘차게 흔들었다. 개는 서서히 구르는 발의 박자를 빨리 했고 그렇게 소년은 첫 승마가 아닌 승견을 해내었다. 얼굴을 스치는 바람에 한결 기분이 좋아지면서 저 멀리 말을 타고 달리는 아버지와 형들의 모습이 보이기 시작했다. [조금만 더….] 급히 손을 움직이던 찰나 뒤에서 소리가 들려온다.

  - 방원아, 방원아….

  돌아본 곳엔 방간이 방연을 안고 뛰어오며 자신을 부르고 있었다. 어찌 개도 안 타고 자신을 따라잡고 있는지 의아해하며 다시 앞을 보니 아버지와 형들이 더 멀어져 있었다. 방원은 뒤를 돌아볼 여유가 없음을 느끼고 더욱 손을 세차게 흔들었다.

  - 방원아, 방원아.

  소리가 점점 가까워지더니 어깨에 올라오는 손길이 느껴졌다. [안 되는데…. 아바이….] 급한 마음에 눈을 질끈 감고 되뇌이는 동안에 손은 자신의 몸을 급격히 흔들어 대고 있었다.

  - 방원아, 인나라 방원아.

  힘겹게 눈을 희미하게 뜨는 방원의 눈에 자신의 몸을 흔들어 대는 방간의 얼굴이 비쳤다.

  - 성님….

  - 기래, 성이다. 후딱 인나라.

  그제서야 자신이 꿈을 꾸고 있었던 것을 깨달은 소년은 급히 몸을 일으켜 신이 난 목소리로 말한다.

  - 성님, 내 꿈에서 말 아니… 개 탔소. 개 타고 아바이랑 성들….

  - 기래, 아바이 오신단다. 꿈 아니디.

  방원이 화들짝 놀라며 눈곱이 낀 눈을 크게 치켜 떴다.

  - 성, 그게 참이오.

  - 기래, 해지기 전에 온다 했지비. 후딱 인나서 정신 챙기라.

아버지가 오신다는 말이 어찌나 반가웠던지 방원은 방간 옆에 멀뚱히 서 있던 방연을 안고 소리를 질러 댔다. 바쁘게 움직이던 사람들은 그 소리에 살짝이 미소 지으면서 그대로 급히 움직였다.

해가 뉘엿뉘엿해지자 대문 앞 마당에 저택의 모든 사람이 나왔다. 대열의 중앙 앞에 가주의 부인과 딸들 방연의 손을 잡은 방간이 서 있고 그보다 앞에 방원이 몸을 숙이고 서 있다. 언제든 뛰어 나갈 준비를 마친 방원이 초조한 마음으로 엄지를 깨물어 대고 있을 때 대문 너머로 서서히 말 발굽 소리와 쇠 부딪히는 소리가 들려왔다. 나무 풍등과 어울려 섞이던 그 소리들이 바람이 멎고 풍등이 멈춤과 동시에 조용해졌다.

　- 내 왔다.

대문 너머로 가주의 호쾌한 목소리가 울려 퍼지자 집사와 하인들이 급히 뛰어나가 대문을 열었다. 열린 곳에 성계 일행이 말고삐를 잡고 서 있었다. 집사와 하인들이 급히 문을 너머 고삐를 받아 든다.

　- 장군 수고 많으셨습니다. 안으로 드시지요.

　- 기래 기래 문집사야 니도 내 없는 동안 고생 많이 했지비.

　- 아닙니다 장군. 무사히 귀환하신 걸 보니 참으로 기쁩니다. 어서 드시지요.

　- 기래 이것도 좀 잘 챙기 두라.

　- 네, 장군.

성계가 걸치고 있던 호피를 벗어 집사에게 건네사 받아 든 집사가 급히 말 고삐를 잡고 하인들과 마구간으로 향하고 성계 일행은 대문 지방을 넘는다.

- 아바이.

　성계의 뒷발이 대문 지방 위를 지나자 마자 방원이 쏜살같이 뛰어와 안겨 왔다.

　- 기래 기래 우리 방원이 잘 있었니.

　- 야 아바이. 잘 있었수다. 전쟁 잘 하고 왔수까.

　성계는 흥겨움이 가득한 두 눈으로 아들을 바라보며 그 머리를 거칠게 쓰다듬었다.

　- 기라믄 잘 했지비. 왜놈들 다 혼내 주고 왔다. 방원이는 글 공부 많이 했니.

　- 야 아바이 많이 했지비.

　- 기래 장하다 방원아 언능 드가자.

　성계가 발에 붙은 방원을 떼어 내며 안으로 들려 하자 방원이 할 말이 남은 듯 그 앞을 비켜 줄 생각이 없는 듯했다. 전장에서는 백만 대군이 앞을 막아도 거침없이 칼을 휘두르며 나아갈 그였지만 어린 아들 앞에서는 한 발자국도 앞으로 나아갈 수가 없었다.

　- 아바이 왜놈들 모가지는 많이 가져왔수까.

　- 뭐 뭐라, 방원아 니 어린 아가 어찌 그리 험한 말을 하니.

　- 성님이 그랬수다. 아바이가 왜놈들 모가지 많이 가져오면 장작 패 듯 도끼로 다 쪼개뿐다 했시요.

　성계가 잠시 당황한 듯 주위를 살피다 머쓱한 표정의 방간을 발견한다.

　- 방간이 니가 그랬니.

　- 야 아바이… 그게….

　방간이 성계 뒤의 지란을 뚫어져라 쳐다보자 성계가 그 눈빛을 따라 고개를 돌린다.

- 야이 간나 니 어디 어린 아들한테 기깐 소리 해 댔니.
- 아이 성님 그기 아이고….
- 간나새끼 니 오늘 진짜 살을 발라삘까.
- 성님 어차피 야들도 몇 해 지나면 전장터 댈고 다닐 거 아이요. 미리 말해 준 게 뭐시기 대수라고 그케 역정질을 하오.
- 일 없다야. 내레 분명히 말하는데 방간이부터는 손에 피 묻힐 일 없게 할기다. 야들은 칼 말고 붓만 들면 된다. 니 알았니. 한 번만 더 아들한테 객쩍은 소리 해 대면 그 조동아리 불로 지지가 까마귀 밥 준다야, 알아들었니.
- 야…. 미안하우다….

지란이 성계의 화기가 평소 장난스러운 것이 아님을 직감하고 고개를 푹 숙인 채 힘없이 답했다.

- 됐다 드가자 부인하고 우리 가이내들 잘 있었나 함 보자.

풀 죽은 지란이 성계의 뒤를 따르며 방과에게 속삭였다.

- 방과야 가이내가 뭐이고.
- ….

지란이 답 없는 방과를 보며 고개를 갸우뚱 하고 있자 성계가 머리를 돌려 어깨를 으쓱하면서 말한다.

- 야야 개경에서는 딸아들 보고 가이내라 한다. 니레 이래 무식해 가…. 으이구
- 장군.

일행 중 흰옷을 입은 서생 하나가 입이 튀어나온 지란의 얼굴을 살피다

성계를 불러 세우자 성계가 반가운 듯 답했다.

- 야 선상. 말씀하시기요.

- 그…. 송구하오나 가이내는 전라주도(全羅州道) 쪽 방언인 듯합니
다만….

- 에… 그렇소….

성계가 붉어진 얼굴로 말을 더듬자 방원이 서생을 빤히 쳐다보다 말한
다.

- 아바이, 이 아즈바이는 누기요.

성계가 민망함을 추스르며 방원의 머리를 다시 쓰다듬는다.

- 방원아, 아즈바이가 아이라 니 가르칠라고 개경서 모셔 온 선생이
다. 앞으로 선생님 잘 따라다님서 글도 배우고 개경 말도 잘 배워야
한다. 어서 인사드리라.

방원이 성계의 다리 뒤로 숨어 서생을 경계하자 그사이 기가 살아났는
지 지란이 서생의 어깨에 손을 올린다.

- 이야 우리 선새임 집주인 면전에다가 면박을 그리 주는 거 보이 아
들도 잘 가르치겠구만 기래.

킥킥거리는 지란의 얼굴을 보자 서생이 실수를 했다 싶었는지 급히 손
사래를 쳤다.

- 이런…. 장군 송구합니다…. 소인이 생각이 짧아 그만 실언을….

- 하하하 아니요 아니요 선생. 내레 워낙이 촌놈이 되나서 입방정 잘
못 뜬 거 아니겠소. 내 개안으니 신경 쓰지 말고 모쪼록 우리 아들
좀 잘 갈쳐 주기요.

성계의 말투에 담겨 있는 진심을 느낀 것일까 서생의 대답에도 진심이

가득 묻어 있었다.

- 네 장군. 성심을 다하겠습니다.
- 기래 기래, 자 다들 드갑시다.

방원이 아버지의 손을 꼭 붙들고 마중 나온 사람들에게로 걸어 들어간다.

그날 밤 연회가 밤새도록 열렸고 방원은 술에 취한 어른들 틈새에서 물 그릇 하나를 들고 다니며 술잔과 부딪혀 댔다. 자정 즈음이 되어서야 그 릇을 손에 쥐고 잠든 방원을 성계는 품에 안아 자신의 방에 눕혔다. 연회 는 새벽녘이 되어서 마지막으로 버티던 지란이 상에 머리를 기대고 잠들 자 끝이 났다.

해가 제법 하늘을 가로지르고 있을 때 성계가 눈을 비비며 본채로 향하 고 있었다. 방원을 재우고 돌아와 연거푸 몇 잔 더 마신 것까지만 기억이 나는 것이 지란에게 놀림을 좀 당하겠다 싶은 마음에 머리가 아파 왔다. 본채에 다다랐을 때 성계의 눈에 허리춤에 손을 가져다 대고 인상을 한껏 쓰고 있는 부인과 그 앞에서 울상이 되어 이불을 들고 있는 방원이 눈에 들어왔다. 집에 돌아와 따뜻한 말 한마디 건네지 못하고 술만 퍼 마신 것 에 대한 불똥이 방원에게 튀었으리라….

- 방원아.
- 아바이.

방원이 이불을 든 채 뛰어와 안기었다. 안겨 오는 바람에 지린내가 올 라오는 것을 보고 부인의 인상이 어찌 그랬는지 이해가 되려는 중 부인은 멀리서 눈을 흘기고 자리를 옮긴다.

- 야야, 니 오줌 쌌니.

- 야….

- 기래 니레 물을 그리 술처럼 들이킬 때 알아봤다야. 하하하.

- ….

방원이 고개를 푹 숙이고 우물쭈물해 대자 성계는 그 앞에 앉아 눈높이를 맞추며 그 어깨를 두꺼운 손으로 만져 주었다.

- 방원아 아바이가 재밌는 야기 하나 해 주꾸마.

- 뭔 얘기요.

- 이거 듣고 어디 가서 말하면 안 된대이.

- 야 아바이.

- 지란이 숙부가 니보다 한 열 살은 많을 때 옷에 오줌 지린 적 있다야.

- 에이 참말이요. 내보다 열 살이면 방과성 나이 아니우까.

- 기래. 야 봐 바라. 지란이가 방과만할 때 시전에서 몽고 아 하나하고 시비가 붙었는데….

방원의 눈이 그새 초롱초롱 빛난다.

- 그 몽고아가 덩치가 제법 컸거든. 근데 지란이가 겁도 없이 갸 면상에다 대갈빡이를 냅다 꽂았지비.

- 기래서 우쩨 됬음둥.

- 크… 키키…. 우쩨 됬겠누, 그 몽고아가 코피를 질질 흘리면서 열이 뻗쳐가 고대로 지란이를 잡아다 던져 뿟지. 그라고도 성이 안 찼는가 칼을 뽑아 들었다대.

성계가 어찌나 우스운지 살쾡이 소리를 내듯이 웃는다.

- 기래서 칼을 휘둘렀음메.

- 그래가 갸가 칼을 휘둘를라 카는데 지란이는 일나도 못하고 방댕이
  로 다가 뒷걸음질을 막 쳐 댔지.
- 기래서 어찌 됐수까.

방원이 재촉해 대고 성계는 연신 웃음을 참아 가며 말을 더듬었다.

- 그래가… 아이고… 배야. 그래가 지란이가 내레 오늘 뒤지는 갑다
  하고 눈을 질끈 감았는데 지란이 아바이가 소란 듣고 급하게 뛰어와
  가 말렸단다…. 근데 다 정리하고 지란이 꼴을 보니까는…. 아이고.

성계가 숨이 넘어갈 듯 배를 잡고 웃음을 터뜨렸다. 잠시 혼자 웃어 대
다 방원의 손을 잡았다.

- 지란이 바지 춤 밑으로 오줌이 뚝뚝 떨어지고 있더란다.
- 그게 참이요, 아바이.
- 기래 기래, 참이다. 그니께 니 기죽지 마라. 야 아가 밤잠 자다 보면
  오줌도 지리고 하는 거지, 괜찮다. 다 큰 어른도 술 쳐먹으면 방에다
  오줌 싸발기기도 한다야.

방원이 금세 기분이 나아진 듯 얼굴에 웃음기가 돌았다.

- 아이고, 성님 여 있었소. 아이 사내가 술이 그리 약해가 우짜오 어제
  그리 냅다 뻗어 삐드만은.

성계를 발견한 지란이 어제 일을 놀려 댈 생각에 의기양양하게 걸어오
고 있었다.

- 아이 근데 그 개경 술이 좋긴 좋수다. 내레 그리 마셔 댔는데 머리가
  안 아프….

이불을 들고 있는 방원을 발견한 지란의 얼굴이 드디어 이 꼬맹이에게
한 방 먹일 수 있겠다 싶어서였을까 금세 밝게 빛났다.

- 야야 방원아, 니 오줌 쌌니. 아이고, 니레 우짤라고 일곱 살이나 돼

　가꼬 오줌을 싸고 그라니. 하하하.

의기양양하게 걸어오는 지란의 앞을 막아선 방원이 지란을 올려보다
이내 혀를 빼꼼 내밀었다.

- 오줌싸개.

급히 등을 돌려 달려 나가는 방원의 뒷모습을 바라보는 성계의 어깨가
정신없이 들썩였다.

- 뭐 뭐라, 방원아 니 뭐라 했니. 성님, 성님이 말했수까. 참말로 이라

　기요.

지란이 고함을 꽥 지르며 방원을 뒤따라 달리며 소리를 질러 댔다.

- 야야 방원아 니 그거 어데 가서 말하면 안된다. 야야 그 서 봐라.

성계는 달려가는 방원을 바라보고 걱정스럽게 외쳤다.

- 방원아 그 다친다야 조심해라. 천천히 뛰라.

성계는 그렇게 한참을 방원을 바라보고 있었다.

5. 눈싸움

잠시간의 회상을 끝내고 천천히 떠지는 아비의 눈 끝에 촉촉함이 느껴지는 것은 순간 그에게 많은 감정의 동요가 있었음을 나타내는 것이었다.

[어찌 이리 마음이 심약해진 것인가…. 나도 세월을 피해 갈 수 없는 것인가…. 하지만 아직….]

잠시간의 아련함을 뒤로한 채 다시 마음을 다잡은 아비가 언제 눈물이 맺혔었냐는 듯이 금세 눈에 힘을 주었다. 눈앞에 아들이 독을 바라보고 있었다. 자신의 기척을 느끼지 못했음 일 것이다. 이 아이는 어려서부터 한 번 눈에 담은 것을 쉬이 떼지 않았었음을 아비는 생각했다. 아마 그런 부분이 양녕의 폐위에 지대한 영향을 미쳤으리라….

- 마시거라.

- 아바마… 아버님.

별안간 들려온 소리에 화들짝 놀란 아들이 급히 고개를 들었다.

- 잠시 사색에 빠지신 듯하여….

- 왜 독을 그리 보고만 있느냐 퍼서 마시면 되지 않느냐.

- 아… 그것이…. 아 아버님 사색이 깊으신 듯하였는데, 혹 할아버님 생각을 하신 것입니까.

아비와 아들은 전혀 다른 얘기로 대화를 하고 있었다. 아마 두 번째 잔을 피해 가고 싶은 아들의 너스레일 것이다. 그것을 모를 리 없는 아비는 손을 들어 독에 가져가 탁주를 퍼 올렸다.

- 자, 한 번 더 보거라.

강경한 어투와 눈빛으로 다시 그릇을 넘기는 아비를 보며 아들은 심중으로 한숨을 내쉬며 그릇을 들어야 했다. 다시 한번 그것이 목을 넘는다. 처음보다는 확실히 거부감이 덜 하긴 했지만 그 냄새는 여전히 적응이 힘들었다. 힘겨이 그릇을 비운 아들은 다시 아비의 얼굴을 살폈다.

- 네 할애비를 기억하느냐.

- 네, 아버님. 어찌 그 장대한 풍모를 잊을 수 있겠사옵니까.

- 뭐라…. 아버님이 병석에 계실 때 문안 갔던 것이 네가 할애비를 본 전부가 아니더냐.

아비가 의아해하며 물었다. 그도 그럴 것이 아버지의 말년에 조금 풀어진 듯했어도 그 평생을 자신을 미워하느라 보내신 분이셨음에 그 손자들조차 따로 찾아 보지 않았던 것으로 알고 있었기 때문이다.

- 아…. 그것이 실은 어릴 적에 한 번 사가에서 뵌 적이 있사옵니다….

- 뭐라…. 사가에서 언제 말이더냐. 네가 어릴 적이면 궁에 있었을진 대….

- 네, 그때가 개경에서 천도 준비를 하던 때였습니다. 궐에 정리할 것이 많아 부득이 잠시 사가에 나가 있었습니다.

- 아 그래. 그랬었구나 다시 한양으로 올 때…. 그것이 을유년즈음이 겠구나….

- 네, 아버님. 그 즈음이 맞습니다.

아비의 얼굴에 의아함이 가득 감돌았다.

- 그런 일이…. 어찌 말하지 않았더냐….

- 송구하오나… 그 즈음에는 아버님 얼굴을 뵙기도 힘들었었고…. 더 군다나 할아버님 얘기를 하기에는….

말끝을 흐리는 아들의 입을 보며 그 사정을 모를 리 없다는 듯 아비의 고개가 슬쩍 끄덕였다.

- 그래…. 내 널 추궁하려는 것이 아니라 하도 의아해서 이러는 것이 니라. 아버님께서 어찌…. 허….

- 네, 아버님. 소자가 어찌 그 의중을 모르겠나이까.

- 그래, 사가에까지 찾아와서 무슨 말을 하셨더냐.

- 음…. 워낙 오래전이라 자세히 기억은 나지 않지만 활 쏘는 법을 알 려 주시고는 글공부가 재미있는지 물어보셨던 것 같습니다.

- 뭐라…. 활 쏘기를 알려 주셨다고 하하핫….

의아함에서 급격히 큰 웃음으로 변한 아비의 표정을 아들은 물끄러미 바라보았다. 이내 웃음이 멈추고는 아비가 다시 물어 왔다.

- 그래, 활 쏘기를 잘 알려 주시더냐. 네 할애비의 활 쏘기 수업은 어 렵기로 유명한데…. 허허 어찌 그 어린 너에게 그걸 알려 주실 생각 을 하셨을꼬….

- 네, 아버님. 그때 설명을 잘 들었습니다. 지금도 간혹 활을 쏠 때는 그때의 기억에 제법 의존하고 있사옵니다.

- 아니 네가 그 어린 나이에 그걸 알아들었다는 말이냐….

- 네… 그것이 워낙 오래전 일이라 명확하지는 않지만….

- 허허…. 그런 일이….

아들이 급히 생각난 듯 반가운 마음으로 답하자 아비의 눈매가 다시금 젖어 왔다…. 그 아버지에 대한 회한은 세상 그 어떤 말로도 다 표현할 수 없을 것이었다….

[혹시 용서를 하고 가신 것인가….] 잠시간의 생각을 다잡은 아비는 다시 아들을 향해 눈길을 돌렸다.

- 그래…. 그분 활 솜씨는 너도 익히 들어 알고 있겠구나.

- 네, 어찌 소자가 태조대왕의 무용을 모를 수 있겠습니까.

- 허허…. 그랬지. 아버지께서는 신궁 중의 신궁이셨지…. 그 옛날 동명왕이 다시 난다 해도 그에 비할 바가 못 될 것이라…. 모든 사람들이 하나같이 말했었단다.

- 아버님께서는 그 장면들을 직접 보셨을 터이니 소자는 참으로 부럽사옵니다.

- 나라고 많이 본 것은 아니니라…. 태상왕(太上王)[25]께서 어려서부터 아버님과 같이 전쟁에 많이 나갔으니 태상왕을 뵙거든 그 무용들을 여쭈어 보거라. 들으면서도 믿지 못할 것들 뿐일 것이다….

- 네, 아버님. 기억해 두겠습니다.

아비가 잠시 고개를 숙여 상을 바라보았고 약간의 취기가 느껴지는 듯한 느낌에 아들이 슬쩍 관자놀이를 쓰다듬었다.

---

25) 태상왕(太上王): 생존해 있는 현왕의 전전대 왕.

- 벗거라.

- 네….

무슨 뜻인지 되물어 오는 아들을 바라보며 아비가 슬쩍 미소 짓는다.

- 익선관 말이다. 답답하지 않느냐, 벗고 있거라.

- 이걸 어떻게….

아들이 급히 벗은 익선관을 들고 어디다 둬야 할지 안절부절이다.

- 이리 주거라. 이게 뭐 그렇게 대단한 것이라고 그리 애지중지하느냐.

잠시 고민하다 아들이 손을 뻗자 아비가 익선관을 받아 들어 아무렇지 않게 독 옆에 놓는다. 아들은 놀란 얼굴로 순간 엉덩이를 반쯤 들었다 앉았다. 순간 아들의 뇌리에 한 줄기 감정이 스쳐 간다. 그 감정에 놀라면서 앞의 남자가 조선에서 유일하게 익선관을 함부로 대할 수 있는 사람임을 알고 있음에도 어찌 이런 기분이 드는 것인 것일까 의아했다. 짧은 생각 속에 다시 그릇을 독으로 가져가는 아비의 손을 보며 아들 역시 반사적으로 자신의 그릇을 들었다.

- 언짢으냐….

그릇을 상 위에 놓으며 아비가 슬며시 웃는다. 순간 아들은 대답을 하지 못한 채 잠시 아비의 얼굴을 살피고 독안에서 출렁이는 액체를 살폈다. 너댓 잔을 퍼 올렸지만 그것들은 여전히 독의 윗부분에서 출렁이고 있었다. [아….] 마음속에 탄식이 울려 퍼지며 아들은 그제서야 아비의 의중이 무엇인지 조금 알 것 같았다. 그가 하릴없이 술이나 먹자고 자신을 부른 것은 아닐 것이다. 바닥에 놓인 익선관에 화들짝 놀란 와중에도 자신조차 바로 인지하지 못할 정도로 잠시 스쳐 간 화기를 알아보고 미소를 짓고 있는 것은 분명 자신의 의도대로 되는지 살피고 그 반응을 즐기는 듯했다. 그 의도가 무엇인지는 당장 알 길이 없으나 분명한 것은 지금 이 자리가 단순히 술잔을 부딪히며 덕담을 나누는 자리는 아닐 것임을 짐작케 하고 있었다. 아마 평생 하지 못했던 얘기들을 하거나 자신에게 중히 전할 것이 있음일 것이다. 이 상황을 어찌 받아들일 것인가 아들은 순간 생각했다. 수동적으로 아버지의 말을 따라 흘러가는 것이 가장 좋은 방법이겠지만 아들은 그것이 아버지가 원하는 바가 아닐 것이라 직감하고 있었다. 지금까지는 탐색과 준비의 과정이었으리라…. 그리고 아들은 처음 먹어 본 탁주의 취기 덕분일까 아니면 점점 왕의 자리에 익숙해지고 있는 자신에 대한 자신감이었을까…. 평생 태산 같은 모습으로 버티고 서 있던 그에게 정면으로 맞서 보기로 먹었던 마음을 다시 한번 굳게 다잡았다.

  - 아버님, 어찌 소자가 그런 마음을 품을 수 있겠사옵니까. 다만 익선
    관을 그리 함부로 다루는 것이 처음이라 좀 놀란 것입니다….
  - 용상에 앉아서 사람들을 내려 보면…. 그 사람의 표정만 보고도 의
    중을 알게 되는 능력이 생기는 법이니라. 그 옛날 궁예 왕은 그것을
    관심법이라 했다지. 허허…. 너도 슬슬 보이지 않느냐.

아들은 농담 섞인 그의 말이 통찰력을 말하는 것임을 금세 알아차렸다. 그리고 굳이 그 말을 하는 것은 자신의 통찰력을 자랑하고자 함이 아니라 이 공간에서 허례 섞인 말은 통하지 않음을 에둘러 표현하는 것이라는 것 또한 알 수 있었다.

  - 네, 아버님…. 송구하오나….

뒷말을 잇지 못하는 아들을 보며 아비는 다시 잔을 비우고는 평온한 말투로 말을 잇는다.

  - 허허, 괜찮다. 내 너에게서 그 표정이 보이지 않았다면 더 화가 났을

것이다. 내 아무리 너의 아비라 하나 네가 이 나라의 임금이니 감히 임금의 익선관을 함부로 대할 수 있겠으며…. 그걸 보고도 화기를 가지지 않는다면 어찌 한 나라의 군왕이라 하겠느냐…. 잘하였느니라.

- 송구하옵니다….

- 도야, 잘 듣거라….

- 네, 아버님.

- 내 양녕을 폐하고… 네게 보위를 전한 것은….

잠시 말을 멈추고 생각을 정리하는 아비의 눈에 자신을 뚫어져라 보고 있는 아들의 얼굴이 비쳤고 그 눈빛에 불현듯 떠오르는 옛 기억이 아비의 뇌리를 채워 갔다.

* * *

정권을 장악한 삼봉의 위세에 밀려 무기력한 척 세월을 보내던 때였다. 뒷짐진 채 집안을 서성이던 방원이 귓가에 생소한 소리들이 들려오자 발길을 그곳으로 돌렸다. 안채 대청마루 앞에 유모가 서 있고 반쯤 열린 문 사이로 부인과 어린 아이의 울음소리가 새어 나오고 있었다. 방원은 슬며시 다가온 자신의 기척을 느낀 유모에게 조용히 하라는 손짓을 하고는 마루에 앉아 무슨 일이 있나 살피기 시작했다.

- 아가, 어찌 이리 말을 듣지 않니…. 팔을 좀….

- 에엥….

- 아니, 얘가 왜 이리 몸부림을….

- 에… 에엥….

슬며시 들여다본 방안에 부인과 아기가 시름을 하고 있었다. 부인의 팔이 바삐 움직이는 것을 보아 배냇을 갈아입히고 있는 듯한데 어미의 말한 마디 한 마디마다 대꾸하듯 있는 힘껏 소리를 지르는 것이 마치 둘이 싸우고 있는 듯해 보였다. 아직 목도 못 가누는 어린 것이 저리 '빼엑'거리는 것을 보니 귀여움에 웃음이 나다가도 그 아이의 성정이 보통이 아니다 싶은 생각에 방원의 눈에 비친 유모의 모습이 안쓰러워 보였다.

- 부인, 어찌 그 어린 것과 그리 싸우고 있는 것이오….

웃음 섞인 방원의 말에 잠시 문밖을 내다본 부인은 다시 아이와의 시름에 집중하는 듯했고 몇 번의 말 싸움이 끝나자 아이를 안은 부인이 나와 남편을 쏘아보았다.

- 이 어린 것이 누굴 닮아 성정이 이런지….

들려온 말에 머쓱한 듯 방원이 손으로 부채질을 해 댄다.

- 아니 부인 아직 몸조리를 해야 할 텐데…. 어찌 직접 애를 보고 있소. 유모에게 맡기지 않고는….

- 애를 평생 유모에게만 맡겨 둘 참이세요…. 그러지 말고 서방님께서 한번 안아 보세요.

성큼 다가와 얼굴 앞에 아이를 들이미는 부인의 손길에 방원은 얼떨결에 아이를 받아 안았다. 세 명의 아들을 무력하게 앞세우고도 생명의 끈이 어찌나 질긴지…. 어느새 다시 찾아온 세 번째 아들이다. 속 앓으며 두 아들을 신줏단지 모시듯 힘겨이 키워 내는 중에 찾아온 세 번째 아들은 또 그의 두 형들과는 다른 모습이었다. 안아서 얼굴을 슬쩍 살피자 아이가 입을 앙 다물고는 자신의 눈을 뚫어져라 보고 있다. 어찌 이 어린 것이 이리 사람을 빤히 보는가 신기해서 마주보는데 이 녀석의 눈빛이 예사롭지가 않았다. 그 눈빛에 매료되어 마치 시간이 멈추기라도 한 듯 가만히 서로 바라보다 이내 시큰해져 오는 눈가에 눈을 깜박이며 고개를 살짝 흔드는 방원의 모습에 그제서야 아이는 눈을 깜박이며 입을 세모로 벌리며 웃음을 띄었다. 방원은 그 모습을 보고 다시 한번 고개를 저어야 했다.

   - 아니 그 갓난 아이와 눈싸움이 하고 싶으세요.

들려오는 부인의 목소리에 그제서야 방원은 자신이 백 일이 채 안 된 아이와 기 싸움을 하고 있었음을 깨달았다. 그리고 그 싸움의 결과는…. 아마 자신의 패배인 듯했다….

   - 허…. 어찌 이 쪼그만 녀석이….

들려오는 아내의 핀잔 속에 방원은 연신 고개를 흔들었다.

그때의 그 아이는 장성하여 곤룡포를 입고 다시 자신의 눈을 빤히 보고 있었다. 그에 원래 하려던 말을 미뤄 두고 아비는 묻는다.

   - 너는 내가 두렵지 않으냐.

   - 아버님, 자식 된 도리로 어찌 그 부모를 두려워하겠나이까.

한치의 망설임 없이 답하는 아들을 보며 그 답에 당장 응할 말이 없는 듯 아비는 상 위의 그릇을 들어 입에 가져갔다.

   - 술이 달구나. 나도 너처럼 처음 이 술을 마실 때에는 그리 달갑지 않
     았었건만….

방안의 공기가 일순간 바뀌었다. 아들은 하려던 말을 끊고 술을 들이키는 아버지를 따라 그릇을 들었다. 그 특유의 냄새는 여전했지만 이상하게도 그의 말처럼 술이 달게 느껴지는 듯했다.

   - 경회루에서 한참을 있었다지….

- 네, 아버님…. 생각이 복잡하여….

대화의 주제가 일순간 바뀌었지만 아들은 개의치 않고 답했다.

- 생각이 복잡하다….

- ….

- 용상에 앉으니 생각과는 다른 것이겠지…. 편히 말해 보거라 내 도
  움이 될지 혹 아느냐.

- ㅅ… 실은….

송구하다는 말이 목 끝까지 올라왔지만 아들은 그것이 지금 이 자리에
서 무의미하다는 것을 알고 있기에 굳이 입 밖으로 내지 않았다.

- 편히 말해 보거라. 네가 하는 생각들은 나도 다 겪은 것들 아니겠느
  냐….

- 네. 실은 아버님 말씀처럼 용상에 앉으니 생각과는 다름이 많다고
  느껴집니다.

- 신료들이 귀찮게 하는 것이 체감이 되느냐.

자신이 그것으로부터 해방되었음을 만끽하듯 아비의 표정이 한껏 신나
보였다.

- 귀찮다기보다는…. 생각해 온 것 과는 다른데 뭐라… 설명해야 할지
  모르겠습니다.

- 말 그대로이지 뭘 생각할 것이 있느냐…. 네가 용상에 있는 평생을
  그들은 그리할 것이다.

귀찮다는 표현이 썩 알맞지는 않았지만 어감으로 표현하기에는 그럴
듯하다 생각하는 아들의 가슴팍에 답답함이 느껴졌다.

- 그럼 평생을 그런 듯 지내야 하는 것입니까….

- 그건 네가 하기 나름 아니겠느냐. 나의 재위 동안 행적을 보면 너도
  느끼는 바가 있을 것인데….
- 아버님께서는 그들의 두려움을 이용하셨지요….

　[그걸 모르는 이가 조선 땅에 있을까….]란 생각으로 답하는 아들의 말
투에 거리낌이 없었다.

- 그래. 그보다 확실하고 좋은 방법이 있다더냐.
- 그렇긴 하오나… 그것이 소자에게 어울릴 것인지가 잘….
- …그것은 너의 그릇에 따르겠지. 허나 그 방법을 논하기 전에 다른
  것을 우선 해야 하지 않느냐.
- 다른 것이라 함은….
- 네 그리 명석한데 그것까지 생각하지 않은 것이냐.
- ….

　역시나 자신의 마음을 꿰뚫고 있는 그 모습에 아들이 짐짓 놀라 말을 잇
지 못했다. 하지만 오늘이 아니면 또 어떤 좋은 날이 있어 자신이 막 구상
하기 시작한 그것들을 입 밖에 꺼내 볼 것인가…. 그에 아버지의 눈치를
잠시간 살피던 아들의 입이 사뭇 조심스럽게 열렸다.

- 네, 소자 실은 근자에 그것을 생각하느라 여념이 없었습니다….
- 그래…. 네가 군왕이 되었으니 이제 하고싶은 일들이 있겠지…. 그
  것들을 말해 보거라.
- 네…. 그것이….

　자신의 생각을 모두 꿰뚫은 채로 지긋이 자신을 바라보는 그 눈빛에 아
들이 다시 용기를 내기 시작했다.

- 오늘 문득 생각이 든 것이온데…. 소자가 임금이 되었으니 만백성에

게 이로운 일들을 하고 싶습니다.

- 이로운 일이라…. 더 일러 보거라.

- 군왕이라면 마땅히 만백성의 평안함을 위해 정진하여야 할 것인
  데…. 제가 임금이 되어서 한 일이라고는 경연을 하고, 상참을 받아
  같은 상소에 답하고, 성연들에게 제를 올리는 일뿐이었습니다…. 이
  일들이 그릇된 것은 아니나 그렇다고 백성들에게 실질적 이로움을
  주는 것도 아니라는 생각이 들었습니다.

- 백성을 이롭게 하기 위해 그것들을 하지 않겠다는 말이냐….

- 어찌 그런 뜻이겠습니까. 제가 말한 것들은 언제라도 다 할 수 있
  는 일이지 않습니까. 그 일들을 하면서도 다른 무언가를 해야겠다
  는…. 생각을 했을 뿐입니다.

- 더 자세히 말해 보거라.

- 그것은….

아들이 숨을 깊게 들이 쉬었다. 어차피 시작한 얘기이니 돌릴 수 없음이
고 그러고 싶지도 않았다. 그에 아들은 아직은 정리조차 되지 않은 막연
한 그것들을…. 조심스레 꺼내기 시작하였다.

- 모든 백성이 글을 익혀 읽고 쓰는 것이 된다면 그만큼 억울한 일을
  겪지 않을 것이며 고려조의 권문세족들의 수탈처럼 일방적으로 당
  하는 일이 없을 것입니다.

- 만백성이 글을 읽고 쓴다라…. 헛허…. 더 해 보거라….

- 하옵고…. 봄 여름에 비가 많이 오고 가을 겨울에 가문 것은 자연의
  이치니 어쩔 수 없다 하여도 지나간 수십, 수백 년의 일기를 바탕으
  로 연구와 공부를 한다면 보다 더 상세하게 날씨를 가늠하여 백성의

농사에 도움이 될 것이라 생각됩니다.

- 음…. 또 있느냐.

- 지금은 왜적들의 준동이 없사오나…. 언제 또 그들이 이 강토를 범하려 들지 모르니 그에 대비하여 군사를 잘 조련하고 더 질 좋은 무기들을 준비해야 할 것입니다.

- …더 많겠구나….

- 네, 그리고 모든 백성이….

- 그만하거라.

아비의 일갈에 정적이 감돌았다. 아들은 입을 멈추고는 아버지의 눈치를 살폈다. 그 눈빛에 지금까지의 온화함이 감돌지 않음으로 보아 심기가 편치 않은 듯했다. 자신이 해서 안 되는 말을 한 것일까…. 취기에 힘입어 신나게 떠들어 대던 순간이 살짝이 민망하게 느껴졌고 눅눅한 공기에 섞여 천천히 자신을 옥죄어 오는 무거운 기운에 머리를 맴돌던 취기가 금세 달아나는 느낌이 들었다.

- 그것들을 왜 네가 직접 하려 하느냐.

- 그것이 무슨 말씀이시온지….

아버지의 대답은 그것 자체에 문제를 두지 않는 듯하는 것이었고 의외의 어투에 놀란 아들이 눈을 동그랗게 떴다.

- 조선이 온전히 임금 혼자만의 나라냐.

- 아버님…. 어찌 그런 말씀을….

- 네 뜻의 가부를 떠나서 왜 직접 하려는 듯이 말하느냐 말이다.

- 허면…. 하는 것은 괜찮다는 말씀이십니까.

- 안 괜찮을 이유가 무에 있겠느냐 네가 이 나라의 주인이거늘…. 나

에게 허락이라도 맡을 생각으로 말한 것이냐.

－ ….

도저히 알 수 없는 아비의 의중에 아들이 동그랗게 뜬 눈으로 그를 멀뚱
히 바라볼 밖이었다.

－ 나라를 들어 어디다 바치는 것이 아니고서야, 무엇인들 네가 하고
싶다면 하면 되는 것이지 뭐에 눈치를 보듯이 얘기를 하느냐…. 내
평생 용상에 앉아서 한 일 중 가장 큰 것이 내 다음을 이을 이가 편
하게 원하는 뜻을 펼칠 수 있게 초석을 다지는 것이었느니라.

－ 허면…. 아버님께서 말하시고자 하는 바가….

－ 네가 하고자 하는 것들이 뜻은 참으로 좋다 할 수 있으나, 신료들이
잘 듣고 따라 주겠느냐.

－ 어찌 신하된 자가 임금의 명을 받지 않는다 말입니까.

도저히 이해할 수 없다는 듯한 얼굴로 답하는 아들을 보며 아비가 상 위
에 손을 얹으며 강단을 섞어 말하기 시작했다.

－ 글을 읽고 쓰는 것은 사대부들의 밥줄과 같은 것이니라. 이 나라를
창업함에 그들의 도움이 지대하였고 그렇기에 왕과 그들의 균형 속
에 이 나라가 유지되고 있는 것이다. 근데 네 말대로 모든 백성이 읽
고 쓸 줄 알게 된다면 사대부들이 반길 것 같으냐. 그들의 반발이 보
지 않아도 뻔한 것인데 그것을 어찌 수습하겠느냐.

들려온 말에 자신도 모르게 미간을 찌푸리던 아들이 순간 어떤 결심을
한 것인지 무릎에 얹힌 두 주먹을 꽉 쥐며 침을 삼켰다.

－ …자신들의 이익을 위해 백성들의 고충을 모른 척하는 것이 참된 신
하의 모습입니까. 굳이 따져서 노비들까지야 글을 모른다 해도 중인

이나 농민들이 모두 글을 깨친다고 해 봐야 의사소통 정도일진대 그들에게 위협이 될 일이 있겠습니까. 오히려 좋은 농서를 베풀어서 그들이 읽을 줄 알게 된다면 쌀을 한 섬이라도 더 수확하게 될 텐데, 그게 개개인과 나아가서 나라 전체를 위해 이로운 일이 아니겠습니까.

- 도야…. 네 말이 맞다고 치더라도 네가 농가에서 농사를 지어 본 것이 아니지 않느냐. 그들의 삶이 어떤 것인지 알고는 있느냐…. 해 뜨기 전에 일어나 어두워질 때까지 논밭에 나가서 땀을 흘려 일해도 일 년 중 삼시세끼를 다 챙기는 날이 반이 안 될 것이다…. 그런 그들이 무슨 수로 그 어려운 글자를 다 익힌다는 말이냐 그게 가능하다 생각하느냐.

- 그렇다면 방법을… 찾아야지요…. 그게 임금으로서 진정 백성을 위해 해야 하는 일이 아닙니까. 경연에서 고서 와 경전을 논할 것이 아니라 그런 것들을 논함이 더 옳은 것 아니겠습니까. 경전을 수백, 수천 번 논함이 백성들에게 어떤 이로움이 되겠습니까.

- 방법이라…. 이 땅에 거쳐 간 수많은 군주들이 너보다 못해서 그 방법을 찾을 생각을 안 하였을까….

아들의 손끝이 미세하게 떨려 왔다. 평생 지금 순간만큼 아버지와 언성을 높이며 언쟁을 해 본 적이 없었음에 마음 속 깊게 깔려 있던 무언가가 위로 솟구치고 있었다. 그것은 아마 언쟁에서 자신이 밀리고 있지 않음에서 오는 희열같은 것일 것이다…. 떨리는 손이 두려움으로 인한 게 아니라 다른 감정에 바탕을 둔 것임을 깨닫자 아들은 더 거침없이 눈에 힘을 주어 정면을 응시했다.

- 아버님…. 소자는 동의할 수 없습니다…. 어떻게든 방법을 찾을 생

각을 하지 않고 여태 그리 해 왔기 때문에 앞으로도 그리 한다는 것은…. 도저히 이해할 수가 없습니다. 저는 무슨 수를 쓰더라도 방법을 찾는 쪽을 택하겠습니다…. 그리고 찾아 낸 그 방법으로… 설득할 것입니다.

- 그래…. 어차피 넌 한 번 눈에 담은 것은 끝까지 놓지 않으니….

아들의 강경한 말투에 아비는 잠시 숨을 내쉬고 눈을 아래로 내림과 동시에 평소와는 다른 아들의 모습에 내심 놀라고 있었다. 저 언변과 눈빛에 고생할 신하들의 얼굴이 떠오르자 당장이라도 웃음이 터질 듯 묘하게 기분이 좋았다. 그리고 자신이 결국 눈을 내린 것은…. 또다시 이 아이와의 눈싸움에서 패배한 것을 의미하고 있었다. 하지만 평생 패배를 모르고 살았던 그가 느낀 지금의 감정들이 그리 나쁘지만은 않게 느껴지고 있었다. 은연중에 성장하고 있는 아들의 모습에 아비는 이제 본론을 꺼내야 될 때가 되었음을 상기하고 있었다.

- 도야.
- 네, 아버님.
- 서두르지 말거라…. 네가 생각하는 것들은…. 결코 쉬운 길이 아니니 당장 성과를 바라고 일을 진행한다면 탈이 날 것이니라…. 천천히 여유를 가지고 해야 한다. 현실과 신하들과 만백성의 마음들을 살피며… 그리 해야 할 것이다.
- 허나 아버님…. 서두르지 않기에는 해야만 할 일들이 머릿속에 너무나도 많습니다….
- ….

잠시간의 정적이 흐른다…. 아비는 아들의 생각들이 제법 기특하긴 했지만 현실적으로 맞지 않음을 그 누구보다 잘 알고 있었다. 자신의 기침 소리 하나에도 경기를 하는 신하들이었지만 그들은 어쩔 때는 목숨을 생각지 않는 날벌레들처럼 자신 주변을 앵앵거리며 맴돌기도 하였다. 그 모든 것들이 보지 않아도 머릿속에 그대로 그려졌다. 아들의 몽상이라 할 수 있는 지극히 이상적인 생각들은 생각에 그치지 않고 입 밖에 나오는 순간 그들을 자극할 것이고 그들은 어느 순간 맴돌기를 멈추고 그의 몸에 달라붙어 살을 파먹고 알을 까 대며 천천히 몸을 잠식해 나가다 종국에는 그 몸을 병들어 쓰러지게 할 것이었다. 그리고 눈 앞의 아들의 눈빛은 자신의 몸을 돌봐 가며 뜻을 펼치지 않을 것임을 말하고 있었다. 그런 상황에서 자신이 아비로서 아들에게 해 줄 수 있는 것이 무엇일까….

- 도야, 정녕 그것들이 네 용상을 걸어 가면서까지 해야 할 가치가 있느냐.
- 아버님, 소자는 그것들의 가치를 논할 수가 없습니다. 그저 군왕으로서 옳다고 생각되는…. 그래서 해야만 한다고 생각되는 일들을 마땅히 해야겠다… 생각할 뿐입니다.
- 허…. 그래, 그렇다면 네 뜻대로 하거라. 한 번의 인생에 사내가 뜻을 품었으면 펼치는 것이 옳다….

들려온 말에 아들의 얼굴에 생기가 돌았고 두 눈가가 촉촉히 젖어 갔다. 살아온 이후 어떤 경연이나 토론에서도 느끼지 못했던… 지금의 대화들에서 느낀 그 희열은 머릿속을 한없이 시원하게 퍼져 나가고 있었다. 그리고 왠지 모를 먹먹함이 동시에 가슴에 내려앉아 있었다.

- 아버님, 불가에서는 사람이 죽어도 후에 다시 태어난다 하였습니다…. 혹 알겠습니까, 소자가 잘 해낸다면 아버님과 제가 그 좋아진

세상에서 다시 한번 만나 웃으며 잔을 들지 않겠습니까….

느껴지는 여러 감정들 속에 은연중 아비의 허락과 응원을 받은 것에 대한 기쁨이었을까…. 아들이 스스로 그릇을 들어 탁주를 넘기며 들뜬 목소리로 말했다.

- 너는 이 아비가 불교를 그리 싫어하는 것을 알고도 그것을 입에 담느냐…. 요즘에도 불경을 머리맡에 두고 자느냐.

- 아…. 그것이…. 마음이 평온해지는지라….

머쓱함을 숨기려는 아들이 소매를 입주변에 가져갔고 아비는 초점 없는 눈으로 독을 바라보았다.

- …죽은 후에 또 태어난다…. 그것이 불교에서 말하는 윤회라는 것이지…. 나도 알고 있느니라.

윤회를 말하는 아비의 얼굴에 여러 감정이 섞여 스쳐 지나갔다.

- 내 다시 태어난다면… 그들을 또 볼 수 있으려나….

- 그들이라 함은….

아비의 눈에 초점이 돌아오고 알 수 없는 감정에 싸인 그 눈빛이 아들의 눈에 다시 맞춰진다.

- 내 이야기를 들어 보겠느냐….

- 네, 아버님. 무슨 이야기를 말씀하시는지….

- 네가 앞으로 무슨 일을 하든 간에 내가 거쳐 온 일들을 들어서 알고 있다면 도움이 되지 않겠느냐. 그것을 따라하든 혹은 피해가든….

아들의 동공이 파르르 떨려 왔다. 부자간에도 절대 입에 담을 수 없던 아버지의 역린. 자라는 동안 쉬쉬하는 주위 사람들의 눈을 피해 몰래 찾아보려 애썼던 그것들…. 조선 백성들 그 누구도 쉬이 입에 담을 수 없는 그것들을 그가 직접 말해 주겠노라 하고 있었다. 그리고 아들은 직감하고 있었다. 지금 순간이 아니면 다시는 당사자인 아버지에게서 직접 그 일들을 들을 기회가 없을 거라는 것을…. 그러기에 그의 아들로서 또한 그의 옥좌를 이어받은 자로서 그 이야기들을 들어야만 한다는 확신이 들었다.

   - 아버님 거쳐 온 일들이라 하시니 혹…. 무인년의 일을 말씀하시는
     것입니까….

방에 들어온 후로 처음으로 아비의 눈을 제대로 마주치지 못한 채 떨려오는 목소리로 아들이 물었다.

   - 무인년…. 그 해가 내 생에 가장…. 아니… 삼봉을 말하기 전에 먼저
     말해야 하는 이가 있지….

그릇을 비우며 아비가 방안의 공기를 모두 마실 듯이 숨을 크게 들이 쉬었다. 그 공기의 흐름에 촛불이 일순간 일렁이며 방안에 찰나에 어둠이 스쳐 갔다.

6. 동경

그해…. 명 황제 주원장이 갖은 이유로 미루었던 고려왕을 책봉하는 칙서를 보내왔다. 그에 신이 난 듯 왕의 폭정과 탐욕은 더욱이 커져 갔다. 밑으로는 잦은 사냥으로 민가의 백성들을 고단하게 하였고 위로는 정혼이 되어 있는 대신의 여식을 탐하여 소란을 불러왔다. 왜적은 그전과 같이 큰 규모로 출몰하지는 않았을 뿐, 여전히 고려 땅 이곳저곳을 유린해 댔다. 초여름에 내린 우박은 유래 없이 큰 규모로 며칠이 지나도 녹지 않았다. 가을에는 지진이나 민가의 담장들이 무너져 내렸고 개경의 서쪽 고개에 바위들이 무너지니 왕은 그것이 요동을 함락하라는 하늘의 뜻이 아닐까란 뜻을 내비쳤음에 그런 왕의 허황된 뜻을 비웃듯 백성들 사이에서는 왕이 왕 씨가 아니라 신 씨란 소문이 더욱 거세게 퍼져 갔다. 왕의 무능함과 폭정에 지기 싫은 듯 권문세가와 문하시중 이인임을 중심으로 한 그 당여들의 수탈은 그 끝을 가늠치 못할 정도로 이어졌다. 풀 한 포기 심을 땅이 없는 백성들은 나무 껍데기를 벗겨 먹으며 연명하였지만 몇몇 대

지주들은 가진 땅이 넓다 못해 그 경계를 산과 하천으로 삼을 정도였다. 그 중 임견미와 염흥방은 그 악명이 심한 땅 역사상 비교할 대상이 없다 하였는데 온갖 악행 중 으뜸은 땅문서를 위조해서 멀쩡히 주인이 있는 땅을 수탈하였고 그에 응하지 않는 이들은 그들의 가노들이 수정목으로 만든 몽둥이를 들고 다니며 매질을 하여 기어이 땅을 빼앗는다 하였다. 그 대상이 일반 지주나 자영농뿐 아니라 같은 권문세가들에게까지 닿으니 일개 그들의 가노들의 위세가 그 정도라 함은 그 당사자들의 악명을 길이 짐작할 수 있게 하는 것이었다. 수많은 백성들이 갖은 수탈과, 가뭄, 왜적의 침입에 버티지 못하고 죽거나 노비로 떨어졌고 그 현실을 감당치 못한 자들은 산으로 숨어들어 도적 떼가 되고는 했다. 이렇듯 고려 전체가 나병에 걸린 듯 썩어 들어가 점점 살점이 떨어져 나가는 지경에 이르렀지만 그 누구도 그 사실을 알면서도 막지 못했다. 성리학의 영수, 목은 이색과 그의 제자들이 주축이 된 사대부들은 어떻게든 고려를 살려 보려 동분서주하였지만 힘은 없이 뜻만 앞서 있었기에 그 성과에 나아짐이 없이 그저 썩어 넘어가는 거목을 손으로 받쳐 든 수준일 뿐이었다. 이런 상황 속에서도 이상하리만큼 고려 곳곳은 고요했다. 민란이라도 일어날 법하였지만 이미 백성들은 그럴 여력조차 남아 있지 않았기에 그저 죽지 못해 하루를 연명하는 삶을 살아가고 있었다. 그리고 왕과, 신료, 모든 백성들은 어렴풋이 짐작하고 있었을 것이다…. 어떤 형태이든 고려의 끝이 서서히 다가오고 있다는 것을…. 그리고 그 확연한 사실을 애써 외면한 채 어떤 이들은 자신의 욕심을 채우려 어떤 이들은 그저 스스로 목숨을 저버릴 용기가 없음에 마지못해 살아가고 있었다.

개경 궐의 서북쪽 송악산의 산세를 지나 내려오는 야트막한 언덕에 수령이 족히 백 년은 넘어 보이는 적송이 고요히 서서 잔가지를 흔들어 대며 서늘해진 가을바람을 받아 내고 있었다. 그 아래로 적송의 그림자가 닿을 듯 말 듯한 곳에 언덕을 등지고 저택이 하나 자리 잡고 있으니 그 규모와 본채 지붕에 얹어져 있는 멋들어진 청기와는 가주의 지위나 재력을 짐작케 했다. 대대로 갑족의 영예를 누리며 명맥을 이어 온 현 판소부시사(判小府寺事)[26] 민제의 저택이다. 화려함과 단아함을 동시에 뽐내는 저택 치고 그 내부는 조용했다. 몇몇 하인으로 보이는 자들의 걸음이 여유로운 것은 집안의 모든 민 씨가 여흥 본가의 종친회 모임에 참석키 위해서 모두 자리를 비웠기 때문일 것이다. 방원은 자신의 신방 문을 살짝이 열어 두고는 흐트러진 이불 위에 엎드리듯이 옆으로 누워 반쯤 감긴 눈으로 초점 없이 벽을 응시하고 있었다. 슬며시 흘러 들어온 가을 바람이 뒷목덜미의 잔머리들을 간지럽혔고 그 느낌이 싫지 않은 듯 입꼬리가 슬며시 올라가 있었다. 가을 해는 여전히 뜨거웠지만 바람은 서늘해 해가 들지 않는 곳에서 느끼는 그 계절의 변화가 반갑고 또한 나른했기에 장자의 호접지몽을 간접적으로 체험하기에는 최적의 날씨였다. 민 씨들이 모두 자리를 비운 지금 저택의 최고 어른이 자신이었기에 그 누구의 눈치 볼 것 없이 망중한을 즐기는 것이 사흘째였다. 사실 망중한이라 할 수 없는 것이 혼례를 올리고 아버지의 명으로 처가살이를 한 1년여의 시간이 방원에게는 살아온 인생의 가장 한가한 시간이었을 것이다. 장인은 사위가 불편할까 평소 많은 말을 건네지 않다 가끔 차를 나눠 마시며 학문이나 시

---

26)　판소부시사(判小府寺事): 고려 시대 소부시(小府寺)의 정3품 관직.

문을 논하며 좋은 스승이 되어 주었고, 처남들과는 근래에 들어서야 술잔을 편히 나누는 사이가 되었다. 과거에 급제 후 관직에 들어 아버지와 집안에 보탬이 되리라 했던 다짐들은 기약 없는 기다림에 밀려 서서히 옅어지고 있었다. 하지만 지금의 생활들에 딱히 불만은 없었다. 무엇인가를 하지 않을 수 있는 자유는 그것에 적응을 한 이후로는 제법 달콤했다. 처남들과 나간 사냥에서 발목을 접질려 거동에 약간의 불편함이 있었기에 그것을 이유로 그의 장인은 이번 종친회 모임에 참석하지 않고 쉴 것을 권유하였고 말을 못 탈 정도로 불편하지는 않았지만 선뜻 그 뜻에 응한 것은 단 하나 '무엇인가를 하지 않을 자유'였다. 언제 다시 과거 준비를 하던 때처럼 바빠질지 예측할 수 없었기에 지금 순간을 만끽하는 것도 괜찮겠다 싶어 방원은 지금 순간을 무한의 시간처럼 무기력으로 지새우고 있었다. 그리고 그 시간들에 매우 만족하고 있었다. 별다를 일 없이 먹고 싶을 때 먹고 잠이 오지 않아도 누워서 눈을 감고 있을 수 있는 이 시간들이 더 없이 나른하고 좋았다. 그렇다고 마냥 평생을 이리 지내고 싶은 것은 아니었다. 이 시간들은 어느 정도의 기간 안에서만 유효했다. 잠들지 않은 낮잠 중에 얼마 전 태어난 첫째 딸아이의 얼굴이 어른거리기 시작했고 귀밑 잔머리를 쓸어 넘기는 부인의 손끝을 생각하면 금세 아랫도리가 뜨끈해지는 기분이 들었기 때문이다. 사람은 가끔 이유 없는 혼자의 시간이 필요하다는 것을 깨달아 가고 있을 때 들려오는 소리가 방원의 자유를 어지럽혀 왔다.

- 작은 마님….
- 계시는가.

집사의 조심스런 목소리에 이어 들려오는 목소리와 말투는 집안 사람의 것이 아니었다. 의아함은 잠시 내면의 평화를 어지럽히는 것에 화기가 올라올 만도 하였지만 본능적으로 자신을 찾는 저 소리가 범상치 않은 것임을 직감한 방원은 급히 몸을 일으켰다. 그도 그럴 것이 누군가 자신을 찾아온 손님이 있다면 집사가 먼저 알릴 것이었고 혹여나 화령의 형님들 중 한 명이 찾아온 것이라면 대뜸 문을 열어젖히고 들어왔을 것이다. 두 가지 경우에 해당하지 않고 자신을 찾아와 목소리만으로 자신을 압도하는 기운을 품기는 것은 문 밖의 사람이 보통 인물이 아니라는 것을 직감하게 하고 있었다. 급히 일어난 방원은 문을 열어젖혔다. 쏟아져 들어온 햇빛에 잠시 눈을 찌푸리는 와중에 눈 앞의 사람이 누구인지 깨닫게 된 방원은 급히 마룻바닥으로 나와야만 했다. 순간 자신도 모르게 무릎을 꿇을 뻔한 몸을 멈춘 방원은 엉거주춤한 자세로 손을 앞으로 모으고 고개를 숙였다.

　- 포은 대… 포은대감님 아니십니까 여긴 어떻게….

　말이 쉽사리 나오지 않았다. 그 이유는 자신을 불러 나오게 한 이는 어떤 수식어로도 표현하기 힘든 현 시기 고려 최고의 인물, 포은 정몽주이기 때문이었다. 그가 어떤 연유로 자신을 찾은 건지 짐작조차 하지 못한 채 방원은 얼떨떨함과 이 사람과 대면해 있다는 알 수 없는 감격에 겨워 말을 더듬고 있었다.

　- 허허 방원아, 대감님은 또 처음 들어 보는 호칭이구나. 네 아버님과
　　일전에 본 적이 있지 않으냐 내가 많이 어려운 것이냐.

　- 아, 아니 그게 아니오라….

　사람 좋게 물어 오는 그의 말에 방원은 이유모를 목 메임으로 답을 제대로 할 수 없었다. 그런 방원을 잠시 올려 본 후 몽주가 여전히 미소를 띠며

말한다.

- 보아하니 네 낮잠을 즐기던 중인가 본데, 내가 방해하여 혹 언짢은 것이냐.
- 아니…. 대감 어찌 그렇겠습니까…. 다만 갑자기 뵈니 정신이 혼미하여….

방원이 그제서야 자신의 상태를 급히 깨닫고는 급히 앞섶을 추스렸다.

- 그래, 내 민제대감을 만나러 왔거늘…. 출타 중이신 걸 미처 몰랐구나. 온 김에 네가 집에 있다 하여 잠시 부른 것이란다.
- 아…. 네, 대감 잘 오셨습니다.

어찌할 바를 몰라 하는 방원의 언행에 잠시 침묵이 흘렀다.

- 그래 방원아, 어찌 계속 나를 세워 둘 것이냐.
- 아, 아닙니다, 대감. 안으로 드시지요…. 아 잠시 기다려 주시면 제가 복장을 좀 다듬….
- 허허 괜찮느니라. 내 갑자기 찾아온 것도 민폐이거늘 시간을 많이 뺏지 않을 것이니 편히 차 한잔 하자꾸나.
- 네, 대감. 그리 하시지요. 집사, 차를 좀….

방원이 집사에게 말을 건네며 몸을 옆으로 하여 방으로 손길을 내었다. 곧 마루를 오르는 몽주의 손에 들린 보따리가 방원의 눈에 들어왔다.

* * *

급히 정돈된 이불 위 언저리로 찻잔의 연기가 방안으로 퍼져 나갔고 마주 앉은 둘이 천천히 찻잔을 들었다.

- 방원아.

몽주의 목소리가 찻잔 위 연기를 흩뜨리며 방원에게 닿아 왔다. 밀폐된 공간에서의 그의 목소리는 또 다른 울림을 전달하고 있었다. 단아하고 선명했다. 저음으로 깔려 있지만 훈련 중인 군인들의 함성보다 직접적으로 귀를 울리는 듯했다. 목소리뿐 아니라 단아하게 찻잔을 받쳐 든 손끝, 꼿꼿이 세운 허리, 망건 밑으로 잘 정돈되어 흘러내린 머리털, 그 외의 모든 것 하나하나가 연녹색의 빛이 바랜 비단결과 어우러져 있었다. 방 안에 같이 있다는 것만으로 퍼져 가는 차 향보다 더 진한 먹 냄새를 풍기는 사람. 방원은 그런 그를 바라보며 그가 마치 인간 대나무와 같다고 느꼈다. 사대부라는 단어가 이토록 어울릴 만한 사람이 고려… 아니 중원 어디에라도 있을까란 생각이 들었다.

- 네, 대감.

- 내가 많이 어색한 듯하구나.

- 아니, 그게 아니오라….

어색한 것이 아니라 그저 그의 말 한 마디, 한 마디에 압도되어 쉽사리 답을 할 수가 없는 것일 것이다. 약관을 앞에 두고 짧은 평생 아버지를 비롯해 그 수많은 무인들의 기운은 숱하게 겪어 보았지만 몽주의 기운은 그것과는 달랐다. 쉽사리 어떤 단어로 어떻게 답해야 할지 찰나의 순간에 쉼 없이 고민해야 했고 고민의 깊이와는 상관없이 결국에는 원론적인 대답 밖에는 할 수가 없었다.

- 호칭부터 어찌해야 하겠구나.

- 호칭을 어찌하신다는 말씀이시온지….

- 네 아버님께서 나를 친형제처럼 대하지 않더냐…. 이는 곧 너도 나

의 조카와 같다는 의미이니, 앞으로는 편히 숙부라고 부르는 것이
어떻겠느냐.

- 아…. 아니 대감 제가 감히 어찌….

기어가는 목소리로 대답하는 방원이 오금 언저리에서 느껴지는 간지러
움에 몸을 살짝 틀었다.

- 싫은 것이냐.

- 어찌 미천한 제가 좋고 싫고를… 논할 수 있겠습니까….

- 네가 싫은 것이 아니라면 그리 하자꾸나. 내 앞으로 너를 조카로 여
  길 터이니 너 또한 나를 숙부라 불러 다오.

만난 후 처음 들려오는 강경한 어조에 방원은 잠시 몽주와 눈을 맞추었
다. 반달 모양으로 끝을 내리고 미소 띤 눈 안으로 그의 눈동자는 짙은 검
은 색으로 방원을 주시하고 있었다. 먹 냄새가 저기에서 시작되는 것일까
라는 생각이 들 정도로 그 검은색은 짙고 깊었다. 그리고 그 깊은 검은 눈
동자를 마주한 순간 방원은 무기력하게 그 어떤 거부의 뜻도 더 이상 표
현할 수 없었다.

- 네, 숙부님. 저를 그리 생각하여 주시니 감읍할 따름입니다….

- 허허, 어찌 그게 감읍할 일이더냐…. 진즉 내 너를 찾아왔어야 하는
  것인데 늦었구나.

- 아닙니다, 숙부님….

말 끝을 흐리는 방원을 바라보며 몽주가 찻잔을 입에 대었다.

- 차 향이 좋구나. 민제대감도 함께였다면 더 좋았을 것인데….

- 네, 장인께서 출타 중이시라…. 귀가하신다면 제가 말을 전하겠습니
  다.

- 그래, 민제대감은 학식이 높고 품성이 후덕하시니 네가 스승으로 모시기에는 적격일 것이다. 처가살이하는 동안 많은 것을 보고 배우도록 하거라.

- 네, 숙부님. 새기겠습니다.

숙부라는 단어가 조금 익어 가자 방원은 금세 심장이 뛰어 왔다. 스스로 유학을 공부하는 이로서 평생 몽주와 독대할 기회가 있으면 그것만으로 무한한 기쁨일 것인데 그런 그가 자신을 조카로 여기고 자신은 그를 숙부라 부르고 있으니 실감이 날 듯 말 듯한 느낌에 심장이 요란히 움직였다.

- 근데 방원아. 네 과거에 급제하고 아직 관직에 나가지 않고 있으니 혹 다른 뜻이 있는 것이냐.

- 아… 아닙니다, 숙부님…. 그것이….

말을 잇지 못하는 방원을 바라보던 몽주가 찻잔을 내리며 다시금 물어 왔다.

- 혹 공부가 고되어 쉬고 싶은 것이더냐.

- 아닙니다, 숙부님. 어찌 선비 된 자로서 그런 나태한 마음을 품을 수 있겠습니까…. 다만….

방원이 잠시 숨을 고른다.

- 아버님께서 따로 뜻하신 바가 있으신 듯 한동안 처가에서 수양을 더 하라고 명해서서….

방원의 대답에 몽주가 고개를 살짝 기울이며 손을 턱 끝으로 가져갔다.

- 장군께서… 그러셨다고….

- 네, 대… 아니 숙부님.

말을 더듬는 방원의 대답 속에 일순간 침묵이 돌았다.

- 그래…. 네 아버님께서 그러셨다면 깊은 뜻이 있을 것이니라. 사람은 쉬어 갈 줄도 알아야 하니….

몽주가 잠시 짓궂은 표정으로 방을 둘러보고 말을 이었다.

- 허허허, 안 그래도…. 마침 잘 쉬고 있는 듯하구나.

- 아…. 숙부님, 부끄럽습니다….

- 아니다. 내 농을 한번 한 것이니 개의치 말거라…. 쉴 때는 확실히 쉬어 둬야 한단다. 후에 네가 출사하면 이런 여유로움이 한없이 그리울 것이야. 잘하고 있는 것 같구나.

정곡을 찔린 방원이 급히 부끄러운 마음을 표했고 몽주는 대수롭지 않게 말하고는 잠시 잔에 입을 가져다 대어 멈춘 채로 생각을 하는 듯했다. 이어 찻잔을 마저 비워 잔을 내린 몽주가 손을 등 뒤로 가져가 보따리를 들어 올려 상에 놓았다.

"궁." 둔탁하되 적당한 무게가 실린 소리에 방원이 반사적으로 허리를 곧추 세웠다.

- 숙부님, 이것이 무엇입니까.

- 풀어 보거라. 내 너에게 전해 주려 챙겨 온 것이다.

그 말 속에 어떤 이질감을 느끼면서도 깊게 생각할 겨를이 없이 방원은 보따리에 눈을 고정했다. 비단이 아니라 제법 헤어진 무명에 둘러싸여 있는 것이 겉으로는 값진 물건이 아닐 듯했으나 귀로 느꼈던 무게감이 예사롭지 않은 데다 들고 온 이가 정몽주라는 것을 감안하면 쉬이 다룰 물건이 아닐 것이 분명했기에 선뜻 손을 뻗지 못하고 있었다.

- 괜찮으니 풀어 보거라. 뇌물이라도 될까 봐 그리 주저하는 것이냐.

- 아… 숙부님 아닙니다 그럼….

민망한 마음을 급히 감추며 방원이 손을 들어 그것을 자신 쪽으로 끌었다. 끌리는 감에 무게감이 제법 있는 것이 손끝에 힘이 들어가고 몸이 경직되어 왔다. 그런 방원의 모습을 몽주는 흐뭇하게 말없이 바라만 보았고 방원은 이내 소리 없이 숨을 들이마시고는 손을 움직였다. 천천히 천을 벗겨 내어 옆으로 넘기자 눈에 들어온 것은 청자와 비슷한 빛깔을 품은 쇳덩이였다. 이내 방원은 고개를 들었고, 몽주는 그 어떤 말도 없이 지긋이 방원을 바라볼 뿐이었다. 천천히 살펴보라는 뜻임을 알아차린 방원은 천을 마저 옆으로 걷고 자세히 그것을 들여다보았다. 어른 손바닥의 배쯤 되어 보이는 둘레의 원형으로 된 형상에 청자와 비슷한 색과 더불어 중간중간 옅은 검은 색들이 물든 듯이 자리를 잡고 있었다. 원의 가장자리에 박의 줄기 비슷한 선들이 둥글게 자리를 잡고 그 밑으로 해와 구름, 그리고 이름 모를 새로 보이는 어떤 형상이 어우러져 있었다.

- 숙부님, 이것은 동경(銅鏡)[27]이 아닙니까.

- 그래…. 어떠냐, 값이 좀 나가겠느냐.

- 네. 어찌 제게…그런….

의아한 마음으로 몽주를 잠시 바라본 방원은 이내 손을 동경에 가져가 들었다. 들린 동경 밑으로 종이가 반듯이 접혀 있었지만 눈앞의 동경에 정신이 팔린 터라 크게 인식 하지 못한 채 들어올린 동경을 앞뒤로 살펴보기 시작했다. 뒷면에 새겨진 문양들 사이사이로 색이 균일하지 못하고 드문드문 녹이라도 슨 것처럼 검은 빛깔이 비치는 것으로 보아 근래에 만들어진 것은 분명 아닌 듯했다. 뒤집어 거울 쪽을 바라보니 자신의 얼굴

---

27) 동경(銅鏡): 구리 등 금속으로 만들어진 거울.

형상이 흐릿하게 비치는 것이 뒷면과 사정이 크게 다르지 않았다. 오래된 물건에는 관심도, 지식도 없는 방원은 이 물건이 어떤 가치를 가진 것인지는 가늠할 수 없었고, 다만 이것을 건넨 사람으로 추론하여 보통 물건은 아니겠거니라는 정도 외에는 알 수 있는 게 없었다.

　– 숙부님, 제법 오래된 동경인 듯한데 이것을 어찌 제게 보여 주신 것
　　인지 여쭈어도 되겠습니까.

　– 그래, 어찌 보여 주었느냐….

흐려지는 말과 일순간의 침묵이 지나고 몽주가 묵직한 소리를 내었다.

　– 일찍이…. 이 나라 태조께서 개창을 하신 지가 400년이 훌쩍 넘었구
　　나…. 그것은 태조대왕께서 개국공신들에게 하사하신 동경이란다.

숨을 고르며 굵직하게 전해 오는 몽주의 음성에 방원이 화들짝 놀라 반쯤 몸을 일으키고는 자세를 고쳐 허리를 숙였다.

　– 숙부님, 이리 귀한 물건인 줄 모르고 실례를 하였습니다.

　– 무슨 실례란 말이냐, 그저 물건일 뿐이거늘. 편히 앉거라.

대수롭지 않은 몽주의 말에 방원이 무릎을 붙이며 공손히 앉았다.

　– 실로 귀한 동경이 아닙니까… 그 오랜 세월을 살아온 것 일지는….

　– 살아오다니…. 허허 동경이 숨을 쉬기라도 하는 것이냐.

　– 아니, 그게 아니오라…. 제 말은….

당황한 방원을 개의치 않고 몽주는 돌연 눈을 지긋이 감았다. 방원은 그런 그의 얼굴을 물끄러미 바라보았다. 천천히 내쉬는 숨결에 흔들리는 인중 언저리의 수염들은 수년 전 먼 발치에서 바라볼 때보다 더 성성해져 있었고 광대 아래의 살들은 세월에 끌려 늘어져 있었다. 명나라나 일본이나 사행길이라면 누구보다 앞장서서 나서는 데다 왜적 토벌군에 종군도

마다 않던 그였지만, 오십을 눈앞에 둔 지금은 그 육체가 예전만큼 따라 주지 않을 것이었다. 거뭇해진 눈 밑 언저리는 그의 심신의 고달픔을 적 나라하게 보여 주고 있었다. 혼란하고 휘청거리는 국가의 충신 노릇이 그 얼마나 고될지는 당사자가 아니고서는 상상조차 불가할 것이었다. 그렇 기에 그는 더욱더 고려에서 찬란하고 유일무이한 존재였다. 하지만 그런 것들은 타인의 시선일 뿐이었다. 정작 몽주 본인의 심신은 이미….

- 방원아, 그걸 잘 간직해 다오.
- 숙부님, 그게 무슨….

방원이 흠칫하며 동경을 든 두 손을 떨었다.

- 내 말하지 않았느냐 네게 전해 주려 챙겨 온 것이라고.
- 이 귀한 것을 어찌 제게….

당황하는 방원을 바라보는 몽주의 눈빛이 더 짙어진다.

- 방원아, 네 아버님은 이 나라의 최고 무장이시고 수많은 전장에서 활약하여 나라를 지켜 온 구국의 명장이시다.
- 아…. 네, 숙부님….
- 앞으로도 물론 이성계 장군께서 고려를 수호하시는 최전방에 계실 것인즉 그 장군의 옆에 너처럼 훌륭한 인재가 있으니 이 어찌 나라 의 복된 일이 아니겠느냐.
- 부끄럽습니다….
- 허허 녀석…. 일찍이 장군께서 집안에 무골들만 가득한 것에 근심이 가득하신 걸 내 지켜보았는데 네가 과거에 급제하여 그 숙원을 풀어 드리지 않았느냐. 장군 같은 최고의 무장과 더불어 너 같은 젊고 뜻 있는 사대부가 함께한다면 이 고려의 앞날에 얼마나 광명이 드리울

지 내 상상만으로 이리 흐뭇하구나.

- 아…. 그렇다면 이것을 제게 주시려는 연유가….

- 그래. 네가 장차 이 나라의 중요한 동량이 될 것이니 그 동경을 통해
  위대한 고려의 뜻을 되새기고 수양하고 정진하여 훗날 나라의 귀한
  인재가 되길 바라는 마음으로 전하는 것이란다.

- 너무 귀한 물건이라 제가 감히 가져도 되는 것인지…. 아니면 답례
  라도 드려야 할 텐데….

방원이 여전히 우물쭈물하고 있었다. 주는 것을 받는 것이 어려울 일은
아니지만 몽주와의 대화가 시작되었을 때 느껴졌던 이질감이 여전히 남
아 신경을 간지럽혀 왔다.

- 답례라…. 그럼 네 훗날 문하시중 자리에 오르거든 좋은 차라도 좀
  챙겨 주겠느냐.

- 무… 문하시중이라니요…. 가당치도 않습니다….

- 허허 녀석, 네 겸손한 것은 좋은 자세이나 너무 그럴 필요는 없느니
  라. 명색이 포은의 조카쯤이나 되어서 문하시중 자리를 목표로 삼는
  게 무에 대수이겠느냐. 꼭 되어서 내게 좋은 차 향을 선물해 다오.

- 네, 숙부님. 그리 말씀하시니 더욱 정진하여 숙부님의 기대에 부응
  하도록 하겠습니다…. 헌데 이 종이는 무엇인지….

민망한 상황을 피하고 싶었던 방원은 그제서야 동경 밑에 있던 종이를
발견하고는 손을 움직였다.

7. 거래

- 지겨우냐.

빈 그릇을 빤히 보던 아들의 눈에 미미한 경련이 일었다.

- 네, 네 무슨 말씀이신지….

- 네 보니 눈 초점이 흐릿해 보이는구나. 내 얘기가 벌써 지겨운 것이냐.

- 아… 아닙니다 아버님.

그제서야 아들이 급히 손사래를 치며 자세를 고쳐 잡았다.

- 그게 아니오라…. 뭔가 이상한 점이 있는 듯하여…. 잠시 생각에 빠졌나 봅니다.

그릇에 슬쩍 입을 댄 채로 아비가 눈 끝을 슬며시 치켜 올렸다.

- 일러 보거라.

- 그것이…. 포은이 분명 민제대감을 만나러 온 것이라 하였는데… 어찌 아버님께 드릴 물건을 챙겨 온 것인지…. 그게 앞뒤가 잘 안 맞는 듯하여….

- 하하하… 그렇지 그래…. 앞뒤가 맞을 수가 없지, 그렇고 말고….

아비가 급히 그릇을 비우고는 기다렸다는 듯 급히 몸을 살짝 틀어 무언가를 들어 아들에 건넨다.

- 이것은….

손을 뻗어 받아 든 것은 종이였다. 종이이기는 하였으나 받아 든 순간 손끝에 전해지는 낯선 감각에 아들의 미간이 살짝 찌푸려졌다. 자신이 보고 써 온 종이와는 그 결이 틀린 것이 분명히 느껴졌다. 거친 질감에 오돌토돌한 돌기마저 느껴질 정도로 질이 좋지 못했고 실내라 등불에 비쳐 보이는 것을 감안해도 그 색이 볏짚처럼 누런 빛을 띄고 있었다. 순간 오래된 종이인가 싶은 생각이 잠시 들었지만, 스스로 평생을 누구보다 책을 많이 읽어 왔다 자부하는 그로서 그 많은 책들 중에 고서들도 다수 포함되어 있었기에 그것 또한 아닐 것이었다. 고서들은 특히나 책장을 넘길 때 느껴지는 감촉과 바스락거리는 소리가 좋아서 아들은 오래된 종이에 대해서는 너무나도 잘 알고 있었다.

- 펴서 보거라.

짧은 순간에 버릇처럼 생각에 빠져 있는 아들의 심각함은 개의치 않고 아비가 재촉해 왔다.

- 네, 아버님.

천천히 종이를 펼친 아들의 눈앞에 검은색 글자들이 나타났다. 펼쳐진 종이의 사정은 손끝에 느꼈던 감촉과 사정이 크게 다르지 않았다. 글의 내용이 눈에 바로 들어오지 않을 정도로 먹의 번짐과 색의 균일도가 엉망이었다. 하지만 왠지 모를 정신의 불편함을 뒤로 한 채 아들은 금세 글자들을 눈에 새기기 시작했다.

水國春光動	섬나라에 봄빛 흐드러졌구나
天涯客未行	하늘 끝 떠도는 나그네는 아직 고향에 가지 못하네
草連千里綠	풀은 끝없이 푸른데
月共兩鄉明	달빛은 두 나라를 밝게 비추네
遊說黃金盡	유세하다 보니 돈은 떨어지고
思歸白髮生	돌아갈 생각을 하니 머리가 희어졌네
男兒四方志	사나이의 큰 뜻이
不獨爲功名	오직 이름만 남기기 위한 것은 아니네

내용보다 먼저 들어온 것은 필체를 비롯한 글자 자체였다. 정갈하게 간격을 두고 새겨진 글 하나하나에는 한눈에 들어오는 화려함은 없었지만 특유의 고고함이 듬뿍 묻어 있었다. 획과 점에 붓 끝의 미세한 떨림까지 잡혀서 유려하게 선이 이어진 것을 보니 글쓴이의 학식이 어느 정도일지 가늠하기 힘들었다. 저품질의 종이 위에 이 정도로 글을 써 낸 이가 누구일까…. 아들은 잠시 의아한 마음을 띄었다. 분명 필체 자체는 본 적이 있는 것 같은데…. 글의 내용은 본 적이 없는 것이었다.

- 어떠냐 글이.

생각에 잡혀 있는 아들을 바라보며 아비가 물어 왔다.

- 음…. 글 자체는 명문인 듯한데…. 수국이라 함은 혹 일본을 칭하는 것입니까.

- 조선 주위에 수국이라 칭할 만한 나라가 또 있겠느냐.

- 아, 그렇다면 일본국에 사신으로 간 이가 적은 글인가 봅니다. 근래에 쓴 글 같지는 않은데…. 적어도 아버님 재위 초기 아니면 태상왕

께서 재위에 계실 때인가 봅니다.

- 틀렸다.

의아함을 안고 아들이 재차 물었다.

- 그럼 태조께서… 계실 때입니까.

- 그도 아니다.

아비의 말이 끝나자 그제서야 아들의 머릿속에 무엇인가가 떠올랐다. [이런 바보 같은….] 포은의 얘기를 하는 중에 건넨 것이니 생각을 할 필요가 없는 것이었다. 일전에 포은의 문집을 보고 느끼고 감탄했던 것들을 지금 다시 느끼고 있는 것을 이제서야 아들은 눈치채고 있었다.

- 고려… 시절에 포은이 쓴 글이군요….

고려라는 단어를 말하는 아들의 심기가 자못 조심스러웠다.

- 그렇다. 읽을 만한 듯하더냐….

- 네, 말씀드렸다시피…. 글은 명문입니다. 헌데 포은의 글 중에 제가
  모르는 것이 있다는 게….

- 포은의 글을 다 찾아서 읽어 본 것이냐.

[아차.] 아들이 급히 고개를 숙였다. 자신이 포은의 글들을 찾아서 읽어 본 사실을 아버지가 달가워하지만은 않을 것이라는 사실을 잠시 간과하고 있었던 것이다.

- 괜찮다…. 내 왕이 되고 바로 포은을 복권하였거늘…. 네가 눈치 볼
  일이 뭐 있겠느냐….

- 아… 송구하옵니다…. 워낙 글의 대가라 칭송하는 말이 많아서….

- 내용은 어떤 것 같으냐.

민망해하는 아들의 모습을 개의치 않은 듯 아비가 재차 물어 왔다.

- 내용은…. 크게 의도한 바를 숨겨 적은 듯하지는 않습니다…. 사행 길 중 곤란한 처지와 나라에 대한 그리움을 뜻한 것 같은데….

아들이 고개를 살짝 저었다가 다시 말을 잇는다.

- 사신으로 가게 되면 조정에서 물자와 인력을 지원해 주는 법 아닙니 까…. 어찌 글에서 이리 곤궁함이 느껴지는지 이해가 잘….

- 그때 고려가 나라라 부를 처지였더냐…. 그 자가 여러 번 사신으로 주변국을 다닌 것으로 아는데 그중 태반이 사비로 갔다고 들었느니 라.

- 그런 일이….

- 나라를 위한 일이라면 사재가 아니라 영혼까지 들어다 바칠 위인이 었으니…. 사행길뿐 아니라 네 할애비를 따라 왜적을 토벌하는 군에 종군까지 마다 않던 그였지….

- 네, 소자도 익히 들은 바 있습니다. 충심만큼은…. 정말 대단하다는 말밖에는….

- 참으로 대단하다 생각하느냐.

- 네, 아버님. 비록 아버님과 할아버님의 뜻과는 맞지 않았겠지만…. 나라에 대한 마음만큼은 만백성들이 칭송한다고 들었습니다.

- 흐… 흐허허….

아비의 입가에서 뜻 모를 웃음이 흘러나왔다. 그 웃음은 아들 생전에 본 적 없는 모습으로 그 숨결에 비릿함이 묻어 나오는 듯했다. 아들은 그 웃 음의 의미보다는 포은의 의중이 뭐였을까란 생각에 잠시 빠졌다. 그 생각 을 읽은 듯 아비가 여전히 묘한 표정으로 물어 왔다.

- 네 생각에는 그가 왜 내게 그 글을 준 거 같으냐.

짧은 시간이었지만 아들은 포은의 뜻이 무엇인지 어렴풋이 이해하고 있었다.

- 아마…. 아버님께 충심을 설파하려 한 것이 아니겠는지요.
- 그렇다. 흐 흐….

아비가 바로 그거라는 듯 아들의 말이 끝나기 무섭게 답했다. 입을 크게 벌리지도 않고 웃음을 참는 것도 아닌 채 아비는 웃음을 뱉어 내었다. 그 웃음에는 여전히 비릿함과 조소가 섞여 있었다. 아들은 그런 그의 모습이 너무나도 생소했다. 평소 쉽사리 웃음을 보이지 않던 그가 생전 본 적 없는 어찌 보면 방정맞아 보이기까지 할 정도의 입모양으로 웃음을 흘리는 모습은 언뜻 보면 신나 보이기까지 했기에 아들은 그 심중을 알 수 없음에 입이 말라 왔고 그런 그의 마른 입 속을 적실 것은 눈 앞의 탁주 밖에 없었기에 아들은 슬쩍 잔을 들어 입을 적시고는 다시 아비에게 물었다.

- 아버님, 무엇이 그리 즐거우신 것인지….
- 아니 허흐…. 애야 생각해 보거라. 웃기지 않느냐….

여전히 웃음을 주체 못하던 아비가 잠시 손으로 입을 가리어 정돈하고는 그릇을 들었다 놓는다.

- 그가 누구더냐…. 시대의 유종이라 불리던 포은 정몽주 아니더냐. 세간에는 공맹이 다시 살아 와야 포은에 견줄 수 있다는 말까지 듣던 이인데…. 그런 이가 보따리 짐을 싸 들고는 충심을 전도하러 다닌다는 게 웃기지 않느냐…. 그 시를 보거라. 남의 나라에서 망건에 버선까지 팔아야 할 정도로 궁핍한 처지에 그곳의 많은 사람들이 글 하나 써 달라고 문전에 온갖 재물을 들고 몰려왔다던데…. 그 알량한 마음으로 끝내 거부했다고 하더구나…. 그렇게 스스로 고고하다

고 자부하는 이가 뭐에 아쉽고 겁날 것이 있어서 군권 좀 가진 이의 다섯째 아들에게까지 고물까지 싸 들고 와서는…. 충심을 동냥하는 꼴이 웃기지 않느냐.

아비가 한껏 들뜬 어조로 여전히 조소 섞인 웃음과 함께 아들에게 말했다. 아들은 그 아비가 진심으로 포은을 비웃는 것인지 알 도리가 없었고 포은의 그 행동들이 과연 괄시를 받을 만한 일인지 이해할 수가 없었다. 그렇기에 억지로라도 그의 조소에 동조할 수가 없었고 그저 눈을 작게 뜨고 포은의 그 행동들이 과연 어떤 심중에서 나온 것인지 미약하게나마 이해해 보려 할 뿐이었다.

- 네…. 그렇다면 포은이 이미…. 할아버님의 뜻을 간파하고 있었기에 아버님을 찾아온 것입니까.

- 그건… 알 도리가 없지. 나 또한 그때는 아버님의 뜻을 전혀 모르고 있었는데 포은이 과연 알고 있었을까…. 아니 애초에 그 당시에는 아버님이 '역심' 자체를 품고 있지 않았을 수도 있는 것 아니겠느냐….

- 여… 역심이라니…. 아버님 어찌 그런 흉측한 말씀을….

아비의 입에서 흘러나온 역심이란 말에 아들이 경기를 일으키듯 몸을 떨었다.

- 역심이 무에 어떻다 말이더냐…. 왕 씨의 나라에서 이 씨의 나라로 바뀌었으니 그게 역심이 아니면 무엇이겠느냐.

- 하, 하지만… 아버님….

대수롭지 않은 아비의 반응에도 아들은 쉽사리 심신의 동요를 다스릴 수 없었다.

- 후대에는 어찌 평하겠느냐 역적 이성계와 그의 아들 이방원이 나라를 찬탈하고 왕 씨들을 도륙했다고 평하겠느냐.
- 아버님 망극하옵니다…. 소자 몸 둘 곳을 모르겠습니다…. 거두어 주십시오.
- 계속 듣거라. 아니면 나라 구실 못하고 백성들을 죽음으로 내몬 고려를 청산하고 새로운 왕조를 일으켜 천하만민을 평안케 하였다 평하겠느냐.
- …아버님….
- 고려는 어떤 나라이더냐…. 대륙의 송나라조차 감당치 못하던 당대의 강국 요와, 금의 침략을 격퇴하여 그 위상을 드높였으나 무부들의 반란 이후 망조가 들어 결국 원에게 종속되었고…. 허나 그 또한 인고의 세월을 거쳐 극복해 낸 저력의 나라가 고려이니라… 그 고려를 세운 왕건에게 궁씨를 몰아내고 나라를 찬탈하였다 손가락질하는 이가 지금 삼한 땅에 남아 있더냐.

아비가 격앙된 목소리로 쉴 새 없이 말을 하였고 아들은 여전히 위축된 몸을 제대로 가누지 못하여 답을 하지 못하고 있었다.

- 그렇다면 왕건과 내 아버님은 무엇이 다른 것이냐. 왕건은 도탄에 빠진 백성들을 구제한 성군이고 태조께서는 사심으로 왕 씨의 나라를 훔친 역적인 것이냐.
- 아버님….
- 무릇 달이 차면 기우는 것은 고금의 진리이다. 저 넓은 중원 땅에도 300년을 넘기는 왕조가 없었거늘…. 고려는 무려 500년에 가까운 시간을 존속하였다…. 그 긴 세월 수많은 부침을 겪고 어떤 때는 주

변 어느 나라도 쉬이 대하지 못할 강력한 국가였으나 종국에는 왜적에 침입당하고 북방의 이민족에게 약탈당하고 그로 모자라 권문세족이라는 것들이 자신의 백성들을 수탈하는 지경에 이르렀느니라…. 그럼 이런 고려를 타파하고 새로운 나라를 세워 백성들을 평안케 한 태조는 후대에 어찌 기록이 되어야 맞겠느냐 답해 보거라.

- ….

- 그것이 정녕 역심이냐.

침묵을 지키는 아들에게 아비가 날카로운 음성을 보내자 더 이상 침묵을 지키기 힘든 것을 인지한 아들이 무겁게 입을 열었다.

- 아버님 어찌…. 태조대왕의 깊고 넓은 뜻을 감히 역심이라 하겠습니까.

- 그럼 무엇이냐…. 세상을 평안하게 하려는 혁명인 것이냐.

- …네, 아버님. 소자는 그저 할아버님의 깊은 뜻을 헤아릴 혜안이 없으니…. 어찌 무엇이라 평할 수 있겠습니까….

- 도야.

- 네, 아버님….

다시 부드러워진 아비의 어조에 아들은 쉽사리 안도하지는 못한 채 작은 목소리로 답을 하였다.

- 어차피 망할 나라였느니라…. 아버님께서 사심이 한 치도 없었다고 하면 거짓이겠지만…. 그것은 거스를 수 없는 시대의 흐름의 중심에 단지 아버님이 자리하고 있었기 때문에 가능했던 것이란다.

- 네…. 소자가 어찌 그것을 모르겠습니까….

- 그래, 그럼 그 흐름을 무시하고 억지로 막으려 하는 자의 그 행태는

어떤 것이냐.

- 행태라 하심은….

- 포은의 그 행적들을 말하는 것이다.

- …송구하오나…. 유학을 공부한 선비로서의 그의 뜻과 행동들은….

- 왜 말을 마치지 못하는 것이냐. 네 표정을 보아하니 그를 존경하는 것 같구나.

- 송구하옵니다, 아버님…. 저희 집안과 그의 관계야 안타깝기 그지없으나…. 사대부로서의 포은이라는 사람은 제가 감히 폄하할 수 없다고 생각합니다.

- 이해한다…. 나 역시 그를 스승으로서 존경하였고 숙부로서 많이 따랐었느니라….

말끝을 흐리는 아버지의 모습을 바라보던 아들이 술기운 덕에 용기를 얻어서였을까…. 꼭 알고 싶은… 꼭 알아야만 하는 그것에 대한 의문을 힘겹게 입 밖으로 끄집어냈다.

- …꼭 죽여야만 했습니까….

원론을 찔러 오는 아들의 질문에 아비는 바로 답하지 못하고 빈 그릇을 들어 탁주를 가득 퍼 올렸다. 잠시 멈칫한 후 순식간에 그릇을 비워 낸 아비의 눈빛에 일말의 촉촉함이 빛났다.

- 내가 죽인 것이… 아니거늘…. 왜 내게 묻는 것이냐….

아비의 대답에 아들은 자신이 들은 것에 속으로 경악을 금치 못하였다. 사람을 직접 죽여야만 죽인 것이 아니라는 것을 그가 모를리 없을 텐데 남의 집 개가 죽은 것보다 못하다는 듯이 대수롭지 않게 답하는 그의 의중을 알 수가 없었다.

- 그게 아니오라….

- 그는 어떤 이유에서건…. 나와 형님들을 일일이 찾아다니며 궁색하게 충심을 전도하려 하여 아비와 부자간을 이간질하려 하였다. 큰형님에게는 보검을 가져다줬다더구나…. 그나마 그 노력 덕인지는 모르겠으나 큰형님께서 조선의 개창에 찬성하지 않았으니…. 뜻한 바를 어느 정도 이루긴 한 듯하구나…. 그 부분은 내가 포은에게 평생을 감사해야 할 일이 되었구나…. 허헛….

아비의 말 끝에 다시금 조소가 섞여 나왔다.

- 감사라면….

- 아무리 나라고 한들 방우 형님께서…. 멀쩡히 세자 자리에 앉았다면 그것을 탐할 수 있었겠느냐.

- 그렇다면 진안대군께서 은거하시다 명을 달리하신 것이… 포은으로 인한 것이란 말입니까.

- 그것이야…. 내가 어찌 알겠느냐만은…. 영향이 있지 않았겠느냐…. 형님께서는 고려 시절에 관직에도 나가셨으니…. 포은과 더 친밀한 무언가가 있었을 수도…. 결론은 어떤 식으로든 내가 그 덕을 본 게 아니겠느냐.

아비의 말 끝으로 아들은 입 안이 마르는 것을 느꼈다. 그 말의 의미가 그의 왕위에 대한 뜻이 이미 오래전 있었단 것이기에 그 부분을 직접 확인하고 싶은 마음이 그의 입을 움직이고 있었다.

- 그렇다면 아버님께서 이미 무인년 전에 왕위를 원하셨던 것입니까….

의미심장한 말에 아들의 눈을 바라보던 아비가 잠시 머뭇거리다 이내 입을 움직였다.

- …그렇다. 포은이 다녀가고 오래되지 않아 내 아버님의 뜻을 알게 되었지…. 처음에는 그게 가능하리라조차 생각지 못했지만… 어느 순간부터는…. 만약이라는 허상들이 내 마음속에 자리잡기 시작하더구나.

아비의 공허한 표정을 보던 아들의 눈빛이 다시금 빛났다. 술 기운이라는 핑계로도 허용이 되지 않을 법한, 해서는 안 될 말이 자신의 입에서 나오는 것을 아들은 깨닫지 못하고 있었다.

- 혹… 진안대군께서 유명을 달리하지 않으시고 세자 자리를 받으셨다면… 아버님께서는 어찌하셨겠습니까….

- 네가 탁주를 처음 먹어 본다더니 취기가 많이 오른 모양이구나.

아비의 정색에 아들이 화들짝 놀라 양 무릎 위로 손을 올렸다. 취기와 더불어 바닥에서 후끈하게 올라오는 열기 덕이었을까, 그도 아니라면 평소 볼 수 없던 표정과 언변을 늘어놓는 아버지의 모습에 긴장이 풀려서였던 걸까…. 그제서야 아들은 그 앞의 사람이 누구인지 다시금 인지를 하고 마음을 다시금 다잡아야 한다 생각했다.

- …송구하옵니다. 소자가 실언을….

- 허허, 농이니라…. 뭘 그리 놀래느냐.

- 아….

- 그래, 어찌 했을 것 같으냐.

- 소자가 어찌….

- 괜찮으니 말해 보거라.

순간의 긴장을 금세 녹이듯 아비가 평온히 답을 구하자 아들은 못내 긴장을 다 풀지는 못하고 잠시 생각에 빠졌다.

- 제 생각에는….

- 말해 보래도.

- 아버님께서는…. [아마…. 어떻게든 보위에 오르셨겠지요.]

한참 말을 잇지 못하는 모습을 바라보던 아비의 재촉에 아들이 무겁게 입술을 떼었지만 차마 뒷 부분은 입 밖에 내지 못하였다. 둘 사이에 다시 침묵이 흘렀고 그 침묵은 이 모든 상황과 분위기를 주도하고 또 통제하고 있는 아비의 입에서 나온 말로 깨어졌다.

- 어떻게든… 보위에 올랐겠지….

아들의 머릿속에 잔상으로 남아 돌고 있던 그 말들과 아비의 입에서 흘러나온 말이 일치하자 아들의 검은자가 순간 부풀어 올랐고 방안의 공기들이 다시 무거워져 그 어깨를 짓누르는 듯했다. 아비는 그에 아무런 미동 없이 눈을 옆으로 흘리듯이 내리깔고 말을 이어 나갔다.

- 그렇다고 내가 형님을 어떻게 할 수야 있었겠느냐…. 힘으로는 당연
  그 무골을 당해 내지 못했을 것이고…. 내 편을 들어 주는 사람이 있
  기나 했을는지…. 허허….

잠시 침을 삼킨 아비가 혀 끝으로 아랫입술을 살짝 적시고는 아들의 눈을 다시 바라보았다.

- 허나 애초에 내가 보위에 대한 마음을 품은 것은… 결국은 다 포은
  의 덕이라 할 수 있다.

- 아버님… 무슨 말씀이시온지….

- 그 날…. 그래 그 날이….

움직이는 아비의 입을 보며 아들은 그가 말하는 그 날이라는 것이 곧 아비의 입을 통해 흘러나올 것임을 직감할 수 있었다. 바짝 말라 오는 입술

을 그릇을 들어 적시며 아지랑이처럼 퍼져 나가는 취기에 지지 않으려 허리를 곧추 세우는 아들의 미간이 굳게 굳어 갔다.

- 아버님이 사냥 중 낙마하여 몸을 크게 다치셨을 때 포은은 왕과 야합하여 아버님 곁을 지키던 수많은 사람들을 공격하였고⋯. 종내에는 아버님께 살수를 보내기까지 했지⋯. 저 스스로 형제라 생각한다던 사람에게 살수를 보낼 생각을 한⋯ 그는⋯.

- ⋯.

- 그래, 그날⋯. 어찌 보면⋯. 내가 포은과 거래를 한 것이겠구나⋯.

흘러내린 탁주가 이슬처럼 맺혀 있는 턱수염 끝을 스치듯 만지며 아비가 다시금 그 날의 기억을 떠올렸다.

8. 이유

공양왕 3년(1392년).

그날 밤이 깊어 야조의 울음이 도성 곳곳을 퍼져 나갈 때도 저택의 불빛들은 꺼지지 않았다. 돌담 밖 수많은 사병들이 한걸음 간격으로 사이사이에 화로를 두고 나열해 있었고 그도 모자란 듯 일단의 사병들이 행렬을 맞춰 저택 주변을 빠른 걸음으로 끝없이 맴돌고 있었다. 쇠붙이를 걸친 그 모든 이들의 낯빛에 일렁이는 화롯불의 화기가 스쳐 지나갔고 순간순간 드러나는 굳게 다물어진 입 주위와 비장함과 화기가 동시에 일렁이는 눈빛은 저택 내의 사정이 평안치 않음을 나타내고 있었다. 임금이 행차라도 했을 법한 위세로 무장한 저택의 대문에 두 사내가 실랑이를 벌이고 있었다.

- 대감…. 이러시면 곤란합니다.

- 아니 이보게…. 내 자네를 곤란하게 하려 하는 것이 아니라 하지 않았는가.

- 송구하오나 그 말 자체가…. 다소 곤란스럽습니다. 대감 오늘은 돌아가 주시지요.

집사의 얼굴에 말 그대로 곤란함이 가득했다. 그럼에도 쉬이 말을 편히 할 상대가 아님에 지끈거려 오는 두통과 밤중의 찬 공기를 참아 내며 어떻게든 그를 설득하려는 기색이 역력해 보였다. 집사를 곤란하게 하는 사내는 담벽을 지키고 서 있는 사병들의 살기 어린 눈빛을 진즉 느끼고 있었음에도 그 살기들을 온몸으로 받아 내며 아무렇지 않은 듯 자신의 입장을 관철시키는 것에만 열중하고 있었다.

- 그러지 말고 한 번 더 일러 주시게 내 날이 밝는다 해도… 발을 떼지 않을 것이니 그리 안에 전해 주시게.

- 아니 그 참….

집사는 더 이상의 말이 무용하다는 것을 알고는 말끝을 흐리며 상대의 고집에 내일쯤 고뿔이 들겠구나라는 생각과 함께 밤새 서 있어야 할 자신의 처지를 잠시 걱정하고 있었다. 그 걱정에 아랑곳 않고는 고집을 부려 대는 사내는 진심으로 밤을 새워 낼 듯 허리를 꼿꼿이 세우고는 눈빛에 그 고집을 담아 상대를 뚫어지게 바라보고 있었다. 그 눈빛을 애써 피해 내며 근심 가득한 얼굴을 잠시 숙일 때 들려오는 소리는 집사를 이 순간에서 구원해 줄 것이었다.

'끼익' 대문이 반쯤 열리고 이내 검은 옷을 입은 사내가 문밖으로 발을 딛었다. 다른 사병들처럼 갑주를 걸치진 않았으나 한 손에 제법 치장이 되어 있는 장검이 들려 있었고 대문을 나란히 지키는 사병들은 문밖에 나온 그에게 고개를 숙이고 있었다.

- 영규 아닌가. 오랜만에 보는구나.

고집을 부리던 사내가 일순간 문밖에 나온 이를 반갑게 맞이하였지만 사내의 반응은 그와는 정반대였다.

- 포은대감, 어찌 이리 밤중에 남의 집 대문 앞에서 소란을 일으키시는 것입니까.

사내의 눈에는 다른 사병들의 눈빛과 마찬가지로 살기가 가득 차 있었고 언중에는 서리가 내려앉은 듯 차가움이 그득했다. 하지만 정작 몽주는 감이 둔해 그를 모르는 것인지 애써 모른 척하려는 것인지 한 걸음을 앞으로 더 내디디며 다시 한번 자신의 요구를 들어줄 것을 피력하기 시작했다.

- 내 오늘 이성계대감을 꼭 만나야겠으니 자네가 안에 들어가서 기별을 좀 넣어 주게나.

- ….

- 어찌 답이 없는 것인가. 내 이리 몸소 청하고 있지 않은가.

- 꼭 만나셔야 되겠습니까.

- 그렇네. 내 꼭 만나야만 하니 어서 일러 주시게나.

몽주의 고집 가득한 말투에 겁이 들린 영규의 손 끝이 잠시 떨렸다.

- 장군께서는…. 지금 병세가 위독하셔서 만나실 수 없습니다.

- 아니 그러니 내 잠시 얼굴이라도 뵙게 해 달라 이리 청하는 것이 아닌가. 서로 몸이 안 좋을 때마다 여태껏 종종 문안을 주고받았거늘…. 왜 오늘 이리 대문조차 열어 주지 않는 것인가.

- [왜인지 정녕 모르십니까.]

고성을 지르고 싶은 욕구가 목젖까지 올라왔지만 영규는 그것을 겨우 삼키고 있었고 잠시 잠시 떨어 대는 영규의 손끝을 보는 근처 사병들의 눈빛에 살기가 다시 한번 거세게 감돌았다.

- 돌아가십시오.

- 그리 못하겠네.

- 정 그러시다면…. 이 집 다섯째 자제분께서 아버님을 대신해서 잠시
  만나 드릴 의향이 있다고 하니 그쪽으로 안내를 하겠습니다. 그도
  싫다면 저도 어쩔 도리가 없습니다. 월담을 하시든지 돌아가시든지
  선택하셔야 합니다.

단호한 영규의 말에 몽주가 담벼락 위를 슬며시 올려 보고는 잠시 주위
를 둘러본다.

- 방원이가….

- 가시겠습니까.

- 내 월담을 하려다가는… 금세 고슴도치가 될 듯하니…. 그리 하세
  나….

- 따르시지요.

대문을 넘어 들어가는 몽주의 뒷모습을 살기 어린 눈빛으로 바라보던
근처 사병들은 문이 닫히자 잠시 몸을 돌려 화롯불 위로 손을 내밀었다.
야조의 울음 소리가 다시 퍼졌고 날벌레들이 화롯불에 이끌려 '지직'거리
는 날개 소리를 내며 제 몸을 불덩이에 던져 댔다.

* * *

방원의 방 앞에 도착한 몽주가 몸을 앞으로 내밀자 영규의 검이 그를 막
아섰다.

- 잠시 살피겠습니다.

- 뭐… 뭐라 하였느냐.

몽주의 미간이 급격히 찌푸려졌다.

- 잠시 살피겠다 하였습니다.

- 이, 이런….

찌푸려진 몽주의 미간을 바라보며 영규는 여전히 서늘하게 말했고 몽주의 눈동자에 붉은 실 모양의 혈관들이 커져 갔다.

- 뫼시거라.

눈싸움을 벌이던 두 사내의 귓가에 방원의 목소리가 들려왔고 잠시 멈칫한 영규는 아무런 말없이 몸을 옆으로 돌렸다.

- 네… 네… 이….

짧은 순간 호흡이 거칠어진 몽주가 잠시 영규를 노려보다 몸을 돌려 잠시 숨을 골랐다. 마루를 올라 문 앞에 섰지만 안에서도 밖에서도 그 문을 열어 주는 이가 없었기에 고개를 숙인 몽주는 숨을 깊게 뱉어 내고는 슬며시 손을 들어 문고리를 잡았다.

'드득 드그극' 문을 열고 들어서자 방원이 가부좌를 틀고는 먹을 갈고 있었다. 사람이 방에 들었음에도 일어서기는커녕 눈빛조차 주지 않는 방원의 모습에 몽주의 가슴 한편이 먹먹해져 왔다.

- 방원아…. 간만이구나.

- 네, 대감. 앉으시지요.

자신을 대감이라 불러오는 방원의 목소리에 몽주는 먹먹한 가슴에 서까래를 두어 장 더 깔아 짓누르는 기분을 느끼고 있었다. 처음 자신을 대감님이라 부르며 어색해하던 그 모습과 그 후로 스승님, 숙부님 하며 보는 내내 넉살 좋게 옆을 붙어 다니던 그의 모습이 겹쳐 뇌리를 지나갔다.

방원은 그를 앉아서 맞음과 그를 대감이라 칭함으로 둘 사이의 거리감을 애써 표현하려 했고 이런 상황에 놓이게 된 것에 대한 여러 감정의 교차 속에 몽주는 방원의 앞에 천천히 마주 앉아야만 했다.

- 야심한 밤에 어찌 먹을 가는 것이냐.

'드득 드득' 몽주의 물음에 방원은 답 없이 여전히 먹을 갈았고 몽주의 숨결이 어느 정도 안정을 찾을 때쯤 먹 가는 소리가 서서히 사라져 갔다.

- 어찌 오신 겁니까.

방원의 말투에 건조함이 한껏 묻어 있었다.

- 어찌 오다니…. 네 아버님께서 낙마하여 많이 다치셨다고 하니… 어찌 오지 않겠느냐….

- …이번엔 칼은 안 챙기셨나…봅니다.

- 바… 방원아.

두 사람의 눈빛이 교차되었다. 방원은 여전히 그저 건조한 눈빛을 보내고 있었고 몽주의 눈동자는 미세하게 떨려 대고 있었다.

- 일전의 일은….

- 대감, 제가 시를 한 수 올리고 싶은데 허락하시겠습니까….

몽주의 말허리가 방원의 건조한 음성에 끊겨 나갔다. 여전히 떨리는 눈으로 방원을 바라보던 몽주가 잠시 눈을 감았다 떴다. 갑작스레 시를 올리겠다는 방원의 의중이 무엇인지 생각할 겨를이 없었다. 이미 자신은 이 공간에서 불청객이었고 또한 대화의 주도권마저 가지고 있지 않은 입장이니 상대의 말에 응하는 것 이외엔 할 수 있는 것이 없었다.

- 음…. 그래 한번 보자꾸나….

몽주의 말에 방원이 천천히 손을 움직였다. 종이를 상 위에 깔아 고르게 펴고는 문진을 조심스레 올렸다. 이윽고 붓을 들고는 벼루에 그 끝을 가져다 대었다. 붓을 든 손가락 끝을 지나 손목 팔꿈치 어깨까지 차례대로 으스스한 기운과 떨림이 전해졌다. 붓을 들어 머릿속 생각을 종이에 옮겨 적기 전까지의 수천수만 번을 해 왔던 이 단순한 동작이 방원 인생의 어느 순간에 비할 바 없이 떨리는 순간이었다. 차가운 궐의 돌 바닥에서 요동치는 심장을 달래 가며 붓을 들어 과거를 치를 때보다 지금 이순간이 더욱 방원의 심신을 떨리게 하고 있었다. 하지만 방원은 그 떨림들을 어떻게든 억눌러야 했다. 그 앞에 있는 상대가 자신의 그런 떨림을 알게 하고 싶지 않았다. 지금 적어 나갈 것들은 한 치의 흐트러짐 없이 온전히 자신의 모든 것을 담아 내야만 겨우 상대에 그 뜻이 조금이나마 전해질 것인지 장담할 수 없는 상황이었다. 그렇기에 방원은 혼신의 힘을 기울여 붓을 움직여 갔다. 평소 자유분방하게 글을 쓰던 버릇을 뒤로하고 행과 열을 신경 쓰며 글자 하나하나 크기를 최대한 비슷하게 유지해 나가며 그 마음을 담아 내고 있었다. 그런 방원의 모습을 몽주는 복잡한 심경으로 바라만 보았다. 정적 속에 붓 움직이는 소리가 감돌았고 방원은 처음 떨림을 잡으려 노력해야만 했던 그 상태에서 벗어나서 처음 느껴 보는 상태에 들었음을 인지했다. 주위 공기는 고요했고 전신이 떠오를 듯이 가벼워졌다. 눈앞의 붓과 손의 움직임이 끝없는 바다의 끝에서 너울거리는 파도의 움직임처럼 느리게 느껴졌고 붓이 지나간 자리의 먹물의 스며듦이 눈에 천천히 그리고 선명히 보였다. 무아지경에 빠진 듯 어느 순간 자신의 의지와 상관없이 손이 움직인다 느껴질 때 방원은 이것이 말로만 듣던 입신의 경지에 이른 것인가라는 생각이 들었다. 지금 처한 상황에 관계없이 이 순간이 영원히 지속되었으면 좋겠다 생각이 들 만큼 머릿속이 기분 좋은 어지러움으로 가득할 때 마지막 글자의 끝을 찍어 내며 방원은 붓을 들었다. 그 마지막 획의 먹물이 종이에 스며들자 그제서야 방원은 손을 종이 위로 가져가 들어 올렸다.

그 순간 방원의 눈썹 끝이 미세하게 찌푸려졌다. 기분 좋은 어지러움이 끝남과 동시에 손을 들어올리는 동작을 취하자 마자 엄습해 오는 축축함이 그를 괴롭혔다. 평안하기만 했다고 생각했던 그 순간들이 실은 정반대였던 것이었다. 겨드랑이와 오금같이 살이 맞닿아 있는 곳은 물론, 등 전체가 흠뻑 젖어 있었다. 상대에게 절대 흐트러진 모습을 보이지 않겠다는 그 열망이 초월적인 힘을 발휘한 것일까…. 얼굴과 몸의 앞 부분을 제외하고는 모든 곳이 축축했다. 입신의 경지에 든 것이 아니라 상대의 기운을 상쇄하기 위한 몸의 본능적인 반응이었을까…. 방원은 어떤 추론도 하지 못한 채 그저 몽주가 이런 자신의 상태를 모르기를 바랄 수밖에 없는 채로 최대한 태연한 동작으로 종이를 건넸다. 그런 방원의 상태를 아는지 모르는지 몽주는 이내 종이를 건네 들어 눈앞에 펼쳤다.

- 음….

이전에 수차례나 지적했던 방원 특유의 서체가 아니었다. 자신의 오래된 버릇까지 고쳐 가며 열중해 적은 글에 몽주는 잠시 마음을 가다듬고 그 내용을 한 글자씩 머릿속에 읽어 갔다.

此亦何如	이런들 어떠하리
彼亦何如	저런들 어떠하리
城隍堂後垣	성황당 뒷담이
頹落亦何如	무너진들 어떠하리

我輩若此爲	우리도 이같이 하여
不死亦何如	아니 죽으면 또 어떠리

몽주가 종이를 들어 시를 읽었고 방원은 표정 없이 그를 바라만 보았다. 잠시간의 정적이 지나고 몽주의 어깨가 들썩거리고 방원의 귀에 생소한 소리가 들려왔다.

- 크… 흐… 흐….

그것은 웃음소리와 비슷했지만 평범한 웃음이 아니었다. 단 한 번도 그의 입에서 들어 본 적 없는 음색에 비릿함이 묻어 있었다. 종이에 가려 그 얼굴을 볼 수 없었지만 방원은 몽주의 표정과 심중을 어렴풋이 직감할 수 있었다. 곧이어 그 직감이 맞다는 것을 몽주가 종이를 내리며 알게 해 주었다.

- 흐… 헛… 허허허….

- ….

- 방원아, 이것을 지금 시라고 내게 건넨 것이냐.

- 그게 무슨….

말을 잇지 못하는 방원을 흘겨보며 몽주가 입을 급히 가리며 계속하여 조소를 보내왔다.

- 이게 시라고 내게 건넨 것이냐는 말이다…. 허…흐…. 허허허허허….

몽주가 급기야 조소를 큰 웃음으로 터트렸고 방원은 생전 본 적 없는 그의 모습에 못내 당황하며 인상을 찌푸렸다. 경박하기까지 한 그에게 어울리지 않는 웃음을 터트리던 몽주가 일순간 몸을 멈추고 표정을 가다듬었다.

- 헤… 헴…. 그래 방원아 잘 보았다.

- ….

- 그래, 어쨌든 내 시를 받았으니 답시를 주어야 하겠구나. 붓을 다오.

웃음기의 여진이 남은 듯 얇게 몸을 떨며 몽주가 손을 들었다. 방원은 그런 그의 행동들이 의미하는 바를 알 수 있었다. 나름 혼신을 기울여 전한 그 뜻이 상대의 비웃음 하나로 끝나 버린 상황이었지만 답시를 쓰겠다는 그의 뜻을 거부할 수가 없었기에 벼루를 밀고 붓과 종이를 건넸다. 종이를 받아 든 몽주가 상에 올려 가다듬고는 벼루의 위치를 잡고 이내 붓을 들었다. 그 행동들은 너무나도 자연스럽고 신속하게 이루어졌다. 그런 그의 얼굴을 방원은 뚫어져라 쳐다보았다. 조소는 온데간데없이 사라지고 다시 총기로 차오르는 눈동자 밑으로 검은빛이 짙게 감돌았다. 늘어진 턱살이 기름기 없이 푸석했고 뺨 옆으로 거무스런 둥그런 자국의 검버섯들이 보였다. 나라의 최고 대신이 밥 지어 먹을 재물이 부족할 리는 없을 텐데 자세히 들여다본 그의 얼굴은 눈빛을 제외하면 종살이를 수십 년 한 이의 얼굴과 사정이 다르지 않게 보일 만큼 그 고단함들이 직접적으로 드러나 있었다. 무엇이 그를 이리 고단하게 하는 것일까 또한 그는 무엇을 위하여 스스로 자청하여 험난한 길을 이리 몸을 돌보지 않고 계속 달려가는 것일까…. 그의 마음속을 들여다보고 싶은 열망으로 그 얼굴을 주시하던 방원의 눈에 몽주의 붓을 든 손이 종이 위로 향하는 것이 들어왔다. 붓을 든 손을 종이 위에 똑바로 세워 든 몽주가 반대 손으로 소매를 가다듬어 정돈하고는 팔꿈치 즈음을 받쳤다. 붓을 들어 소매를 정돈하는 단순한 그 동작 하나에 방원은 눈 앞이 아득해지는 기분을 느껴야만 했다. 그것은 일전에 느껴 왔던 그가 정말 사대부로서 멋진 인간임을 뛰어넘은 다른 기운을 풍겨 오고 있었다. 단아함을 넘어 고귀하게까지 느껴지는 그 기운…. 공간 안의 모든 기운이 휘몰아치듯 몽주가 든 붓 끝으로 집중되어 가고 있었다. 그리고 곧 몽주가 붓을 움직이기 시작했다. 붓의 아래와 윗부분이 한 치의 오차도 없이 수평으로 움직여 가는 그 모습은 공맹이 다시 재림한 듯한 모습처럼 보였다. 그 모습에 빨려 들어갈 것 같은 기분에 방원은 더욱 허리에 힘을 주어 버텼고 살짝 식었던 땀들이 다시금 새어 나오기 시작했다. 점점 먹 냄새가 짙게 퍼져가 방원의 코끝을 찔러 머리가 어지러움으로 가득 찼을 때 방원은 몽주의 붓 놀리는 몸짓에서 진정한 그의 실체를 꿰뚫어 볼 수 있었다. 그것은 '고려'였다. 사람 정몽주가 아닌 '고려' 그 자체…. 왕 씨보다 더욱 '고려'라는 명칭에 어울리는 존재…. 몽주는 이미 사람 정몽주가 아닌 '고려'라는 존재의 화신이었다. 빛나지 않고 자신을 덮어 오는 그 광채는 순간 [이 사람이 군왕이라면 내 기꺼이 충신이 되겠다.]라는 생각이 들 정도로 방원을 덮쳐 들어왔다. 그에 방원은 그가 어찌 홀로 가망이 없는 몸짓을 계속 떨쳐 왔는지 이해할 수 있었다. 어느 순간 고려의 화신이 되어 버린 그는 이미 그에 함몰이 되어 그 어떤 다른 선택을 할 수 없는 상황이 되어 있었을 것이다. 그 과정 속에 사람 정몽주와 그 고려의 화신으로서의 정몽주는 끊임없이 내분을 했을 것이었고 오늘 자신의 집에 찾아온 이 행동은 사람 정몽주로서의 진심이 아니었을까…. 그리고 그 진심은 자신이 건넨 시 한 수에 마지막 그 존재까지 소멸해 버린 것이 아닐까…. 방원의 그런 생각들이 머릿속을 어지러이 교차할 때 몽주가 붓을 벼루 위에 가지런히 놓았다.

- 다 되었다….

몽주가 허탈한 음성을 내뱉으며 종이를 들어 방원에게 건넸다. 방원은 긴장 가득한 손끝으로 종이를 건네 받으면서 [이것을 읽을 필요가 있을까…]란 생각을 하고 있었다. 이미 그의 진면목을 목도하였기에 이 시의 내용이 어떨지는 뻔한 것이었다. 그럼에도 방원은 종이를 세워 들고는 그의 진심을 다시 한번 확인해야만 했다.

此身死了死了　이 몸이 죽고 죽어

一百番更死了　일백 번 고쳐 죽어

白骨爲塵土　백골이 진토 되어

魂魄有也無　넋이라도 있고 없고

向主一片丹心　임 향한 일편단심이야

寧有改理與之　가실 줄이 있으랴

　글을 다 읽은 방원이 허탈하게 종이를 놓고는 몽주를 응시했다. 몽주는 아무런 표정 없이 그런 그의 눈을 바라보았고 이내 방원은 그 눈을 피하며 고개를 슬쩍 숙여야 했다.

　- 돌아가시지요….

　- 방원아….

주고 가는 양방의 말에 애처로움이 물들어 있었다. 방원은 이미 꼿꼿이 세우던 허리에 힘을 풀었고 몽주가 자신을 어떻게 쳐다보든 상관없는듯 고개를 들지 못하고 힘없이 말할 뿐이었다.

　- 서로… 무슨 말을 더 할 수 있겠습니까…. 돌아가십시오….

　- ….

방원의 말을 끝으로 한참의 침묵이 흘렀다. 몽주는 덩그러이 바닥에 놓인 두 장의 시문을 슬쩍 쳐다보다 심중의 결단이 선 듯 몸을 슬쩍 일으켰다.

- 내 돌아가겠다…. 네 아버님의 병세가 쾌차하시길 비마….

대답 없이 고개를 숙인 방원을 바라보던 몽주가 몸을 돌려 발을 힘겹게 떼었다. 걸음을 걸어 문고리를 잡고 혹 무슨 답이 있을까 뒤의 인기척을 살폈지만 아무런 반응이 없음을 확인한 몽주가 손에 힘을 주어 문고리를 잡아당길 때 뒤에서 기다리던 소리가 들려왔다.

- 어찌 안 되는 것입니까.

고개를 숙이고 힘이 빠진 모습을 보이던 모습은 온데없이 결연한 목소리가 몽주의 귀에 들어왔고 그 기운을 감지한 몽주가 몸을 돌리지 않고 그대로 답하였다.

- 무엇이 말이냐….

- 왕건이는 되고 내 아버님은 안 될 이유가 무엇이란 말입니까.

'궁' 하는 소리와 함께 방원이 악다구니를 쓰듯 소리를 쳤다. 그에 몽주가 문고리를 잡은 손을 부르르 떨고는 몸을 돌렸다.

- 네 이놈.

분노에 가득 찬 목소리로 괴성을 지르며 몸을 돌려 본 곳에 방원이 다시 허리를 세우고는 일전에 자신이 선물한 동경을 상 위에 올려 두고는 자신을 쏘아보고 있었다.

- 왕건이는 궁 씨의 왕좌를 찬탈해도 되고…. 왜 내 아버님은 안 되는 것입니까 말을 해 보십시오.

- 네 이놈, 어찌 태조대왕의 존휘를 감히 입에 담는 것이냐. 네가 역심을 품었다 하여 사대부로서 어찌 이리 무도할 수 있다는 말이냐.

- 왜 답을 못 하십니까, 그깟 태조의 휘가 뭐 그리 대수입니까. 내 밤새 도성을 돌아다니며 외칠 수도 있습니다.
- 방원아, 어찌 이리 되었단 말이냐. 무엇이 그 총명하던 너를 이리 역심 가득한 난신으로 만들었단 말이냐….

몽주가 격앙된 목소리를 잠시 거두고 안타까운 마음으로 방원을 바라보았다.

- 어찌 난신입니까. 지금 제가 고려 조정의 신하입니까.
- 네 고려 땅에서 나고 자랐으니 고려의 백성이 아니더냐. 주상께서 만백성의 어버이시거늘…. 네가 지금 관직에 있는지가 무에 중요하단 말이냐.
- 그 만백성의 어버이께서 백성을 보살피기는 했답니까. 자식을 버리는 부모가 어찌 부모란 말이오.
- 방원아… 네 어찌….
- 답을 해 보시오…. 평생 친우처럼 지낸 이의 명을 앗아갈 정도로 고려가 중한 것입니까.
- 그래, 중하다. 세상 무엇보다 중한 것이다.

몽주의 언성이 다시금 높아졌고 목이 갈라져 쉰 소리가 같이 터져 나왔다. 커져가는 목소리만큼이나 그 표정 또한 험악해지다 못해 표독스러운 기운을 뿜어내고 있었다.

- 왜 중한 것입니까. 백성들의 평안보다 그깟 나라 이름과 왕의 성씨가 중요하단 말이오.
- 네 이놈…. 성을 갈고 나라 이름을 갈아엎으면 백성이 평안해진다더냐.

- 그렇소…. 적어도 지금보다는 나아지지 않겠습니까. 이게 어찌 나
  라 꼴이란 말입니까 주위를 둘러보십시오…. 혼자 고고한 척 그렇게
  버티고 선들 현실을 직시하지 않으니 무슨 소용입니까 저자에 나가
  서 참된 백성들의 소리를 들어 보시란 말입니다.
- ….

몽주가 잠시 답을 유보함으로 둘의 눈빛이 팽팽하게 맞섰다. 마주친 눈
빛과 달리 둘의 입에서 나오는 말들은 그 어떤 교착점도 없이 맞닿을 수
없었다. 둘의 소리는 마치 평행으로 달리는 직선처럼 끝없이 자신의 길만
을 갈 뿐 억겁의 시간이 흘러도 교차할 수 있는 것이 아니었다. 그 사실을
직면해 있는 당사자들의 심경이야 답답함 말해 무엇하겠냐만은, 둘은 그
럼에도 어떤 양보 한 점 없이 자신의 신념을 주장할 수밖에 없었다.

- 좋다…. 그럼 이리 하자. 고려 땅의 백성들 단 한 명도 빠짐없이 집
  밖으로 나와 다같이 이성계를 왕위에 올리자 소리친다면 내 기꺼이
  너의 뜻을 따르도록 하마.
- 궤변 집어 치우시오.

방원이 신경질 적으로 거친 말을 내뱉었지만 몽주의 표정에는 오히려
이전보다 생기가 도는 듯했다.

- 궤변이라 하였느냐. 좋다, 내 궤변을 했다 치자. 그럼 네가 하는 것
  은 궤변이 아니더냐.
- 무슨 말입니까.
- 네 말대로 백성들의 평안을 위해 왕조를 갈아엎자는 것이면 왜 꼭
  네 아버님이어야만 하느냐.
- 그게 무슨….

- 보거라…. 왜 이성계가 왕이 되어야만… 세상이 평온해진다는 것이냐는 말이다.

잠시 당황한 방원이 금세 눈에 힘을 주고 결의에 찬 목소리를 내뱉었다.

- 아버님께서는…. 구국의 영웅이시고 백성들의 지지를 한몸에 받고 계시니 그보다 적합한 이가 고려 땅 어디에 있다는 말입니까.

- 허허허허허 허허… 구국의 영웅이라…. 허허허….

- 왜 웃으시는 겁니까 부정 못하실 사실 아닙니까.

- 그래… 흐흐…. 사실이 그러하지….

- 어찌 계속 웃으십니까. 내 아버님을 모욕하시는 것이오.

- 방원아… 듣거라. 나라를 구하고 백성의 지지를 받는 이가 왕이 돼야 한다면 왜 꼭 이성계여야만 하느냐.

- 고려에 제 아버님 외에 누가 그 정도 인물이 있다는 말입니까.

- 500년을 지켜 온 고려이니라…. 그동안 수많은 영웅들이 계셨거늘 그분들 중… 누가 왕이 되려 하였느냐 말해 보거라.

- …어찌 지금이 아니라 과거를 들추는 것입니까….

방원의 목소리가 잠시 수그러들었고 몽주는 여전히 갈리는 목소리로 계속하여 말을 이었다.

- 시중 강감찬이 수십만 요나라를 격파하였는데 왕위에 오르려 하였느냐.

- ….

- 그 옛날 서희 공께서 말 몇 마디로 오랑캐들에게서 막대한 강토를 돌려받았는데 그가 혹 왕이 되려 했단 말을 들어보았느냐.

- 무슨….

- 최영 장군께서는 네 아버님만 못하셔서 그리 유명을 달리 하신 것이냐.

- …그들과 제 아버님은 다릅니다….

- 그래 당연히 다르겠지. 그들은 공이 있고 나라에 기여한 바가 있어도 누구 하나 왕위를 탐하지 않았다. 그러니 당연히 다르고 말고.

'탁'

방원이 손바닥을 신경질적으로 상 위에 얹었다.

- 그때와 지금이 상황이 같은 것입니까. 어찌 현실을 보지 않으시고 과거를 들추십니까.

- 과거는 없던 것이냐. 그럼 그 옛날 공맹이 쓰신 유학은 뭣 하러 공부하고 제사는 어찌 지내는 것이냐.

- 말장난 하고 싶지 않습니다.

- 말장난은 네가 하고 있지 않느냐. 공이 있다 하여 왕이 되어야 한다면 이 땅에 얼마나 많은 왕조가 있어야 맞는 것이냐. 오히려 고금에 있어 간악하고 무도했던 이들이 네 아버님처럼 왕위를 탐하였지…. 그 옛날 중원에서 왕망이 한나라를 잠식해서 황제를 참칭하고 몇백 년을 갔다더냐…. 고려에만 해도 이자겸이 그랬고 정중부를 비롯한 반역의 무리들이 그리 하였다. 진정 백성의 사랑을 받고 나라에 공이 있는 자 중에 누가 왕위를 찬탈하려 하였는가. 그럼 네 아버님은 어느 쪽이냐, 방원아 말해 보거라.

- 그들과 다르다 하지 않소이까.

방원의 고성이 방안을 울렸다. 고성을 보인다는 것은 논리적으로 상대의 뜻을 상대하기 힘들다는 반증이기도 했다.

- 그래, 당연히 다르겠지. 이성계대감은 참된 무인이시고 진정 나라를 사랑하는 마음이 크신 분이셨다. 그런데 어찌 간사한 자들의 농간에 넘어가 이리 대역죄인의 길로 들어서려 하는 것인지 내 참으로 안타까울 따름이다.

- 닥치시오.

악다구니가 담긴 방원의 고성에도 몽주는 제방이 터져 나오듯 그 말을 멈추지 않았다.

- 네가 무릇 그의 아들이고 유학을 공부하였다면 그 간사한 자들의 농간을 옆에서 차단하고 또한 아버님을 설득하여야 하거늘…. 그자들과 똑같이, 아니 더하게 이리 무도하게 굴고 있으니 그러고도 네가 군자를 지향하는 유학자라 할 수 있겠느냐.

- …애초에 군자가 되기 위해 유학을 한 것이 아니오….

- 이제 네가 평생을 공부해 온 것마저 부정하는 것이냐 참으로 안타깝구나 방원아….

- ….

몽주가 방원을 애처로움이 담긴 눈빛으로 바라보았고 방원은 차마 그 눈을 마주 보기가 힘들었다. 그의 말 하나하나가 틀린 것이 없음은 자신 또한 잘 알고 있었기에 논리로 그를 상대할 기운이 빠져 갔다. 하지만 역설적으로 그런 논리의 오류가 겹쳐질수록 방원의 마음속엔 더욱 큰 그것이 자리를 넓혀 가고 있었고 그에 방원은 다시 마음을 차분하게 가라앉혔다.

- 더 이상의 말은 의미가 없습니다. 그만하시지요 대감.

- 허허, 어찌 말이 의미 없다 하느냐. 네 나를 반역의 무리로 끌어들이

려 지금 이러는 것이 아니었더냐….

- 참으로 그리 생각하십니까.

일순간 바뀐 기운을 풍기는 방원의 눈빛을 몽주는 잠시 바라보았다.

- 그럼 무엇이냐 말해 보거라.

방원이 다시 몽주의 눈을 또렷이 바라보며 무겁게 입을 열었다.

- 대감을 살리려 하는 것이오.

- 흐… 허허허… 흐훗… 흐흐허허허허.

몽주의 몸이 크게 젖혀졌다. 그는 폐 속 깊숙한 곳에 있는 공기를 다 빼낼 것처럼 쉬지 않고 웃음을 터뜨렸으며 갈라진 목을 통해서 그 소리들이 기분 나쁘게 방원에게 향했다. 오늘의 몽주는 모든 면에서 평생 보아 온 그 모습과는 달랐다. 그 이질감들은 방원을 당황하게 하였지만 그런 행동들 하나하나가 쌓여 갈수록 방원은 그런 몽주가 가엾다고 느껴지기 시작했다. [망국의 마지막 충신이라는 것은 저토록 처절한 것이란 말인가….]란 생각에 방원의 눈가에 비애가 감돌았다.

- 살려 드린다니 그리 좋으시오.

- 흐… 방원아….

- ….

- 내 시를 허투루 읽은 듯하구나…. 네 눈에는 내가 지금 내 명을 아끼는 사람으로 보이느냐.

- ….

웃음을 멈추고 약하게 숨을 고르는 몽주를 방원은 그저 비애가 담긴 눈빛으로 바라볼 뿐이었다.

- 그냥 죽이거라. 그게 제일 편한 길 아니더냐.

- …참으로 죽음을 감수하시겠소.

- 그래, 죽이거라. 천 번, 만 번 베어 죽이고 또 무덤을 파헤쳐 백골의
   목을 치거라. 내 기어이 다 받아 주겠다. 그러니 나에게 다시는 금수
   만도 못한 역적의 길을 함께하자는 말을 하지 말거라.

몽주의 뜻은 그 어떤 무쇠보다 단단했고 그 어떤 거친 물살보다 거세었
다. 방원은 다시금 그 어떤 방법으로도 그를 설득할 수 없다는 사실을 인
지했다. 단호하게 자신을 바라보는 그 눈빛을 받으며 방원은 결국 결단을
내려야만 했다.

- 대감이 그리 죽으면 고려가 지켜질 거라 생각하십니까.

- 이놈….

- 대감께서 착각을 하고 계신 것이 있는 듯한데… 대감의 생사와 상관
   없이 고려는 이미 끝났습니다.

방원이 동경을 주먹으로 내리치며 눈빛에 힘을 가득 실었다. 이제 이 답
없는 언쟁을 마무리할 때가 되었음을 뜻하는 것이었다.

- ….

몽주가 그런 그를 바라보며 그저 몸을 부르르 떨 뿐 별다른 답을 하지
않았다.

- 답이 없으시니 결론만 말하겠습니다. 대감의 생사와 상관없이 고려
   가 끝난 이유는 모두 대감의 잘못입니다.

고려의 끝을 연이어 말하는 방원의 목소리에 몽주의 몸이 더욱더 거세
게 떨리기 시작했다. 방원과 마찬가지로 몽주 또한 이 언쟁의 끝이 다가
왔음을 인지하였지만 그 결과가 결국 자신과 고려에 이롭지 못하다는 사
실을 잘 알기에 쉽사리 끝내기도 그렇다고 무의미하게 계속 이어 나가기

도 힘든 상황이었다. 그런 중에 정곡을 찔러 들어오는 방원의 말에 몽주는 쉽게 답할 수가 없었다. 논리의 부재가 아니라 의미의 부재였다. 이미 오래전 한계에 다다라 있던 심신이 이 순간 더욱더 고되었다. 손끝, 발끝만이 아니라 처져 있는 귓볼마저 흔들리는 게 눈에 보일 정도로 몽주는 이미 그 육신을 다 소모한 것처럼 보였다.

- 무슨 말이냐.
- 대감께서 내 아버님께 살수를 보낸 순간 문하시중 정몽주, 사람 정몽주, 그리고 그 정몽주가 지키고 있는 고려는 끝난 것입니다.
- 네… 이….
- 대감은 고려… 아니, 이 세상 누구도 비교할 수 없는 시대의 성인이 아닙니까. 유학의 정점에 이른 자…. 충절의 화신…. 그런 이의 머릿속에 그런 암수가 있었을지…. 그 누가 알았겠습니까….

방원의 흐려진 말끝으로 몽주의 떨림이 멈추었다. 방원의 말이 옳았다. 한 명의 유학자와 나라의 신하임을 떠나서 그저 세상에 태어난 사람으로서 절대 하지 말아야 할 일을 스스로 저질렀다. 자신이 가장 멀리하고 또한 모멸하는 그런 부류의 인간들이나 할 만한 행동…. 차마 입에 담을 수조차 없는 그 일을 자신이 계획하고 지시하였다…. 그 일의 성패와 상관없이 그 일이 계획되고 실행되는 순간 이미 모든 것이 끝난 것이었다. 수십 년을 쌓아 놓은 정몽주라는 그 이름에 담긴 그 모든 것이 부정될 수밖에 없는…. 사실상 마지막 남은 고려의 충신으로서 어떻게든 나라를 구하기 위해 오물을 뒤집어쓰고라도 그럴 수밖에 없었다고 자위하기에는 그 행동은 절대 정당화될 수 없는 것이었다. 그리고 몽주는 알고 있었다. 그 일이 성공했더라도 고려는 결국 무너졌을 것임을…. 이미 진즉 누구보다 고려의 황혼을 예상하였지만 그리고 종전에는 그것을 막을 수 없음을 가장 잘 알고 있었지만, 그는 그럼에도 저물어 가는 고려의 마지막 길에 동행하는 것을 선택할 수밖에 없었다. 그것은 후대에 자신이 그 어떤 역경에도 충절을 지켰음을 자랑하듯이 남기고 싶었던 것 때문이 아니었다. 그어떤 이유도 존재하지 않았다. 그저 그렇게 해야만 했기에 단지 그것만으로 그는 그런 것이었다. 이성계를 지적에서 바라보고 오랜 세월 겪으며 흔들린 적이 없는 것은 아니었다. 이 사람과 이 사람을 따르는 사람들이라면… 어쩌면 고려가 할 수 없는 것들을 할 수도 있겠다란 생각과 분명 더 나아진 세상이 될 수도 있겠다란 생각…. 하지만 그런 생각이 스쳐갈 때마다 더욱더 자신을 다잡고 채찍질해야만 했다. 그 어떤 이유도 없이 그렇게 할 수밖에 없었던 것은 무엇 때문인 것인가…. 이유가 없는 이유는 무엇인가…. 의미 없는 생각으로 머릿속이 한창 어지러울 때 떨림이 멈춘 몸이 한없이 무거워졌다. 발끝을 시작으로 바닥 밑으로 끝없이 몸이 끌어당겨지는 기분이 들었다. 이제는 정말 버틸 재간이 없었다.

- 내 대감을 죽일까라는 생각을 하고 여러 사람에게 도움을 청하기도
  하였었지만…. 이제는 굳이 그럴 필요가 없지 싶습니다.
- ….
- 대감을 살릴 것입니다. 오래오래 살려 두고 고려가 무너지고 새 왕
  조가 들어서는 것을 지켜보게 할 것입니다. 대감은 쉽사리 죽기조차
  못하게 될 것입니다….

방원의 선택은 몽주의 죽음이 아니라 살리는 것이 되었다. 그를 죽여 충절의 화신으로 만드는 것보다는 살려서 그가 지키고자 했던 것의 파멸을 보게 하는 것, 그보다 더한 형벌이 있을 것인가…. 그를 모를 리 없는 몽주

는 끝없이 추락하는 심신을 통제하지 못하고 몸을 휘청였다. 최악의 외통수에 갇혀 몸부림조차 칠 수 없는 처지가 되어 버린 몽주의 눈에 불현듯 동경 위에 올려진 방원의 주먹이 보였다. 몸을 추스려 세우며 방원의 주먹과 결연한 눈빛을 번갈아 보던 몽주의 입가가 슬며시 올라갔다. 생사와 상관없이 정몽주라는 존재 자체가 끝나 가는 그 시점에 깨닫게 된 사실 하나가 그의 입을 다시 움직이게끔 하였다.

  - 방원이… 너….

  - ….

  - 그런 것이었구나…. 이제야 이해가 되는구나…. 네가 어찌 이리까
    지 하는지가….

  - 무슨 말입니까.

금방 몸을 휘청이던 몽주의 눈동자에 다시 검은색 기운이 서리는 것을 보며 방원은 침을 삼켰다.

  - 네가 왕이 되고 싶은 것이었구나….

  - 무, 무슨….

  - 그게 이유였어…. 허허….

몽주의 흐려지는 웃음을 바라보며 방원은 심장을 움켜잡아야 했다. 급격히 요동쳐 오는 심장은 수천 마리의 군마가 동시에 발길질을 하는 듯 가슴을 때려 왔고 누군가 정수리에 정을 올려놓고 망치로 내려치기라도 한 듯 머릿속이 새하얘져 갔다.

  - 아닌 척하는 것이냐, 네 스스로도 몰랐던 것이냐….

  - 그… 그게 무슨 말도 안 되는….

  - 그래, 너도 그게 말이 안 되는 것을 알고는 있구나 네 위로 네 명의

동기들이 있는데 네가 그런 꿈을 꾼다는 것이…. 가당키나 하겠느냐 말이다.

- 말도 안 되는… 소리입니다….

방원이 당황을 감추지 못한 채 목소리를 높이며 몽주를 노려보았다.

- …참으로 아니라 생각하느냐.

그저 묵묵한 음성으로 자신의 어깨를 짓누르는 느낌에 방원은 고개를 들 수가 없었다. 왕이 되고 싶다…. 말이 되지 않는 일이다. 자신은 결단코 직접적으로 스스로 왕이 되고 싶다 생각해 본 적이 없었다. 그저 간접적으로 아버님이 왕이 된다면 만에 하나라도라는 생각으로 어렴풋이 자신에게도 기회가 있을 수 있을까란 생각은 스쳐 가듯 해 본 적이 있지만 그것은 결단코 왕좌에 대한 직접적인 욕구는 아니었다. 세상 그 어떤 이가 아비를 왕으로 두고 왕좌를 생각 한번 안 해 보겠는가…. 허나 지금 몽주의 눈빛이 말하는 것은 자신이 가졌던 그런 간접적인 생각에 대한 심문이 아니었다. 그런데 어째서 절대 그런 마음을 품지 않았다 확신하는 스스로 고개를 들 수가 없는 것인가. 방원은 몸의 본능적인 반응들을 스스로 느끼며 그제서야 자신의 심연을 들여다볼 수 있었다. 그것은 어느 순간 시작되었는지 알 길이 없으나 이미 자신의 마음 깊은 곳에 뿌리를 내리고 있었다. 구체적, 직접적으로 생각을 하지 않았을 뿐, 그것은 아주 오래전부터 생각의 내용과 상관없이 천천히 자라고 있었다. 몽주의 말에 의해 그 숨어 있던 의지에 불이 붙자 방원의 심신이 걷잡을 수 없이 뜨거워졌다. 그것은 이제서야 직면하게 된 자신의 욕망에 대한 기대감이었고 또한 세상의 그 어떤 이라도 그것을 알게 하고 싶지 않은 근심이었다. 복잡하게 뒤섞인 감정의 교차 속에 방원의 명치 언저리가 급격히 요동쳐 왔

다. 기대감의 설렘과 근심의 불쾌함이 동시에 명치 아래를 흔들어 댔고
부인이 회임했을 때 헛구역질을 하던 때와 같이 손으로 입을 가리고 몸을
들썩였다.

 - 이제 인정하겠느냐….

 - ….

 - 정말로 고려의 국운이 다한 것이란 말인가…. 한낱 무부의 다섯째
   아들이 왕이 될 생각을 품게 되다니…. 선열들이시여…. 굽어 살펴
   시옵소서…. 이를 어찌 한단 말입니까…. 이를 어찌….

들썩이는 방원을 내려 보며 몽주가 힘없이 흐느꼈고 그 말을 끝으로 적
막이 감돌았다.

 - 돌아가시오….

 - ….

방원이 더 이상 몽주와 언쟁을 할 기운이 없는 듯 힘겹게 입을 열었고
그의 손 밑에 깔린 동경을 허탈하게 내려 보는 몽주의 눈가에 눈물이 한
껏 맺혔다.

  - ….

무언가 말을 하려는 듯 입을 움찔거리던 몽주가 몸을 돌려 문고리를 잡
아 천천히 열었다. 순간 방 안의 눅눅한 공기와 밖의 서늘한 공기가 급격
히 섞여 들었고 그 서늘한 공기에 몽주의 눈가에 맺힌 눈물이 금세 말라
갔다. 눈물을 말리는 공기들은 순식간에 몽주의 몸을 휘감았다. 그에 몽
주는 생전 느껴 본 적 없는 한기에 감싸였다. 그것은 명나라에 사신으로
다녀오다 망망대해에 좌초되어 며칠 밤낮 동안 느꼈던 그 한기보다 더 차
가웠다. 그 차가움이 무슨 뜻인지 몽주는 알고 있었다. 이 문을 지나 이 집

을 나서게 되면 곧 고려는 그 끝을 보게 될 것이었다. 자신은 결국 고려를 지켜 내지 못하였다. 평생을 그리 간곡히 지키려 애썼던 것이 무너지는 것을 지켜볼 수밖에 없게 된 그 심정은 어떨 것인가…. 눈 앞에서 자식의 죽음을 지켜보는 기분이 그와 비견되려나 가늠할 수 없었다…. 문득 몽주의 뇌리에 이성계와 정도전의 얼굴이 스쳐 갔다. [혹 지금이라도….] 찰나의 순간에 스쳐 간 허튼 생각에 경기를 일으키듯 몽주의 몸이 다시 떨렸다. 그리고 이내 그의 마음이 다시 가라앉았다. 이제 그 마음속에 남은 것은 단 하나였다. 고려의 끝을 자신의 눈과 귀 온몸 어느 곳으로도 받아들이고 싶지 않은 열망… 그 열망을 풀어 줄 방법은…. 문지방을 넘던 몽주의 발이 잠시 멈췄다.

- 방원아….

- ….

- 네가 왕이 꼭 되고 싶다면….

- 다… 닥치시오.

몽주의 입에서 왕이란 단어가 재차 나오자 방원은 급히 그 말을 끊었다. 그 어떤 이라도 그 말을 듣게 될까 한없이 두려웠다. 방원의 그런 심정에 아랑곳하지 않는 듯 몽주의 어깨가 다시 움직였다.

- 나를 죽이거라…. 네가 직접 하여야만 하느니라…. 명심하거라….

- 그, 그 무슨….

놀라서 말을 잇지 못하는 방원의 눈에 몽주의 생기 없는 뒷모습이 점점 멀어져 갔다. 군마가 지나간 자리에 흙먼지가 피었다 아스러지듯 솔잎에 얹힌 눈송이가 바람에 흩어져 날리듯 몽주는 그렇게 방원의 눈에서 천천히 사라져 갔다.

시체가 서서 걸어가는 듯 대문을 나서는 몽주를 본 영규가 급히 몸을 방원의 방으로 향했다.

- 나… 나리.

방문이 열려 있는 것을 발견한 영규의 호흡이 거칠었다.

- 이, 이런…. 나리 안으로 들겠습니다.

급히 문을 넘어 들어온 곳에 방원이 몸을 흩트리고 앉아 멍하니 상 위의 동경을 바라보고 있었다. 잠시 방 안을 살피는 영규의 눈에 문지방을 넘어 들어온 바람에 일렁거리는 종이들이 보였다. 급히 방원의 앞에 마주앉아 종이를 들어올린 영규의 손끝이 떨렸다.

- 이런… 결국….

연이어 글을 다 읽은 영규는 그제서야 상황을 어렴풋이 짐작할 수 있었다.

- 포은대감은… 결국….

정신이 나간 사람 마냥 풀린 눈으로 동경만을 바라보고 있는 방원을 깨우려는 듯 영규의 어조가 강하게 방을 울렸다.

- 어찌하시겠습니까…. 이제 포기… 하셔야 하지 않겠습니까.

- ….

- 나리.

답 없는 방원을 재촉하듯 영규의 높은 목소리가 그에게 향했고 그에 반응하듯 방원의 미간에 순간 힘이 들어갔다.

- 영규야….

- 네, 나리.

- 명이 하나 있다…. 들어주겠느냐…

- ….

방원의 입에서 나온 '명'이라는 단어가 영규를 놀라게 했다. 자신이 옆에서 수행을 하기는 했으나 엄밀히 상하 관계는 아닌 데다가 일전에 여러 일을 지시할 때도 한 번도 '명'이라는 단어를 쓴 적이 없는 그였기에 그의 입에서 나올 다음 말이 어떤 것일지 한껏 긴장이 되어 왔다.

- 명… 이라니 무슨 일이신지….

그제서야 고개를 들어 영규를 바라보는 방원의 눈가에 칠흑 같은 검은 빛이 감돌았다. 그 검은 기운에 압도되어 숨을 잠시 멈추었을 때 방원의 입에서 흘러나온 말에 영규의 가슴이 요동쳤다.

- 포은을 죽이거라….

- 나, 나리….

둘의 눈빛이 격하게 부딪혔다. 포은을 죽인다…. 그것은 그가 감당할 수 있는 일이 아니었다. 그럼에도 영규는 일전에 본 적 없는 방원의 눈빛에 압도되어 그 어떤 거부의 뜻을 표현할 수 없었다. 지금 방원의 눈빛에 담긴 뜻은 포은이 아니라 고려 국왕, 심지어는 염라대왕을 죽이라 해도 거부하기 힘든 기운이 담겨 있었다. 눈빛을 떠나 방원의 입에서 나온 그 말은 너무나도 자연스레 그의 몸에 스며들어 왔다. 이유는 없었다. 그저 자식이 부모에게 효도하고 사내가 처자식을 건사하는 것이 자연스러운 일인 것처럼 방원의 입에서 포은을 죽이라는 말이 나온 그 순간 자신이 포은을 죽여야 하는 게 너무나도 당연하고 자연스러운 일이 된 것처럼 느껴졌다. 영규는 순간 자신이 그 일을 감당하는 것이 가능한지 여부는 생각조차 할 수 없게 된 채로 몸을 떨 뿐이었다.

- ….

답이 없이 눈빛만을 보내오는 방원의 뜻에 영규는 허리춤의 검에 손을 슬며시 가져가며 숨을 깊게 들이마시고는 몽주가 써 놓은 글귀들을 잠시 바라보다 떨리는 숨을 다시 내쉬었다.

- 지금 뒤따라가 활로 저격을 하면 되겠습니까….

- 아니된다.

- 그럼… 혹 독을 쓰면 되겠습니까….

- 아니된다.

영규가 그의 의중을 알 길이 없는 듯 잠시 턱을 살짝 돌렸다 다시 방원을 바라보았다.

- 그럼 어찌하길 바라시는지….

- 날이 밝거든….

- ….

- 날이 밝거든 사람들이 많은 곳에서 죽이거라. 최대한 처참하게….
  많은 이들이 보는 곳에서….

- 나, 나리….

영규의 인상이 한껏 찌푸려지고 동공이 팽창했다.

- 어, 어찌 그런 방법을…. 왜 그렇게 해야만 하는 것입니까….

방원의 눈빛이 동경 위에 올려진 자신의 손가락 끝으로 향했다.

- 어찌… 라…. 이유가 무에 필요하겠는가….

- ….

- 군이 말하자면… 그게 그를 위한 일이기 때문이다….

읊조리듯 건조하게 내뱉는 그의 말에 영규는 어떤 대답도 하지 못한 채 한참을 그를 바라만 보다 체념하듯 무겁게 입을 열었다.

- …그리… 하겠습니다….

영규가 떠나고 방원은 한참을 부동한 채 동경만을 바라보았다. 그 어떤 생각도 없이 그저 한없이 동경을 바라보던 방원의 눈에 어느 순간 그곳에 비친 자신의 얼굴에 이질감이 느껴졌다. 그것은 분명 자신의 얼굴을 그대로 옮겨 놓은 것이었지만 이상하리만큼 그것은 자신이 아니게 느껴지고 있었다. 자신이 아닌 다른 존재가 자신을 노려보고 있는 듯한 기분에 소름이 끼쳐 왔지만 방원은 끝내 그것과의 눈싸움을 이어 갔다. 어릴 적 가별초의 삼촌뻘 되는 장수들이 겁을 주려 이야기해 주던 마음을 먹고 자란다는 마귀의 모습이 저런 것일까…. 한참을 그 마귀와의 기 싸움에 지지 않으려 애쓰던 방원이 품 안에 손을 넣었다 빼자 한 뼘 크기의 나무 칼집에 싸인 단도가 들려 있었다. 이내 단도를 빼어 든 방원은 칼집을 벗어나 차갑게 반짝이는 칼 끝을 천천히 동경에 가져갔다.

'끽 키 끼긱….' 귓속을 불쾌하게 파고드는 마찰음에 아랑곳 않고 방원은 한참을 동경 위를 칼로 긁어 댔다. 그것은 어떤 글자인지 혹은 그림인지 아니면 무의미한 낙서인지 일렁이는 촛불로는 알 수가 없었다. 그렇게 새벽녘을 울리던 불쾌한 소리가 끝나고도 상 앞을 떠나지 않고 망부석마냥 앉아만 있던 방원은 날이 밝고도 해가 중천에 다다를 즈음에 포은의 죽음을 알리는 하인의 목소리에 겨우 몸을 일으켰다.

9. 사위

　퍼 올려진 그릇 아래로 독 안의 탁주가 출렁였다. 눈대중으로 보아 독의 반 정도까지 차 있는 듯했다. 아버지의 회상을 통한 여러 감정의 교차들 속에 어느샌가 아들은 스스로 독의 탁주를 탐하고 있었다. 퍼 올린 탁주를 삼키며 아들은 답답하다고 밖에 표현할 수 없는 그 감정들을 달래고 있었다.

　- 포은이… 아버님께 죽음을 청한 것이군요….

　- 세상 어떤 이가 죽음을 자청하겠느냐….

　아비가 허무한 음성을 뱉으며 어느샌가 왼 무릎 언저리에 놓여진 동경을 쓰다듬고 있었다.

　- 그렇다면….

　- …그저…. 영규와 그 일행들의 철퇴에 맞아 죽은 것이다. 그저 살인일 뿐…. 뭐 다른 뜻이 있겠느냐.

　- [지시한 것은 아버님이시지 않습니까.]

여전히 그 죽음이 자신과 상관없다는 듯한 건조한 말투에 아들의 목구멍이 간질거려 왔다. 아마 탁주를 서너 그릇 정도 더 들이켰더라면 그 말을 삼키지 않았으리라…. 그에 아들은 하기 곤란한 말이 아닌 말을 찾아야만 했다.

- 헌데… 어찌 선지교를 매번 살피시는 건지…. 여쭤어도 되겠습니까.

- …알고 있었더냐.

- 송구하오나… 어떤 사내 하나가 큰 비가 있은 후 여지없이 며칠 내로 아버님을 찾아뵙는다는 말들이….

- …뭐 보나 마나 내관이거나 사관들이겠지 괘씸한 것들…. 어찌 왕가의 일을 사사로이 입으로 옮기는 건지…. 내 재위 중일 때 사달을 한번 냈어야 하는 것인데….

아무렇지 않게 반 농담 삼아 읊조린 말이었지만 현장에 내관이나 사관이 있었다면 아마 경기를 하였을 듯한 말이었다. 그렇다 해도 내관들이야 그럴 수 있겠지만 사관들은 그 직책에 따라 그 능력 외에도 행실을 보고 선별하는지라 입을 가벼이 놀릴 만한 이들은 아니었기에 아들은 그것이 사관에 대해 뼛속 깊이 사무친 그의 개인적 감정으로 나온 말임을 알고는 속으로 살짝 웃음을 지었다.

- 혹… 포은의 핏자국이 씻겨 내려가지 않는다는 풍문 때문인지요….

- 풍문이라더냐. 개성에 있을 때 선지교를 가봤을 것 아니냐.

- 그야….

선지교의 핏자국을 목도했던 날이 순간 떠오르자 아들의 입이 막혀 왔다. 묻고 싶은 것이 많았지만 쉽사리 입술이 떨어지지 않았다.

- 내가 죽여 놓고 찜찜하여 계속 살핀다 생각하느냐.

- 아버님 어찌 그런 망측한 말씀을….

- 뭐, 틀린 말은 아니다만….

포은의 죽음에 아무 상관없는 듯한 말투로 말을 하다가도 금세 또 자신의 책임을 인정하는 듯한 말투에 아들의 머릿속이 혼란스러웠다. 혹 취기가 많이 오르신 건가란 생각에 얼굴을 살폈지만 그 얼굴은 전혀 취한 모습이 아니었다. 애초에 그의 주량이라면 독을 혼자 다 비우더라도 멀쩡했을 테지만…. 아들의 혼란함을 아는지 모르는지 아비는 여전히 덤덤하기만 할 뿐이었다.

- 괴상하지 않으냐 어찌 사람의 피가 장대비와 사람들의 발길에도 십수 년을 씻겨 내려가지 않는 것인지…. 그저 그뿐이다. 내 그것이 정녕 꺼림칙하였다면…. 그저 군사들을 보내어 허물어 버리면 그뿐인 것을….

- 네, 아버님….

그의 애매모호한 어투에 어찌 대화를 이어 가야 할지 아들은 갈피를 잡을 수가 없었다. 다만 한 가지…. 선지교의 핏자국 얘기는 더 이상 무용하다는 것은 확실하단 생각이 들 때 동경을 어루만지는 아버지의 손가락 끝이 아들의 눈에 들어왔다.

- 그것이 그 동경입니까.

- …너는 언제부터 왕이 되고 싶다 마음먹은 것이냐.

- 아, 아버님….

아비의 동문서답에 아들이 화들짝 놀라 몸을 들썩였다. 그도 그럴 것이 지금이야 자신이 보위를 물려받았지만 불과 서너 개의 계절이 지나기 전에만 해도 보위는 절대 자신이 꿈꾸어서는 안되는 것이었다. 혹 진짜로 취기가 많이 오르신 건가라는 생각에 다시 한번 아버지의 얼굴을 살피는 아들에게 아비의 굵직한 음성이 들려왔다.

- 양녕의 비행을 내게 일러 바칠 때더냐.

- 어찌 그런 말씀을….

- 아니면 어려서 네가 남들보다 총명하다는 것을 알아차린 그 순간부터더냐.

- 아버님….

- 답하지 못할 이유가 있느냐, 어차피 네가 지금 이 나라의 임금이 되었지 않느냐. 네가 만약 대군으로 계속 남았다면 이 말들은 역심이 되겠지만 너는 지금 임금이니 얼마든지 얘기하여도 된다. 허니 어서 말해 보거라.

아비의 묵직한 일갈에 아들은 잠시 고개를 숙였다가 이내 곧추 세웠다. 그 말들은 명백한 사실이기에 자신의 입 밖으로 내지 못할 이유가 없었다.

- 굳이 어느 때인지 물으신다면…. 어려서 책을 읽다가 고금의 역사에 꼭 장자만이 세자가 되는 게 아니라는 선례들을 깨우쳤을 때입니다. 허나 결단코 형님의 자리를 사심으로 탐한 것은 아닙니다…. 그저 어렴풋이 나도 잘할 수 있지 않을까란…. 그런 생각이었습니다….

잠시간의 침묵에 아들의 목이 타들어 갔다. 당장 그릇을 들어 탁주를 삼키고 싶었으나 그것은 이 대화가 일단락되어야 가능할 듯했기에 무슨 말이라도 좋으니 그가 빨리 답을 해 주기를 바라고 있었다.

- 허허… 그리 일찍 생각을 하였더냐…. 나도 잘할 수 있을 것 같다…. 그 생각이 참…. 자 한잔 하자꾸나.

아비가 말을 잠시 멈추고 무엇인가 생각이 난 듯 그릇을 들어 아들에게 향했다. 그에 아들은 반가운 듯 그릇을 급히 들었다.

- 나는 이 동경을 처음 받은 날 그리 생각하였느니라···. 내가 누군가 에게 이런 물건을 내려 줄 수 있는 사람이 된다면 어떨까···. 아마 그 것이···. 내가 처음 생각한 왕위에 대한 욕심이었지 싶다.
- 아··· 그런 생각을···.
- 어찌 보면 결이 비슷하지 않으냐. '나도 잘할 수 있을 것 같다' 와 '내 가 그런 사람이 된다면 어떨까' 어찌 생각하느냐.
- 네, 아버님. 듣고 보니··· 뜻 자체는 같은 방향인 듯하옵니다.
- 그래···. 그날 아무렇지 않게 생각했던 그 순간이 후에 내 아버님이 왕이 될 그림이 보이기 시작하자 나도 모르는 사이에 내 마음속 한 편에서 자라고 있었던 게 아니었나 싶다···. 포은은 그것을 어찌 알 아차렸을꼬···.
- ···그렇다면 그 동경은 아버님 인생의 전환점인 것이군요···. 충심을 전도하려던 포은의 뜻이 그런 결과를 부를지··· 세월이 흘러 듣는 입 장에서야 이리 편히 얘기할 수 있지만···. 그의 심정이 어떠하였을지 상상이 아니 되옵니다.
- 그래 아직도 포은이 죽음을 자청하였다 생각하느냐.
- ···사실···. 소자는 잘 모르겠습니다···.

아직 아들의 머리에는 포은의 죽음은 결국 그의 지시에 의한 것이라는 생각이 더 크게 자리 잡고 있었다. 하지만 여전히 그 말을 입으로 꺼내기 에는 용기가 부족하였기에 다른 주제가 더 필요하였다.

- 그것보다··· 아버님께서 그 일 후로 할아버님께 곤혹을 치르셨다 들

었습니다….

- 곤혹이라…. 쓰….

아비가 순간 터져 나오던 말을 급히 거두며 검지와 중지를 모아 이마 한
쪽을 문질렀다.

- 그때 벼루에 맞고는 어쩌나 정신이 없던지… 몇 년이나 머리카락이
  자라지 않아서는… 허….

- 아… 심히 곤란하셨겠습니다….

- 세상 어떤 아비가 자식을 그리 죽이려 한다더냐…. 벼루로 모자라
  서 아주 칼까지 내 목에다 들이 대셨었지…. 그때 그 계모 년이 가
  만히 서서 보고만 있던 것이… 어쩌나 역겹던지…. 내 그 첩 년의 무
  덤을 파헤치고 나서야 그때 울분이 좀 가시고 머리카락도 다시 났던
  것 같구나….

아버지의 검은자 옆으로 붉은 실 핏줄들이 삽시간에 올라왔다. 무엇이
라 칭해야 할지도 모를 입 밖에 꺼낼 수 없는 그녀의 존재는 그의 인생의
크나큰 벽과 같았을 것이다. 그렇다 해도 이리 급작스레 감정을 동요하며
욕설을 내뱉기 시작하는 그의 모습에 아들이 적잖이 놀란 가슴으로 빤히
그를 바라보았다.

- 후…. 내 그때 일을 생각하니 갑자기 피가 솟아서…. 개의치 말거
  라….

- 네, 아버님….

- 그래 포은의 죽음이 누구 탓인지 얘기하고 있었지…. 네 눈치를 보
  아하니 나에게 책임이 있다는 듯한 표정인데….

- 아버님… 실은….

정곡을 찔린 듯 아비의 눈을 급하게 피하는 아들의 당황한 말을 아비가 다시 한번 끊었다.

- 네 할애비가 얼마나 명궁이셨는지 잘 알고 있다 하였느냐.

- 네, 그야…. 조선 땅에 그것을 모르는 이가 있겠습니까.

감정을 동요치 못하는 모습을 보이다 뜬금없는 말을 걸어오는 아비의 모습에 아들의 고개가 살짝 흔들렸다. 정말 아비의 취기가 많이 오른 것인지 미묘한 분위기가 다시금 방을 채워 갔다.

- 그래… 조선 땅에 모르는 이가 없지…. 고려 시절에도 그러하였고….

- ….

- 도야, 활을 쏠 때 살을 걸고 시위를 당긴 상태에서 시위를 놓지 않고 계속 있다면 어찌 되겠느냐.

- 그야… 땀도 많이 날 것이고… 팔꿈치도 저리지 않겠습니까….

예상을 벗어나는 아비의 질문에 아들이 다급히 대답하느라 횡설수설이었다. 스스로 말해 놓고도 민망함이 느껴지는 듯하여 아들의 등허리가 간지러워졌다.

- 허허… 그렇겠지 당장은…. 허나 내가 말함은 그 잠시가 아니다….

- 그러시면….

- 과녁을 조준하고 계속 끝없이 시위를 당기고만 있는 것을 말하는 것이다. 잠시나 하루 이틀이 아니라… 훨씬 긴 시간을….

- 아버님 송구하오나…. 소자는 무슨 뜻인지를 모르겠습니다. 제 아무리 장사라 해도 차 한 잔이 식는 시간을 채 버티기 힘들 듯한데… 며칠도 넘는다고 하시니….

- 내 아버님께서는 이미 포은을 조준하고 계셨었다….

－ 아….

초점 풀린 눈으로 읊조리는 아비의 말에 그제서야 아들은 그 말이 자신이 생각한 직접적인 뜻이 아님을 눈치챘지만 낮은 탄식 외에 할 수 있는 말이 없었다.

－ 한참을… 한참을… 시위만 당기고 놓지를 못하시는 것을 내가 직접 놓게끔 해 드린 것이지….

－ 그 말씀은… 할아버님께서 이미 포은을 마음속에서 저버리셨었다는….

초점이 없던 아비의 눈동자에 다시 생기가 돌아옴과 동시에 고조된 목소리에 실린 침들이 상 위로 튀어 올랐다.

－ 그리 시위를 당기고만 있다면 팔꿈치가 저려 오는 것을 시작으로 손가락 살을 파고든 시위에 피가 맺힐 것이고 손목을 지나 팔꿈치 어깨까지 차례대로 근육이 찢겨져 나가겠지…. 종내에는 팔을 못쓰게 될 것이야….

－ ….

－ 답해 보거라. 너는 아들로서 내가 그런 상황이라면 어찌하겠느냐.

－ 아버님… 아들 된 자로서 응당 아버님의 옥체를 우선시하여야 하지 않겠습니까….

고조된 목소리에 실려 오는 아비의 추상적인 말들에 아들은 직접적으로 대답할 수 없었다.

－ 그래…. 세상 어떤 자식이 그러하지 않겠느냐…. 나는 네 말대로… 응당 나의 일을 한 것뿐이다….

－ 허면….

- 그래…. 아버님께서 지지부진하게 결단은 없이 마냥 포은을 살려 두었음에…. 너도 알겠지만 얼마나 많은 이들이 다쳤더냐…. 삼봉을 비롯해 그 많은 아버님의 사람들이 하옥되어 죽음을 목전에 두고 있었다. 포은 한 명의 목숨이 그들을 다 합친 것과 비견된다 생각하느냐.
- 아버님… 어찌 인명을 저울질할 수 있겠습니까….
- 방법은 하나밖에 없었다…. 그를 죽이거나 왕이 되는 것을 포기하거나…. 허나 아버님께서는 그 어떤 결단도 하지 못한 채 그저 시위만 당기고 세월을 흘리고 계셨지…. 네 말대로 인명에 경중이 어디 있겠느냐만은 나는 선택해야만 했다…. 아버님이 하지 못하니… 나라도 그리 하여야만 했다는 말이다….

아비가 잠시 숨을 고르려 말을 멈추었다. 숨을 거칠게 몰아 쉬는 것은 순간 그의 감정이 얼마나 격정적이었는지를 알 수 있게 했다. 그것은 자신이 한 일에 대한 정당화일 수도 있고, 혹은 변명 섞인 변호일 수도 있었다. 하지만 아들은 그런 것들을 생각할 수 없었다. 아비의 추상적인 말과 격한 감정이 더해 갈수록 아들의 머릿속은 더욱더 직관적인 생각들로 채워져 갔다. 그 어떤 상황을 참작하더라도 결국 포은의 죽음은 그의 명을 받은 이들의 손에 의한 것이었다. 그렇기에 원론적으로 그는 그 책임을 완전히 피해 갈 수 없다는 생각에는 일말의 변화도 없었다. 다만 한 가지, 포은이 그때 죽지 않았더라도 조선이 기어이 건국되었을 거란 부분은 확고한 사실이었다. 그렇기에 포은의 죽음이 조선의 건국 전에 일어난 일이라는 점은 어찌 보면 포은 그 당사자에게는 정말 다행스러운 일일 것이다. 사람의 죽음의 시기에 대해 다행이라 칭하는 것이 얼마나 괴리인지 모를 리 없었으나 아들은 어쩌면 아버지가 포은을 척살한 일은 그를 위한 일일 수도 있다는 점 만은 어느 정도 인정하고 있었다. 아니면 말 그대로 자신을 죽여 왕이 되라는 그 말을 그대로 따른 그의 탐욕일수도….

- 네가… 혹은 세상 어떤 이들이 무어라 생각하든 상관없다. 사관들이 어찌 기록하든 호사가들이 뭐라고 떠들어 대든… 나는 그저 당시 내가 할 수 있는 일을 한 것뿐이다….

- 아버님….

- 그러니 나는 온전히 다 받아 낼 것… 큭….

- 아, 아버님 괜찮으십니까.

아비가 잠시 입을 가리고 손바닥으로 가슴을 두드렸다.

- 괜찮느니라…. 내 감정이 격해져 호흡이 흐트러진 것뿐이다 개의치 말거라…. 후… 내 취기가 오르는 듯하구나…. 잠시 찬바람을 쐬어야겠다… 다녀올 테니 혼자 마시고 있거라….

- 아… 버님….

- 괜찮으니 그냥 앉아 있거라.

엉거주춤 일어나던 아들을 향해 차분히 말을 건네고 아비가 급히 몸을 일으켜 문을 열었다. 걸어 나가는 그 뒷모습을 바라보던 아들이 다시 좌정을 하고 그릇을 들었다. 그릇에 두어 모금 남아 있던 탁주를 천천히 들이키며 아들은 잠시 혼자만의 생각의 늪에 깊이 빠져들었다. 그가 대화 중 급히 나간 것은 더 이상 포은에 대한 것을 논하기 싫다는 뜻일까 아니면 자신이 할 수 있는 말은 다 하였으니 혼자 생각하라는 뜻일까…. 확실한 것은 더 이상 오늘 이 자리에서 포은의 일을 더 논하기는 힘들 것 같다는 사실이었다. 그 이름 한 번 한 번이 담담한 척하는 아비의 심신에 지대한 영향을 미치고 있다는 것은 분명해 보였다. 그럼에도 그는 왜 굳이 먼저 나서서 이런 얘기들을 전하고 있는 것일까…. 가늠할 수 없었다. 이 이야기들은 그것을 거울 삼아 교훈 따위를 얻을 만한 성질의 것이 아니었다. 아니면 인생 말년에 찾아온 회한의 고백 같은 것일까…. 무엇이 되었건 간에 그의 과거 회상은 아직 끝나지 않았다. 독의 탁주가 줄어들어 언젠가 그 밑바닥을 드러낼 것처럼 이 밤의 부자간의 대화는 언젠가는 그 끝을 맺을 것이다. 그리고 아들은 어렴풋이 그 끝이 그리 따뜻하지만은 않을 것이란 것을 직감하고 있었다. 그럼에도 아들은 이 이야기의 끝을 어떤 형태로든 고대하고 있었다. 복잡한 아들의 심경 속에 찰나의 순간에 예전 할아버님에게 활 쏘는 법을 배울 때 들었던 말이 스쳐 갔다.

[애야 과녁이 아니라 살의 끝을 보거라.]

10. 절필

태종 13년(1413년) 2월 30일.

- 그래서요.

한 손으로 삐딱하게 돌아간 턱을 괸 채로 별 감정 없이 응수하는 임금의 모습에 참찬의정부사(參贊議政府事)[28] 김승주의 얼굴에 당혹함이 비쳤다.

- 저… 전하 그래서라니요 방금 형조판서가 아뢰었듯이….

- 아니 그러니까 지금 그런 일 때문에 이리 급히 조회를 청한 것이란 말이오.

- 전하 내용을 다 들으셨지 않습니까 이토록 참담한 일을 어찌 그리 가벼이 말씀하시는 것인지…. 소신 망극하옵니다….

---

28) 참찬의정부사(參贊議政府事): 정2품 벼슬, 의정부에 소속된 관직.

- 그놈의 망극 타령 또… 휴….

임금이 턱을 괴고 있던 손을 내리고 자세를 고쳐 잡았다.

- 그러니까 형판이… 하…. 형판 다시… 아니 사관이 한번…. 응… 너
는 처음 보는 듯한데 궐에 언제 들었느냐.

고개를 돌리며 형조판서를 향하던 임금의 눈길이 잠시 사관을 스치다
낯선 그 얼굴에 고정되었고 붓을 꼿꼿이 든 채 온 신경을 움직이는 공기
에 집중하던 젊은 사관이 화들짝 놀라 급히 고개를 숙였다. 숙여지는 고
개에서 관모가 슬쩍 미끄러져 내리는 것을 사관의 다급한 손짓이 막아 세
웠고 그를 보던 임금과 신하들의 입가에 하나같이 옅은 미소가 걸렸다.

- 저… 전하…. 신 궐에 든 지가 햇수로 2년째이옵니다….

- 그래, 네 제법 어린 듯한데 어찌 조회에 들었는고…. 전에 있던 이는
어딜 갔느냐.

- 네, 전하… 그것이 금일 조회가 예정에 없었던지라…. 춘추관에 급
히 연락을 받았으나 마땅한 이들이 다 부재중이라 부득이하게 미천
한 소신이 정전에 들게 되었습니다.

답하는 사관의 목소리에 긴장감이 가득 담겨 있었다. 한참을 궐을 비우
다 환궁하여서 한동안 특별한 일이 없으면 조회를 열지 않을 거라던 임금
의 말에 봉교, 대교, 검열을 나눠 맡아 사초의 일을 관장하는 8명의 관리
중 6명의 관리가 말 그대로 부재중이었다. 누군가는 봄바람을 타고 꽃놀
이를 갔을 것이고 누군가는 고향집에 다녀오는 중일 것이다. 사유가 중요
한 것이 아니라 얼마만의 여유인지조차 까마득하던 선배들이 하나같이
자리를 비웠을 그 시점에 마침 임금이 말했던 특별한 일이 생겼다는 것이
문제였다. 남아 있던 2명의 사람 중 자신을 제외한 이는 검열 담당이었고

결국 조회에 들어 사관 본연의 업무를 행해야 할 사람은 자신 밖에 없었다. 조회에 들어 붓을 드는 것은 얼마든지 자신이 있는 일이었다. 스스로 평하기를 학문을 논외로 두고 말을 받아 적는 것만큼은 그 누구에게도 뒤지지 않을 거라는 자부심이 있었다. 자신의 성향에도 잘 맞는 일이라 여겨 어린 나이에도 부단히 노력한 끝에 궐에 들었으니 오늘 긴박하게 자신이 조회에 참석하게 된 것은 어찌 보면 커다란 행운일 수도 있었다. 다만 그 행운은 사관 본연의 업무에 집중할 수 있을 때에만 허락된 것이었다. 급히 나오느라 다른 이의 관모를 쓰고 나온 지도 몰랐던 이 젊은 사관은 주상께서 자신에게 관심을 가진 그 순간 육신 곳곳에서 식은 땀들이 스멀스멀 흘러나오기 시작함을 느끼며 까마득해지는 정신을 겨우 챙긴 채 붓을 잡은 손을 떨고 있었다.

- 뭐라, 다 부재중이라…. 이런 참담한 일이…. 보시오, 참찬. 이런 것이 정녕 참담한 일 아니오…. 어찌 저리 어린아이가 정전에 들어서 저…. 모자는 머리에 맞는 것인가 왜 저리 흘러내리는… 앞은 보이는 것이냐.

임금이 말을 마치면서 입을 가리며 어깨를 슬쩍 들썩였다. 심각한 표정을 지은 대신들 속에서 관모가 흘러내려 눈을 반쯤 가리고 있는데도 굴하지 않고 허리를 세워 경직된 목소리를 내고 있는 어린 사관은 임금에게 있어서 정말 즐거운 유희거리였다. 더군다나 평소 그리 경기를 일으키는 사관이 대상이니…. 임금이 잠시 방정맞은 웃음을 보이는 것이 순전히 개인적인 감정에서 비롯된 것임을 많은 대신들은 알고 있었다.

- 전하….
- 마… 망극하… 옵니다 전하….

지금 놓여진 일에 관심이 없는 듯한 모습을 보이는 임금의 모습에 승주가 애달프게 임금을 불렀고 어린 사관이 당황스럽게 손을 들어 관모를 고쳐 썼다.

- 그래, 네 이름이 무엇이냐.

- 네… 전하…. 소신 본관을 김해에 두고 있사옵고… 이름은 동우라 하옵니다….

- 동우… 김동우…. 그래 동우야 네 좀 전에 형판이 한 얘기를 잘 적어 두었느냐.

- 네, 전하 소신 미천한 능력이나마 혼연히 집중하여….

- 허, 거참. 거창도 하구나. 잘 적었는지 물었건만….

- 네… 넷…. 전하 잘 적어 두었습니다….

- 그래 그럼 네가 한번 읽어 보거라.

- 저, 전하…. 사초에 적힌 것은 입 밖으로 읽어서는 아니되는 것입니다.

화들짝 놀라며 임금을 바라보는 승주의 눈에 당혹감이 가득했다.

- 뭐라… 그게 참이오.

- 네, 전하…. 사초는 종묘사직의 근간으로서 본디 그 기능을….

- 아니 쓸데없는 말 그만하시고 지금 형판이 고한 것을 옮겨 적어 놓은 것을 읽어 보라 한 것인데 어찌 그것을 안 된다 하시오. 저것을 다 쓰고 봉하고 나서야 읽는 것이 금기되는 것 아니오.

승주의 말을 끊으며 팔걸이를 긁어 대는 임금의 손가락 끝이 점점 신경질적으로 거칠어졌고 한참을 말없이 고개만 슬쩍 돌려가며 분위기를 파악하던 좌정승 하륜이 슬며시 입을 열었다.

- 전하, 신이 한 말씀 올려도 되겠습니까.

- 아 좌정승께서 하실 말씀이 있다 하면 응당 하셔야지요.

팔걸이를 긁던 임금의 손이 슬며시 들리며 하륜을 향했고 승주가 불편한 눈빛으로 하륜을 바라보았다.

- 네, 전하. 본디 사초는 그 어떤 경우에도 읽어서는 안 되는 것이 맞긴 하오나…. 지금처럼 잠시간의 기록을 그 자리에서 확인하는 정도는 그 예에 크게 어긋나지는 않을 것이라 사료됩니다.

임금이 입꼬리를 슬며시 올리며 익선관을 슬쩍 쓰다듬었다.

- 들으셨소, 참찬. 혹 좌정승의 말이 틀린 것이오.

- 전하….

승주가 하륜을 제대로 쳐다보지 못한 채 말을 잇지 못하였고 임금은 이내 고개를 돌려 동우를 내려 보았다.

- 자자 동우야 한번 읽어 보거라.

- 네…. 네 전하….

동우의 목 뒷덜미가 축축히 젖어 왔다. 춘추관에 들어 사관직에 등용되고 자신이 앞으로 해야 할 일에 대해 펼쳐 보았던 상상 속에서 조회 중인 정전에서 대신들을 세워 두고 스스로 쓴 기록을 읽는 다는 것은 있을 수 없는 것이었다. 하지만 그렇다 하여 이미 내려진 임금의 명을 거역할 수는 더더욱 없는 것이니 그저 떨어지지 않는 입을 힘겨이 여는 수밖에 없었다.

- 혜정교 거리에서 곽금, 막금, 막승, 덕중 등의 여러 아이들이 모여 공놀이를 하였는데 여러 공을 각각 주상, 효령군, 충녕군, 반인이라 칭하며 가지고 놀다가 공 하나가 다리 밑의 물가로 굴러 들어가자 한

아기가 말하기를 "효령군이 물에 빠졌다"라 하였다. 이를 전해 들은 효령군의 유모가 쫓아가 아이들을 잡은 후에 효령군의 장인인 대사헌 정역에게 고하니 정역이 아이들을 형조에 가두고는 심문하였다. 심문 중 한 아이가 "곽금이 공에 이름을 붙이고 뛰어논 지가 이미 3일이나 되었습니다"라 하였다. 이에 상께서 행행(行幸)[29]하는 때이므로 아뢰지 못하고 있다가 금일 급히 조회를 열어 이를 알렸다.

말을 시작할 때 다시 천천히 내려오던 동우의 관모가 말을 마칠 즈음에 기어이 양 눈을 다 가릴 만큼 완전히 내려앉아 있었다.

- 다… 다… 읽은 것이냐.

- 네, 네 전하.

- 그… 그래 일단 그… 관모 좀 고쳐 쓰거라…. 아니면 그냥 벗는 것이 어떠냐….

거듭 되풀이되는 상황에 임금이 터져 나오는 웃음을 겨우 참으며 이마를 짚었고 동우는 다시 한번 손을 휘저으며 관모를 바로잡았다. 그를 지켜보는 대신들의 얼굴에도 임금과 비슷한 웃음기가 제각각 걸려 있었지만 단 한 명, 승주의 얼굴만은 그렇지 못하였다.

- 자자, 다들 한 번 더 들었으니 빨리 끝냅시다. 오늘 봄 바람이 참으로 좋더이다.

- 전하…. 이리 참담한 일을 어찌 처결해야 좋겠습니까. 참으로 망극하옵니다….

- 아니 이보시오 참찬, 그 망극하다는 말 좀 그만하시고…. 그 아이들

---

29) 행행(行幸): 임금이 궁을 비우고 밖으로 거동하는 일.

이 몇 살이랍니까.

- 네, 전하. 그 중 제일 많은 이가 막금인데 10살이옵고 그 다음 곽금
  이가….

- 아니 됐소. 그럼 다들 10살이거나 그 밑이란 말이 아니오.

- 네, 전하. 그러하옵니다.

- 그럼 뭘 길게 말할 게 있소 어찌 그 어린 것들을 옥에 가두었다는 말
  인가…. 그냥 풀어 주고 계본(啓本)[30]은 태워 없애시오. 조회에 올릴
  만한 일이 아니오.

- 저, 전하…. 어찌 그리 가볍게 처결을 할 수 있다는 말입니까…. 거
  두어 주십시오….

- 아니 참찬. 뭐가 가볍다는 말이고 또 그 어린아이들을 뭘 처결을 하
  고 말고 한단 말이오.

일을 쉽게 끝내는 것에 대해 계속하여 군은 표정으로 일관하는 승주의
언변에 계속 웃음기가 남아 있던 임금의 입모양이 돌연 굳어졌다.

- 네, 전하. 감히 왕가의 존명을 입에 담고 또한 그것을 놀이의 도구로
  삼았으니 이는 단순한 어린 아이들의 장난이라 치부하기에는 그 내
  용이 너무나도 삿된 것이라 할 수 있습니다. 허니 죄인들을….

- 뭐라 하셨소. 죄인…

- 전하 말씀 드렸다시피 그 사안이 심히 중대하니 죄인으….

- 그만하시오.

- 전하….

---

30) 계본(啓本): 임금에게 정사 등에 관련된 일을 보고하는 문서.

- 됐소 내 길게 말하지 않을 테니 다들 잘 들으시오.

- 네, 전하.

일순간 정전을 가득 채우는 노기 어린 임금의 목소리에 승주를 제외한 모든 신료들이 하나같이 고개를 숙이며 동시에 답하였다.

- 내 들어 보니 이는 아이들이 요언(妖言)[31] 따위를 퍼뜨리려 함은 아닌 듯 생각되는 바···. 이 일을 더 논하지 않겠소. 10살짜리 아이들이 무슨 악의가 있어 흑심을 품기라도 한단 말이오. 허니 내 말하였듯 이 계본은 태워 없애시고 이 일을 더 이상 논하지 마시오. 다들 아시겠소.

- 네, 전하.

- 저, 전하··· 아니 되옵니다···.

기어이 항명의 뜻을 나타내는 승주를 흘겨보는 여러 대신들의 미간이 굳어졌다.

- 하··· 좋소···. 참찬 그럼 어찌 처결하면 좋을지 한번 말해 보시오.

- 전하, 응당 국문을 진행해서 그 배후를 밝히는 것이···.

- 뭐라 국문···. 지금 그대가 나에게 10살짜리 아이들을 고신이라도 하게 해 달라 청하는 것인가.

결국 임금의 노기가 폭발하여 촛대에 서서 일렁이는 촛불들을 흔들며 정전을 채워 갔다.

- 아··· 전하···. 망극하옵니다···. 허나 이런 일에는 필시 배후가 있을 것인즉···.

---

31) 요언(妖言): 요사스러운 소문.

- 참찬, 혹 그 어린것들 입에서 나왔으면 하는 이름이라도 있는 것이오.
- 저… 전하…. 신이 어찌 그런 참담한 뜻을 품겠나이까…. 죽여 주시옵소서….

나직하게 정곡을 찔러 오는 그 말에 승주가 급히 무릎을 꿇으며 사색이 된 얼굴을 숙였다.

- 죽여 달라….

한껏 찌푸려진 임금의 얼굴과 함께 정전에 무거운 기운이 가득 내려앉았고 고개를 숙인 채 동공을 굴려 가며 눈치를 살피던 신료들 사이에서 조심스런 목소리가 흘러나왔다.

- 전하…. 신 이조판서 유정현 아뢰옵니다. 참찬의정부사께서 주상전하와 조선에 대한 충심과 사랑이 지극히 깊음을 표하는 것에서 다소 부적절한 발언을 한 듯하나 그 본심이 그렇지 않음은 그간 그가 수많은 무공을 세워 사직을 이롭게 한 일들에 비추어 보아 자명함은 백관과 만백성이 두루 알고 있는 일이옵니다. 바라옵건데 성은을 베푸시어 그의 마음을 위로해 주시길 간곡히 청하옵니다.

- …성은을 베풀라….

다소 가라앉은 어투로 임금의 눈길이 정현을 스쳐 승주에게 향했다. 고개를 숙이고 입술을 질끈 깨물고 있던 승주가 들려오는 정현의 목소리에 일말의 안도감을 품은 채 슬쩍 숙여진 고개를 들어 임금의 눈빛을 맞추었고 이내 고개를 돌려 주위를 살피다 병조판서 황회의 무릎 즈음에 그 시선이 고정되었다. 자신이 칼을 빼어 들어 피를 뿌려 가며 조정에서 입지를 다질 동안 자신보다 한참 어린 데다가 조선의 개창에 반대하며 수년을 은둔했던 황희는 어느 순간 조용히 품계를 올려 오다 기어이 자신과 같은 품계의 병조판서가 되어 있었다. 그의 능력됨을 폄하할 의도는 없었으나 어찌 되었든 육순을 바라보는 자신이 정승 자리에 앉기도 전에 혹 그가 자신을 추월할까 하는 그 알량한 마음은 스스로를 무던히도 괴롭혔다. 이대로 세월에 묻혀 정승 자리에 오르지 못하고 그 이름이 잊혀질까 하는 두려움 속에서 50의 나이에 정2품 관직까지 올라 자신을 마주 보는 그 모습에 여러 감정들을 다스리기 힘들던 그때 들려온 아이들의 비행은 그의 그런 감정들에 불을 지피며 타올랐다. 하지만 그 일을 빌미로 아이들의 입에서 황희의 이름을 받아 내서 그를 역적으로 몰아갈 생각을 가졌던 것은 분명 아니었다. 적당히 판을 만들어 그 중심에 자신이 위치함으로 오랫동안 정체되어 있던 자신의 존재감을 다시 한번 부각시켜 보려는 그 마음이 더 큰 부분을 차지하고 있었으나 주상은 이미 그것들을 온전히 꿰뚫어 보고 있었다. 하지만 무인 출신인 그답게 더군다나 이미 일을 주도해 버린 그 상황에서 그는 다시 칼을 집어넣을 수도 없었고 또한 많은 대신들이 이 일로 차후 그를 어찌 생각할까 하는 그 마음들이 그를 통제하지 못하게 하고 있었다. 이대로 일이 유야무야된다면 분명 자신이 걱정했던 것처럼 세월에 천천히 잊혀져 갈 것이 자명했다…. 그에 승주는 평소의 그라면 절대 맞서지 않았을 그에게 맞서고 있었다.

- 전하….
- 그래 그대의 무공이 빼어났음을 과인이 어찌 모르겠소…. 성은을 베풀 일도 아니니 더 이상 이 일을 논하지 않는 것으로 합시다.
- 성은이 망극하옵니다….
- 혹여나 어떤 자들이 아이들에게 그런 사주를 하였다 한들 어린아이

들을 통해 헛된 짓을 꾸밀 정도로 치졸한 자들일 것이니 따로 경계를 할 필요가 없을 정도로 한심한 이들이 아닌가. 또한 아이들이 스스로 그리 행동하였다면 생각들 해 보시오…. 그대들은 10살일 때 어떤 생각과 행동을 하였는지…. 게다가 어떻게 보면 그 배포가 가상하지 않은가…. 내 내탕(內帑)[32]을 열어 아이들에게 곡식이라도 몇 섬 내려야겠소…. 자자 그래 다들 조회를 파하고 이제 춘풍이나 즐기러 가십시다.

- 전하…. 신이 한 말씀 더 올리고 싶은 것이 있사온데 들어주시겠습니까.

- 에…. 뭘 또 할 말이 남았단 말이오.

승주의 눈에 결연함이 가득 묻어 있었다. 애초에 목표했던 바를 이뤄 내지 못했으나 이대로 오늘의 조회가 끝난다면 자신의 체신뿐 아니라 앞으로의 관직생활이 순탄치 못할 것이라는 것은 분명했다. 더군다나 홀로 무릎을 꿇고 망신을 당한 이 상황 속에 자신을 바라보는 여러 비웃음 섞인 눈빛들…. 한두 계절이 지나면 그 누구도 떠올리지 않을 별스럽지 않은 그 일들을 만회해 보려는 심정으로 승주는 기어이 인생의 가장 큰 악수를 두는 결심을 하고 있었다.

- 전하 아뢰옵기 송구하오나…. 이번 일을 겪음에 신이 느낀 황망함은 너무나도 큰 것이옵니다…. 허니 이번 기회에 휘를 개하셔서 다시는 이런 참혹한 일이 일어나지 않게 대비하심이 어떠실지 간청 드리옵니다.

---

32) 내탕(內帑): 임금의 개인 재산.

- 휘를 고치라…. 내 일전에 몇 번이나 거절의 뜻을 보였거늘…. 어찌
또 그 얘기를 꺼낸다는 말인가…. 그럴 일 없으니 다시는 거론치 마
시오.

삽시간에 봄 공기를 얼려 버릴 듯 차갑고 단호하게 응하는 임금의 모습
을 바라보며 하륜이 고개를 슬쩍 저었지만 승주는 그 기류를 눈치채지 못
하고 있었다. 망신을 당한 만큼 무엇 하나라도 자신의 뜻을 기어이 관철
시켜 보려는 그 의지는 모든 것을 초월하여 임금을 향하고 있었다.

- 전하…. 선왕들께서도 재위에 오르시고는 휘를 다 고쳤던 전례가 있
사온데 어찌 이유불문하고 불가하다고만 하시는지….

- 아니 보시오 참찬. 선왕들이 했다 하여 과인도 그대로 따라야 한다
는 규율이라도 있는 것이오.

- 망극하옵니다… 전하…. 허나 오랫동안 올린 간청에 어떤 합당한 이
유 없이 불가하다고 고집하시는 이유라도 알려 주신다면….

- 그 이유가 무엇이 중하단 말이오 그런 것은 없소. 게다가 과인이 이
름을 고친다 하여 아이들이 공에다가 그 이름을 적지 않는다고 보장
할 수가 있소.

- 전하…. 피휘(避諱)[33]를 신경 써야 하는 만백성의 고단함도 한번 헤
아려 주시기를 감히 청하옵니다.

- 하…. 피휘를 하는 것이 뭐가 그리 고단하다는 말인가…. 방 자와 원
자를 따로 쓰는 것은 아무 상관없지 않소이까. 그 두 자를 붙여 쓸
일이 특별히 있다는 말이오. 내 왕자들 이름은 특별히 신경 써서 흔

---

33) 피휘(避諱): 임금 혹은 왕가의 이름과 같은 한자를 피해서 쓰는 것.

히 쓰지 않는 글자를 가지고 외자로 다 지었으니 후대에는 더욱 피휘로 곤란한 일이 없을 것이오. 허니 더 이상 의미 없는 일에 애쓰지 마시고 이쯤 하십시다.

- 참찬….

설전을 주고받는 임금과 승주의 사이에서 한참을 침묵하던 하륜이 낮은 음성으로 승주를 부르며 고개를 슬며시 저었다. 그 모습을 모를 리 없는 임금은 입을 다시며 어떤 감정을 통제하려는 듯 손가락 끝으로 팔걸이를 계속 긁고 있었다.

- 하오나 전하….

- 하….

하륜의 만류에도 승주는 고집을 꺾지 않았고 기어이 임금이 깊은 한숨을 내쉬고는 눈을 깊게 감았다 떴다.

- 사관은 붓을 꺾으라.

들려온 소리에 하륜을 비롯한 모든 대신들의 동공이 크게 떠졌다. 평탄하게 넘어갈 수 있는 모든 상황이 승주의 항명으로 들불이 바람에 번지듯 점점 걷잡을 수 없이 번져 가고 있었기에 지금이라도 불길을 잡아야 했다. 하지만 모든 이들이 그 분위기를 감지하고 있음에도 승주 한 명은 스스로의 고집에 갇혀 현 상황을 제대로 인지하지 못하고 있었다. 그 상황 속에서 젊은 사관은 붓을 든 그대로 손을 떨기만 할 뿐이었다.

- 참찬…. 오늘 언행이 좀 과한 듯하니… 이제 그만하시고….

몸을 앞으로 내밀어 자신에게 이르는 하륜의 얼굴을 잠시 쳐다보고도 승주의 눈빛은 가라앉기는커녕 퍼지는 들불에 맞서기라도 할 듯이 짙게 비치고 있었다.

- 전하…. 사초는 종묘사직의 근간이 되는 것이옵니다…. 그를 금하는 것은 국가의 근간을 흔드는….

- 뭐라 하였느냐.

정전을 쩌렁하게 울리는 목소리에 약속이라도 한 듯 대신들이 급히 무릎을 꿇었고 그 급한 동작에 무릎과 바닥이 닿으며 거친 소리들이 들렸지만 누구 하나 그 통증을 입 밖으로 낼 엄두조차 내지 못하고 있었다. 붓을 들고 눈알을 좌우로 움직이던 동우가 결국 떨리는 손을 내려 벼루 위에 붓을 내려놓았다. 그 어떤 상황이 오더라도 사관은 붓을 놓아서는 안 된다는 귀가 아프도록 들었던 그 말과 임금의 침전에까지 몰래 숨어들어 갔다던 선배 사관들의 무용담이 머릿속을 맴돌았지만 이 어린 사관이 감당하기에는 지금 임금의 화기는 너무나도 거세었다.

- 저… 전하….

무릎을 꿇은 대신들이 하나같이 애통한 목소리를 내며 고개를 들지 못하였고 그제서야 상황을 인지한 것인지 승주가 어떤 말도 채 꺼내지 못하고 몸을 떨 뿐이었다.

- 과인이 사직의 근간을 흔들었다 하였느냐…. 그럼 뭣하고 있는 것이냐 당장 병사들을 불러와 나를 포박하여 옥에 가두거라.

- 전하… 죽여 주시옵소서….

- 닥치거라, 이 죄인을 용상에서 끌어내리지 않고 뭣들 하고 있는 것인가. 그래 잘되었구나. 상왕께서 아직 건재하시니 다시 옥좌에 앉힐 사람은 걱정할 필요가 없겠구나. 밖에 없느냐, 당장 금군을 불러와 이 못난 놈을 끌고 가거라.

- 전하… 신이 죽을 죄를 지었습니다…. 거두어 주십시오….

당장이라도 옥대를 풀 것처럼 허리에 손을 올린 채 가쁜 숨을 몰아쉬는 임금이 하나같이 머리를 숙이고 떨고 있는 신하들을 내려 보며 천천히 숨을 가다듬었다. 숨을 죄여 오는 무거운 공기에 정전에 있는 모든 이들이 감히 숨소리조차 내지 못하였으며 그 공간에서 유일하게 앉아 있는 사관의 고개가 상 위로 떨어질 듯이 숙여져 있었다. 숨을 가다듬으며 미간을 잔뜩 찌푸렸던 임금이 주위를 천천히 둘러보다 동우의 머리에서 곧 미끄러져 떨어질 듯 걸쳐져 있는 관모를 보고는 얕은 콧소리를 뱉었다. 그 소리에 슬쩍 고개를 들어 그 광경을 보던 하륜의 입이 무겁게 움직였다.

　- 전하…. 신 좌정승 하륜 감히 아뢰옵니다…. 참찬의정부사의 언행은
　　실로 참담하여 입에 담기 어려운 것이나 그간 그가 사직을 위해 세운
　　공로를 생각하여 그의 목숨만은 보전케 해 주시길 청하옵니다….

말을 마친 하륜을 슬쩍 바라보던 임금의 눈길이 엎드려 떨고 있는 승주에게 향했다. 한여름 날파리처럼 끊임없이 귀찮게 물고 늘어지던 그가 일순간 자신이 터트린 화기에 저토록 고분고분해진 것이 마냥 우스운 기분이 들었다. 재위 초기에 늘 있던 일이었던 지금 상황에 오랜만에 몰입하고도 예전처럼 화기가 가득 찬 기분이 아니라 헛웃음이 새어 나오는 지금 상황은 무엇 때문일까…. 슬쩍 고개를 돌려 이제는 상 위에 떨어진 관모를 어찌지 못하고 정수리를 훤히 비치고 있는 사관의 모습을 바라본 임금이 웃음과 함께 자신이 지금 가진 감정에 대한 정체를 알게 되었다.

　- 후… 참찬.

　- 네… 전하….

　- 오늘 그대의 언행이 심히 경솔하기는 했으나… 과인의 생각에는 그
　　대의 충절이 과하다 보니 나온 처사인 듯하오만…. 맞소이까.

- 저… 전하…. 망극하옵니다….

- 그래…. 내 오늘 춘풍이 마음에 들어 더 이상 큰 목소리를 내고 싶지 않소…. 어찌 더 할 말이 남았소이까.

- 저, 전하….

이마를 바닥에 대고 흐느끼는 승주를 보며 정전의 모든 대신들이 속으로 안도의 한숨을 내쉬었다.

- 자… 그래, 동우야.

- 네… 넷. 저, 전하….

- 그래 관모 좀 고쳐 쓰고…. 내 상의원에 일러 둘 테니 조회가 끝나면 들려서 관모를 하나 새로 맞추거라.

- 전하… 성은이 망극하옵니다….

- 그래 정녕 망극하다면… 오늘 일은 네가 눈치껏 써야 될 것 같은데 어찌 생각하느냐….

- 전하… 소신은 형조판서께서 고하셨던 아이들의 일 외에는 들은 것이 없습니다….

잠시 머뭇거리며 눈치껏 답하는 동우의 말을 대신들 중 그 누구도 가로막지 못하였다. 평소라면 어찌 사관의 일을 관여하느냐며 한 마디 정도는 던졌을 법한 이들도 겨우 가라앉은 임금의 화기를 다시 키워 낼 용기는 없을 것이다. 더군다나 승주의 말들을 모두 옮겨 적어 기록으로 남긴다면…. 그것 자체로 이 일은 덮을 수 없는 일이 될 것이었다. 그 몇 마디 말들이 불러올 파장을 온전히 피해 갈 이들이 얼마나 될 것인가…. 임금은 평소의 그 답지 않게 사관을 통하여 군주와 신하 간의 넘지 말아야 할 선을 잘 지키라 경고하는 것으로 상황을 정리하려 하였고 대신들은 한동안 잠잠했던 정국 속에서 은근히 놓았던 마음을 다시 다잡아야 한다는 사실을 다시금 인지하고 있었다.

  - 자자 다들 일어나시오.

  - 전하, 성은이 망극하옵니다.

대신들이 하나같이 입을 맞추고는 천천히 무릎을 떼고 허리를 세웠지만 승주는 여전히 바닥에 붙은 이마를 들지 못하였다.

  - 참찬, 거기서 주무시기라도 할 것이오…. 이제 그만 일어나시래도.

  - 전하….

  - 허… 참…. 자자 이제 끝내고 나갑시다 다들… 참찬은 뭐…. 좀 있다
    나오시던가….

임금이 어깨를 털며 용상에서 천천히 내려와 동우를 보고 잠시 눈을 찔끔거리고는 곧 경쾌한 발걸음을 옮기며 콧노래를 흥얼거렸다. 알 수 없는 그 의중에 대신들은 고개를 갸웃거리면서 문밖을 나서는 임금의 뒷모습에 고개를 숙였다.

  - 하… 이 봄바람이 얼마나 좋은가…. 자 가자.

용포를 부드럽게 스치는 따스한 춘풍에 이끌려 임금의 모습이 사라져 가자 그제서야 대신들이 여전히 엎드려 있는 승주를 힐끗거리며 천천히 발걸음을 옮겼다.

  - 참찬…. 이제 일어나시지요.

들려온 소리에 겨우 민망한 마음을 추스르고 고개를 든 승주의 눈에 붉은 관복 자락이 비쳤다.

  - 좌정승대감…. 참으로 민망하고 또 송구한 마음을 어찌 표해야 할지

모르겠습니다….

- 자… 일단 일어나시고….

허리를 숙여 팔을 잡아 일으키는 그 동작에 승주가 힘없이 몸을 일으켰다.

- 오늘 좀 무리를 하신 듯합니다만….

- 후… 참으로 전하와 대신들을 볼 면목이 없습니다….

- 평소답지 않게 어찌 그러신 것입니까.

- 그게… 저도 정신이 하나도 없는 것이…. 제가 노망이 들었나 봅니다….

- 허허… 이 사람…. 칠순을 앞에 둔 사람 앞에서 못하는 소리가….

- 아이고… 대감….

손사래를 치는 승주의 눈에 짙은 붉은색을 빛내는 하륜의 관복이 비쳤고 입가에 미소를 슬쩍 띤 채로 하륜이 승주의 어깨에 슬며시 손을 올렸다.

- 참찬…. 제가 보아하니… 조급증이 나신 듯한데….

- 대감… 후….

- 그래… 내 그 마음을 어찌 모르겠소…. 내 전조의 난신이라 불리던 광평대원군 이인임의 조카 사위였던 데다가… 주상께서 초야에 묻혀 지내실 때도 그 곁을 지키느라…. 뭐 잘 알고 계시지요.

- 아… 대감…. 조선 조정에 대감의 그 지난했던 과거를 모르는 이가 어디 있겠습니까….

스쳐 가는 그의 과거사를 떠올리자 자신의 오늘 행동들이 더욱 민망한 듯 승주가 몸을 살짝 틀며 꼬았다.

- 그래…. 내 그 평탄치 않았던 과거를 다 겪고도 지금 한 나라의 재상
  이 되어 있지 않습니까…. 참찬께서도… 무리하지 않으시고 묵묵히
  길을 가시다 보면 좋은 일이 분명 찾아올 것입니다.
- 대감….

애써 위로의 뜻을 전하는 말에도 승주의 마음은 쉽사리 가라앉지 못했
다. 목숨을 건진 것만 해도 다행인 일이긴 했지만 그 안도감 속에서도 앞
으로의 관직생활이 순탄치 않을 것임에 대한 직감은 마음 한구석을 무겁
게 누르고 있었다.

- 사람이 열망하던 것을 가진다 하여 다 행복한 것은 아닙니다…. 막
  상 그것을 가졌을 때의 허탈함은… 주상께서도 어느덧 재위에 오르
  신 지가 십여 년이 훌쩍 넘었으니…. 그런 비슷한 감정을 느끼실 때
  도 되었지요…. 허나 그렇다 하여 절대 마음을 놓아서는 안 될 것입
  니다. 잘 알고 계시지요.
- 아… 깊게 새기겠습니다….
- 네네… 그리 하셔야지요…. 지금 우리가 모시고 있는 분은 이 땅에
  전례 없던… 그런 군주시라는 것을… 잘 기억하셔야 합니다….
- 네… 대감…. 오늘 정말 여러모로 폐를 많이 끼쳐 송구하옵고… 또
  한 잊고 있던 것을 깨우쳐 주시니 그 감읍한 마음을 말로 다 표할 수
  가 없음이 안타깝습니다….
- 저한테 감사할 필요야 없지요…. 내 보기에 오늘 참찬을 구한 것은
  젊은 사관의 관모와 밖에 잔잔하게 불어오는 춘풍인 듯하니 그것들
  에 고마운 마음을 표하시면 될 듯합니다.
- 아… 대감….

- 자자 이제 그만 가십시다.

슬쩍 몸을 돌리는 하륜의 뒷모습을 바라보는 승주의 눈에 진심 어린 존경의 빛이 스쳤다.

- 저… 근데 대감….

- 네 뭐 더 하실 말이 있습니까.

- 네…. 궁금한 것이 하나… 있사온데….

- 말해 보시지요.

- 주상께서 어찌 저토록 휘에 대한 얘기에 진저리를 치시는지…. 혹 어떤 사연이 있는 것입니까.

- …사연이라….

눈을 내리 깔고 밖을 바라보는 하륜의 턱 밑 수염들이 새어 들어온 춘풍에 슬쩍 흔들렸다.

- 그저… 그냥 싫으신 것이겠지요….

11. 구토

　오랜 시간이 지나지 않아 밖의 찬 공기를 두르고 아비가 돌아왔다. 내쉬는 숨에 흰빛이 어른거리다 실내의 따듯한 공기와 섞여 흩어졌고 자리를 잡고 앉은 그의 어깨가 부르르 떨렸다.

- 밤 공기가 제법 차구나…. 내 화령에 있을 적에는 겨울 밤에도 무명 옷 하나 걸치고 말을 달리곤 했는데… 세월이 참….
- 지금도 사냥 나가실 때는 밤낮을 가리지 않으시고 매진하시지 않습니까 약한 말씀하시기에는 아직 정정하십니다.
- 허허 녀석 탁주 몇 잔 먹더니 그새 아첨이 늘었구나.
- 아첨이라니요…. 저희 집안이 워낙 강골이지 않습니까….
- 강골이지…. 그나저나 우리야 궁에 있으니 그나마 괜찮다만…. 백성들이 걱정이구나. 올 겨울도 매서울 거라고들 하던데….
- 아….

갑작스레 백성들을 염려하는 아비의 말에 아들이 잠시 말을 잇지 못했다. 그것은 자신이 일국의 왕으로서 백성들에게 직접적 도움을 줄 만한 마땅한 대책이 없다는 것에 대한 무기력감 때문이었다. 예로부터 그 어떤 명군이나 명재상들도 추위만은 어떻게 할 수가 없었다. 솜이불이 그나마 고려조 때에 비해 많이 퍼졌다고는 하나 그마저도 원론적인 해결책은 될 수 없었다. 왕으로서 말만이 아닌 무언가 구체적이고 직접적으로 백성들에게 도움이 될 만한 것…. 그것은 아무리 생각하고 생각을 하여도 그 그림자조차 찾을 엄두가 나지 않았다. 그리고 지금 자신 앞의 전대 왕은 재위에 있던 십 수년을 자신과 같은 고민에 몰두했을 것이다. 그리고 자신과 같이 마땅한 답을 찾아내지 못하였음에 재위에서 내려온 지금 불현듯 걱정 서린 혼잣말 외에는 할 수 있는 것이 없는 듯했다. 그가 권신들과 인척들에게 무자비했을 지라도 백성들을 아끼고 사랑하는 마음만큼은 그 어떤 군주들에 비하지 못할 바가 아님을 잘 알고 있었기에 그 걱정의 말들이 한없이 쓸쓸히 느껴졌다.

　- 그래 한번 보자.

　걱정하는 것 외에는 딱히 방도가 없음을 누구보다 잘 알고 있기에 그게 이 자리에서 무의미 하다는 듯 아비가 씁쓸한 표정을 금세 거두고는 그릇을 들어 독 안을 휘저었다.

　- 제법 줄었구나. 잠시 다녀온 사이 혼자 많이도 마셨구나.

　- 아… 목이 타서….

　- 허허 처음엔 무슨 사약 먹듯이 하더니 그사이 정이 들었나 보구나.

　- ….

　아들은 민망함에 어깨를 살짝 움츠리고는 답을 하지 못하였다.

　- 그래 이제 제법 친해진 듯하니 이 탁주 맛이 어떠한지 한번 평해 보

거라.

- 아….

아들은 잠시 입을 닫고 독을 바라보았다. 분명 처음에 느꼈던 역한 냄새로부터 시작되었던 거부감들이 지금은 온데간데없었다. 심지어 마시면 마실수록 더 다음 잔을 탐하게 되는 것으로 모자라 독 안의 술이 더 이상 줄어들지 않기를 바라기까지 하고 있었다. 평소 술을 즐겨 하지 않던 그였기에 이런 기분이 더욱 낯설었다. 분명 그 냄새와 맛은 처음과 같았지만 그를 대하는 자세가 확연하게 바뀌어 있었다.

- 것이… 뭐라 평하기가….

- 애매하느냐.

- 네…. 딱히 이렇다 저렇다 말하기가 곤란합니다. 아버님 말씀처럼 친해졌다는 표현이 적절한 듯합니다.

- 흐…. 그래 내가 처음에 먹었을 때와 네가 지금 느끼는 것이 비슷한 듯도 하구나.

- 아 그럼 아버님께서는 언제 처음 드신 것인지….

- 언제라…. 탁주 자체야 어려서부터 종종 먹어 왔었지만… 아무래도 그 날이 가장 기억에 남을 수밖에 없구나….

- 그 날이라 하심은….

묘한 낯빛으로 아비가 독 안에 그릇을 휘저었고 탁주가 꿀렁이며 독의 입구 언저리까지 튀어 올랐다.

* * *

봄과 여름의 경계에 햇빛이 뜨겁게 청기와를 달구던 그때, 저택에 며칠째 사람 소리가 들리지 않았다. 일렁이는 바람 소리에 맞춰 적송의 그림자가 흔들거렸고 부엌 근처에 파리들이 여름을 반기듯 날아드는 소리 외에는 특별한 인기척이 없었다. 인근의 사람들도 무언가 저택의 사정을 아는 듯 근처를 피해 걷고 있는 와중에 한 사내가 짙은 갈색의 독이 올라간 지게를 지고는 저택의 대문으로 무거운 발걸음을 옮기고 있었다. 이윽고 대문 앞에 도착한 사내가 허리를 숙여 지게를 옆으로 조심스레 내렸다. 그 동작들이 유려하지 않고 위태위태한 것은 평소 그 사내가 지게를 옮기는 일에 익숙치 않음을 알 수 있게 하였다. 사내가 숨을 몰아쉬며 허리춤에 손을 대고는 활시위처럼 몸을 휘었다가 이내 소매를 들어 얼굴 주변의 땀을 닦았다. 멀리서 그 모습을 지켜보던 이들은 비단 옷에 갓까지 쓴 이가 어찌 지게를 들쳐 메고 저택을 찾았는지 의아한 눈빛을 보내었다. 사내는 주위의 분위기에 아랑곳 않고는 호흡이 좀 안정이 되자 대문 앞에 서서 주먹을 쥐고는 크지 않게 문을 두드렸다. 이내 인기척이 없던 저택에서 사람이 나와 사내를 보고는 급히 고개를 숙였고 지게를 받으려는 사람을 말리며 사내는 다시 지게를 들쳐 메고는 저택 안으로 사라졌다.

방원은 그날 생과 사의 어디쯤을 유영하고 있었다. 곡기를 끊은 것이 얼마나 되었는지 정신이 혼미하였고 몸은 장맛비를 맞으며 행군하는 노병들 마냥 축 처져 있었다. 그의 세 번째 아들마저 반 년을 채 넘기지 못하고 요절함에 방원뿐 아니라 저택 내의 모든 이들이 역병에 걸리기라도 한 듯 흙빛 얼굴을 한 채로 몸을 제대로 가누지 못하고 있었다. 방원은 그저 옷고름마저 다 풀어 헤치고는 바닥에 드러누워 있을 뿐이었다. 두 번째까지는 어떻게든 견딜 수 있었다. 왕가나 고관가문에서도 아이들이 돌을 맞지 못하는 일은 의외로 흔한 일이었기에 그것이 어찌 자신에게만 닥치는 시련이겠는가라는 생각으로 방원은 견디어 냈었다. 그러나 기어이 다시 찾아온 세 번째의 흉사는 지나간 두 번의 일들과는 비교되지 않게 방원을 힘들게 하였다. 먹지도 마시지도 않고 산송장처럼 누워만 있은 것이 며칠이 되었는지 혹은 몇 달, 몇 년이 되었는지 시간 감각이 무디어졌고 손끝 발끝을 시작으로 온몸에 감각이 느껴지지 않았고 눈물이 말라 버린 눈가의 살들이 푸석푸석했다. 생기라고는 찾을 수 없는 눈빛으로 살고 싶지 않다는 생각마저 더 이상 할 기력이 없게 된 방원의 귓가에 문 밖 마룻바닥을 두드리는 소리가 들려왔다. 그 소리에 별다른 반응 없이 늘어져 있는 방원의 귀에 이윽고 문이 열리는 소리가 들려왔고 본능적으로 몸을 돌려 바라본 곳에 도전이 하인과 함께 독을 들고 문지방을 넘고 있는 모습이 보였다. 그 모습에도 방원은 아무런 미동도 하지 않았다. 독을 방 안에 옮겨 놓은 하인이 몸을 숙이고 방을 나가자 도전은 말없이 방원을 잠시 내려 보았다. 방원의 이성 한편에 일어나서 인사를 올려야 함이 떠올랐지만 무기력감에 밀려서인지 혹은 몸에 힘이 들어 가지 않는 탓인지 방원은 그저 옆으로 누워 도전을 잠시 올려다볼 뿐이었다. 도전은 이내 무언가 말을 하려는 듯 입을 꿈틀거리다 멈추고는 몸을 숙여 방원의 겨드랑이 사이에 양손을 찔러 넣어서 몸을 들어 세우고는 그 등을 벽에 기대어 주었다. 강제로 앉혀지고 나서야 방원의 눈에 약간의 초점이 돌아왔고 그 눈에는 그저 공허와 비애만이 감돌았다. 둘은 잠시 눈빛을 맞추었고 그제서야 방원의 고개가 미세하게 앞으로 숙여졌다. 그것이 현재 방원이 도전에게 할 수 있는 최대한의 인사임을 도전은 어렴풋이 느낄 수 있었다. 이내 도전은 잠시 입을 굳게 다물었다가 손을 뻗어 독의 뚜껑을 열어젖히고는 그 안에 손을 집어넣어 나무 그릇을 꺼내어 들고는 방원의 턱 앞으로 내밀었다. 여전히 초점을 잡지 못하던 방원의 눈빛이 잠시 의아함을 나타낼 뿐 미동이 없었고 그에 아랑곳 않고 도전은 그저 그릇을 들고 방원을 뚫어져라 바라보기만 하였다. 그 눈빛은 위로나 어떤 격의가 담긴 것이 아니었다. 한참일지 찰나일지 인지하기 힘든 시간이 흐르고 방원의 코끝으로 시큼한 무언가가 들이닥쳤고 그제서야 방원의 눈빛이 잠시 흔들리며 초점이 맞추어졌다. 여느 고찰의 범종이 타종되어 떨리듯 일순간 방원의 온몸에 진동이 일었고 방원은 고개를 숙이고는 떨리는 손을 힘겹게 들어 도전의 손에 들린 그릇을 받아 들었다. 자신의 그릇이 방원에게 넘어가자 도전은 다시 독 안에 손을 넣어 그릇 하나를 또 꺼내 들고는 이내 자신의 입가로 가져다 대었다. 순간 그릇을 비워 낸 도전이 바닥에 그릇을 '탁' 하고 내려놓자 방원은 그릇을 받쳐 든 손을 숙여진 머리로 가져갔다. 잠시 그릇에 입을 대고 멈칫한 방원은 금세 머리와 손을 동시에 천장을 향해 움직였고 그릇에 담긴 허연 액체들이 쏟아져 내려와 반은 방원의 입속으로 흘러내렸고 나머지는 입가와 목을 지나 가슴 아래로 뚝뚝 떨어졌다. 흘러내린 탁주들을 신경 쓰지 않는 듯 턱을 치켜든 상태 그대로 방원의 목젖이 꿀렁거렸고 도전은 무심하게 그를 바라보다 다시 그릇을 독에 넣어 그릇을 채웠다. 바닥에 흥건히 퍼진 탁주들이 쉰내를 방안 구석구석으로 옮겨 갔고 도전은 그 탁주들에 자신의 바지춤이 젖어 가는 모습을 바라보면서 그저 말없이 그릇을 비웠다. 이내 방원의 턱 끝이 맞닿은 그릇과 함께 천천히 내려왔고 방원의 눈가에 탁주가 튀어 맺힌 것인지 알수 없는 물기들이 그렁그렁 하게 맺혀 있었다.

  - …숙…부님….

- ….

 힘겹게 입을 연 방원의 입가 옆으로 눈가에 맺혀 있던 액체들이 흘러내려 왔고 도전은 그 모습을 그저 바라보기만 할 뿐 아무런 말도 없이 그릇을 들어 그에게 내밀 뿐이었다. 이내 방원은 소매 끝을 눈가에 잠시 가져다 대었다가 손바닥을 미간에 대고 잠시 멈추고는 미동이 없었다. 손바닥을 지나 소매에 맺힌 눈물인지 탁주인지 알 수 없는 액체가 고였다가 '똑똑'거리며 아래로 떨어지자 방원이 일순간 큰 숨을 내뱉으며 손을 뻗어 다시 그릇을 받아 들었다. 방원은 그릇을 받아 듦과 동시에 언제 산송장처럼 누워 있기만 했던 사람이었냐는 듯 급히 그릇을 독에 가져가 탁주를 퍼 올려 삼키기 시작했다. 한 잔, 두 잔, 세 잔…. 그릇을 독에 부딪혀 가며 정신없이 탁주를 삼키던 방원이 순간 빈 그릇을 바닥에 던지듯 놓고는 손으로 입을 가리고는 급히 몸을 일으켰다. 일으킨 몸은 몇 발자국 가지 못해 문 앞까지 다다르지 못하였고 방원의 몸이 급격히 숙여지며 이내 그 아래로 급히 삼켰던 탁주들이 그대로 쏟아져 내려왔다. 바닥을 적시는 토사물들 옆으로 자신의 몸을 지탱하는 손등을 바라보며 방원은 연신 '꺽꺽' 소리를 내었다. 입과 코 심지어 눈으로도 탁주가 쏟아져 나오는 듯한 느낌에 방원의 식도와 뱃속에서 고통의 감각들이 느껴져 왔다. 쉰내가 방 안을 가득 채우고 느껴지는 고통에 온몸이 떨려 오자 방원은 그제서야 자신이 아직 살아 있음을 실감할 수 있었다. 그런 상황 속에 도전은 자신의 등 뒤로 들려오는 소리에 개의치 않고 그저 자신의 그릇을 들어 연거푸 입으로 가져다 대었다. 한참을 엎드려 고통에 떨던 방원이 머리를 좌우로 흔들어 물기들을 털어 내고는 이내 몸을 일으켜 다시 독 앞으로 와서 그릇을 들었다. 그날 방원은 수 차례 탁주를 마시고 토하고를 반복하였고 도전은 어떤 말도 없이 그를 바라보며 자신의 그릇만 연신 비워 댔다. 온 저택에 탁주와 토사물의 냄새가 퍼져 나갔다.

* * *

아비가 말을 마치며 연신 그릇을 독 안에서 흔들어 댔고 그 방울들이 튀어 바닥에 떨어졌다. 아들은 그 모습을 바라보며 바닥에 떨어져 내리는 그 몇 점의 탁주가 아깝다는 생각이 드는 자신의 모습에 한없이 혼란스러움을 느끼고 있었다.

- 그날 그가 나를 살린 것과 진배없다….
- 아버님 소자는 그게 어떻게 아버님을 살린 것인지 이해가 잘 되지 않습니다…
- 너는…. 속이 다 뒤집어질 정도로 술을 마셔 본 적이 있느냐.
- 그런 적은….

아들이 잠시 기억을 더듬어 보았지만 그런 일은 있을 리 만무 했다. 허나 문득 오늘의 끝이 어쩌면 자신 생에 없었던 그리고 앞으로도 있을 리 없는 그런 기억을 만들지 않을까란 직감이 스쳐 감에 잠시 오한이 드는 듯하여 몸을 움츠리게 되었다.

- 폭음을 하게 되면 무릇 그 다음 날 속이 뒤집어지고 구토를 하거나 하는 것이지만….
- ….
- 그날 나는 죽음을 목전에 두고 식음을 전폐하고 있었느니라…. 그 상태에서 그리 들이켰으니 어찌되었겠느냐.

- 몸이 많이 상하셨겠습니다.

- 허허…. 몸을 돌볼 때가 아니었지…. 자식을 앞세운 아비의 마음이….

아비가 숨을 멈추듯 말을 다 뱉지 못하였고 아들은 어렴풋이나마 그 심정을 이해해 보려 했지만 잠시간 떠올린 그 상상만으로도 몸서리가 쳐지는 것이 세 명의 아들을 연달아 보내야만 했던 그 심정이 어떠하였을지에 가슴이 따끔거려 왔다.

- 그는 나의 심정을 짐작하고 있었던 것이겠지….

- 짐작이라 하심은….

- 자식을 앞세우는 것만 하겠냐만은 그의 인생도 얼마나 파고가 거세었더냐…. 지난한 유배길에 난리통이던 당시의 민초들의 삶을 직접 목도하고 또 거기서 살아 내야만 했을 테니….

- 아….

- 심한 고통의 늪에 빠진 이에게 어설픈 위로는 의미가 없음을 그는 알고 있었겠지…. 나 또한 그날 토사물들을 뱉어 내고 다시 삼키고 하는 중에 식도가 타는 듯한 고통이 느껴지고 눈알이 튀어나올 듯한 정도가 되었을 때 문득 살아야겠다는 생각이 들더구나….

- ….

- 그것은 별것이 아니었다. 그저 목이 타는 느낌에 갈증이 느껴졌고 토사물 틈에서 내장이 쥐어짜이는 느낌을 안고 겨우 선잠이 들었다 깼을 때 맨 처음 느껴진 건…. 그 어떤 절망이나 고통이 아닌 허기였다. 그 얼마나 우스운 일인가….

- 아버님….

- 그 또한 수많은 생사의 고비에 들 때마다 그런 과정을 반복했겠

지…. 그는 참….

- ….

아들은 아무런 답을 할 수가 없었다. 일국의 왕자이던 시절의 그에게서 태어나 호의호식하며 좋아하는 책이나 맘껏 읽으면서 편히 살아왔으니…. 그 격동의 시절을 겪어 낸 수많은 사람들과 아직도 추위와 굶주림에 스러져 가는 수많은 민초들을 생각하면 군주라는 직책에 올라 있는 스스로가 한없이 부끄럽고 무능해 보이기만 할 뿐이었다.

- 그날 그가 내 방에 두고 간 것이 지금 네가 들고 있는 그것과 이 독이다.

- 아….

아들이 짧게 탄식을 내뱉으며 그릇과 독을 번갈아 보았다. 어째서 이런 투박한 물건들이 아버지의 방에 있어야 했는지 순간 이해가 되면서 그 속에 미세하게나마 남아 있을 삼봉의 숨결과 죽음을 목전에 두고 있던 그날의 아버지의 모습들이 아스라히 스쳐 보이는 듯했다.

- 그가 유배 중에 직접 만든 것이라 들었다…. 붓 놀리고 말 늘어 놓는 것은 그럴 듯했으나…. 손재주는 심히 없었던 듯하지 않느냐.

아버지의 말에 아들은 그릇의 탁주를 독에 비워 내고 들어 살펴보았다. 그 말대로 나무 결이 제대로 정돈되어 있지 않은데다 옻칠이 매끈하지 않고 듬성듬성 벗겨져 있었다. 벗겨진 칠에서 느껴지는 것인지 그것을 인지한 자신의 허상인지 순간 옻칠 내음이 코를 간지럽히는 듯한 기분이 들었다. 서툰 손길에 세월이 묻은 그릇은 왕실은 물론이고 민가에서도 밥상 위에 올릴 만한 수준의 것이 아니었지만 아들은 어렴풋이 생각했다. 아마 자신이 살아가면서 겪어야만 할 수많은 술자리에서 지금 이 투박한 그릇으로 삼키는 역한 탁주만 한 술맛은 다시는 없을 것임을….

- 그는 어떤 사람이었습니까….

- 너도 들은 것이 있을 것 아니냐.

- 그야….

아들의 흐려지는 입모양을 바라보며 아비가 잠시 입을 굳게 다물었다. 포은과 더불어 삼봉은 자신 인생의 커다란 존재였다. 한때는 그 누구보다 의지가 되던 이들이었으며 종내에는 무너뜨려야만 하는 거대한 벽이었으니 그들에 대해 말하는 것은 그에게도 많은 부담이었으리라….

- 그는…. 그 누구보다 뛰어난 자였다…. 그 말 하나면 그에 대한 설명은 다 가능하지 싶구나….

뛰어나다…. 학문인가 성품인가 정치적 능력인가 아비는 뭉뚱그려 한 단어로 그를 표현하고 있었고 아들은 그런 그의 표현이 다소 불편했지만 어찌 채근할 수 없었다.

- 뛰어나다 하심은….

- 말 그대로이다….

- ….

- 또 어찌 죽였는지가 묻고 싶은 것이냐.

- 아 아버님….

이제는 정곡을 찔러 오는 그의 말들이 특별히 불편하지가 않은 듯 더듬는 말과는 달리 아들의 몸은 특별한 미동이 없었다.

- 그가… 나를 살리려 하였던 것은… 사실이나…. 결국 그는 나를 죽이려 하였다…. 그러니 지금 너와 내가 이리 멀쩡히 살아 있으니…. 그가 죽은 것은 당연한 일이 되는 것 아니겠느냐…. 어차피 둘 중에

하나는 죽어야 했던 것이니….

- 삼봉이 정녕 아버님을 도모하려 하였던 것이 사실이옵니까….

아들의 물음에 의문이 가득하였다. 무인년의 이야기에는 이상한 점이 많았다. 만약 삼봉이 아버지를 척살하려 하였다면 어찌 진작 행하지 않다가 그리 허무하게 기방에서 잡혀 죽임을 당해야만 했을까…. 줄곧 들어온 그의 능력과 성정이라면 일국의 대군을 죽이려 모의해 놓고 그리 무방비로 당한다는 게 말이 되지 않았다. 애초에 수십 명에 불가한 가노들을 이끌고 그날 정변을 성공했다는 자체가 자신이 듣게 되는 정보의 진정성에 의심을 가질 수밖에 없었다.

- …네 어찌 아비의 말을 믿지 못하는 것이냐.

- 송구하오나…. 그날의 일들은 너무 터무니없는 일들로만 기록되어 있어서….

- 무인년 일을 겪은 자들 중 많은 이가 생존해 있으니…. 네 정녕 궁금하다면 그들을 불러다 물어보면 되지 않겠느냐.

의문 가득한 아들의 눈빛에 아비는 그저 건조한 음성으로 답할 뿐이었다. 그에 잠시 머뭇거리던 아들의 눈빛이 삽시간에 바뀌었다.

- 아버님께서 직접 지나간 일을 말해 주시겠다 먼저 권하셨지 않습니까…. 소자는 아버님의 음성으로 그날의 일을 듣고 싶습니다.

- 녀석…. 사람을 몰아세울 줄도 아는구나….

어투와 달리 아비의 입꼬리가 미세하게 올라갔고 아들은 의미심장한 그의 말에 약간 주눅이 들긴 했으나 물러설 의향이 없는 듯하였다.

- 말씀해 주시겠습니까.

- …그래 내 말해 주마…. 그 참….

당돌하게 밀어붙여 오는 아들을 바라보던 아비가 어린아이를 달래는 듯이 답하였다.

　- 허나…. 술도 그리 많이 남지 않은 데다… 밤이 점점 깊어 가니 어찌 무인년의 일을 다 말하겠는가…. 그 일들을 다 말하려면 이 나라의 왕과 상왕이 사나흘은 같이 자리를 비워야 할 것이야….

　- 그렇긴 하겠지요….

　- 그래도 이왕 시작한 자리이니…. 어찌 설렁설렁 넘어갈 수야…. 무인년이라…. 그전에… 방석이 세자가 되고 내 며칠을 앓아 누웠던 그때가 떠오르는구나…. 그게 그와의 결별의 날이 였으니….

　아들의 당돌한 눈빛이 순간 가라앉았다. 그와의 관계를 남녀사이에 연서를 쓰다 헤어지기라도 한 듯 표현하는 아버지의 어투에 담긴 애증이 느껴지자 끝없는 갈대숲에 서서 그 수천, 수만의 잎사귀들이 정신없이 몸을 스치는 듯한 간지러움에 소름이 묻어 몸서리가 처지는 듯하였다. '삼봉 정도전' 그는 도대체 아버지의 심연 어느 정도에 자리 잡고 있기에 그 험난한 세월을 지나온 그의 눈빛을 저리 애달프게 하는 것일까…. 또한 그의 말마따나 그 둘은 어떤 과정으로 결별에 이르렀을까….

12. 하현달

태조 1년(1392년) 8월.

　- 그사이 달이 저리 기울었나….

삼사우복야(三司右僕射)[34] 이염을 한양부에 궁실을 살펴보게 파견하던

날 떴던 만월을 떠올리며 도전이 나직이 중얼거리고는 동쪽 하늘과 물 위

로 비친 하현달을 번갈아 쳐다보았다.

　- 시간이 참….

왕 씨에서 이 씨로 왕의 성씨가 바뀐 지가 어느덧 달이 지났다. 도전의

평생을 바친 과업이 성사되었음에도 그의 낯빛이 그리 밝지만은 않았다.

그것은 국가의 주인이 바뀜과 동시에 500년의 낡은 나라 체계를 통째로

뜯어 고쳐야 하는 막중한 일의 중심에 그가 있기 때문이다. 병부의 일이

---

34)　삼사우복야(三司右僕射): 종1품 조선 초 삼사에 소속된 관직. 훗날 태종 대에 폐지됨.

야 잦은 난리통을 겪으며 숙련된 많은 장수가 있음은 물론 그 새로운 왕의 근본이 그곳에 있으니 당장 자신이 많은 심혈을 기울여야 할 필요는 없었지만 그 외의 많은 부분은 하나부터 열까지 입에 다 담기도 힘들 정도로 많은 일들이 산재해 있었다. 당장 낡은 고려의 기운을 쇄신하기 위해 천도를 준비해야 했으며 전서(典書)[35]의 일 또한 급했다. 빠르게 명에 사람을 보내 황제의 주준을 받아 내야 했다. 행정을 다 손보아 관직을 정비하고 기존의 음서제를 폐지하여 사대부의 기용을 넓히고 유교의 이념을 정착시키는 일 또한 시급했다. 각 도에 토지를 조사하고 개혁하는 것 또한 중하기는 말이 필요가 없었다. 그나마 우시중 조준이 그쪽일에 조예가 깊으니 믿고 맡길 수 있어 안심이긴 했으나 그 외에 수많은 산재해 있는 일을 하나하나 자신이 손보고 처리하는 것은 불가능했다. 결국 지금 그에게 가장 필요한 것은 시간과 사람이었다. 시간은 사람이 어찌할 수 없는 것이었고 문제는 결국 사람이었다. 이전에 고려를 타파하기에 힘을 합쳤던 많은 이들이 그것이 낡은 고려를 뜯어 고치는 것이 아닌 왕의 성씨를 바꾸는 것임을 알게 되자 급히 등을 돌리고는 하나 둘 잠적하기 시작했다. 그들 모두를 하나하나 찾아갈 수도 없을 뿐더러 마음이 돌아선 자를 능력이 된다 하여 억지로 자리를 맡기는 것은 더 말이 안 되는 일이었다. 그러니 당장 도전에게는 어떠한 해결책도 있을 수 없었다. 그저 남아 있는 사람들을 최대한 다독여서 활용하고 부족한 부분은 자신이 직접 뛰어서 메꾸는 것만이 당장의 최선이었다. 그렇기에 그는 잠자는 시간마

---

35) 전서(典書): 조선 건국 초기에 외교와 문화 등을 종합한 많은 행정업무를 관장하는 부서.

저 아껴 가며 뛰어다닐 수밖에 없었고 육신의 피로가 극에 달할 만도 하였지만 그것을 상쇄시키는 것은 오로지 오랜 기간 꿈꾸던 세상을 이제 자신이 주도해서 만들어 갈 수 있다는 그 희망 하나일 것이다. 그러나 그런 희망 속에서도 그를 여전히 붙잡고 놓아 주지 않는 것이 있었으니… 그것으로 인해 그는 한 식경의 수면이 더 소중함을 알고서도 자정에 이르러 선지교 위를 지키고 있는 것이었다.

   - 거 찬성사대감 아니십니까.

  가라앉은 야밤의 공기 사이를 가르는 외침에 도전이 고개를 돌렸다. 다리 너머로 허리가 굽은 노복이 등불을 앞세우고는 옷섶을 추스르고 있었고 그 뒤를 '다각 다각' 소리를 내며 걷는 말 위로 검은 옷을 입은 어떤 이가 한쪽 어깨를 축 늘어뜨린 채로 한 손에 들린 호리병을 입에 가져다 대며 고삐를 흔들고 있었다. 달빛마저 그의 검은 옷에 녹아들어 멀리서 그의 얼굴을 분간할 수 없었지만 도전은 그의 목소리만으로도 그가 누구인지를 이미 알고 있었다. 천천히 다가오던 그가 다리 맞은편에 멈추어 서자 그제서야 도전은 그를 올려 보며 손을 앞으로 모으고 정성껏 고개를 숙였다.

   - 찬성사 정도전 정안군대감께 인사 올립니다.

   - ….

  답 없이 눈을 흘긴 방원이 이내 몸을 돌려 받침도 없이 말 위에서 뛰어내렸다. 무릎이 구부러짐과 동시에 중심을 잡지 못한 몸을 급히 가누며 손을 흔들어 대는 방원에게 노복이 급히 손을 뻗었지만 이내 휘청거리는 그의 손 끝에서 호리병이 떨어졌다. '쟁' 소리와 함께 미려했던 병의 몸집이 조각조각 갈라져 돌다리 위로 튀어나갔고 손을 뻗던 노복의 눈길이 그

파편들을 따라 움직이며 그 한 조각마다 쌀이 몇 가마나 될까 하는 안타까움이 스쳐 갔다.

- 에잇…. 너는 물러나 있거라.

방원이 몸을 추스르고는 어깻죽지를 툭툭 털며 노복에게 손짓을 했다.

- 네…. 대감.

- 아니 내 어찌 위명이 천하를 울리는 찬성사 아니… 봉화군대감의 인사를 말 위에서 받겠습니까. 그저 이 못난이의 인사를 먼저 받으셔야지요.

여전히 흐느적거리는 몸으로 허리를 숙이는 모습과는 다르게 방원의 어조는 선명했고 숙여오는 방원의 몸짓에서 일어난 쉰내가 도전의 코끝을 찔러 왔다. 그것은 술과 땀이 뒤섞여 며칠 밤낮을 익은 냄새인 듯했다. 허리를 드는 방원의 눈빛을 바라보던 도전은 순간 그 눈빛이 투전판에서 며칠 밤낮을 지새운 이들의 것과 비슷하다는 생각이 들었다. 지금 방원의 행색으로 보아 며칠 간에 있었던 공신 임명과 세자 책봉 과정들이 그를 어떤 지경으로 몰아넣었는지를 예상케 하고 있었다.

- 대감 고금에 있어 일국의 왕자가 그 신하에게 예를 올리는 법도는 없사옵니다. 취기가 많이 오르신 듯한데 이리 야심한 밤에 몸을 가누지 못하시고 방황을 하심을 보니 그 심신에 해가 있을까 두렵고 또한 혹시라도 백성들의 눈에 띄어 그 품위가 손상될까 심히 두렵사옵니다.

- 흐…. 품위라 하셨습니까 대감….

방원이 불쑥 몸을 앞으로 내밀었다.

- 보아하니 대감께서는 품위를 잘 지키고 계신 듯합니다. 이 옥석

이…. 보아하니 내 방금 깨 먹은 저 청자 병보다 더 값이 나갈 듯한데…. 허어…. 이 옷감은 또 어디서 구하셨소. 가만 보니 내 말로만 들어본 송나라때 황실에서 썼다던 그 비단결을 지금 보고 있는 듯한데…. 대감이 이리 품위를 잘 지키는 사람인지 내 미처 몰랐지 뭐요. 진작 알았다면 내 부인에게 졸라 온갖 진귀한 것들을 선물했을 것인데…. 어찌 이 못난 놈에게 여태 말하지 않으셨소.

방원의 흐느적거리는 손이 도전의 갓끈에 달린 옥석과 가슴팍의 비단을 쓸며 지나갔지만 도전의 몸은 미동이 없었다.

- 대감, 제가 분수에 맞지 않게 주상전하께 고관과 공신의 지위를 하사받았으니 신하된 자로서 그에 맞는 품위를 갖추는 것 또한 성은에 보답하는 것이 아니겠습니까. 이런 겉치레들이 무엇이라고 제가 사사로운 탐욕을 부리겠습니까.

- 아… 정말 그런 것이오…. 흐… 좋으시겠소. 보자…. 저는 뭐 공신이고 품계이고 간에 뭣 하나 받은 것이 없으니 이제 짚신짝 하나 엮어 신고 구걸이나 다녀야겠소…. 그렇지 않소이까 대감.

계속되는 방원의 이죽거림에 미동치 않던 도전의 손끝이 살짝 떨렸다.

- 대감, 일국의 왕자는 본디 품계가 없는 것입니다. 아울러 형제 분께서 세자저하로 책봉되셨으니 대감께서는 군으로서 그 품위를 지키고 나아가 이 나라의 평안을 위하여 조력을 다 하셔야 하지 않겠습니까. 술이 취하셨다 하나 상스러운 말들은 신이 다 받잡기 민망하옵니다.

- 뭣이라, 형제라 하셨소. 세상 어디 어미가 다른 형제가 있다 하더이까.

- 대감 어찌 이런 망동을 보이십니까.

고양된 도전의 목소리는 계속되는 방원의 이죽거림을 견디어 오던 그의 인내에 금이 가고 있음을 드러내는 것이었지만 그럼에도 도전은 끝내 그 인내의 벽을 지켜 내려 애쓰고 있었다. 둘은 더 이상 숙부와 조카 혹은 스승과 제자의 관계가 아닌 일국의 왕자와 신하의 관계였기에 도전은 편치 않은 이 상황을 꾸역꾸역 참아 내는 것만이 자신의 최선임을 잘 알고 있었다. 하지만 방원은 어떤 저의인지 알 길 없이 그런 도전의 인내를 지켜 줄 뜻이 없는 듯 여전히 말 한 마디 한 마디에 빈정거림을 담고 있었다.

- 망동이라…. 겨우 그까짓 말 몇 마디가 망동이면 이것은 뭐가 되는 것이오.

- 무엇을 말하시는 것입니까.

- 보자 여기가 선지교이니… 그 핏자국이 어디 있다 하던데…. 아아 여기 있구만…. 보자…. 허… 신기하도다. 어찌 이 핏자국이 지워지지 않는 것인지…. 혹 찬성사대감께서는 이게 왜 안 지워지는지 알고 계시오.

- …후….

방원이 도전의 옆으로 다가와 머리를 숙이고는 붉은 자국을 유심히 살폈고 도전은 검은자를 위로 향하며 잠시 눈을 감았다가 한숨을 내뱉었다.

- 아… 대감께서도 모르시나 보오…. 참으로 신묘하도다…. 이리하면 지워지려나….

중얼거리던 방원이 숙였던 몸을 세우고는 다리를 들어 신발 끝을 혈흔에 가져다 대고는 좌우로 쓸어 댔다. 곁눈질로 그 모습을 바라본 도전의 몸이 급격히 떨렸고 가뭄에 마른 논밭이 갈라지는 모양으로 흰자 위에 실

핏줄들이 붉은빛을 발했다.

  - 방원이 네 이놈, 네가 이 나라의 왕자가 되고도 부족하다 여겨 이리
   악독한 언행을 일삼는다는 말이냐.

성대에 갈려 터져 나오는 고성과 함께 도전의 몸이 요동쳤다. 멀찍이 떨
어져 등불을 바닥에 대고 몸을 움츠렸던 노복이 화들짝 놀라 경직된 허리
를 세웠고 방원은 찰나간 흠칫한 듯 어깨를 떨었다가 천천히 고개를 돌려
도전의 눈을 바라보았다.

  - ….

  - ….

노기에 휩싸인 도전의 눈빛과 투전판에서 천금을 탕진한 듯 생기 없이
탁하던 방원의 눈빛이 맞부딪힌 채로 정적이 감돌았고 살랑거리는 밤바
람에 역한 은행 냄새가 실려 오자 이내 방원의 눈빛에 총기가 서려 왔다.

  - 허… 보십시오. 방원아, 이리 부르니 얼마나 정겹고 듣기에 좋습니까.

  - 오냐, 내 이 순간만은 기꺼이 네놈을 상대해 주마. 보아하니 네 우연
   히 지나는 길은 아닌 듯한데 어찌 이 밤중에 날 찾아와서 이리 패악
   질을 부리는 것이냐.

  - 허허 역시 스승님 안목을 속이기는 쉽지가 않습니….

  - 닥치거라. 내 너에게 천자문 한 자 알려 주지 않았거늘 어찌 나를 스
   승이라 칭하느냐.

자신의 말을 끊어 오는 도전의 노기에도 방원은 아랑곳하지 않고 연신
희미한 미소를 띠고 있었다.

  - 허허…. 그리 오랜 세월을 그리 불러 왔는데…. 갑자기 스승이 안된
   다 하시면…. 뭐라 칭하면 좋으시겠습니까 숙부님도 안된다 하실 듯

한데….

- 당연하다. 네 아버님이 이 나라의 임금이시니 내 어찌 너의 숙부가 되어 망령되게도 군왕과 형제간을 칭할 수 있겠느냐. 시답지 않은 소리 그만하고 용건이나 말하거라.

- …용건이라….

방원이 순간 쓸쓸한 한숨을 내쉬며 고개를 들어 달을 바라보았다.

- 우리가 어쩌다 용건이 있어야만 이야기를 나눌 수 있는 사이가 된 것입니까….

- ….

- 게다가… 대감께서는 묻지 않아도 제 용건을 이미 알고 계시지 않습니까….

- 그래…. 네 꼴을 보아하니…. 세자가 되지 못한 울분을 참지 못하고 며칠 밤낮을 술로 지새다가 나에게 그 기분을 토하러 왔나 본데….

- ….

연신 희미한 미소를 머금은 채로 감정을 숨기려 하던 방원의 얼굴 근육이 순간 경직되어 왔다.

- 무슨 소용이 있겠느냐…. 이미 주상께서 결정하신 일이거늘….

- …아바마마께서… 결정하신 것이 맞습니까.

- 네, 네 이놈 그럼 내가 주상의 뜻을 빙자하여 말하기라도 한다는 말이냐.

- 관여하셨지 않습니까.

도전의 노기에 방원이 경직된 목소리로 맞서기 시작하였다.

- …그래. 내… 주상전하께 나의 하찮은 의견을 올리기는 하였으나…

그렇다고 하여 그 결정이 나로 인하여 내려진 것이 아니라는 것은 너도 알 것 아니냐 더군다나… 내 너를 아예 염두에 두지 않았던 것도 아니었음을…. 너 또한 너의 수족 노릇하는 이들에게 들어서 알고 있을 터….

- 그렇다면 왜 도중에 멈추셨습니까. 저를 염두에 두셨었더라면 계속 그리 하셨어야 했습니다. 제가 그 험난했던 시간 동안 얼마나 대감을 믿고 따랐습니까. 대체 왜 무슨 이유로 저를 이리 외면하시는 겁니까.

도전의 노기가 제법 가라앉고 방원의 목소리에 절규가 묻어나기 시작했다. 도전은 아직은 절제되어 있는 그 절규가 곧 확연히 터져 나올 것을 예상할 수 있었고 그 대상이 자신이 될 것이라는 사실이 마냥 씁쓸한 듯 잠시 방원의 눈을 바라볼 수 없었다.

- 몰라서 묻느냐….
- …포은 때문입니까….

방원이 어금니를 꽉 깨물고 도전을 바라보았고 도전은 언제 감정이 가라앉았었냐는 듯 금세 눈에 독기를 품고 그 눈빛을 마주 보았다.

- 네 입에… 그 이름을… 다시는 담지 말거라….
- 왜 저를 그리 책망하십니까. 그는 내 아버님과 대감을 비롯한 수많은 이들을 죽이려 하였고 우리가 함께 보낸 고난의 세월에 등 돌리고 왕 씨 일족에게 영혼을 팔아먹은 자입니다. 제가 그를 죽이지 않았다면 대감께서 이리 사지 멀쩡히 새로운 임금을 모시고 뜻을 펼칠 수 있었을 거라 생각하십니까.
- 닥치거라. 네가 그럴듯한 이유로 그 일을 응당하다 자위하고 있나

본데, 다 네놈의 탐욕을 덮으려는 개수작인 것을 천지에 모르는 이
가 있겠느냐.

- 대감 말씀을 가리시오. 저는 분명⋯ 모두를 위한 선택을 한 것뿐입
니다⋯. 저의 결단으로 오늘의 대감이 있음을 어찌 인정하지 않으시
는 겁니까.

- 내가 너에게 포은을 죽여 내 목숨을 살리라 하였더냐⋯. 너는 그저
네 아버님이 왕이 되고 또한 훗날 네가 그 자리를 물려 받을 그 알량
한 생각 하나로 그 일을 저지른 것이다. 어차피 포은이 살았더라도
왕 씨의 나라가 끝나는 것은 자명한 일이었음을⋯. 그 누가 모르겠는
가⋯. 네 말대로 네가 사심 없이 모두를 구하기 위해 포은을 해한 것
이라면 어찌 지금 세자가 되지 못했다 하여 이리 패악을 저지르는 것
인가. 그 행동 자체가 너의 더러운 탐욕들을 보이는 것이 아니더냐.

- 이⋯.

- 차라리 포은이 살고 내가 죽었더라도 그게 모두에게 이로운 일이었
을 것이다⋯. 네가⋯ 다 망쳐 놓은 것이다⋯. 나는⋯.

도전이 말끝을 흐리며 고개를 천천히 숙여 붉은 자국을 바라보았고 방
원은 무엇이라 대꾸치 못한 채 주먹을 부르르 떨었다.

- 허나⋯ 네가 세자가 되지 못한 것은 포은의 일과는 별개이다⋯.

- 무슨⋯ 말이십니까⋯.

- ⋯주상께서도 네가 세자가 될 능력이 있다는 것만큼은 확연히 알고
계셨으나⋯.

- 계속 말하시오.

- 되었다⋯ 이런 얘기들이 무슨 의미가 있겠느냐⋯.

연신 말끝을 흐리는 도전의 낯빛을 살피며 한껏 들뜬 방원의 조바심이 그를 재촉했다.

- 말을 해 주시오 대감. 내 그것들을 다 모르고 살아갈 바에야 차라리 이 자리에서 포은의 뒤를 따르는 것이 덜 난망할 것이오.

- 네 이놈, 네 목이 내게 무슨 중한 것이라고 그런 겁박을 뱉는 것이냐….

- ….

방원의 눈빛에 한기가 깊게 서려 떨렸다. 한 나라의 왕자로서 호의호식하며 편하게 사는 것만 하여도 보통 사람들에게는 평생의 숙원이라 할 것인데 거기에 만족지 못하고 세자가 되지 못한 것이 저토록 한 맺힐 일이란 말인가…. 도전의 머릿속에 자신이 저 깊은 울분과 한을 풀어 주지는 못하겠지만 적어도 한때 진심으로 아꼈던 그를 위하여 그 미련들을 떨칠 길이라도 잡아 주어야 한다는 생각들이 번져 갔다.

- 내 이대로 너를 보낸다면… 네 평생을…. 좋다. 내 말해 주마….

- ….

- 주상께서… 조회에 계속 서서 임하시다 얼마 전에야 겨우 대신들의 청을 받아들여 앉으셔서 조회를 열기 시작하셨다…. 이 나라가 이제 막 그 태동을 하고 있는 지금 급히 도성을 옮겨야 하며 썩어 빠진 고려라는 이름을 쇄신하고 새로운 국호도 정해야 한다…. 그 외에도 얼마나 많은 중대사들이 있는지 정도는 너도 알고는 있겠지….

- …그러니…. 저를 세자로 삼으셔서 새로운 나라의 기틀을 다잡는 일에 앞장 세우셔야 하는 것 아닙니까. 저 어린 방석이 무슨 능력으로 대감께서 말한 그 일들과 앞으로의 정무를 맡아서 할 수 있다는 말

입니까.

- 네 이놈 어찌 세자저하의 휘를 함부로 입에 담는 것이냐. 언사를 바로잡지 못하겠느냐.

- 하… 그깟 이름이….

- ….

방원의 옅은 한탄에 도전은 그저 그를 뚫어져라 쳐다 보았고 못내 방원이 그 눈길을 피했다.

- 좋소이다…. 내 감히 세자저하의 위명을 함부로 입에 올리는 망동을 했으니 용서해 주시오.

- …주상께서는…. 감히 망극하옵게도 이 나라를 다시 세워 올리는 일에 나를 비롯한 많은 대신들에게 그 힘을 실어 주고 계신다. 그것이 무엇을 뜻하는 것이냐.

- 그야… 대감을 비롯한 많은 이들이 아버님을 도와….

방원이 어렴풋이 답하다 급히 고개를 가로 저었다.

- 설마….

- 그래 네 영특하니 잘 알 것이다. 명나라에서 초대 황제가 등극하고 어떤 일을 벌였더냐.

- 그야… 공신들을 비롯해서…. 아니 지금 무슨 소리를 하고 계신 겁니까.

- 주상께서는…. 새로운 나라가 오롯이 임금의 나라가 되는 것을 바라지는 않으신다는 말이다. 으레 새로운 하늘이 열리면 그 과정에 많은 피바람이 부는 것이 당연시되어 왔지만… 주상께서는 그것을 원치 않으신다는 말이다.

- 아니, 그것이 이 일과 무슨 관련이 있다는 말입니까. 설령 그렇다 하더라도 그것이 어찌 아버님의 순수한 뜻이겠습니까. 대감을 비롯해 많은 이들이 아버님을 그저 허수아비로 세워 두고 원하는 바대로 행하려는 속셈이라는 것을 제가 모르겠습니까.
- 그러니… 네가 안되는 것이다….
- 그게 무슨….
- 이 나라가 묵은 고려를 타파하고 앞으로 나아감에 있어 오롯이 임금 한 명의 힘으로 가능하겠느냐 주상께서 그 부분에 심히 공감하셔서 군주와 대신들 간의 조화를 지향하고 계신 것이거늘 너는 그것을 바라봄이 어찌 그리 극단적이라는 말이냐.
- 대감의 말은…. 그럴듯해 보이기는 하지만… 결국 말장난에 그치지 않소이다. 새로운 나라의 질서에 군주가 그 중심을 강건하게 지키고 있어야 순류가 될 것인데 어찌 창업과 동시에 신하들이 군주의 권위와 맞먹으려 한다는 말입니까.
- 하…. 너는 네가 아니면 안된다 생각하느냐.
- 알아듣게 말씀하시오.
- 오로지 네가 아니면 네 아버님의 뒤를 이어 이 나라를 더 강건하고 평안하게 만들 수 없다 생각하느냐 말이다.
- …그것은….
- ….
- 아니 그러면 제가 아니면 대체 어느 누가 그 자리에 적합하다 말하십니까. 제 형님들 중 누가 나서 아버님께서 위화도에서 회군의 결정을 내리셨을 때 손수 나서 일가를 구하는 일에 앞장섰으며 또 누

가 지긋지긋한 고려의 망령을 붙들고 서 있던 존재를 치워 없앴습니까. 제 동복 형님 중에도 그런 결단을 하고 행한 이가 없을진대 아직 핏덩어리에 불과한 저… 세자저하께서… 무슨 공이 있어 그 자리를 잇는다 말입니까…. 그게 어찌 응당한 일이라 생각하십니까….

- 닥치거라. 네가 한 그 일들은 그저 네 탐욕을 채우기 위한 수단이었을 뿐 그것들이 그리 큰 공이라 생각한다면 가소롭기 그지없도다. 네가 군사를 일으켜 왜적을 막아 냈느냐, 북방의 원나라를 몰아냈느냐. 아니면 도성을 점거한 홍건적을 격파하고 백성들을 구했느냐.

- ….

- 주상께서 평생 하신 일에 비한다면 네가 자랑하는 그 일들이 그 발 끝에라도 미치겠느냐 그것들이 뭐 그리 대단한 일이라고 네가 이리 당연하다는 듯이 세자 자리를 탐하는 것이냐. 내 차라리 방우나 방과가 찾아와 세자 책봉의 부당함을 토로하였다면 같이 눈물을 흘렸을 것이다. 네가 애초에 전하의 다섯째 아들일 뿐이니 애당초 그것은 너의 것이 아니었다. 그럼에도 주상을 비롯해 많은 이들이 너를 손톱만큼이라도 염두에 두었던 것은…. 그래 네 말마따나 그깟 알량한 공이라도 인정을 한 것이기 때문이지만…. 그렇기에 너는 이 나라의 세자와 맞지 않다….

- 말을 알아듣게 하시오.

- 이 나라는 이제… 많은 일들을 거치며 새롭게 거듭나야 한다. 네가 영특하고 그 공이 뛰어난 것에는… 그래 내 인정을 하겠지만…. 너는 또한 너무 과격하고 그 탐욕을 주체하지 못한다…. 만약 네가 세자가 되고 훗날 보위에 오른다면… 네 뜻대로 그저 행하려고만 하겠

지…. 그것은 주상과 내가 바라는 이 나라의 앞날과 맞지 않는다…. 그것이 이유이다.

- 아 아니 그럼….

방원의 낯빛이 급격히 검게 물들었다.

- 지금 말하시는 것이… 어린 세자를 앞세워… 지금뿐 아니라… 앞으로도 이 나라를 신하들이 좌지우지하겠다는 말로 들립니다만….

- 결국… 너는 그런 식으로 밖에는 받아들이지 못하는구나….

- 말장난 그만하시오. 그 말이 그것이 아니면 무엇이란 말입니까. 결국 다루기 힘든 제가 아니라 상대하기 쉬운 어린아이를 내세워 그대들이 원하는 바를 이루려 하는 것이라는 것을 어찌 그리 돌려 말하십니까. 스스로 생각해도 그것이 민망하다 느껴집니까.

- 그래 맞다. 그래서 그것이 그리 잘못된 일이더냐. 나라의 수많은 백성들이 단지 군주 한 명의 성정에 이끌려 그 생사고락이 결정된다면 그 얼마나 참혹한 일이더냐. 역사 동안 얼마나 많은 암군 하나로 인해 백성들이 큰 고통을 겪었는 지는 너 또한 잘 알고 있을 것 아니냐.

- 그렇다면 결국…. 임금보다 신하들이 중심이 되는 나라를 만들겠다는 말을 지금 하고 계신 겁니까.

- ….

- 어찌 답이 없으십니까.

도전이 고개를 들어 어두운 하늘을 비추는 하현달을 바라보며 한참을 답하지 않았고 그에 방원이 거친 음성으로 그를 재촉했다.

- …태양은 밤에 뜨지 않지만 달은 낮에도 더러 떠 있는 것이지….

침묵을 깬 그의 알 수 없는 중얼거림에 방원의 눈이 깊게 찡그려졌다.

- 그 그게 무슨….

- …원론적으로 본다면 그리 말할 수도 있겠지만…. 역시 이런 부분은 너와 대화가 되지 않는 듯하구나.

- 정신이 어찌 되신 겁니까 어찌 이런 참담한 일들을 아무렇지 않게 말할 수 있으며 아니 아버님께서는 무슨 생각으로 지금 이런 일들을…. 설마….

고성을 내뱉는 방원의 온몸이 쉬지 않고 부르르 떨려 댔다.

- 그래… 주상께서는… 망극하게도 이런 부분들에 공감을 하고 계신다….

- 정도전 네가 미치지 않고서야 아버님의 총애를 조금 받는다 하여 이런 가당치도 않은 일들을 벌이고 있었다는 말이냐.

- 네놈이야말로 정녕 미친 것이냐 흉악한 언사를 거두어라 이놈.

방원의 감정이 제방이 허물어지듯 급격히 터져 나왔고 도전 또한 그 흘러넘치는 기운에 허리를 꼿꼿이 세워 정면으로 맞서며 핏대를 세웠다.

- 하…. 아니…. 이….

터져 나오는 화기를 주체하지 못한 채 방원은 말끝을 흐리며 '까득' 소리를 내며 어금니를 씹었다.

- 너를 이해시킬 생각은 애초에 없었다… 말하였듯이… 그 자리는 원래 네 것이 아니니…. 그만 욕심을 거두거라….

- 내… 아무리… 아버님의 뜻이 그렇다 하더라도… 그런 흉사를 다 알고서도 그저 지켜만 보고 있을 수 없소….

- 그것을 어찌 흉사라 하는 것이냐. 그것이 앞으로 나아갈 이 나라의 기본 초석이자 근본이 될 것이며 그를 바탕으로 임금은 자애로운 백

성의 지아비가 될 것이고 능력 있는 신하들이 이 나라를 평안으로 이끌 것이다.

- 절대 절대 절대⋯ 인정할 수 없소⋯. 내 절대 살아서 그 꼴을 보지 않을 것입니다⋯.

- ⋯어찌할 것이냐⋯. 또 네 식대로 해보겠느냐 그럼 이번엔 누구를 죽여야 하는 것이냐. 내 목 하나로 되겠느냐, 아니면 이 나라 사대부들을 다 쳐 죽여야 끝이 나겠느냐⋯. 그도 안 되면⋯ 네 아버님까지 범하기라도 할 것이냐⋯.

- ⋯이⋯.

그저 끝없는 살기를 담아 상대를 쳐다보며 몸을 떠는 것 외에 방원이 할 수 있는 것은 아무것도 없었다. 그에 비해 도전의 어조는 어느샌가 가라앉아 차분해져 있었다.

- 내⋯ 너를 도울 것이다⋯.

- ⋯그것은 또 무슨 헛소리입니까.

- 네 스스로⋯ 화령으로 돌아가 남은 생을 편히 보내기를 원한다면 그것을 도울 것이고⋯.

- 닥치시오. 내 목을 잘라 그곳에 보내지 않는다면 그럴 일은 없을 것이오.

- 과연 그렇겠느냐⋯.

- ⋯.

- 차차 알게 될 것이다⋯. 내 네가 더 이상 갖지 못할 것에 미련을 두지 않게⋯. 그리 최선을 다해 도와주마⋯.

- 알아듣게 말하시오.

- 너는 결국 도성을 떠나게 될 것이고 돌아온다면 또 떠나게 될 것이다…. 네 스스로 그 욕심을 버리지 않는다면 나는 끝내 널 이 곳에서… 주상에게서… 세자저하에게서… 또한 나에게서 떨어뜨려 놓을 것이다….
- 허…. 그것이 그대 맘대로 되는 것입니까.
- 안 될 것이라… 생각했느냐…. 허허….

이상하리만치 차분하게 자신의 귓가를 감싸 오는 목소리에 방원의 뇌리 중간 어디쯤이 갑자기 울려왔다.

- 서… 설마….
- …내 고단하구나…. 너와 더 이상 나눌 얘기가 없는 듯하니… 이만 돌아가야 하겠다.

도전이 천천히 몸을 돌려 검은 하늘을 바라보았다.

- 정안군대감 시간이 많이 늦었고 바람이 차옵니다. 이제 댁으로 돌아가시길… 청하옵니다….
- ….
- 한 말씀 더 올리자면…. 부디 마음에 없는 행동을 하지 말기를 당부드립니다…. 대감께서도 포은의 죽음에… 슬픔을 느끼고 있을 것이라… 그리 믿고 있습니다…. 부디 자중하시고… 또한 미련을 버리셔서 마음의 평안을 얻기를 기원하겠습니다….

미련 없이 말을 마치고 몸을 돌리는 도전의 모습을 방원은 그저 떨리는 눈으로 바라볼 뿐이었다. 당장 할 수 있는 것이 아무 것도 없었다. 그가 말한 모든 것들은 자신의 이상과 극과 극의 성질의 것이었고 그는 그것을 절대 포기하지 않을 것이었다. 자신 또한 자신의 신념을 포기하지 않을 것이었기에 너무나도 잘 알고 있는 일이었다. 하지만 방원은 한 가지 지금 이대로 도전을 보내서는 안된다는 사실 또한 잘 알고 있었다. 이상이나 자존심 따위가 중요한 것이 아니었다. 등을 돌려 발길을 옮기는 그를 이대로 보낸다면 자신에게는 그 어떤 미래도 남지 않을 것이다…. 자신의 이상을 포기하지 않기 위해서는 그를 잡아야만 했지만 그를 잡는 것은 곧 자신의 이상을 내려놓는다는 것과 같았다…. 어떤 해결책 없는 괴리 속에서 방원은 결국 어떤 것이 되었든 선택을 해야만 했다.

'빽' 등을 돌려 발걸음을 옮기던 도전이 들려온 소리에 몸을 돌려야만 했다.

ㅡ 아 아니 이게 무슨….

급히 몸을 돌려 바라본 곳에서 무릎이 돌담 위에 닿은 채로 방원이 도전을 올려 보고 있었다.

ㅡ 대감… 숙부님… 도와주십시오…. 하실 수 있지 않습니까….

ㅡ 대감 어서 몸을 일으키시지요 이게 무슨….

당황한 도전을 바라보는 방원의 양 눈가에 눈물이 한껏 맺혀 금세 줄줄 흘러내리기 시작했다.

ㅡ 스, 스승님…. 제가 잘못하였습니다…. 제가 죽을 죄를 지었습니다….

방원이 미친 사람처럼 손을 들어 자신의 양뺨을 '착 착' 거리며 후려치기 시작했다.

ㅡ 제발… 제발… 도와주시오 숙부님…. 제발….

ㅡ 아… 이런…. 대감 어찌 이러십니까 제발 멈추시오….

도전이 급히 발을 옮겨 방원의 겨드랑이를 잡아 일으키려 했지만 흔들리는 그 몸을 일으켜 세우기는 역부족이었다. 이내 방원의 고개가 급히 고꾸라지며 도전의 무릎 위로 쓰러졌다.

- 흐… 으… 스승님 제발 부탁드립니다…. 하라는 대로 다 하겠습니다. 꼭두각시가 되라 하면 그리 하고 죽으라 하면 죽겠습니다…. 제발 아버님께 말씀을 좀 해 주십시오…. 신하의 나라를 만드신다면 그리 따를 테니… 제발….

- …이미 결정이 난 일이라 하지 않습니까…. 이리 떼를 쓰서도 되돌릴 수 없습니다….

도전의 무릎과 그 주위를 축축히 적시던 방원의 얼굴이 천천히 들렸다. 눈물과 콧물이 뒤범벅되어 절망에 일그러진 그 얼굴에 달빛이 비쳐 애잔한 기운을 물씬 풍겼다.

- 아니요, 스승님은 하실 수 있지 않습니까…. 하실 수 있는 것을 저는 압니다 제발 아버님께….

- 그리 세자가 되고 싶으신 겁니까….

- 스승님…. 제가… 제가… 잘할 수 있습니다…. 그러니 제발….

도전의 물음에 방원에게 실낱 같은 희망의 빛이 일었지만 이어진 도전의 말에 그것은 다시 한번 어둠 속에 묻혀 갔다.

- 될 수 없습니다….

- 스, 스승님….

- 그대는… 그저 자신만이 할 수 있다 생각하고 있는 것이… 그것이 가장 큰 잘못입니다. 그 생각을 버리지 않고서는… 세자가 아니라… 그 어떠한 일도 이 나라에서 하실 수 없을 겁니다…. 말했듯이… 제가 그리 도울 것입니다.

도전이 무릎 언저리를 쥐고 있는 방원의 손을 매몰찬 동작으로 급히 떼어 내고 몸을 일으키며 급격히 차가워진 어조로 그를 내려 보았다.

    - ….

  이내 몸을 돌린 도전은 잠시간의 정적을 끝으로 미련을 모두 떨친 듯이 발을 들어 옮기기 시작했다.

    - 왜… 왜 안 됩니까 왜 안 되냐는 말입니다.

  방원의 절망이 가득 섞인 소리가 등 뒤로 엄습해 왔지만 도전은 아랑곳 않았다.

    - 제가 뭘 그리 잘못했습니까 제발 이리 사정하는 저를 어찌 어찌….

    - ….

    - 정도전 너는 아니냐, 너 또한 네가 아니면 안 된다 생각하고 있는 것

      이 아니란 말이냐 너와 내가 어찌 틀리단 말인가. 와서 말을 해 보거

      라 어찌 그리 가느냐 제발 제발….

  절규에 담긴 뼈 있는 한 마디가 잠시 도전의 발길을 멈추게 했지만 그것 은 정말 잠시였다.

    - 제발… 나에게… 제발….

  정신이 급격히 무너진 듯 제대로 말도 잇지 못하고 얼굴을 돌담에 맞댄 방원이 끝없이 흐느끼기만 하였고 구름에 가린 달빛 속으로 도전은 천천 히 그 모습을 감추었다.

* * *

  아비가 검지를 들어 눈곱을 떼어 내듯 눈 안쪽을 누르며 쓰다듬었다.

    - 아버님….

애달픈 아들의 음성에 별일 없었다는 듯 아비가 검지와 엄지로 콧등을 눌러 대며 눈을 깜박였다.

- 그때…. 삼봉을 만나기 며칠 전…. 내가 세자가 되지 못했단 결과를 받았을 때 내 심정이 어떠하였겠느냐.

- …소자가 어찌 그 침통한 심중을 헤아리겠습니까.

- 참… 신기한 것이… 내 처음에는 오장육부가 다 끊어질 듯 고통에 몸부림 쳤으나….

- ….

- 얼마 지나지 않아 오히려 웃음이 나더구나…. 왜인지 아느냐.

- 소자는 잘….

- 내 생각을 해 보니 내 위로 방우 형님을 제하고도 3명의 왕자가 있으니 오히려 그 중에 한 명이 세자가 된 것보다 방석이 된 것이 말할 바 없이 다행인 일 아니더냐.

- 그 말씀은….

- 내 말하지 않았더냐. 아무리 나라고 내 형님들까지 쳐 내고 재위에 오르는 것이 쉬웠겠느냐…. 그에 비하면 배다른 동생 하나 없애는 것이야….

- 아버님…. 그 말씀은 결국… 삼봉의 말처럼….

아들이 의미심장한 아비의 말 속에서 정신을 흩트리지 않으려 입을 군게 다물었다.

- 그래 그가 나에게 그런 말을 했다. 내가 아니면 안 된다는 생각을 버리라는…. 허나 내가 어찌 그 생각을 버릴 수 있었겠느냐.

- ….

- 넌 어찌 생각하느냐. 네가 왕이 된 것이 응당하고 또한 네가 아니면
  조선을 이끌 수 없다 생각하느냐.
- 소자는….

말을 잇지 못하는 아들을 보며 아비의 손이 콧등에서 떨어졌다.

- 답을 하지 못하는 것을 보아 너 역시 그런 생각을 가지고 있는 듯하
  구나….
- ….

질문에 답을 구하려 잠시 생각하는 찰나에 스스로도 결론을 내리지 못
한 부분을 그는 간파하고 있었다. 그의 말이 옳았다. 아들은 생에 예정되
어 있지 않던 왕좌를 얼떨결에 이어 받았지만 분명한 것은 자신이 왕좌와
관련이 없던 시절에서조차 어렴풋이 자신이 그곳에 있어야만 한다는 상
상을 한 적이 있었다는 사실이었다. 그것은 과거에는 역심이었지만 지금
은 당연한 것이 되었다. 그리고 그 사실이 당연한 것이 되어 버린 지금 아
주 잠시라도 자신이 아닌 누군가가 그 자리에 앉아 있다는 생각만으로도
온갖 불쾌하고 역겨운 기분들이 가슴을 후벼 파고 있었다. 그 대상은 일
면식 없는 타인은 말할 것이 없었고…. 심지어는 자신의 전임이었던 앞에
앉은 그에게도 해당하는 것이었다.

- 나와 삼봉… 그리고 너까지…. 세상 어느 곳에나 우리 같은 부류의
  사람들이 있는 것이지….
- ….
- 난 그 당시 그 말을 다 이해하지 못하였었다…. 허나…. 그 말이야
  말로 나를 온전히 꿰뚫어 본 말이였으니…. 그가 옳았다.
- 그와는 결국… 끝이 좋지 못했지 않습니까 그런데 그가 옳았다 하

심은….

- 너도 알게 될 것이다…. 그리고…. 그와 끝이 좋지 않았다고는 하나 내 어찌 그의 공까지 다 폄훼할 수 있겠느냐. 도성의 대문들과 정전의 현판들에 그가 지은 글자들이 아직 걸려 있거늘….

- …그의 공이 뛰어난 것은 사실이나…. 제가 감히 평하기로는 그의 학문과 인생은… 너무 극단적이었습니다….

전혀 예상할 수 없던 아들의 말에 아비가 짐짓 놀라 미간을 찡그렸다.

- 네 참으로 그리 생각하느냐.

그제서야 아비의 무거운 음성을 인지한 아들이 급히 어조를 낮추었다.

- 아니… 그런 뜻이 아니오라…. 아버님 말씀처럼 그 또한 자신이 아니면 안된다는 그 아집에 갇혀 평생을 살아온 것이 느껴져서…. 안타까움이 큽니다.

- 아니 그가 정말 그리 극단적인 자였다고 생각하느냐 물은 것이다.

- 아버님… 실로 그렇지 않습니까….

- 하하하 그렇지 그렇고 말고….

돌연히 박장대소를 터뜨리는 아비를 보며 아들의 턱이 갸우뚱 움직였다.

- 빌어먹을… 정 씨들 같으니라고…. 참….

- ….

- 네 극단적이라 하였는데 그것을 아느냐.

- 어떤 것을 이르심인지…

- 내가 그 극단적이던 삼봉과 많은 부분이 닮아 있음을 말하는 것이다.

- 아…. 어찌 그런 말씀을 하십니까 아무리 좋게 포장을 하여도 그는 세상을 어지럽게 한 난신이고 아버님께서는 이 나라를 강성하게 만

들어 내신 성군이신데⋯. 어찌 그와 비교가 되겠습니까⋯.

- [너 또한 그와 닮은 부분이 많다.]

아비가 자신도 모르게 튀어나올 뻔한 말을 급히 삼키며 잠시 입을 굳게 다물었다.

- 그가 정 씨였기에 죽은 것이지⋯ 만약 그가 이 씨였더라면 이 나라가 어찌 되었겠는가⋯.

- 아버님 어찌 그런 망극한 말씀을⋯.

- 뭐가 또 망극하다 하느냐 그저 상상 한번 해 본 것이거늘⋯.

- 허나⋯.

- 내 말이 틀리느냐. 그는 결국 왕이 될 수 없으면서 신하의 나라를 꿈꾸다 죽은 것 아니더냐⋯. 만약 그가 왕으로 나서 그런 사상을 펼쳤다면 이 조선이 또 다른 모습이지 않았겠느냐⋯.

- 아⋯.

아들이 그제서야 아비의 말 뜻을 이해한 듯 낮은 탄식을 내뱉었다.

- 누가 옳고 누가 틀리고의 문제가 아니란 말이다⋯. 결과로는 내가 살아서 이 나라를 다 가졌지만⋯. 그가 가졌었다고 조선이 망했겠느냐⋯. 혹은 더 강성하고 평안한 나라가 되었을 수도⋯.

아비가 말을 다 잇지 못하고 돌연 그릇을 들어 탁주를 급히 삼켰다. 급히 그릇을 든 그 동작에 어떤 연유로 인해 그의 심사가 뒤틀렸음이 담겨 있었다.

- 그는 그날 이후로 나에게 온갖 핍박을 가하였지⋯. 그 멍청한⋯. 그러니 그가 조선을 가지지 못한 것이다.

- 아 아버님⋯.

- 아니 생각해 보거라. 조상들 묘를 손보라고 화령으로 쫓아내었다가 명나라로 보내 버리지를 않나…. 그 명나라 가는 길이 얼마나 험난한지 아느냐… 하긴 네가 알 턱이 있나….

아비가 그날로 돌아가기라도 한 듯 빠른 말투로 욕설까지 섞어 가며 흥분한 몸을 떨었다.

- 종국에는 사병까지 다 몰수하고는…. 그가 말한 도와준다는 것이 그딴 행동들이었다 말이다.

- …심신이 많이 고달프셨겠습니다….

- 말해 무엇 하겠느냐…. 그럼에도 그는 가장 중요한 일을 하지 못하였지…. 그로 인해 그가 죽은 것이다.

- 중요한 일이라 하심은….

- 나를 죽이지 못하였지 않느냐. 온갖 핍박을 한들 내가 멀쩡히 살아서 버텨 내기야 한다면야….

아비의 감정의 동요가 점점 심해지고 있었다. 삼봉을 그리워하기라도 하는 듯한 말투와 표정을 하다가도 급작스레 그를 원색적으로 비난하는 모습은 마치 두 명의 사람이 번갈아 얘기하는 듯한 모습이었다. 아들은 그런 그의 모습을 완전히 이해할 수가 없어 마음이 복잡했다. 그럼에도 이 이야기의 결말은 삼봉의 죽음이었기에 원래 듣기로 했던 그 이야기를 끝까지 들어야만 했다.

- 아버님… 망극하오나…. 삼봉이 아버님을 해하지 않은 것입니까 못한 것입니까.

- 무엇이겠느냐….

- ….

답하지 못하는 아들을 보며 아비가 고개를 슬쩍 저었다.

- 일단…. 삼봉이 나와 동복 형제들을 척살하려 모의했던 것은 사실이다.

- ….

- 네 말대로 그리 해 놓고 어찌 그리 허술하게 당했는지는…. 솔직히 나도 잘 모르겠느니라…. 이미 방석이 세자에 오른 지 시간이 많이 흘렀고 자신의 권력이 정점에 섰다 생각했을 테니…. 방심했던 것이 아니었겠느냐…. 그때 삼봉은 태조대왕의 명도 거스르는 모습을 보였으니…. 사병까지 다 빼앗긴 그깟 끈 떨어진 왕자들이 정변을 일으키리라 상상을 못 했을 수도….

- 그가 그리 간악한 모습을 보였단 말입니까.

- 허허… 간악했지…. 그렇고 말고…. 내 아버님께서 친히 4불가론을 내세워 위화도에서 회군을 하신 일이 있거늘…. 그 일이 있고 얼마나 되었다고 요동을 정벌하자 개소리를 지껄였으니…. 그 과정에 얼마나 많은 탄압과 폭정이 있었겠느냐.

아들은 삼봉이 추진했던 요동정벌에 대해서는 아버지의 말에 전적으로 동의하고 있었다. 그것은 군사에 아직 경험이 없는 그의 생각에도 의미가 없는 행동으로 보였다. 요동을 정벌하는 것이야 어떻게든 가능했겠지만 거기를 실제로 다스리고 조선의 영토로 유지하는 것이 가능했을까란 의문에는 긍정적 부분이 생각 나지 않았다. 심지어 동북지방의 국경 인근의 여진족을 융화하고 소탕하는 것에만 해도 진척이 더딘 상황에 그보다 더 척박한 요동이라면 더 무슨 말이 필요할까….

- 그 뜻이 순전히 자신의 권세를 위함이었단 말이군요…. 헌데 그렇다

해도…. 어찌 수십의 결사대에 그리 허무하게 최고 권신이 무너질 수 있는지가…. 궁성은 둘째치고 저자의 순라군들을 상대하기에도 벅찰 숫자인데….

- 고려조 때 경대승이란 자가 친위대 삼십을 이끌고 궐을 월담하여 당시 최고 권신이던 정중부 일파를 척살한 일이 있다. 나라고 그 일을 못할 이유가 있겠느냐.

- 아… 그렇다면 사실이란 말이군요….

마지못해 수긍하는 듯한 아들의 모습에 아비의 눈이 게슴츠레 해졌다.

- 그걸 그냥 믿느냐.

- 네, 네….

당황하여 반문하는 아들을 바라보는 아비의 눈 끝이 올라갔다.

- 순진한 것이냐 그게 네 말대로 가능하겠느냐 말이다.

- 그렇다면….

- 그래… 반은 맞고 반은 틀리다…. 나는 그런 말도 안 되는 도박을 할 정도로 아둔하지가 않다.

- 아버님….

- 무인년의 일은 이미 계획에 있던 것이다…. 수년 전부터… 나와 나의 사람들은 천천히 많은 사람들을 만나며 포섭을 했었고 때가 왔음을 직감한 나는 거사를 치른 것이다.

- 아….

- 물론 병력이 그리 많았던 것은 아니었으나…. 이미 삼봉 일파와 당시 세자의 장인이던 심효생을 미워하던 세력들이 급히 나에게 동조해 왔으니 결국엔 그날의 일이 성공한 것이다…. 심지어 방석의 동

복 형제이던 방번마저 많은 병력을 거느리고도 방석을 도울 생각
은 하지 않고 방 안에 드러누워 있기만 하였으니…. 흐… 멍청한지
고…. 방석이 죽으면 지가 세자가 될 거라 생각이라도 한 것인지….

아비의 빈정거림을 끝으로 무인년의 일은 정말 간단하게도 정리가 되
었다. 그 세부 사정을 속속히 들여다보기에는 그의 말대로 술도 시간도
부족했기에 아들은 그날의 일을 간략하게 머릿속에 그려 보는 수밖에 없
었다. 조선 개국에 가장 공이 크다 할 이를 제쳐 두고 세자에 책봉된 어린
이복 형제와 오랜 친분을 등지고 그 세자를 지지하고 자신의 권위와 뜻을
펼치려 한 삼봉 그 과정에서 철저히 무시당하고 탄압당한 아버지와 그의
형제들 그것들을 다 알고 있음에도 어떤 뚜렷한 대책 없이 방관하던 당
시의 태조까지 무인년의 일은 그리 복잡하게 생각할 필요가 없는 것이었
다. 그 과정에서 한 명, 한 명의 생과 사는 모두 사연이 거창하겠지만 원론
적인 일의 진행은 너무나도 단순했다. 그렇기에 아들은 더 이상 무인년의
일 자체에 흥미가 느껴지지 않았다. 적어도 방번에게 야유를 보내는 그의
모습에는 동조하기 힘들었지만 그 일들은 옳고 그름의 문제를 떠나 결국
일어날 수밖에 없는 일로 보였다. 그렇지만 무인년의 일의 끝은 세자인
방석과 삼봉의 죽음에서 비롯되었다. 그렇기에 아들은 자신의 친족인 방
석의 죽음은 차마 아버지의 입을 통해 들을 용기가 나지 않았다. 아무리
미워한 이복동생이었다고는 해도 그 부분은 아버지 또한 마찬가지의 심
정일 듯했다. 그렇기에 아들은 삼봉의 마지막만이라도 아버지의 입을 통
해 들어야겠다는 결심에 힘겹게 입을 열었다.

  - 삼봉은… 어떻게 죽었습니까….
  - …어떻게 죽었느냐란 말로 들리는구나….

다시 한번 자신의 뇌리를 찔러 오는 아비의 뼈 있는 말에 아들은 잠시 눈을 감았다 떴다. 그리고 다시 한번 그날의 현장으로 자신을 불러들이기 시작하는 아버지의 입에 시선을 고정한 채로 옻칠이 벗겨진 그릇 표면을 의식 없이 비벼 대고 있었다.

13. 자조

태조 7년(1398년) 8월 26일.

늦여름 밤 습한 공기들이 도성 곳곳을 짓눌러 대니 많은 사람들이 그 기운에 짓눌려 방에서 나오지 아니하였고 순찰을 도는 순라군들은 하나같이 어깨를 축 늘어뜨리고는 느린 발걸음으로 도성 곳곳을 방황하듯 부유하고 있었다.

본저 인근 상장군 신극례의 집 서쪽 담을 넘어 참나무들이 모여 자라는 곳 앞 얕은 공터에 일단의 무리가 숨죽인 듯 무거운 기운을 뿜으며 서 있었다.

― 오늘 일을 어찌해야 하겠는가….

방원의 근심 어린 목소리에 그를 둘러싼 이들 중 쉽사리 답하는 이가 없었기에 잠시간의 침묵 속에서 방원은 고개를 돌려 가며 자신을 감싼 이들 한 명, 한 명의 눈을 유심히 마주쳤다. 몇몇이 들고 있는 횃불에 비친 그들의 눈빛은 하나같이 혼란을 가득 품고는 떨리고 있었다.

- 정안군대감….

하나같이 답을 회피하고 있는 모습들이 답답하다는 듯이 지안산군사 이숙번이 말끝을 흐리며 방원을 불렀다. 그제서야 주위의 눈빛들이 일제히 떨림을 멈추고는 숙번에게 향했다. 홀로 갑주를 차려입고 비장한 몸짓으로 서 있는 그의 모습을 방원이 지긋이 쳐다보았다.

- 일이 이미 이 지경에 이르렀으니 어찌 두려워만 하고 있겠습니까….
결단을 내리셔서 행하심이….

처음 확신에 찬 말투와 달리 숙번의 말끝은 흐려졌다. 평소 강단 있는 그와는 사뭇 다른 모습이었지만 그것은 이 상황이 그리고 지금 내려야 할 결정이 어느 정도의 중대한 사안인지를 나타내는 것이었다.

- 정안군대감 결단을 내리기에는 너무 급작스럽지 않습니까. 지금 저희의 군세가 너무 빈약합니다.

무구의 근심 가득한 말에 일행은 하나같이 주위를 둘러보았다. 말 탄 이가 기껏 10여 명 창검은 고사하고 나무 막대기라도 손에 쥔 자가 겨우 10명이 될까 하였다. 거기에 모여 있는 이들을 수행하러 온 종자나 노복의 수를 합쳐 봐야 10여 명이니 지금 이들은 30여 명의 인원으로 거사를 치르니 마니를 의논하고 있는 것이었다.

- ….

방원의 입이 좀처럼 열리지 않았다. 지금 자신의 말 한 마디가 모여 있는 그들과 그들 가문의 존망을 결정할 것임에 설령 마음속에 결단이 섰더라도 그것을 뱉는 것이 쉽지 않았다.

- 대감 이미 돌릴 수는 없습니다. 저들이 잠시라도 방심하고 있을 지금 속히 결단을 내리셔서 행하여야 합니다.

- 허나…. 조금 더 상황을 살피는 것이….
- 듣거라.

채근하는 숙번과 재고의 뜻을 구하는 무구의 목소리를 뚫고 방원의 결기 어린 목소리가 급작스레 울렸다. 모든 이가 급히 고개를 돌려 바라본 곳에서 방원은 무거운 밤 공기를 모두 태워 없앨 기세의 기운을 뿜으며 그들의 눈을 하나하나 마주쳤다.

- 그대들은 이미 오래전부터 나와 뜻을 함께하여 오늘에 이르렀다….

주위의 모든 이가 숨죽이고 방원의 입을 떨리는 눈으로 바라보았고 그 정적 속을 횃불 타는 소리와 더위에 늘어진 말들의 옅은 숨소리가 어우러져 맴돌았다.

- 그리고 더는 이 일들을 미룰 수 없다. 숙번의 말이 옳다.
- 저 정안군….

둘러싼 일행 중 몇몇이 탄식을 내뱉었고 숙번의 광대 부근이 꿈틀거리며 반대의 뜻을 꺾으려는 듯이 급히 몸을 방원에게 향하여 숙였다.

- 정안군대감 군호를 내려 주시길 청합니다.
- 군호는… 산성(山成)이다.
- 아….

숙번의 신속한 요청에 이미 결단을 내린 방원이 일말의 주저 없이 군호를 내림으로 거사의 시작을 알렸다. 주위의 사람들은 찰나의 탄식을 내뱉으며 잠시 주저하는 듯했으나 방원의 말과 같이 이미 오래전부터 준비어 온 일임을 알기에 더 이상 반대의 뜻을 피력할 수 없었다. 이제는 진정 지금부터의 하룻밤에 자신과 가족을 비롯한 주변 모든 이들의 명운이 달려 있었기에 주저하고 있을 틈이 없었다.

- 허나 지금 모인 이들로는 거사를 성공하기 어렵습니다. 대책을 세우고 움직여야 할 듯합니다.

- 그래 방원아. 아무리 그 뜻이 장대하더라도 병세가 따르지 않는다면 무슨 소용이겠느냐 마땅한 대책이 있는 것이냐.

상장군 신극례의 조심스런 말에 익안군 이방의가 동조하며 대책을 물어 왔다. 이에 방원의 눈빛이 잠시간의 머뭇거림조차 없는 듯 번뜩였다.

- 여기 모인 이들 하나하나에게 따로 명을 내릴 여유가 없으니 모두 잘 듣고 행하거라.

- ….

침묵 속에 모든 이들이 귀 끝을 하나 같이 방원에게 향하였고 방원은 천천히 주위를 둘러보다 숙번에게 몸을 돌렸다.

- 숙번 자네는 소속 군영들을 이끌고 당장 삼군부 앞으로 진군하라 민가나 순라군들과의 충돌은 절대 피하고 최대한 횃불을 많이 준비해 그 군세를 더 크게 보이도록 하라.

- 네, 정안군대감.

숙번이 허리를 숙여 군 상관에게 예를 올리듯 호쾌한 목소리를 내었고 방원이 잠시 그의 어깨를 두드리고는 이내 고개를 돌렸다. 그 모습을 곁눈질로 지켜보던 회안군 이방간의 입꼬리가 미묘하게 떨렸고 방원의 몸이 자신을 향하자 그 떨림을 급히 멈추었다.

- 형님들께서는 당장 사람들을 시켜 이전에 거느리던 가별초와 사병들의 부장들에게 연통을 넣으십시오. 상황이 시급하니 마땅한 사람이 없다면 직접 하셔야 합니다.

- 연통을 뭐라 넣으란 말이냐. 이미 소속이 바뀌었는데 연통을 한다고

그들이 내응할 것인가….

방간의 불안함 섞인 의문에 개의치 않는 듯 방원의 목소리가 더욱 고조되었다.

- 가부는 당장 따질 여유가 없습니다. 그들이 중앙군으로 편제된 지가 채 달포가 되지 않았으니 분명 형님들의 뜻을 따르는 이들이 많을 것입니다. 내용은 사실대로 전하면 됩니다…. 나라를 농간하는 역적을 처단하는 일이니…. 분명 그들은 현답을 내릴 것입니다.

- 음….

- …그래 네 말이 옳다.

여전히 불안감 속에서 답을 하지 못하는 방간 옆에서 방의가 방원을 거들었다.

- 아버님, 숙부님의 말이 실로 옳은 듯합니다. 망설이기에는 상황이 여의치 않습니다.

들려오는 아들의 앳된 목소리에 잠시 턱을 만지던 방간이 결심이 선 듯 주먹을 꽉 쥐었다.

- 그래 방원아, 일단 네 말을 따르도록 하마.

방간의 동의를 얻은 방원은 지체할 틈이 없는 듯 급히 몸을 남은 이들에게로 향했다.

- 남은 이들은 잘 듣거라. 지금 군에 소속된 이들은 각각의 병과를 통해 이 일을 알리고 동조하는 이들을 이끌어 최대한 빨리 숙번의 군세에 합류하도록 하고 그 이외에는 처자식이든 부모 형제든 동원할 수 있는 최대한의 인원을 동원해 도성 곳곳을 돌며 이 일을 알리도록 하라.

- 이 일이라 함은… 어떻게 알리면 될지….

무질이 떨리는 목소리로 방원에게 물어오자 방원은 잠시 미간을 찌푸리고는 이내 답하였다.

- …난신들이 야합하여 세자의 지위를 등에 업고 주상을 능멸하고 나라를 어지럽히니 이를 처단하고 사직을 바로잡고자 조선의 왕자들이 몸을 일으켰다….

- ….

방원의 말을 끝으로 모든 이들이 급히 눈을 돌려 대며 주위의 눈과 맞추었다. 누구 하나 나라를 뒤집는 정변의 시작을 알리는 소리를 내지 못하고는 눈치만 주고받던 때 숙번이 양 어깨를 활짝 열어젖히며 일갈을 날렸다.

- 다들 정안군대감의 말을 따르지 않으실 것입니까. 사내로 태어나 어찌 이리 눈알만 굴려 대는 것입니까. 지안산군사 이숙번 정안군의 명을 당장 받들어 행하겠습니다.

숙번의 일갈이 끝나고 나서야 사람들의 눈빛이 방원에게 고정되었고 방의의 말을 필두로 한 명, 한 명이 결의의 뜻을 내비쳤다.

- 그래 방원아 한번 해 보자꾸나. 어차피 이리 있다가 삼봉에게 내 목을 주느니 뭐라도 해 봐야지….

- 정안군대감, 지시한 것을 신명을 다해 따르겠습니다.

- 맹종아…. 네 어려서부터 전쟁 이야기 좋아하더니 어린 나이에 겪게 되는구나…. 겁나면 집에 들어가 있어도 좋다.

방간이 불안함을 애써 감추려는 듯 어린 아들을 바라보았다.

- 아버님…. 어찌 사내 대장부로 태어나 창검을 두려워하겠습니까.

소자가 말을 달려 아버님과 숙부님들의 옛 부장들을 모두 다 불러오 겠습니다.

자신의 가슴 정도까지 올 만한 키를 가진 맹종이 앳된 목소리로 사내다 움을 내뿜으려 하는 모습을 바라보던 영무가 특유의 쇠 갈라지는 목소리 로 호쾌한 웃음을 터뜨렸다.

- 허허허허 회안군대감께서 참으로 아들을 잘 두셨습니다. 머뭇거리 던 제 자신이 이리 부끄러운 적이 일찍이 없었습니다…. 정안군대감 오늘 제 목숨이 달아난다 하여도 미련 없이 가겠습니다. 자 모두 빨 리 결의를 다지고 죽으러들 가셔야지요.

영무의 말을 끝으로 일순간 횃불이 크게 불을 내뿜었고 그와 맞춰 사람 들이 하나 둘 결의에 찬 목소리를 내어 소란으로 이어졌다. 참나무 가지 들이 소란에 맞춰 흔들거리다 횃불의 불길이 수그러들고 공기의 흐름이 멈출 즈음 자연스레 사람들의 시선이 방원에게로 향했고 방원은 그에 화 답하듯 손을 들어 올렸다.

- 다들… 무탈하길… 내 기원하겠소…. 모두 삼군부 앞에서 봅시다.

방원의 말을 끝으로 다시 한번 고성이 이어졌고 이내 사람들은 하나 둘 자신의 길로 흩어졌다.

* * *

고요하던 도성 곳곳에 동시에 소요들이 일었고 시끄러운 소리에 뒤이 어 횃불들이 하나 둘 타올라 곳곳을 밝히며 습한 공기들을 태워 내기 시 작했다. 이어 제각각의 복장을 한 이들이 하나둘 대열을 형성하여 같은 방향으로 움직여 갔고 곧 삼군부 앞이 모여든 이들의 횃불로 밤낮 구분이 안될 정도로 밝게 빛나고 있었다. 모여드는 행렬을 지켜보던 숙번이 한껏 들뜬 목소리로 몸을 돌려 방원을 찾았다.

- 정안군대감, 뒤를 보십시오. 거사가 성공한 듯싶습니다.

- 숙번 말을 삼가라. 아직 일이 끝난 게 아닐 뿐더러… 성공한다 하여
  기뻐할 일이 아니다….

- 대감….

차분히 자신을 타이르는 방원의 목소리에 숙번이 잠시 고개를 숙였고 방원은 주변의 소음 속에서 자신을 불러오는 소리를 인지하고는 그쪽으로 고개를 돌렸다.

- 정안군… 정안군대감.

돌아본 곳에 도절제사 이거이가 숨을 들썩이며 얼굴에 홍조를 띄고 있었다.

- 허… 대감…. 지금 군세가 광화문에서 남산에 이른다 하옵니다. 아
  마 오늘 밤 일이 성사가 되려나 봅니다.

전황을 일러 오는 거이의 얼굴을 바라보는 방원은 여전히 무표정이었으며 숙번은 그 표정을 바라보다 이내 거이를 슬며시 바라보며 곧 타박한 소리 들을 것이 예견되는듯 슬쩍 콧바람이 새어 나왔다.

- 저쪽 동태는 어떻다 하더이까.

숙번이 자신의 예상과 달리 방원이 타박 대신 차분한 어조로 응대하자 괜스레 목 뒷덜미를 긁어 댔다.

- 네, 안 그래도…. 그것이 궁의 남문 위에 봉원량이가 얼굴을 잠시 들
  이밀고 사라졌다는데 그것이 아마 군세를 확인하고 간 것이 아닌가

싶습니다.

- 그렇다면….

- 네, 아마 아직 특별한 움직임이 없는 것으로 보아 군세에 겁을 먹고 숨어 있는 것이 아니겠습니까.

- 정안군대감, 어린 세자가 이 상황을 헤쳐 나갈 길이 없는 듯합니다. 이는 신께서 우리를 돕고 있음이 아니겠습니까.

주위의 사람들이 전황을 듣고는 하나같이 밝아진 표정으로 수근거렸다. 이내 방원이 약간은 상기된 얼굴로 여전히 뒷목을 잡고 있는 숙번을 불렀다.

- 숙번아 어찌해야 하겠느냐.

- 아… 네 대감…. 일단… 저희 군세가 많긴 하나 공성을 하기는 좀 그렇고…. 일단 삼봉을 잡아야 하지 않겠습니까….

당황한 듯 말을 더듬는 숙번에게 눈을 잠시 찌푸리고는 방원이 주위를 둘러보았다.

- 삼봉은 어디 있는가.

- ….

- 그것이…. 응당 삼군부의 수장이니 이곳에 있어야 맞는 것인데…. 행방이….

답 없는 이들 사이로 영무가 나직이 말을 마쳤고 이내 방원의 얼굴이 일그러졌다.

- 오늘 일의 성패가 모두 삼봉의 목에 달렸거늘 어찌 이리 가만히들 서서 불구경만 하고 있단 말인가.

방원의 호통에 하나같이 경직된 몸으로 고개를 들지 못하였다. 그도 그럴 것이 급히 일이 진행된 탓에 미리 주요 인사들의 행적을 파악하지 못한 것은 어쩔 수 없는 것이었지만 이 정도 인원들이 모이는 과정에서 삼봉이나 남은 같은 이들의 행방을 아는 이가 하나 없다는 것은 누구도 상상 못한 일이었다. 그렇게 마땅한 대책 없이 손끝만 만지작거리는 이들의 귀에 앙칼진 목소리가 들려왔다.

- 매부, 매부.

- 민무질 어찌 정안군대감께 사사로운 호칭을 일삼는가.

헐레벌떡 뛰어다니며 방원을 찾는 무질의 앞을 막아서고 거이가 호통을 치자 그제서야 그 등 너머의 방원을 발견한 무질이 거이의 호통은 안중에 없는 듯 급히 그 옆을 뛰어 지나갔다.

- 매부… 아니 정안군 이것을….

- 무엇이냐.

호흡을 고를 새도 없이 땀에 젖은 종이 봉투를 무질이 방원에게 건넸고 방원은 자신에 대한 호칭에는 별 관심이 없다는 듯 건네 오는 것을 급히 낚아채었다.

- 하… 그게…. 하….

무질이 얼마나 급히 뛰어왔는지 말을 잇지 못하고 몸을 숙여 연신 가쁜 숨을 몰아쉬자 방원은 답을 기다릴 여유가 없는 듯 급히 봉투를 열어젖혔다. '송현방' 종이의 중간에 많은 여백을 두고 단 세 글자가 또렷이 써져 있었다.

- 이것은….

방원이 턱끝을 좌우로 살짝 움직이며 의문이 담긴 표정을 무질에게 향했다.

- 네 대감… 조준대감께서 급히 전하라 하셨습니다….

- 좌정승이….

- 네, 들기로는 난리를 듣고는 무슨 점 같은 것을 계속 치다가 급히 써서 정안군 쪽 사람에게 전달하라 했다 하던데….

- 음… 송현방이라…. 건물 이름 같은데…. 이곳이 어디인가.

방원의 물음에 잠시 생각을 하던 이들 중 두세 명의 입에서 동시에 같은 말이 터져 나왔다.

- 기방입니다.

- 뭐, 기방이라니….

다소 황당한 듯 방원의 얼굴이 찌푸려졌고 주위의 소란이 가라앉을 때 숙번이 급히 생각난 것이 있는듯 일순간 눈을 크게 뜨고는 외쳤다.

- 남은의 첩실이 기거하는 곳입니다. 지척의 거리에 있으니 모시겠습니다.

숙번의 말이 끝나기 무섭게 방원의 눈에 안광이 스치며 빛났다.

- 길을 잡거라.

* * *

- 일개 첩실의 집이 무슨 정승 판서의 집보다 더 으리으리하다니…. 그 참….

방의가 불길에 휩싸인 저택을 멀리서 바라보며 허탈한 음성을 읊조렸다.

- 비명 소리가 한참인 듯한데 어찌 되고 있을는지….

가만히 시선을 저택에 고정하고 미동 없이 서 있던 방원이 방의의 말에 반응했다.

- 삼봉 외에 모두 즉참하라 명하였으니…. 지옥도가 펼쳐지지 않았겠
  느냐…. 이 난리통에 어찌 모습들이 안 보이나 했더니…. 기방에서
  취해 떠드느라 바깥의 소리는 다들 못 듣고 있을 줄이야…. 끌….

방의가 혀를 차며 팔짱을 고쳐 낄 때 저택에서 달려오는 소근의 모습이
눈에 들어왔다.

- 저기 소근이 아닌가 저 아이는 종복치고는 참 몸도 날래고 영특한
  듯하구만.
- 형님, 칭찬은 들을 때 직접 해 주시지요.
- 됐네 우리집 식솔도 아닌데 뭣 하러…. 그나저나 너는 저 종복에게
  도 검을 다 들려 줄 생각을 하고는….
- …급히 일을 행함에 있어 신분을 일일이 따져 무엇 하겠습니까 형
  님….

둘의 가벼운 말이 몇 번 오가자 소근이 어느새 그 앞에 도착하여 무릎을
꿇고 있었다.

- 정안군대감 안산군사께서 상황을 전하라 하여 급히 왔습니다.
- 나는 안 보이더냐.

멀리서 달려왔음에도 숨 한번 고르지 않고 또렷이 말하는 소근을 보고
방의의 평소 없던 장난기가 발동하였다.

- 익안군대감…. 송구하옵니다….
- 허허 농이니라. 내 아우가 급한 듯하니 어서 일러 보거라.

방의가 막상 흥이 나지 않는 듯 방원을 잠시 바라보고는 소근을 재촉하
였다.

- 네⋯. 일단 집에 불을 놓아 나오는 이들을 모두 척살하였는데 그중 심효생, 이근, 장지화의 이름을 꼭 전하라 하였습니다.

- 심효생⋯.

방원이 그 이름을 나직이 내뱉으며 이를 '까드득'거리며 갈았다. 주변을 뒤덮은 소란에도 그 소리가 선명하게 울리는 것은 그 이름에 대한 방원의 적개심이 어느 정도인지 나타내고 있었다.

- 계속 이르거라.

- 네, 아쉽게도 남은이라는 자는 야음을 틈타 이미 빠져나간 듯하다 하옵고 정도전이라는 이가 옆집으로 도망한 듯하다 하여 그 인근을 막았다 하옵니다. 대감께서 오실 때까지 기다린다고 전하라 하였습니다.

방원의 눈가가 파르르 떨렸다. 심효생은 죽었고 남은은 도망하였지만 이미 대세가 기운 것에 아무런 영향을 미치지 못할 것이다. 거기다 삼봉을 독 안에 몰아넣었으니 이제 가서 그를 처결하면 거사의 끝이 눈앞에 오는 것이었다. 이에 방원이 요동쳐 오는 심장을 애써 억누르고는 옆의 방의를 잠시 보고는 말 고삐를 움켜잡았다.

- 가자.

말을 달려 송현방 우측을 돌아 지날 때 붉은빛을 내며 잎사귀들이 우수수 떨어져 내렸다. 불똥에 놀란 듯 순간 '푸륵' 소리를 내며 말이 앞발을 급히 땅에 처박았고 방원이 고꾸라지듯 기우는 몸의 균형을 겨우 잡으며 고삐를 움켜쥘 때 숙번 일행이 든 횃불이 눈에 들어왔다.

- 정안군대감.

숙번이 급히 달려와 고개를 숙였고 방원과 방의는 말 고삐를 들어 올리며 주위를 살폈다.

　- 여기 전에 판사를 지내셨던 민부공입니다. 이 집 주인인데…. 누군
　　가 집 담을 넘었다 합니다.

　흰 비단 옷을 입은 이가 몸을 떨며 방원에게 급히 고개를 숙였다.

　- 정안군대감을 뵈옵니다. 민부라 하옵니다.

　- 반갑소 민 공. 누군가 월담하였다던데 소상히 일러 주시겠소.

　- 네…. 그것이 소인이 잠자리에 누워 있는데 밖이 소란스러워 나가 보
　　니… 배가 불룩한 이가 담을 넘고 있었사옵니다…. 가만 살펴보니 일
　　전에 본 적이 있는 얼굴이라 생각해 보니 그것이… 봉화백대감이신
　　것이 기억나 제 침실에 급히 모셨는데… 그게 또 생각을 해 보니….

　- 되었소.

　방원은 저 집안에 삼봉이 있는지 여부만 확인하면 되었으나 민부는 한
가지 사실을 말하는 것에 너무 많은 시간을 소모하고 있었다. 지금 순간
만큼은 방원의 인내심이 그것을 허락하지 않고 있었기에 민부의 말들은
방원의 날카로운 말에 잘려 나갔고 그에 민부는 어깨를 움츠리고는 몸을
바들거리기만 하였다.

　- 숙번아….

　- 네, 대감.

　방원이 고개를 슬쩍 들어 젖히자 숙번이 기다렸다는 듯이 손짓으로 주
위 사람들을 모으고는 집안으로 들어갔다. 고성이 두어 번 오가고 오래
되지 않아 숙번이 들어갈 때 손에 없던 단도 하나를 쥐고 걸어 나왔고 그
뒤를 양팔이 뒤로 꺾인 채로 바닥을 질질 끌며 도전이 반쯤 들린 채로 대
문지방을 넘고 있었다.

- 하….

고삐를 잡은 방원의 손이 가을바람에 떨어지기 직전의 단풍잎처럼 새빨개진 채로 잔잔히 떨렸다.

- 놓거라 이놈들.

도전의 고성이 귓가에 울려 오자 더욱 상황에 실감을 느낀 방원이 떨리는 손을 들어 소근을 불러 그 허리를 밟고 땅을 디뎠다.

- 이 천하의 역적들…. 어찌 이런 대역무도를 범한다 말인가 이 조선에서 나를 이리 대할 수 있는 이가 없거늘…. 감히….

- 역적이라 하셨소….

표독스런 눈빛으로 온몸을 비틀어 대며 발버둥 치던 도전의 귀에 낯익은 목소리가 울렸다.

- 정안… 방원이… 네가….

- 말을 삼가시오. 어찌 사사로이 군의 존함을 입에 올린단 말입니까.

숙번이 급히 몸을 앞으로 내세우며 도전을 윽박질러 왔고 도전은 잠시 그를 바라보고는 입꼬리 한쪽을 치켜 올렸다.

- 이숙번 네가 나를 잡고는 천하를 쥔 것 같이 구는구나…. 허나 내 말을 꼭 명심하거라. 네 낯빛을 보아하니 그 더러운 성정이 네 앞길을 망칠 것이니 자중하는 법을 배우거라….

- 뭐라, 이 자가 감히….

흥분한 숙번의 몸짓을 방원이 팔을 들어 올려 그 가슴 앞을 막으며 제지하였다.

- 물러나 있거라.

- 대 대감….

씩씩거리며 분을 삭히지 못하는 숙번의 모습에 방원의 미간이 한껏 찌푸려지자 그제서야 숙번의 숨결이 가라앉는 듯하였다. 도전에 대한 개인적인 원한이야 조선 땅의 누구에게나 있을 수 있겠지만 방원 앞에서 그것을 말할 수 있는 이가 어디 있을 것인가…. 숙번 또한 그에 예외가 아니었고 잠시간의 흥분은 결국 방원의 눈빛에 제압될 수밖에 없었다. 이내 손짓으로 주위를 물린 방원이 무릎 꿇린 도전 앞으로 천천히 다가갔고 이내 방원을 올려다보는 도전의 얼굴이 양손으로 무참히 종이를 구겨 접은 모양으로 일그러졌다.

　- 네 이놈, 정도전 네가 조선의 봉화백이 되었음에도 그것이 부족하다
　　여겨 이리 악독한 짓을 끝없이 저지른다 말이냐.

　- ….

이 얼마나 오랜 시간 염원해 온 순간이던가…. 방원의 뇌리에 그간의 수모와 탄압의 시간들이 차례로 지났고 또한 이 순간이 온다면 어찌 그를 처결할 것인가 망상했던 그 장면들이 떠올랐다. 사지를 찢을 것인가 목을 벨 것인가 거꾸로 매달아 몸의 피를 다 빼낼 것인가…. 그도 아니라면 두 눈을 지져서 맹인으로 만들 것인가…. 온간 잔혹한 망상들을 펼치며 버텨냈던 그 시간들…. 허나 이상하리만치 막상 이 상황에 대면한 방원의 마음이 차분했다. 그것은 어떻게 보면 차분함을 넘어선 무릎 꿇린 그에 대한 연민일 수도 있었다. 왜 이런 감정들이 뒤섞인 것인지 추론할 틈 없이 방원은 일단 자신의 마음 응어리의 큰 부분을 덜어 내서 그에게 던져 내어야 했고 도전이 방원의 일갈에 수긍하기라도 한 것인지 눈을 떨며 일그러진 표정을 풀고는 금세 평온한 입 모양을 하였다. 이상하리만치 이질적인 그 모습에 방원의 얼굴이 오히려 순간 일그러졌다.

- 내가 오늘 사면초가에 빠졌구나….

- 그대를 감히 초패왕에 비견하는 것인가. 그렇다면 나는 누구인가 한 고조 유방인가, 아니면 한신인가.

바람에 섞여 실려 오는 그을린 나무 냄새와 피 냄새 속에서 둘의 눈빛이 물과 기름처럼 섞이지 않고 맞닿아서 맴돌았다.

- …말장난을 하러 온 것은 아닐테지….

- 말장난은 그대가 평소 잘하는 것이 아닌가…. 목을 내놓을 생각을 하니 그것마저 흥이 돋지 않는 것인가.

도전의 눈빛과 말투는 초연했고 오히려 방원의 목소리에 경직이 잔뜩 묻어 있었다.

- 그냥 죽이거라…. 더 말을 나누어서 둘 중 누구에게 이로울 일이 있 겠느냐.

- 이리 쉽게 무릎을 꿇을 일이었다는 말인가…. 내 이 날을 그리 고대 하여 왔건만… 이리 허탈할 줄이야….

- …내 목을 그리 탐냈다면 왜 진즉 말하지 않았더냐. 혹 아느냐 내가 그냥 목을 떼어다 줬을지.

공허한 방원의 말에 도전이 상황에 맞지 않는 농으로 응답하는 그 모습에 방원의 심장이 쉴 새 없이 요동쳤다. 이런 상황이 온다면 그가 자신의 바짓가랑이라도 붙잡길 원하였었기 때문일까…. 죽기 살기로 피 튀기는 심정으로 니가 옳다 내가 옳다 언쟁을 하기라도 원했던 것일까…. 무엇이 되었든 적어도 지금의 그의 모습은 방원이 수천, 수만 번 상상했던 그 기억의 어느 곳에도 없는 모습이었다. 어찌 이리 죽음을 목전에 두고 태연한 모습을 보이는 것인가…. 이리 쉽게 무너질 것이었다면 어찌 그 긴 세월을…. 혼란 가득함 속에서 내릴 수 있는 결론 하나는 방원의 머릿속에서 도전은 절대 이런 모습을 보여서는 안 된다는 사실이었다.

- 그대가 일전에 나에게 그리 말하였소. 스스로가 아니면 안 된다는 생각을 버리라고….

- …묵은 일을 뭣 하러 꺼내느냐….

- 왜 그대는 그리 하지 못한 것이요. 왜 남에게는 그런 것을 강요하면서 자신은 돌아보지 못하여 오늘 이지경에 이르렀는가.

- 허허허…. 너도 왜인지 알고 있지 않느냐….

- ….

- 그래 내 말해 주마 그런 부류의 사람은 양립할 수 없으니 너에게 강요한 것이다….

- ….

- 그러나 너는 결국 그 마음을 버리지 못하였구나…. 하긴 나 또한 그것을 통제하지 못하였으니…. 그러니 오늘 너와 내가 이 모습으로 만난 것 아니겠느냐… 허니 이제 나를 죽이거라. 그러면 네가 그 마음을 버리지 않아도 될 자리에 올라서게 되는 것이니….

- 참으로 목을 내놓겠다는 말인가….

- 어찌 같은 말을 여러 번 하게 하는 것인가….

죽음을 청하는 그 말들이 진심인지 알 길 없이 그저 평온한 얼굴로 도전은 문득 고개를 들어 하늘을 바라보며 달을 찾았다.

- 구름에 달이 가려졌구나…. 태양빛을 먹구름으로도 다 가릴 수 없는 것을…. 달빛은 저 옅은 구름에도 쉬이 가려져 버리는구나…. 내 왜 이제야 알았을….

여전히 쉽게 알아들을 수 없는 그의 말에 방원이 손을 펴 들어 양쪽 관자놀이를 엄지와 중지에 잡고 문질렀고 그 손바닥에 눈빛이 가려졌다. 어떤 말을 주고받더라도 지금 자신은 도전의 마음을 이해할 수가 없었다. 자신이 고대했던 그 어떤 장면 하나 눈앞에 펼쳐지지 않음이 못내 아쉬웠고 또한 어떻게든 그의 진심 어린 호소를 들어야만 속 안의 들끓는 그 화기들이 가라앉을 것이라 생각하여 왔건만…. 결국 도전은 자신의 그 어떤 예상 하나, 망상 하나에도 장단을 맞추어 주지 않고 있었다. 그렇기에 방원은 이제 결단을 내려야만 했다. 그를 억지로라도 살려서 자신의 유흥거리로 만들어 버릴 수도 있겠지만…. 그것은 불과 어제까지의 방원이었더라면 그리 할 수 있는 일이었겠지만 지금의 방원에게는 불가능한 일이 되어 버렸다. [이리 쉽게 용서할 일이었던가….] 차마 입 밖으로 나오지 않는 그 말을 짧은 시간 동안 끝없이 머릿속에 반복하던 방원의 입가가 무겁게 움직였다.

- 혹… 살려 드릴 수도 있소만….

말끝을 흐리며 잔잔하게 떨리는 말투에는 방원의 진심이 담겨 있었지만 도전은 여전히 공허함 가득한 두 눈으로 검은 하늘만 바라볼 뿐이었다.

- 되었다…. 내 이미 고려를 배신하여 이 지경에 이르렀거늘 여기서 목숨을 건진다 하여 마음속에 부끄러움 없이 살아갈 수 있겠는가…. 또한 내가 죽는 것이 너에게도 이로울 것이다…. 허니 내 다시 말하지 않겠다. 어서 죽이거라.

슬쩍 턱을 내려 손바닥에 가린 방원의 눈빛을 찾으려던 도전이 이내 턱끝을 다시 세우고는 단호한 음성으로 자신의 죽음을 청했다.

- ….

- 내 하나 일러 주도록 하마⋯. 네 그 생각을 언젠가는 버려야 할 것이
다⋯. 지금 나의 모습을 본다면 너도 느끼는 바가 있겠지⋯. 가장 완
벽한 순간에⋯ 그때 내가 아니면 안 된다는 그 알량한 생각을 다 내
려놓는 것⋯. 비록 나는 그것을 못하였지만⋯. 부디 너는 나의 전철
을 밟지 않길 내 기원하마.

- 남길 말은 그것이 다입니까⋯.

도전이 고개를 숙여 무릎을 한참 바라보다 고개를 하늘로 향했다. 그 향
하는 와중에 스쳐 간 방원의 얼굴을 가린 손바닥 밑으로 비친 투명한 것
은 혹 눈물이었을까⋯. 다시 한참을 구름에 가린 달을 찾던 도전이 여전
히 담담하면서도 건조한 육성을⋯. 마지막이 될 그 말을 성대에서 끄집어
냈다⋯.

- 내 살아온 길에 대한 회한은 눈곱만큼도 없으나⋯ 내⋯ 평생 이런
꼴로 살아오다 보니⋯ 단 하나⋯. 내가 가장으로서 처자식에게 무엇
하나 제대로 해 준 것이 없음이 이제서야 끝없이 한스럽구나⋯. 수
신한 다음 제가하여 평천하라 하였건만⋯. 내 유학자로서 그것 하나
지키지 못했으니⋯. 방원아⋯. 내 마지막 부탁 하나 남기마⋯. 혹여
라도 아직 해를 입지 않은 내 가족들이 있다면⋯ 그들의 목숨만이라
도 구명해 주기를⋯. 그것 하나만 너에게 청하고 싶구나⋯.

건조하게 시작되어 애절하게 흐려지는 도전의 말끝으로 방원은 여전히
손으로 얼굴을 가린 채로 어깨를 떨고 있었다.

- ⋯들어 드리겠습니다⋯.

- ⋯.

도전은 아무런 말없이 하늘을 바라보는 그대로 천천히 두 눈을 감았고

그런 그의 감겨진 두 눈과 입가에 희미한 조소가 섞여 있었다. 죽음을 목전에 둔 이 상황에 띠고 있는 저 조소는 누구를 향한 것인가…. 자신의 목을 취하러 온 방원을 향한 것인가 혹은 평생 스스로를 채찍질하며 살아왔음에도 이리 쉽게 목을 내놓기로 결정을 한 자기 자신을 향한 것인가…. 방원은 그의 조소 속에 숨은 의미를 쉽사리 찾지 못한 채 마지막 말을 도저히 꺼낼 수가 없었다. 그 말이 자신의 입 밖으로 나오는 순간 그와 자신을 둘러싼 그 모든 것들은 일시에 끊어져 흩어질 것이다. 단순히 그 사실이 아쉬운 것이 아니었다. 아무리 생각을 해 보아도 지금 상황은 자신의 수만 번의 상상과는 그 결이 너무나도 달랐다. 그는 아무 미련 없이 목을 내놓았고 자신은 어떻게든 그것을 받아야만 한다. 고대했던 순간과 앞에 벌어진 현재 상황의 차이에서 오는 이 괴리감은 어찌 풀어야 하는 것일까…. 그는 어찌 이리도 쉽게 스스로를 버리는 결단을 한 것인가 그리고 왜 자신은 그런 그의 결정을 반갑게 받아들이지 못하는 것인가… 그럼에도 방원은 결국 입을 열어야만 했다. 그것이 지금 자신과 그를 둘러싼 이들의 눈빛에 새겨진 바람이었고 또한 그 바람을 들어주는 것은, 즉 스스로 평생을 탐욕이라 여기지 않고 가져 온 그것을 취하는 길이었다. 그러나 방원은 자신이 틀렸음을 이미 알고 있었다. 결국 정도전은 이방원의 탐욕을 위하여 죽는 것이다. 아무리 거창하게 포장을 하여도 이 죽음과 앞으로의 일들은 단순히 한 사람의 탐욕을 채우기 위한 것일 뿐이다. 자신의 마음 깊은 곳이 이미 그 탐욕들로 다 뒤덮였으며 또한 그 탐욕의 중심에 자신이 있었다. 결국 방원은 어렴풋이나마 도전의 조소를 이해할 수 있게 되었다….

- 스승님 잘 가십시오….

숨이 막힐 듯한 공기들이 방원의 입에서 무겁게 흘러나온 말에 순간 흩어졌다. 얼굴을 가린 손을 끝내 놓지 못하고 떨리는 방원의 손 밑 입가에 도전의 것과 비슷한 조소가 희미하게 걸려 있었다.

* * *

말을 마친 아비의 눈이 스르르 감기며 입꼬리 한 쪽이 슬며시 올라갔다. 그날의 도전의 모습을 흉내 내는 것인지 혹은 그 상황에 너무 몰입을 한 것인지 알 길 없이 또다시 침묵이 찾아왔다. 그 침묵 속에서 아들은 윙윙 거리며 잔잔한 진동으로 가득 찬 뇌리 속을 다잡으려 고개를 슬며시 흔들어 댔다. 어느새 독의 술은 그 바닥이 보이기 시작했고 더 이상 탁주의 냄새가 느껴지지 않았다. 이제 자신의 마음속에 깊게 자리 잡은 취기 때문일까 이상할 정도로 아들의 머릿속에 도전의 마지막 장면들이 이입이 되지 않았다. 그저 여러 일들이 있었고 결국 그가 죽음에 이르렀다는 그 사실만이 차례대로 머릿속을 맴돌 뿐, 그의 일생의 수많은 행적들이 왜 그렇게 해야 했을까라든가 그 죽음이 안타깝거나 처연하다거나 하는 그런 생각이 일절 들지 않았다. 왜 포은의 일들을 들었을 때와 지금 감정의 그 결이 다른 것인가⋯. 이유 모를 그 이유를 찾을 생각도 없이 연신 눈을 깜박이며 고개를 흔들던 아들의 눈에 아버지의 감긴 왼쪽 눈 끝에 고여 있는 그것이 눈에 들어왔다. 그것은 천천히 그 덩치를 불려 나갔고 어느 순간 모여서 부풀었다가 이내 흩어지며 그의 뺨을 타고 내려와 올라간 입꼬리의 깊은 주름을 지나 턱 밑으로 떨어졌다.

〈自嘲〉

- 정도전

操存省察兩加功　조심하고 성찰하는 일에 공력 다 기울여
不負聖賢黃卷中　책 속의 성현들을 아직 저버리지 않았노라
三十年來勤苦業　삼십 년 부지런히 쌓아 놓은 일들이
松亭一醉竟成空　송정의 한 잔 술에 결국 허사가 되었도다.

14. 혼잣말

태종 5년(1405년).

늦가을 바람이 저택 안채의 문틈으로 새어 나오는 청량한 목소리를 얹고 매화 나뭇가지를 흔들며 유려하게 스쳐 갔다. 방 안에 상 하나를 사이에 두고 이제 갓 머리가 희끗거리는 서생과 빛깔이 선명한 감색 비단옷을 잘 정돈해 입은 열 살이 채 안 되어 보이는 사내아이가 허리와 목을 일직선으로 꼿꼿이 세운 채로 책장을 조심스레 넘기며 글자들을 한 자, 한 자 조심스레 읽고 있었다. 그 어린 나이에 어울리지 않는 청량하면서도 단아하게 울리는 목소리에 서생의 눈가에 감탄이 가득 담겨 있었다. 주상의 셋째 왕자의 학식이 그 나이에 걸맞지 않게 깊어 그 옛날 성현들의 재림을 보는 듯하다는 풍문에 처음 가졌던 생각은 그 북방 무골의 핏줄이 유학에 있어 그리 대단할 일이 있겠는가라는 비웃음 섞인 감정이었고 때마침 천도 문제로 그 왕자가 사가에 나와 있다는 소식을 들었을 때 직접 확인해 보고 싶다는 생각으로 인맥과 학맥을 총 동원하여 거우 만든 자리였다. 허나 그랬던 그의 생각과 달리 왕족의 거만함이라고는 한 치도 찾아볼 수 없었던 오전의 첫 인사 이후로 정오 즈음이 되었을까 싶은 지금, 서생은 완전히 앞의 아이에게 매료되어 있었다. 한 음절씩 귓가에 울릴 때마다 자신의 입을 저절로 벌어지게 하는 아이의 뛰어난 학식과 그 특유의 음색에 정신을 차리기 힘든 것인지 아니면 오히려 살아온 후로 처음 느껴볼 정도로 머릿속이 깨끗해지는 듯한 기분에 혼이 빠지기라도 한 것인지 이성을 제대로 잡을 수 없던 서생의 귓가에 순간 낯선 방해의 목소리가 들려왔다.

- 안에 있느냐.

일순간 아이의 손끝과 입이 동시에 멈추었고 서생은 불편한 심기를 애써 감추며 몸을 일으켜 문고리를 천천히 열어젖혔다. 쏟아져 들어오는 햇빛에 잠시 눈을 찌푸린 그의 앞에 웬 노인과 손을 앞으로 모은 채로 우물쭈물하는 가노의 모습이 보였다.

- 누구신지….

말을 흐리며 햇빛에 익숙해진 눈으로 앞의 이를 살펴보던 서생이 소리 내지 않고 감탄의 탄성을 질렀다. 새하얗게 헤어진 머리를 정갈하게 정돈하며 이마를 두른 검은 비단 건의 중간에 어떤 장식도 되지 않은 하얀 옥석이 있었고 그 밑으로 잔주름이 가득 찬 눈가와 상반되게 크지 않은 동공이 칠흑의 빛과 기운을 뿜고 있었다. 얼핏 보아도 육순은 넘어 보일 듯한 얼굴임에도 지역에서 역사라 불릴 만한 체격의 장정에 뒤지지 않을 법한 벌어진 어깨를 뽐내는 몸을 덮은 도포 자락은 마치 태고의 신산에 커다란 비단 자락을 걸쳐 놓은 듯 멋들어지게 바람에 잔잔히 펄럭였다.

- [세상천지에 이런 기운을 가진 노인이….]

뒤에 서서 우물쭈물대던 가노의 입장이 이해가 되었다. 얼핏 보아도 힘으로는 당연 그를 막을 수 없을 듯 보였고 또한 차림새나 풍기는 기운이 분명 범인의 것이 아니었으니 쉽사리 제지하지는 못하였을 것이다. 그런 가노의 모습과 속으로 삼키는 감탄 속에서도 서생은 이 노인이 누구인지는 중요치 않다고 생각했다. 조선 하늘 아래 임금이 아니고서야 왕자의 공부를 방해할 수 있는 이가 누가 있다는 말이겠는가….

- 누구신지 모르겠으나 이곳은 주상전하의 셋째 아드님…. 즉, 조선의
  왕자마마께서 머무시는 곳입니다. 예를 갖추시지요.

노인은 서생의 말에 그 어떤 반응도 보이지 않고는 슬쩍 몸을 옆으로 기울여 방 안을 살피는 듯하였다.

- 아니… 이런 무례를….

순간 자신을 찾는 듯한 어떤 낌새를 눈치챈 소년이 몸을 앞으로 기울이다 비스듬히 선 채로 자신을 찾는 노인과 눈이 마주쳤고 그 찰나의 시간에 잠시 흠칫하던 소년이 급히 몸을 일으켜 문지방을 넘어 대청마루 밑으로 내려가 무릎을 꿇고 손을 가지런히 모아 노인에게 절을 올렸다.

- 소손, 태상왕전하께 문후 올리옵니다.

- 태… 태상왕… 이…서….

들려온 소리에 자신도 모르게 움직이는 입을 급히 틀어 막은 채 서생이 급히 뛰어내려와 소년의 뒤에 엎드렸다.

- 저… 전하 소인이 감히 존안을 알아보지 못한 천우를 범했사옵니
  다….

- 하따…. 그 쪼만한 아가 목소리 까랑까랑한 거 봅서….

지란이 아이를 내려보다 성계를 향해 방정을 떨었지만 성계는 지란과

용서를 구하는 서생에게 관심이 없는 듯 뒷짐을 진 채로 슬쩍 몸을 돌려 소년을 바라보았다.

- 나를 알아 보겠느냐.
- 전하⋯. 소손이 어찌 조선의 하늘이신 태상왕전하를 알아뵙지 못하는 불효를 행하겠나이까.

소년의 대답에 눈썹 끝을 슬쩍 떨면서 성계가 고개를 들지 못하고 떨고 있는 서생을 바라보았다.

- 자네는⋯.
- 네⋯ 전하⋯. 소인은 충주에서 온 홍제신이라 하옵니다.
- 관리는 아닌가 보구나⋯.
- 네, 전하⋯. 저의 7대조께서는 전조의 의종 시절에 판⋯.
- 되었다⋯. 그래 공부를 봐 주고 있었더냐.

자신의 내력에는 관심이 없는 듯 잘라 오는 말에 서생이 슬며시 고개를 들었다.

- 네, 전하. 주상전하의 셋째 아드님께서 어린 나이에 맞지 않게 그 학문이 참으로 깊다 소문이 자자해서 한번 뵙길 청했습니다.
- 그래⋯. 어떻더냐.

성계의 말에 소년이 애써 아무렇지 않은 내색을 하려 하였고 그런 소년의 뒷모습을 잠시 바라보던 서생이 입술을 급히 적셨다.

- 네, 전하⋯. 무릇 왕자마마 나이의 신동이라 불리우는 아이들은 그저 얼마나 많은 글자를 외우고 있는지라든가 몇 살 때 어떤 경전을 다 독파했다더라는 류의 것에만 치중되어 그 글의 본질을 꿰뚫고 이해하는 이들은 극히 드물었습니다⋯. 하지만 마마께서는 단순히 읽

고 외우는 것만이 아닌 글 전체의 맥락을 온전히 이해하고 계실 뿐
아니라 문장의 핵심이 되는 단어를 오히려 저에게 반문하실 정도의
학식을 가진 것으로 보아… 이미 그 학업의 성취가 수십 년을 경전
에 매달려 있는 여느 선비들에 미치는 정도라 할 수 있을 것 같습니
다…. 아직 마마의 춘추가 어리시나 이대로 장성하신다면 분명 역사
에 이름을 남기실 대 학자가 되실 것으로 감히 추측할 수 있는 수준
이옵니다.

온갖 칭찬에도 미동 없는 소년의 뒷모습에 눈을 고정한 채 서생이 말을
마치며 어느새 말라 있는 입술을 다시 적셨고 성계가 슬며시 입꼬리를 올
리며 여린 몸으로 꼿꼿이 엎드린 손자의 모습을 흐뭇하게 바라보았다.

- …그래…. 얘야.

- 네, 태상왕전하.

- 할애비라 부르거라.

- 아…. 네 할바마마 말씀하시옵소서.

- 그래 공부가 재밌느냐.

- 네 할바마마…. 소손은 글 한 자, 한 자에 다 그만의 뜻이 담겨 있
  는 것이 너무 신기하옵고 또한 그 글자들이 어떤 글자와 만나는지
  에 따라 그 뜻이 무한히 달라질 수 있다는 것이 너무나도 재밌사옵
  니다…. 한자라는 것이 수천 년간 자연스레 만들어졌다는 것이 또한
  경이로우며 그 셀 수 없을 만큼 많은 모든 글자들을 다 익히고 뜻을
  깨치는 것이 소손의 작은 소망이옵니다.

- 하이고 성님…. 저게 저 어린아 입에서 나올 말이우까…. 하늘천 따
  지 하고 있을 나이 아님메….

입을 한껏 벌린 지란의 모습에도 성계는 어떤 생각에 빠진 듯 별 미동이 없었다.

- …그래 네 무예는…. 익히고 있느냐. 활 쏘기는.

- 네. 주상전하께서 친히 연무복과 활을 내려 주셔서 틈틈이 단련하고는 있사오나…. 소손의 손에는 활보다는 책이 더 맞는 것인지 성과가 시원치 않습니다….

만난 후 처음으로 말끝을 흐리는 손자의 모습에 성계의 얼굴에 안타까움이 스쳤다.

- 음…. 인근에 연무장이 있는데 나와 함께 한번 가 보겠느냐.

역사상 손에 꼽히는 신궁이 직접 가르침을 주겠다는 것에 대한 반가움일까 연신 표정 하나하나를 신경 쓰던 손자의 얼굴에 그 나이 때의 아이들이 가질 법한 환한 미소가 걸렸다.

- 네, 할바마마. 속히 따라야 하나 소손이 환복을 하고 활을 챙기는 시간 동안 감히 할바마마를 기다리게 해야 하는 불효를 저지르는 것이 송구하옵니다.

- 괜찮느니라…. 그럼 그리 준비하고 오거라. 내 산책 삼아 먼저 가 있겠느니라.

- 네, 할바마마. 그리 하겠습니다.

고개를 숙이는 손자를 바라보며 성계가 등을 돌려 뒷짐을 지고 천천히 걸음을 옮겼고 지란이 한껏 높아진 어조로 성계를 불렀다.

- 와…. 성님 자 눈빛 봤소 완전 저거 아바이 어릴 때랑 판박이 아니오 얼굴 생김새는 모르겠는데 어찌 저리 눈이 똘망한 것이 저리 똑같을 수가 있수까.

- 에잇…. 이놈 일국의 군왕을 아바이라 칭하다니 목이 근질거리느냐.

- 아이…. 괜히 면박이오….

- 네 북방에서 내려온 세월이 얼마인데 그 말본새하고는….

- 하… 참…. 성님 그 무시기 섭섭한 말이요. 아니 내사 이래도 여진 말 하고 고려… 아니 조선말도 하고 게다가 몽고 말도 얼추 다 알아 듣는데 성님은 조선말밖에 못하지비. 이래 보이도 내가 머리 하나는 좋수다 괜히….

- 허…. 그 참 잘난 재주 가졌구나….

- 에헴, 그나저나 방위이는 초년에 그리 자식 복이 없어 사람들 걱정을 그리 끼치드만…. 저래 잘난 아들 볼라고 그랬는 갑소.

- 이 놈이…. 군왕의 이름을 입에 담다니…. 목이 베이고 싶어 안달이 났구나….

- 에이… 무슨…. 그런 겁박을 하기요…. 아이 내 그라고 목이 날라간 들 또 어떻겠소. 내 북방 촌뜨기로 나서 백 자 달린 관등 하나 받아 봤으니 뭐 목에 미련이 있겠수까… 참…. 백자 들어간 것이 그 멋들 어지지 않소…. 청해백… 성산백 봉화백…. 아….

계속되는 핀잔에도 굴하지 않던 지란이 자신도 모르게 튀어나온 말에 당황하여 급히 입을 가리며 성계의 눈치를 살폈다.

- 아이고…. 내 주둥아리가 이리 날뛰어서는…. 미안하우다….

- 이런 못난 놈…. 그깟 백작 가지고는…. 무릇 사내로 태어났으면 나라 하나는 세워야 어디 가서 자랑질도 하고 그런 거지….

자신의 말실수를 못 들은 것인지 듣고도 모른 척하는 것인지 생각할 겨를 없이 들려온 면박에 지란이 발을 멈추며 고개를 절레절레 저었다. 실제 나라를 세운 이의 입에서 나온 말이니 어떤 반박을 할 수도 없이 애꿎은 땅만 발끝으로 긁을 뿐이었다.

- 허… 참… 와…. 내사 뭐 할 말이 없구만…. 참…. 기래도 성님 그리 말하는 거 아니오…. 내사 평생 성님 옆에서 수발들 듯이 따라다녔으니 그 나라도 세운 것이지…. 황산에서 누가 성님 살렸소….
- 에잇…. 이 놈은 툭 하면은 그때 얘기를….

가늘게 눈을 뜨고 서로를 노려보던 둘의 입꼬리가 동시에 올라갔다.

- 하하핫…. 그래 그래…. 따지고 보면 네가 나보다 나은 것도 있지 그래….
- 에이…. 말 끄슬리지 말고 딱 집어서 얘기해 보오.
- 이 놈이…. 그래 활 쏘는 거 말고는 뭐…. 네가 전장서 사람 죽이는 거 하나는 나보다 낫지….
- 흐…. 아니 내가 그 옛날에 성님 처음 봤을 때 괜히 멧돼지를 양보해 가지고는….
- 양보라니 이놈. 그때는 분명 내가 이겼으니 가진 것이지 기껏 형님으로 모시겠다 따라올 때는 언제고….
- 에헤…. 성님도 노망이 들긴 했나 보오 그게 어찌….

끊어지지 않는 말을 계속 주고받으며 멧돼지 한 마리를 두고 싸우던 옛 시절로 돌아가기라도 한 듯 때때로 박장대소를 터뜨리며 둘은 나란히 걸었다.

- 한번 쏘아 보거라.
- 네, 할바마마.

손자가 진중한 몸짓으로 천천히 활을 들어 시위를 당겨 잠시 겨누고는 팔을 떨며 놓았다. 떨리는 팔에 옷소매가 잔진동을 일으켰고 살은 과녁판의 가장자리에 꽂혀 있었다.

- 아이고 저게 무슨 활이라꼬…. 울 고향서는 갓난 아한테 쥐아 줘도 던지 뿌기구마….

단궁보다 한 뼘 정도는 짧아 보이는 길이에 금실이 화려하게 둘러진 활을 보며 지란이 입꼬리를 찡그렸고 성계는 눈을 작게 뜨고 멀리 과녁을 살피는 듯했다.

- 네 팔이 덜 열리는 것 같던데 힘이 들어 그런 것이냐.
- 아…. 송구하옵니다. 아무래도 활보다는 책을 드는 시간이 많아서 인지….
- 내 보아하니 네 눈이 좋아 조금만 다듬으면 금방 늘 것 같은데 할애비가 좀 알려 주랴.
- 아…. 할바마마 소손 감읍할 뿐입니다.

잠시간 어두웠던 얼굴을 금세 활짝 펴며 자신을 올려 보는 그 모습에 성계가 잠시 웃음을 띄고는 천천히 팔을 들어 손자의 양 어깨를 만졌다.

- 자 어깨를 이리 열듯 더 벌려야 한다. 힘이 들더라도 습관이 될 때까지 신경 쓰거라.

굳은살 가득한 과격한 손짓에 몸을 맡긴 채 낑낑거리는 손자의 눈빛에 힘든 내색이 아닌 묘한 감정들이 비쳤다.

- 다시 한번 쏘아 보거라.

교정된 자세에서 어색하게 시위를 떠난 화살은 과녁을 크게 벗어나 뒤의 수풀로 사라졌고 이내 손자의 고개가 숙여졌다.

- 아⋯. 아무래도 자세가 낯설어서인지⋯.

- 괜찮다⋯ 얘야⋯ 과녁을 보고 쏘았느냐.

- 네, 할바마마. 응당 과녁을 조준하여야 하는 것이 아니옵니까.

- 그래⋯ 맞다⋯. 연무장에서는 그리하지⋯. 허나 전쟁터에서 어떤 적
  군이 조준하고 시위를 당기는 것을 그저 보고만 서 있어 주겠느냐.

- 네⋯. 그야⋯.

- 물론⋯. 지금은 네 아비가 나라를 잘 다스리는 듯하여 전쟁 얘기야
  꺼낼 필요가 없겠지만⋯.

말끝을 잠시 흐리는 성계의 모습에 손자는 다시 한번 묘한 감정을 느꼈
다. 자신이 아무리 어리다 하여도 그 아버지와 할아버지 사이의 일들을
모를 리 없었기에 평소 얼굴조차 보기 힘들던 그의 입에서 은연중일지라
도 아버지에 대한 칭찬의 말이 나온 것이 어떤 의미일까 알 수 없었다. 아
무리 명석한 그라도 그 뜻을 쉬이 짐작할 수는 없었지만 지금 할아버지와
의 어색한 이 시간들은 손자의 마음을 한없이 평안하고 따듯하게 만들어
주고 있었다.

- ⋯그래도 이왕 할 것이면 제대로 해야지. 내 핏줄이 되어서 활을 잘
  못 쏘면 그것이야 말로 큰 불효이니라.

- 네, 할바마마. 소손 굳게 명심하고 연습을 게을리하지 않겠습니다.

농 섞인 성계의 말에 손자의 얼굴에 화색이 돌았고 마주 보며 슬쩍 웃어
주는 듯하던 성계의 미간에 곧 川자 모양의 주름이 일었다.

- 자, 지금부터 일러주는 것을 잘 기억하거라.

- 네, 할바마마.

- 과녁을 보지 말고 시위를 놓을 때 나아가는 살의 끝을 보면서 한번

쏘아 보거라.

　- 과녁을 보지 않고요….

　- 그래 저것을 맞추는 것이 중한 것이 아니다 일단 시키는 대로 해 보
　　거라.

　- 네 따르겠습니다.

고개를 갸우뚱하며 여전히 어색한 자세로 시위를 당긴 손자는 이미 과
녁을 한참 벗어나 사라진 살을 찾기라도 하는 듯 먼 허공에 눈을 고정한
채 인상을 쓰고 있었다.

　- 아….

　- 허허 괜찮다. 살 끝이 보이더냐.

　- 송구하오나… 몇 번 더 해 봐도 되겠습니까.

　- 그래 물론이지 감이 잡힐 때까지 마음껏 해 보거라.

　- 네, 할바마마….

입을 굳게 다물고 연신 집중하여 시위를 당기는 손자의 이마에 땀송이
들이 잔잔하게 맺혀 있었다.

　- 보… 보입니다.

　- 허허허 그래 살 끝이 보이더냐.

　- 네 어렴풋이나마 살이 어찌 나는지가 보였습니다.

　- 그래 살이 어찌 날아가더냐, 곧게 나르더냐.

들려온 질문에 잠시 눈을 감고 무엇인가를 떠올리려 노력하던 손자가
돌연 눈을 크게 뜨고는 고개를 들었다.

　- 아닙니다 할바마마 곧지 않고…. 몇 번 더 쏘아 보고 말씀드려도 되
　　겠습니까.

- 그래 해 보거라.

다시 집중하여 시위를 당기는 손자의 모습에 성계의 입가에 미소가 가득 걸려 있었다.

- 완전 곧은 것이 아닌⋯. 광대들이 줄을 탈 때 슬쩍 떨리는 줄처럼⋯ 약간 곡선이 있는 듯하였습니다⋯. 하옵고 깃이 달린 꼬리 부분이 사방으로 춤을 추듯 떨리는 듯했습니다.

- 그래 그것이지. 하하하.

자신의 대답에 손뼉을 부딪히며 크게 웃음 짓는 할아버지의 모습에 슬쩍 고개를 움직이던 손자가 살이 날아간 허공을 바라보았다.

- 헌데 어찌 과녁이 아니라 살을 보라 하시는지 여쭈어도 되겠습니까.

- 그래⋯. 잘 들어 보거라.

- 네, 할바마마.

집중하는 눈빛으로 자신을 바라보는 그 모습이 마냥 귀여운 듯 성계의 입가에 서린 미소가 사라질지 모르고 얼굴 전체로 퍼져 나갔다.

- 과녁을 볼 필요가 없다는 것은 곧 살의 궤적을 눈에 익히라는 것이다. 목표를 정해 두고 시위를 당겨 준비한다면 그만큼 시간이 많이 필요한 것이라 실전⋯ 아니 사냥에서조차 효율이 떨어진단다. 일찍이 할애비가 네 나이일 때부터 온 산이며 들이며 활 하나 들고 누비며 다니다 보니 날아다니는 새는 물론 토끼 한 마리 잡는 것도 여의치가 않더구나. 그래서 내 어린 마음에도 작심을 하고는 들판에 나가 몇 날 며칠을 허공에 활만 쏘아 댔지⋯. 그러다 보니 어느 순간 살의 움직임이 눈에 들어오더구나. 시위를 잡은 손에 어느 정도 힘을 주느냐에 따라 그 궤적과 속도가 무한하게 변하였고 바람의 방향

과 세기가 중요하다는 것을 익히게 되었지…. 그러기를 두어 계절 지나고 나서 집안 남자들이 다 같이 사냥을 나섰는데, 그날 그중 가장 어리던 내가 가장 많은 사냥감을 챙겼단다. 자 어찌해서 내 활 실력이 그리 급작스레 늘었을지 예상이 되느냐.

- 아….

다소 어려운 내용인 듯 손자가 한참 고개를 숙이고 활을 쥔 손을 바라보다 고개를 들고 조심스레 말을 꺼냈다.

- 살의 움직임을 알면…. 움직이는 대상이라도 쉽게 적중시킬 수 있다는….

- 그래 그것이다. 바로 그것이야. 네 눈만이 아니라 머리가 참으로 비상하구나 하하하.

손자의 눈이 여전히 의문이 가득찬 채로 껄껄거리며 웃는 성계에게 고정되어 있었다.

- 그래 내 마저 얘기해 주마…. 지금부터 계속 연습하여 살의 움직임을 쫓다 보면 어느 순간 그것이 눈이 아닌 머릿속에 각인이 될 것이다. 그럼 그 후에는 더 이상 배울 것이 없다. 물론 바람이 활에 미치는 영향은 지대하나 그것 또한 자연스레 몸으로 익히는 수밖에 없지…. 그 정도 수준이 되었다 생각되면 그때부터는 과녁을 맞추어야하는 대상으로 여기지 말거라. 그저 네가 쏠 살의 궤적 어디쯤에 과녁이 있는지를 순간 계산해 낸다면 그것을 맞추는 것은 숨 쉬는 것과 같은 일이 될 것이다.

- 아….

소년이 어떤 난제에 부딪힌 듯 나이에 어울리지 않는 심각한 표정으로 생각에 몰두했고 지란이 입을 동그랗게 벌린 채로 성계를 바라보았다.

- 아이 성님 그 나도 제대로 못 알아먹는 것을 저 어린 아가 어찌 알아 들을 끼라고…. 그 참….

- 알 것 같습니다 할바마마.

별안간 들려온 소리에 지란이 말을 잇지 못하고 놀란 눈으로 입을 다물었고 성계는 무엇인가를 깨우친 듯 기뻐하는 손자의 모습을 보고는 그와 똑 닮은 미소를 지은 채 손을 앞으로 내밀었다.

- 이해가 되느냐.

- 네 그것이…. 당장 몸으로 이해하기 어려우나…. 그 원리와 훈련 방법이 어떤 것일지, 또한 그 결과가 어떨지 머릿속에 그려집니다.

- 하하…. 그래 그래…. 참으로 장하구나….

- 감읍하옵니다, 할바마마.

성계의 팔이 손자의 어깨를 감싼 채로 서로 주고받는 웃음은 여느 민가의 할애비와 손자의 모습처럼 천진하고 또한 소탈했다.

- 허나 그게 이해한다 하여 그리 쉽지는 않을 것이니…. 연습을 부지런히 하다 보면 언젠가는 이 할애비의 말을 다 이해할 날이 올 것이다.

- 네, 할바마마. 소손 심신을 다해 정진하겠으니 다음에는 저를 사냥터에 데려가 주시겠습니까.

- 그래…. 얘야… 물론 그래야 하고 말고….

- 하…. 성님 이래 말 많이 하고 웃는 거 참으로 간만에 보는 것 같소.

지란을 슬쩍 흘겨본 성계가 그제서야 평소와 달랐던 자신의 모습에 어색함을 느낀 듯 어깨를 한 번 움츠렸다 폈다.

- 그럼 연습을 좀 더 해 보겠느냐 할애비는 잠시 바람도 쐴 겸 산책을 해야겠구나….

- 네, 할바마마. 다녀오시지요.

활을 꽉 쥐고 눈웃음을 보이는 손자의 모습에 성계는 다시 살짝 경직된 팔을 머뭇거리며 천천히 들어 손자의 머릿결을 한 번 쓰다듬어 주고는 이내 몸을 돌렸다.

* * *

나무 사이를 지나오는 바람이 성계의 얼굴을 기분 좋게 어루만졌고 지란은 콧소리를 슬며시 내며 뒤를 돌아본 채로 성계의 뒤를 따르고 있었다.

- 성님 무슨 아가 저리 영특하우까. 내 참 저런 아는 처음…. 아…. 방위이가 저 나이 때에 저리 영특하기는 했었지비….

- 내 핏줄이 어디 가겠느냐….

- 잉… 그 무슨 가당 찮은 말이오. 그 세자라는 아는 영 흐리멍텅하던데…. 둘째 아도 보이 실실거리기만 하고 똑똑해 비지는 않더마는….

일전에 잠시간 만나 본 세자와 둘째를 생각하며 지란이 입을 삐죽거렸지만 성계는 어떤 생각에 잠긴 듯 아무 대답 없이 발길을 옮길 뿐이었다.

- 그래도 성님 저 아 보고 핏줄이라 하는 거 보이 마음이 많이 풀렸나 보오.

- 내 손자 보고 핏줄이라 하는데 무슨 마음이 풀리고 말고 하느냐 이

놈아.

- 아니…. 일전에는 방위이 얘기만 해도 학을 떼던 사람이….

핏줄이란 단어에 반응하여 발끈하는 그 모습에 지란의 기세가 슬쩍 누그러진 듯 보였다.

- 내가 그랬느냐….

- 성님도 이제는 다 용서를 하셨나 보오….

용서라는 말에 일순간 발을 멈춘 성계가 천천히 고개를 들어 하늘을 바라보다 무겁게 눈을 감았다. 그 모습에 지란이 머쓱한 듯 어깻죽지를 긁으며 딴 곳을 보는 척했고 곧 성계의 눈가에 투명한 액체가 맺혔다.

- 부자지간에… 용서하고 말고 할 것이 어디 있다는 말인가….

* * *

쉬지 않고 살을 날려 보내던 소년은 차오르는 숨을 가누며 소매를 들어 이마를 닦았다. 잠시 과녁을 바라보던 소년이 얼핏 뒷목을 엄습하는 느낌에 뒤를 돌아보았고 멀리 하늘을 향해 고개를 들고 있는 할아버지의 모습이 보이자 뒷목을 타고 온몸에 전해지는 낯선 기운에 슬쩍 몸을 떨었다.

- 왜 계속 혼잣말을 하시는 거지….

고개를 슬쩍 젓던 소년이 불어오는 바람에 이끌리듯 이내 몸을 돌려 다시 활과 화살을 잡았다.

15. 부엉이

- 깜박 잠이 들었나 보구나.

얼마간의 침묵 속에 잠긴 목소리를 울리며 아비의 눈이 천천히 열렸다.

- 아버님 밤이 깊었으니 많이 고단하실 듯하옵니다.

확연히 기운 빠진 아버지의 목소리에 아들이 걱정스레 답을 하며 그 얼굴을 살폈지만 낮아진 어조에 비해 얼굴색은 오히려 이전 보다 밝은 느낌을 줄 정도로 혈색이 좋아 보였다. 인생의 가장 높은 파고였던 그 격정의 순간들을 입에 담은 후라고 보기에는 어울리지 않는 그 모습에 아들의 머릿속이 의아함으로 가득 찼다. 잠이 들었다는 말이 사실이거나 혹은 그 감정들을 애써 덮으려는 능청일 수도 있었지만 자신의 경험에 비추어 봐서 앉은 상태로 고개를 뻣뻣이 들고 잠에 든다는 것은 상상이 안 될 일이었다. 밤낮으로 책을 읽다 가끔 앉은 상태 그대로 잠에 든 적은 있었지만 매번 깨어날 때는 상에 머리를 엎드리고 있거나 바닥에 어정쩡한 자세로 누워 있는 경우가 태반이었고 아주 잠시 선잠이 들었을 때조차 고개를 뻣뻣이 지탱했던 기억은 전혀 없었다. 그렇다면 단순한 능청인 것인가…. 이해하기 힘든 그의 행동에 느껴진 얕은 답답함이 아들의 갈증을 유발했다.

- 생각보다 얘기가 길어졌구나…. 술도 다 마신 듯하고….

- 아…. 그렇군요…. 그럼 자리를….

아들이 독을 살짝 쳐다보며 말끝을 흐렸다. 눈대중으로 본 독 안에 그릇을 너덧 번 퍼 올릴 정도의 탁주는 남아 있는 듯했다. 어찌 이런 상황에 저 남은 술을 탐하고 있는 것일까…. 살아오며 단 한 번도 음주가무 그 어느 것에도 관심을 가져 본 적 없는 그였기에 지금 그 자신이 너무나도 낯설었다. 그것은 마치 하나의 몸에 두개의 머리가 따로 달려 있는 듯한 기분이었다. 이성을 평소와 같이 가진 하나가 자리를 파하자는 말을 꺼내 마치기 전에 정체 모를 다른 하나가 그 말끝을 마치지 못하게 하고 있었다. 이성과 아쉬움 사이에 갈등하는 그 순간 말끝을 흐리는 아들의 마음과 상관없는 듯 아비가 늘어진 어깨를 세우며 자세를 고쳐 잡았다.

- 이제….

- 부우 뿌 부…우….

- 이런 씨…

자신의 말을 끊으며 방문 틈새를 넘어 흘러온 소리에 아비가 순간 온몸을 떨며 손을 상 위에 거칠게 올렸다.

- 저 부엉이 새끼들을 어찌….

몸을 반쯤 일으키며 어정쩡한 자세로 욕설을 뱉다가 순간 자신을 바라보는 아들의 눈길을 마주한 아비가 급히 자리에 다시 앉았다.

- ….

- 아버님…. 풉….

그 과정을 지켜보던 아들의 얼굴에 말을 채 마치지 못한 웃음이 일었다.

- 너 방금 웃은 것이냐.

- 아… 아니…. 그것이…. 후…. 아버님… 하…. 송구하옵니다….

아들이 말을 더듬으며 중간중간 숨을 뱉으며 번져 가는 웃음을 참아 내려 애쓰고 있었다.

- 허허…. 아니 지금 웃음이 나오느냐.

어느새 검붉게 변한 낯빛으로 정색을 떠는 아비의 말에 놀랄 법도 하였지만 아들은 여전히 그 웃음을 다 다스리지 못하고 있었다.

- 후… 아버님…. 좀 전까지 그리 과격한 과거를 말씀하시던 분이 어찌 저런 야조 따위의 울음에 그리 놀라시는 것인지…. 제가 평생 본 그 모습과 사뭇 다르셔서….

- 허…. 이 탁주 놈이 아주 대단도 하구나 내 너와 마찬가지니라 자식이라고 있는 것들이 어찌 그리 아비를 격조하게만 대하더니만 이리 실없이 웃을 줄도 알았더냐.

아비의 말끝으로 다시 한번 부자간의 눈싸움이 시작되었다. 그것은 이전에 없었던 분위기의 눈 맞춤이었으며 약속이라도 된 듯 둘의 입꼬리가 동시에 올라가며 끝이 났다.

- 허허허.

- 핫….

아비의 웃음은 낚싯대 끝에 매달려 온 송사리를 마주한 어느 필부의 그것과 같이 허탈함과 소탈함이 묻어났고 아들의 웃음에는 첫날밤 부인의 옷고름을 처음 풀어 헤치는 떨리는 손끝에 실린 청년의 수줍음과 호기심이 섞여 있었다.

- ….

- ….

큰 소리 없이 웃음을 주고받는 부자의 그 모습이 어느 누구의 눈에 나라의 선왕과 왕의 독대라 비쳐질 것인가…. 웃음이 그쳐 갈 즈음 둘의 뇌리에 이전에 없던 느낌이 퍼져 나갔고 방의 후덥지근한 공기가 더없이 훈훈하게 느껴졌다.

- 갑자기 흥이 좀 돋는구나 마저 먹고 자리를 파하자꾸나.

- 네, 아버님.

아버지의 말에 마치 기다렸다는 듯 아들이 흥을 실어 답하였다. 순간 주고받은 웃음으로 두 개의 머리가 달린 듯 느껴졌던 그것이 이제는 자연스레 그 두 가지가 합쳐진 듯 머리를 울리던 취기는 무더운 여름밤에 마셔 본 얼음에 녹인 꿀물처럼 시원 달달함으로, 경직되어 있던 이성은 가을바람에 온몸을 사방으로 휘청이는 대나무 줄기처럼 유연해져 있었다. 그리고 새로이 자신의 머릿속을 덮은 그 기운은 남은 탁주를 마실 동안 들어 볼 만한 이야기 거리를 금세 찾아내었다.

- 아버님 여쭙고 싶은 것이 있습니다.

- 그래, 말해 보거라.

아비 역시 그 말대로 흥이 돋은 듯 부드럽게 아들의 질문에 응하였다.

- 음…. 송구하오나 제가 들은 아버님의 성정이시라면 이숙번 같은 자를 온전히 살려 두실 것 같지 않은데… 그자만은 어떻게 아버님의 화를 피한 것인지 그것이 궁금하옵니다.

기껏 따듯해진 방안의 공기가 금세 식을 만큼 무거운 주제일 수도 있었지만 아들의 질문에는 큰 근심이 담겨 있지 않았고 아비 또한 잠시 그릇을 만지던 손끝을 멈추었을 뿐 별다른 눈빛의 변화 없이 잠시 입술을 깨물기만 하고는 입을 열었다.

- 숙번이라…. 하….
- 혹 소자가 실례되는 말을 한 것인지….
- 그럴리가 있겠느냐…. 자 한잔 들자꾸나.

대수롭지 않은 듯 아비가 그릇을 들어 탁주를 두어 모금 삼키고는 입을 다셨다.

- 네 실은…. 숙번이 아니라 어찌 회안…. 아니 내 형님을 살려 둔 것 인지가 묻고 싶은 것이겠지….
- …아버님….

금세 자신의 속내를 알아차린 아비의 말에 이전까지의 아들이었더라면 소스라치게 놀라며 온갖 경직된 언사를 보였겠지만 더 이상 그런 모습을 찾아볼 수가 없었다. 아비 또한 에둘러 본심을 숨기듯 자신을 떠오는 아들의 그 모습에도 별다른 대응이 없는 것은 부자간의 연대감과 공감대가 독 하나를 비우는 그 과정에서 얼마나 많은 발전이 있었는지를 보여 주는 것이었다.

- 숙번이는…. 뭐 딱히 죽일 필요가 없으니 살려 둔 것이다.
- 필요라 하심은….

아비가 손을 들어 얼굴 한쪽을 덮고는 눈 밑과 콧등을 번갈아 쓰다듬으며 눈을 감았다. 한때 자신에게 혼신의 충성을 바쳤던 신하에 대해 추억하는 것일까란 생각으로 아버지를 바라보던 아들의 눈에 그 어떤 연민 한 점 담기지 않은 눈을 슬며시 뜨는 아비의 눈빛이 비쳤다.

- 숙번이가 고려나 조선의 왕족이더냐.

- 그렇지 않습니다.
- 그렇다고 그가 외척인 것도 아니고 뭐 만백성의 추앙을 받는 장수인 것도 아니니….
- ….
- 그의 그 알량한 권세가 어디서 온 것이냐, 다 나에게서 기인한 것이 아니더냐…. 그러니 내가 마음 한번 먹으면 그의 그깟 권세를 세상에서 지워 버리는 것이야 그야말로 쉬운 일이니…. 오랫동안 그의 기고만장함과 흉포함을 알고서도 내 그 공과 능력됨은 높이 사서 두고 보았긴 했으나…. 쯔…. 여하간에 딱히 죽일 필요까지는 없어서 살려만 둔 것이니라….
- 음….
- 그리고 그런 놈에게는 죽음보다 험지에 유배 보내는 것이 더 고통스러운 일인 법이지…. 그깟 채 한 줌이 되지 않는 권세라도…. 그것을 가졌던 이가 모두 빼앗기고 필부로 살아가는 것이 어디 살아도 산 심정이겠느냐.
- 아….

죽음이 한 사람에게 내릴 수 있는 최고의 형벌이 아닐 수 있다는 사실과 그를 잘 알고도 한때 그의 분신처럼 여겨졌던 이에게 그런 처결을 내릴 수 있는 심장을 가진 사람이 그라는 것에 아들의 가슴에 새삼 얕은 한기가 다가왔다. 자신이라면 어찌할 것인가 죽음 혹은 그 이상의 형벌…. 재위에 앉아 있을 앞으로의 막연한 세월 동안 군왕으로서 자신의 선택은 무엇이 될 것인가…. 당장 찾거나 정할 수 없는 그것들을 막연히 떠올려 보며 과연 자신이 그 아버지만큼…. 아니 보다 더 효율적인 그 방법을 잘 찾아내어 행할 수 있을 것인가…. 분명한 것은 그것은 분명 그의 방식과는 어떻게든 다른 모습을 띠고 있을 것이란 것이다. 어느샌가 자신의 심연에도 옮겨 붙은 탐욕의 일부분은 그 모습을 다른 이들의 것과 달리하고 있었다. 무엇인가를 빼앗거나 취하는 것이 아닌 더욱 온당하고 효율적인 길들을 찾아내는 것 그것이야말로 아들의 가슴 깊숙한 곳에 자리한 탐욕의 본 모습으로 새로이 자라고 있었다.

- 혹 내가 죽은 이후라도 숙번이는 절대 다시 불러 쓰지 말거라….
- 아버님 어찌 죽음을 입에 담으십니까…. 소자 듣잡기 황망 하옵니다.
- 뭐 내가 천년만년 살겠느냐…. 오늘 사냥 나갔다 내일 아침 눈을 못 떠도 이상할 것이 없는 나이에 이르렀으니…. 쓰지 말라 한 말에나 대답하거라.

우수에 차 흐려지던 말끝이 숙번의 차후 처결에 관한 얘기를 할 때 다시 경직되었다.

- 네 당연히 따르겠습니다…. 허나 그를 그리 경계하시는 연유가 무엇인지 여쭈어도 되겠습니까.
- 허…. 연유는 무슨…. 그깟 놈이 뭐 대단하다고 다시 불러들일 필요가 있겠느냐…. 네 사람들은 이제 네 스스로 만들어 나가야 하니 그런 것이지…. 게다가 지금의 너는 그를 온전히 통제하지 못할 것이다.
- 할 수 있습니다.

순간 터져 나온 짧은 비명에 가까운 육성에 스스로도 놀란 듯 아들이 급히 입을 가렸고 잠시 멈칫하던 아비의 입가가 순간 경련이 일듯 꿈틀대고는 날숨 가득한 헛웃음을 뱉어 냈다.

- 헛…. 아니 그게…. 허허….

- 아 아버님…. 송구하옵니다…. 소자가 잠시 실성을….

- 하하하하….

겸연쩍게 곁눈질을 하며 양 무릎을 비벼 대는 아들의 귓가에 호탕한 웃음소리가 가득 밀려왔다.

- 네 진정 난 놈이구나…. 내 아들은 아들이로다…. 허허허.

아무리 왕의 지위를 내려놓고 부자간의 대화를 나눈다 하더라도 차마 일국의 왕에게 가져다 붙일 만하지 않은 호칭을 아무렇지 않게 입에 담으며 아비가 계속 실소를 터뜨렸다.

- 잘하였느니라…. 네 사내답지 않게 늘 책만 끼고 살고 간혹 소심
  해 보이기도 하더니만…. 그래 사내라면 그런 면이 또 있어야지. 헛
  허…. 잘했다 잘했어…. 네가 나보다 낫구나….

- 아버님….

너무나도 생소한 아버지의 반응에 아들의 정신이 아득히 어지러워 어떤 생각을 할 겨를이 없었고 그저 지금 이 민망한 상황이 지나길 바랄 뿐이었다.

- 하…. 네 왕 노릇 오래 하다 보면 내 마음을 다 알게 될 것이니…. 허
  헛…. 여하간에 네 그런 모습을 보니 나도 마음이 좀 놓이는구나….

- ….

아비가 말끝을 흐리며 습관처럼 중지를 눈에 가져다 대고 눈곱을 떼어 내듯 문질러 대며 눈을 감았다.

- 그래 술도 얼마 안 남았으니…. 네가 진정 알고 싶은 것을 내 또 일
  러 주마….

여전히 감겨진 눈 끝에 손가락이 올려진 채로 그의 입에서 다시 한번 과거가 흘러나오기 시작하였고 아들의 눈과 귀가 어느덧 익숙해진 그 상황에 반응하기 시작하였다.

'회안대군 이방간' 무려 아버지의 목숨을 직접적으로 위협했음에도 그 목숨을 여전히 부지하고 있는 자…. 과연 그의 생사는 단지 그가 아버지의 혈육이기에 그렇게 결정되어진 것일까…. 또 한 번 이해되지 않는 그 상황 속으로 아들의 심신이 천천히 옮겨져 갔다.

16. 석전

정종 2년(1400년) 1월 28일.

며칠 전 해가 가라앉을 즈음 옅은 붉은색으로 하늘을 뒤덮은 햇무리를 시작으로 한파가 온 나라를 매섭게 휩쓸었다. 그 가늠하기 힘들 만큼 시린 공기와 함께 곳곳에 초가을 태풍에 비견될 돌풍이 불어 여러 피해를 일으키니 이는 나라에 상서롭지 못한 일이 생길 징조라는 풍문이 한파와 함께 사방으로 흩날렸다. 덮친 격으로 백발노인들조차 생전 본 적 없다는 누런 안개가 도성에 무겁게 내려앉으니 민심의 흉흉함이 이루 말하기 힘들었다. 그나마 그 안개들이 한파를 물린 것일까 새벽녘부터 한기를 떨쳐 낸 공기들이 도성 곳곳에 스며들었고 해가 뜰 즈음에는 새벽부터 번을 서던 순라군들이 하나같이 귀마개를 벗어 어깨에 걸고는 졸린 눈을 비벼 댔다. 햇빛이 누런 안개 사이에 내려앉아 그 따스함을 전달하고 따스한 공기가 반가운 듯 새들이 시끄럽게 지저귀자 집안에 틀어박혀 있던 많은 이들이 문밖으로 발걸음을 옮겼다. 그러나 그들은 오래지 않아 다시 발길을 집으로 돌려야 했다. 도성 곳곳에 말발굽 소리와 갑주와 병장기가 부딪히는 소리가 요란하게 퍼졌고 추위가 아닌 병졸들의 주위를 둘러싼 살기와 삼엄한 공기에 개경에 찾아온 오랜만의 그 따듯함은 다시 한번 사그라졌다.

　- 지경연사(知經筵事)[36]께서 선견이 있으십니다. 하루아침에 이리 더워질지 알았더라면 저도 갑주를 입지 않았을 것을….

　- 허허 그것이 어찌 선견이겠습니까 소인이 갑주를 걸쳐 봐야 도움될 일도 없으니 혹 짐이라도 되지 않으려 그런 것이지요.

　참찬문하부사(參贊門下府事)[37] 이무가 갑주 사이사이를 들고는 연신 손으로 부채질을 해 대며 부러운 눈빛으로 하륜을 바라보았다. 투구 밑으로 성성한 백발을 흠뻑 적시며 땀이 흘러내리고 있었다.

　- 그 투구라도 좀 벗으시는 게…. 감히 제가 살펴보기에는… 오늘 그리 큰 사달은 없을 듯합니다만….

　그 더위와의 싸움이 안쓰러운 듯 꼿꼿이 세운 허리를 잠시 숙이며 조심스레 말을 하는 하륜의 입 밑으로 정갈하게 잘 정돈된 턱수염이 살짝 흔들렸다.

　- 아이고…. 한겨울에 이 무슨 더위와 싸우고 있는지 참.… 집에 가서 갈아입고 올 수도 없는 노릇이고…. 세초부터 이게 무슨….

　이무가 말끝을 흐리며 다섯 보 정도 떨어진 곳에서 역시 갑주를 걸치지

---

36)　지경연사(知經筵事): 정2품 벼슬, 임금에게 고전의 강독과 논평을 하던 관직.

37)　참찬문하부사(參贊門下府事): 정2품 벼슬, 의정부에 소속된 관직, 후에 참찬의정부사로 개칭됨.

않고 묵묵히 말 위에서 먼 곳을 바라만 보는 방원을 잠시 바라보았다. 무거운 갑주를 두르지 않은 것에 대한 부러움일까 자신의 실없는 말들이 그에게 들릴까 싶은 민망함이었을까 미간 사이 깊은 주름들이 움찔거리며 떨리는 것을 모른 채 이무의 얼굴이 다시 하륜에게로 향했다.

- 아니 근데⋯ 저기는 저게 정말 다 모인 것이겠습니까.

- 음⋯. 시간이 제법 되었으니⋯. 더 합류할 군세가 있었다면 진즉 하지 않았겠습니까.

- 하⋯. 그 오밤중에 대책을 논의한다고 그리 고단했건만⋯. 이게 다행인 건지⋯.

- 그러게 말입니다. 저도 우홍부 그 자의 말을 듣고는 어찌나 기겁을 하였던지⋯. 어찌 되었든 저희 쪽에는 다행인 일이 아니겠습니까.

다행이란 말을 입에 담는 하륜의 표정이 자못 조심스러웠다.

- 그나저나 저게 많이 쳐 봐야 오륙십 즈음 돼 보이는데 무슨 생각으로 저리 대놓고 거병을 한 것인지 도통⋯. 야습을 하여도 될까 말까 해 보이는데⋯. 저 정도면 밤새 대책을 세울 필요도 없었을 정도 아닙니까.

- 그러게 말입니다⋯. 저도 딱히 병법에는 조예가 없으나⋯. 저건⋯ 좀⋯.

- 혹 저들이 무인년 일들을 흉내 내려⋯.

이무의 얼굴 뒤로 여전히 미동 없는 방원을 바라보던 하륜의 몸이 들려온 말에 급히 움츠려졌다.

- 쉿⋯.

하륜이 여전히 방원에게 눈을 고정한 채로 나지막하게 이무의 말을 끊었고 이무의 안색이 일순간 검게 변하며 몸이 급하게 방원 쪽으로 돌아갔다. 둘이 바라본 곳에서 여전히 방원은 별다른 미동 없이 두 눈을 감고 있었다.

- 내 큰 실수를 할 뻔했구려···. 송구하오 대감···. 내 한겨울에 더위를 먹은 것인지 그 참···.

이무가 잔뜩 움츠러든 몸짓으로 귓속말을 하듯 하륜을 바라보았다.

- 네, 대감. 저야 무슨 상관이 있겠냐만은···. 오늘 공께서 심기가 가히 편치 않으실 듯하니 서로 조심을 해야 하지 않겠습니까.

- 네 네, 그렇고말고요···. 허 참···. 흠흠···. 그나저나 저기는 아예 전열도 갖추지 않는 듯하고 이건 뭐 일이 어찌 진행이 되려나···. 공께서도 그저 저리 불구경하듯이 보고만 계시니···. 내 이놈의 갑주들을 빨리 벗어던지고 싶건만···.

목소리만 낮췄을 뿐 여전히 실없는 말을 늘어놓는 이무의 말에 하륜이 다시 한번 고개를 들어 건너편의 상황을 살폈다. 그의 말대로 선지교를 사이에 두고 대치를 하고 있는 두 군영의 형세가 매우 다른 모습이었다. 건너편의 군사들은 산개한 것도 아닌 어떤 진법을 갖춘 것도 아닌 매우 어정쩡한 형태로 흩어져 산만하게 포진되어 있었고 그 군사 한 명, 한 명의 얼굴에서 특별한 투기를 찾기 힘들었다. 반면 방원을 중심으로 한 이쪽에서는 대열의 맨 앞을 중무장을 한 군사들이 횡대로 늘어서 있었고 그 끝에 다다르는 양지점에 종대로 촘촘하게 병사들이 서 있었다. 마치 同 자와 비슷한 모습으로 정연하게 갖춰진 전열의 중간에 방원과 그 일행들이 말 위에 올라 건너편을 바라보고 있었다.

- 조금만 참아 보시지요. 다시 보아도 오늘 일들이 그리 오래 걸리지

는 않을 듯하니….

- 노한이 있는가.

미동 않던 방원이 무언가 심중의 변화가 있는 듯 잠긴 목소리를 낮게 깔아 노한을 불렀고 짐짓 놀란 주위의 사람들이 말없이 시선을 그에게 향했다.

- 네, 정안공대감. 하명하시옵소서.

- 방의 형님…. 아니 익안공께 내 말을 그대로 잘 전하고 오너라.

- 네, 대감. 일러주시옵소서.

- 형님께서는 몸이 많이 안 좋으시니 부디 청하건대 군사들을 주위에 삼엄하게 두어 움직이지 마시고 몸을 잘 보전하십시오.

- 네, 대감. 다녀오겠습니다.

노한이 허리를 깊게 숙이고는 금세 뒤돌았고 방원은 여전히 미동 없이 건너편을 주시하고 있었다.

- 숙번이는 어찌 계속 안 보이는 것인가.

들려온 말에 하륜이 급히 말머리를 돌려 방원에게 다가갔다.

- 네, 대감. 지금 여럿에게 빨리 그를 찾으라 지시해 두었으니 곧 당도할 것입니다.

- 이놈이…. 간밤에도 그리 연통이 닿지 않더니….

- ….

짜증이 잔뜩 묻어 있는 방원의 말에 하륜이 곤란한 얼굴로 답을 하지 못하고 귀 뒤쪽 목덜미를 쓰다듬었다.

- 되었다 그냥….

시종 앞만 보던 방원이 들려오는 말 발굽 소리에 말을 멈추며 몸을 천천히 돌렸다. 소리가 점점 커지다 못해 요란하게 주위를 울리고는 숙번이 고삐를 움켜쥐며 방원 앞에 멈춰 섰다.

　- 정안공대감 소신이 늦었습니다. 이 송구함을 전공으로 다 갚을….

　- 네가 정신이 있는 것이냐.

　- 대, 대감….

어두워진 낯빛으로 일갈을 터트리는 방원의 모습에 숙번이 말을 더듬으며 급히 어깨에 힘을 빼고 고개를 더 깊게 숙였다.

　- 여기 군사들과 노신들이 한참을 서서…. 하…. 되었다 왜 밤부터 연통이 닿지 않는 것이냐.

　- 그것이….

숙번이 고개를 숙인 채로 자신에게 향한 날카로운 눈빛들을 곁눈질로 살피며 채 말을 잇지 못했다.

　- 그 와중에 갑주는 번듯하게도 차려 입고 왔구나.

　- 아니… 그것이…. 장수로서 복식을 갖추는 것이….

고삐를 잡고 천천히 자신에게 다가오는 방원을 바라보는 숙번의 입이 좀처럼 말을 끝마칠 수 없었다.

　- 다 갖춰 입는다면서 투구는 왜 안 쓰고…. 헛…. 이 옥패는 또 무슨….

마침내 자신의 지적에 다다른 방원이 허리춤의 옥패를 잡아채자 숙번의 낯빛이 금세 사색이 되었고 방원의 등 너머에서 그 광경을 보던 이무와 하륜의 입가에 동시에 조소가 서렸다.

　- 참… 대단도 하구나…. 무슨 요동이라도 정벌하러 갈 참이냐.

　- 대감….

마땅한 답 없이 그 노기를 맨몸으로 받아 낼 수밖에 없던 숙번이 어렴풋한 기척에 고개를 슬며시 들었을 때 대열 앞 병사들 몇이 갈라지며 그사이로 급히 발걸음을 옮기는 이가 눈에 들어왔다.

– 대감 저기….

숙번의 말에 반응하여 몸을 살짝 돌린 방원의 눈에 관복을 입고 총총 걸음으로 다가오는 이의 모습이 들어오자 노기에 싸여 일그러졌던 그 얼굴이 금세 의문으로 덮였다.

– 아니 도승지가 아니시오.

– 도승지 이문화 정안공대감께 인사 올립니다.

방원 앞에 다다른 문화가 손을 가지런히 모으고는 고개를 숙였다.

– 아니 궐에 있어야 할 도승지께서 여길 어떻게….

– 네, 대감…. 실은 전하께서 일단의 소요에 대해 들으시고는 회안공께 급히 교지를 내렸사온데….

방원의 고개가 슬쩍 사선으로 기울었다.

– 전하께서 교지를…. 그래서요.

– 그것이… 참담하게도…. 회안공께서 교지를 받으시고도 듣지 않으시고는 군사를 물리지 않으시니…. 정안공께서 여기 계시다 하여 혹시나 하는 마음에 전달해 드리려 들렀사옵니다.

– 헛….

문화의 말을 끝으로 주위의 사람들이 동시에 탄식을 터뜨렸고 방원은 이내 힘없이 숙여지는 이마에 손을 가져다 대었다.

– 대감 어찌 주상전하의 교지를 받고도 군사를 물리지 않을 수 있다는 말이옵니까…. 이것은 명백히 역모에 해당하는 중차대한 일이 아니겠습니까.

이무가 떨리는 목소리를 다잡으며 흐느끼듯 어깨를 떨었고 주위의 모든 이들이 채 고개를 들지 못하고 땅만 바라보았다. 곧 여전히 이마를 짚은 방원의 입에서 깊은 한숨이 새어 나왔다.

- 하⋯. 이를 어찌⋯.

- 대감⋯. 소인은 이만 전하께 상황을 고하러 돌아가 볼 참인데 혹 전할 말이 있으신지요.

초조하게 자신을 올려 보는 문화와 눈이 마주치자 그제서야 방원이 입술을 살짝 깨물었다.

- 회안⋯. 휴⋯. 방간이 어찌 군사를 일으켰다 하더이까. 혹 들으셨소.

회안공도 아닌 더군다나 형님이란 호칭까지 빼고 물어오는 방원의 의미심장한 눈빛에 문화가 놀란 눈으로 말을 더듬었다.

- 그⋯ 것이⋯. 차마 입에 담기 민망하오나⋯.

- 괜찮으니 들은 그대로 좀 일러주시오.

- 네네⋯. 회안공께서⋯ 이르시길⋯. 흠⋯ 이게 참⋯.

- 도승지⋯.

한참을 말끝을 흐리며 안절부절못하던 문화가 나직이 자신을 불러오는 그 소리에 더 이상 버티지 못하고 고개를 한참 더 숙이고는 중얼거리듯 말을 이어 갔다.

- 정안공께서 자신을 해치려 하니 부득이 군사를 일으켜 선공을 하려 하신다고⋯. 주상께 놀라지 마시라고 그리 말을 전해왔습니다⋯.

- 헛 참⋯.

말을 마친 문화를 잠시 바라본 방원이 고개를 들어 두 눈을 감으며 고개를 가로저었고 귀에 온 신경을 집중하고 듣고 있던 사람들이 그런 방원의 눈치를 보며 차마 어떤 말도 하지 못한 채 얕은 한숨을 쉴 뿐이었다.

- 그래서 주상께서 뭐라 하셨소. 그 교지 내용이 무엇입니까.

- 네…. 주상께서 크게 노하시어 망극하게도 험한 말들을 하시며 군사
  를 해산하고 홀로 궐에 들어오면 목숨만은 보전케 하겠다 하셨습니
  다.

- 험한 말이라니 무슨….

서로 고개만 돌려가며 눈치를 주고받는 이들이 답답했는지 숙번이 슬
며시 고개를 들이밀며 문화를 바라보았다.

- 하… 그것이…. 감히 입에 담기가 망극한 말들이라….

- 아니 그래도….

- 아버님께서도 알고 계시겠지요.

채근하려던 숙번의 말이 욕설에는 관심이 없는 듯한 방원의 말에 잘려
나갔고 숙번이 입을 다시며 방원의 눈치를 살폈다. 주위의 사람들도 못내
아쉬움이 있는지 눈 끝을 찡그려 댔고 문화는 계속되는 방원의 질문에 괜
히 제 발로 여기를 들어왔다는 후회에 땀 맺힌 이마를 닦아 댔다.

- 네, 상왕전하께서도 알고 계십니다….

- 아버님께서 어찌 반응하셨답니까.

급격히 올라가는 방원의 어조에 더해 모든 이들의 시선이 계속 문화에
게 향하자 그의 이마에 맺힌 땀방울들이 흘러내려 두 눈을 뜨기 힘들 지
경에 이르렀다.

- 네네…. 상왕전하께서 역시 격노를 하셔서….

- 아니 도승지, 평소 왕명을 전하는 일을 하는 분께서 오늘 어찌 이리
  도 말을 계속 흐리시는 겁니까.

- 아 네 공···. 송구하옵니다···. 그것이 워낙 입에 담기 험한 말들이라···.
- 내 괜찮으니 그냥 말해 보라 청하지 않소이까.
- 그래요 도승지대감. 공께서 괜찮으시다 하시니 좀 일러 주시지요.

자신에 고정된 시선들에 몸이 따가워지는 느낌마저 들 정도로 부담에 겨운 상황에 좀 전처럼 숙번의 말을 막기는커녕 오히려 더욱 눈을 찡그리고 바라보는 방원의 그 눈빛에 문화가 더 이상 버티지 못하고 눈을 질끈 감았다.

- 이런 정신머리 없는 놈. 네가 정안과 아비가 다르냐, 어미가 다르냐. 저 소새끼 같은 놈이 어쩌다 저런 지경에 이르렀는고···.
- 뭣···.
- 송구하옵니다 정안공대감···. 실은 더 심한 욕설들을 하셨다던데··· 제가 알아들을 수 있는 말이 이 정도밖에···.

온 인상이 찡그려질 정도로 눈을 감은 문화가 이어질 말이 어떤 것일지란 걱정에 온몸을 떨었고 잠시간의 정적을 깨는 소리에 천천히 한쪽 눈을 뜨기 시작했다.

- 허허헛···.

들려온 곳에 터져 나오는 헛웃음을 급히 손으로 가렸지만 눈가의 웃음은 감추지 못한 숙번의 얼굴이 눈에 들어왔고 주위의 사람들 또한 소리를 내지 않았을 뿐 크게 사정이 달라 보이지 않았다.

- 웃기느냐.
- 대··· 대감···.

방원이 고개를 급히 돌리며 숙번에게 정색을 보였고 주위 사람들의 고개가 차례로 숙여졌다.

　- 송구합니다…. 상왕전하의 그 표정이 문득 떠올라서…. 욕설을 하셨
　　다니…. 그… 북쪽 말을 하시는… 그 어조가 생생히 들리는 듯하여….

　- 프… 흠….

기죽은 듯하면서도 할 말을 기어코 읊조리는 그 소리에 자신도 그 모습
이 불현듯 스쳐 간 듯 방원이 잠시 웃음을 흘리듯 하다 금세 입을 닫고 숙
번에게 잠시 눈을 찌푸리고는 금세 풀어진 얼굴을 문화에게 향했다.

　- 도승지, 굳이 여기까지 찾아와서 말을 전해 주서서 고맙습니다.

　- 아 아닙니다…. 마땅히….

여전히 땀을 흘리며 손을 모은 문화를 보던 방원의 눈썹 끝에 옅은 경련
이 일었다.

　- 돌아가서서 주상전하께 아무 걱정 마시고 어심을 편히 가지시라 전
　　해 주십시오. 여기 일은 제가 알아서 곧 정리하겠습니다.

　- 네, 대감. 그리 전하겠습니다.

그제서야 문화가 눈을 크게 뜨고는 허리를 곧추세웠다가 급히 다시 숙
이며 방원에게 인사를 전하고는 올 때의 총총걸음으로 움직이기 시작했
다. 그 걸음이 전보다 확연히 빨라진 것은 아마 잠시간 무언의 눈빛들에
흠씬 두들겨 맞은 그 현장을 서둘러 피하고 싶었음일 것이다.

　- 자 다들 들으시오. 주상전하와 더불어 상왕전하께서도 방간의 헛된
　　거병을 꾸짖고 계시니 이는 곧 우리에게 그 힘을 실어 주시겠다는
　　말이 아니겠습니까. 요 며칠 온갖 악재로 민심이 흉흉하기 이를 데
　　없으니 내 속히 이 소요를 진정시켜 주상전하의 근심을 덜어 드리고
　　도성 내 백성들의 안전을 도모하려 하오. 허니 그대들은 일신을 아

끼지 말고 내 명을 따라 조선의 안녕에 온 힘을 다하여야 할 것이오.

- 네, 정안공대감.

무거운 기운으로 주위를 울리는 목소리에 여러 대신이 입을 맞추어 답을 하였고 대열을 갖춘 병사들이 그 허리를 더욱 꼿꼿이 세웠다.

- 숙번아.

- 네, 대감.

- 내 지금 형세를 살펴보니 일찍이 보아 온 석전(石戰)[38]과 비슷해 보이는구나 우리 대열이 너무 모여 있으면 저쪽에서 화살을 쏘았을 때 피신이 여의치 않을 것이니 적당히 거리를 두고 견제하다가 옆 골목과 상대의 뒤에서 복병이 들이닥친다면 저들의 전열이 금세 와해될 것 같은데 어찌 생각하느냐.

- 아… 석전이라….

석전이라는 말에 숙번이 고개를 숙이고 중얼거렸다.

- 공께서도 석전을 다 해 보셨나 봅니다. 저도 혈기가 뻗치던 시절에는 그저 앞에 나서 팔이 부러져라 돌팔매를 했었는데…. 하륜대감은 어떻습니까 소싯적에 좀 던져 보셨습니까.

- 아니…. 저야 뭐 어려서부터 글공부하느라…. 담 너머로 구경이나 했었지요….

젊었을 적 추억에 흥이 오른 듯 익살스런 표정으로 방원을 바라보고 이내 자신에게 말을 건네 오는 이무를 바라보며 하륜이 말끝을 흐렸고 이내 숙번의 고개가 급히 들렸다.

---

38) 석전(石戰): 패를 나누어 돌을 던지며 승부를 가리는 한반도 고유의 놀이문화.

- 공, 석전이라니 기가 막힙니다. 지금 형세가 완전히 그와 같습니다.

- 그래…. 석전이 본디 과격한 놀이이기는 하나 그 인명에 피해가 없게 하는 것 또한 중요시하는 것을 알고 있을 것이다. 내 말을 잘 알아듣겠느냐.

- 네 대감…. 그렇다면 여기 본대를 그대로 배치하여… 장궁의 사정거리 밖에서 활을 쏘아 저쪽에서 응수하게 한 다음 별도의 부대를 급히 돌려 그 뒤와 옆을 기습케 하면 저쪽의 군세가 금세 와해될 것입니다.

- 그래…. 그리 지휘를 해 보거라.

지휘를 명하는 방원의 한쪽 입꼬리가 올라감과 동시에 광대 한쪽이 치솟았다. 자신의 뜻을 그대로 이해하고 해야 할 일을 금세 찾아내는 숙번의 능력에 흐뭇한 감정을 느끼는 듯한 그 표정을 바라보며 하륜의 입꼬리 또한 비슷한 모양으로 움직였다.

- 공, 참으로 기가 막힌 전략입니다. 부디 오늘 많은 인명이 다치지 않길 바라옵니다.

- ….

방원이 말없이 고개를 들어 하늘을 보았다. 짙은 구름이 해 주위를 스쳐 천천히 움직이고 있었다.

- 숙번아, 저들 또한 조선의 백성이니…. 살상은 최대한 피하도록 하여야 한다…. 특히… 방간…. 그의 몸이 상하지 않게 살피고 또 살피거라.

- 대감…. 명심하겠습니다.

- 그래…. 시간이 많이 지체되었다. 서둘러 상황을 정리하고 주상전

하께 좋은 소식을 전하도록 하자구나.

- 네, 대감. 속히 따르겠습니다.

숙번이 힘찬 대답을 끝으로 고무된 표정의 사람들을 하나하나 살피며 작전을 지시하였고 곧 대열 전체가 일사불란하게 주어진 위치와 임무대로 움직여 가기 시작했다.

해가 겨울 하늘을 가로질러 서쪽으로 천천히 움직였고 시야를 가리던 누런 안개들이 옅게 흩어지며 다시 미풍이 불어오기 시작했다. 회색 먹구름에 해가 가렸다 나왔다 하며 감질나게 지상에 그 빛을 비추며 선지교를 사이에 둔 양진영의 병사들의 얼굴을 간지럽혔고 방간 진영의 맨 앞에 서서 하품을 참지 못하고 고개를 든 한 병졸의 눈에 햇빛을 튕겨 내며 하늘을 가로지르는 화살이 보였다.

"팽" 건조한 공기를 가로질러 귀를 찔러 오는 소리에 방간 진영의 병졸들이 순간 허우적거리며 놀란 손을 병장기에 급히 가져갔으며 투구를 채고쳐 쓰기도 전에 포물선을 그리며 화살비가 쏟아져 내려 "후두둑" 소리를 내며 전열의 앞에 떨어지기 시작하였다.

- 아악….

순간 발끝에 살이 박힌 병사 하나가 그 몸을 바닥에 대고 뒹굴기 시작하였고 금세 진영에 고성이 퍼져 갔다.

- 전열을 잡고 빨리 궁수들은 화살을 쏘거라. 물러나면 목을 벨 것이다.

장수 하나가 칼을 뽑아 앞으로 뻗으며 비장하게 소리치자 그제서야 궁수들이 손을 휘저으며 화통에 손을 가져갔고 이내 선지교 위로 수백 개의

살이 교차하며 햇빛을 가리는 진풍경이 펼쳐졌다. 오고 가는 화살 대부분이 돌바닥에 부딪히며 꺾여 나갔고 몇몇 앞서 있던 병졸들이 살에 맞아 바닥을 뒹굴었고 몇 마리의 말들이 등에 화살이 박힌 채로 정신없이 종횡으로 뛰었다.

　- 회안공 몸을 뒤로 피하십시오.

　- 되었다. 내 걱정은 하지 말거라. 지금 양측 사거리가 다 벗어나 있으니 우리가 앞서 나가 쏘아야 기세를 잡을 수 있지 않겠는가.

방간이 내내 손에 들고 씹어 대던 칡 뿌리를 바닥에 내던지며 신경질적으로 옆의 장수를 바라보았다.

　- 아니 그것이….

　- 아버님…. 오래 서 있었던 데다가 온도가 급격히 왔다 갔다 하다 보니 활이 잘 벌어지지가 않습니다. 이대로 대열을 앞으로 한다면 저희 쪽 피해가 급격할 것입니다…. 살피셔야 합니다.

　- 아니 그럼 어찌 한다 말인가….

맹종이 혼란한 와중에도 정신을 놓지 않으려 고개를 급히 흔들며 상황을 살폈지만 마땅한 대책이 떠오르지 않는 듯 입을 굳게 닫고는 잠시 어금니를 부딪혀 갈았다.

　- 일단… 형세가 좋지 않은 듯합니다…. 오전에 일찍이 급습을 하였어야 했는데….

　- 하…. 저리 대비를 잘 했을거라… 생각이나 하였겠는가…. 아버님과 형님조차 내 편이 되어 주시지 않으니…

　- ….

비명소리와 시위 당기는 소리에 가득한 광경을 바라보는 방간과 주위

장수들의 눈빛에 알 수 없는 허무함이 깊게 서렸다.

　- 공⋯. 일단 군사를 조금 물리시고 잠시 전열을 잡으셔야 하지 않겠
　　습니까⋯.

　- 아버님 맞습니다. 저쪽에서 굳이 사거리 밖에서 살을 날리는 것을
　　보니⋯. 분명 아버님의 안위를 걱정하고 있음이 아니겠습니까 일단
　　잠시 후퇴하여 상황을 살피고 대응하심이⋯.

　- 아니⋯. 지금 전열을 뒤로 물리면 우리에게 무슨 희망이 있다는 말인
　　가⋯. 어찌 나의 거병에는 이리 호응하는 이들이 없다는 말인가⋯.
　　어찌⋯.

개전이 되고 힘 한번 써 볼 겨를 없이 전황이 뻔하게 돌아가는 것에 많
은 장수와 병졸들이 급격히 그 기세를 잃어 갔고 망연자실하게 허공을 바
라보던 방간의 귀에 익숙한 뿔피리 소리가 들려왔다. "빠아아" 서역에 사
는 커다란 짐승의 이빨을 깎아 만들었다고 그 소리가 일찍이 들어 본 적
없다며 신나서 불어 대며 자랑을 하던 그 뿔피리 소리가 귓가를 맴돌자
방간의 온몸이 말 위로 쓰러질 듯 휘청였다.

　- 저⋯ 저⋯ 청해백⋯.

장수 하나가 한참 떨어진 골목을 뛰쳐나오는 일단의 병사들을 보다가
손을 흔들며 아연실색하였고 그에 방간이 고개를 돌려 그쪽을 바라보았
다.

　- 지란 숙부마저⋯.

검은 빛깔의 마갑을 두른 말 위에 앉은 채로 투구 위에 꽂혀 흔들리는
수리의 깃을 보이며 지란의 부대가 힘차게 괴성을 질러 댔다.

　- 악 악 악.

일찍이 그 뿔피리 소리 하나만으로 온갖 왜적들이 벌벌 떨며 도망가게 만들었다던 그 가별초의 화신이라 할 수 있는 지란 부대의 등장만으로도 방간 진영의 장졸들이 금세 손을 떨며 병장기를 제대로 들고 있을 수조차 없었다.

- 공···. 피하셔야 합니다···.

- 아버님···.

애절하게 자신을 불러오는 소리에도 방간이 고개를 위아래로 흔들며 정신을 차리지 못하였다.

- 역적들을 추포하라.

지척에 다가온 지란 부대의 반대쪽으로 괴성과 함께 수십의 병사들이 칼을 뽑아 들고 땅을 울리며 뛰어왔다.

- 아버님, 정신 차리셔야 합니다.

맹종이 악을 쓰듯 아비의 팔을 잡고 흔들었고 그제서야 방간이 어렴풋이 고개를 바로 세워 맹종을 바라보았다.

- 맹종아···. 아비가 이리 못나서···.

- 아버님 지금 그런 말씀을 하실 때가 아닙니다. 속히 몸을 피하셔야 합니다. 적들이 이미 지척에 와 있습니다.

앳된 얼굴에 핏줄이 터질 듯 일어난 채로 악을 쓰는 어린 아들을 보던 방간이 그제서야 주위를 둘러보고는 몸을 급히 움직였다.

- 모두···. 모두··· 피하거라···. 다들··· 피해···.

말을 채 마치치 못하는 방간의 숙여진 고개 밑으로 눈물이 뚝뚝 떨어졌다.

- 이런···. 핫···.

맹종이 급히 채찍을 들어 방간의 말 엉덩이를 때리며 방향을 잡아 달리게 하였고 언제 낙마해도 이상하지 않을 자세로 방간이 고삐를 힘없이 흔들었다.

- 도… 도망가라….

대열의 뒤로 사라져 가는 수장의 모습을 본 장졸들이 삽시간에 병장기를 바닥에 처박고는 여러 방향으로 흩어져 달렸고 금세 그 진영이 산해되어 갔다.

- 모두 잡거라. 도검을 쓰지 말고 다 생포하라는 공의 명령이 계셨다.
  다들 살상을 하지 말라.

손을 번쩍 들고 주위를 쩌렁쩌렁 울리는 이화의 목소리에 군사들이 허리춤 포승줄에 손을 가져가며 흩어져 가는 적병들을 하나하나 옭아매기 시작했다. 말을 탄 이들은 이미 여러 방향으로 달려 사라졌고 도망치지 못하고 남은 병졸들은 살상을 금한다는 이화의 목소리에 그 어떤 반항 없이 순순히 손을 앞으로 내밀었다.

- 하…. 이제 이 갑주도 무거워서 입을 것이 못 되는구나….

상황을 지켜보던 지란이 칼 한 번 휘두르지 않았음에도 턱 끝을 밀고 오는 숨결에 기운이 없는 듯 나직이 중얼거리며 방간이 말을 달려 간 곳을 멍하니 바라보았고 그 어깨 위로 먼지만 한 눈송이들이 흩날리며 내려앉았다가 금세 녹아내렸다.

* * *

미풍이 점차 강해지며 크기가 더욱 불어난 눈송이들이 말을 달리는 방원의 얼굴을 따갑게 때렸다. 붉게 상기된 뺨 위로 본능적으로 깜박이던 눈에 멀리 병사들이 둥글게 서 있는 것이 보였고 그 지척에 다다라 고삐를 느슨하게 잡을 때 급히 자신에게 뛰어오는 소근의 모습이 보였다.

- 오셨습니까 공….

소근이 나직이 인사를 올리며 허리를 숙였고 방원이 급한 몸짓으로 그 등을 밟고 말 위에서 내렸다.

- 어찌 되었는가 형님은 무사한가.

- 네, 대감. 회안공께서는 무탈하십니다.

- 후…. 가자.

그의 무탈함을 듣는 방원의 입가에 안도의 한숨이 지나갔고 무엇인가에 쫓기듯 다급한 그 움직임에 소근이 빠른 걸음으로 앞장서 둥글게 서 있던 병사들에게 손짓을 보냈다. 곧 대열이 양옆으로 갈라졌고 숙번이 다가오는 방원을 발견하고는 급히 몸을 돌렸다.

- 대감 오셨습니까.

빠르던 방원의 발걸음이 일순간 느려지며 숙번의 말을 무시한 채 그 옆을 스쳤고 그 발이 멈춘 곳에 방간이 무릎이 꿇린 채로 양손이 등 뒤로 포박되어 자신을 올려다보고 있었다.

- 방원아….

애절함과 비장함이 동시에 깃든 얼굴로 자신을 올려 보던 그 얼굴이 이내 힘없이 바닥을 향했다.

- 누가… 이랬느냐….

- 어떤 것을 이르심인지…. 대가….

갑자기 고개를 숙인 채 어깨를 들썩이는 방원을 보던 숙번이 의아함을 담아 답을 하던 중 들려오는 소리에 그 말을 다 잇지 못하였다.

"홰액… 짝" 방원이 숙이고 있던 몸을 왼쪽으로 틀었고 일순간 다시 그 반대쪽으로 돌리며 오른손을 휘저었다. 그 손등에 숙번의 뺨이 맞아 큰 북이 찢어지기라도 하는 듯한 소리가 크게 울렸으며 숙번의 무릎이 휘청이며 몸이 돌아갔다.

– 대… 대감….

숙번이 순간 일어난 일에 정신을 차리지 못하고 돌려진 고개 그대로 바닥에 튀어 내린 자신의 핏자국에 눈을 고정한 채로 몸을 떨고 있었다.

– 당장 풀거라.

개경 전체를 울리는 듯한 괴성에 급히 병사들이 몸을 움직여 방간의 몸에 묶인 것들을 풀어헤치기 시작했고 그 모습을 지켜보는 방원의 어깨 위로 옅게 쌓인 눈들이 녹아 허연 연기를 뿜으며 흩어지고 있었다.

– 형님….

– 방원아….

형제간 주고받는 눈빛에 병사들이 하나같이 고개를 숙이고 몸을 뒤로 물렀고 숙번은 여전히 그 몸을 주체하지 못하고 떨고 있었다.

17. 마구

- 방원아 이자 나가자.

- 성님 잠시만 있어 보기요.

방원이 호기심 가득한 눈빛으로 방간의 말을 무시한 채 고개를 급히 좌우로 돌려 대고 있었다.

- 성님 이…. 핏자국 아니요 왜놈들 모가지에서 묻은 건가….

방원이 자기 키만큼 길쭉한 도끼 자루를 만지며 신난 목소리로 방간을 바라보았다.

- 야야 그 만지지 마라 더럽다 니 냄새 안 나니 내는 코가 아파가 더
  못 있겠다 어서 나가자.

방간의 말처럼 무기고 안은 온갖 피 냄새와 더불어 쇠에 녹 서린 냄새, 습한 공기에 전해진 이끼 냄새들이 온통 뒤섞여 그 공간을 가득 채우고 있었다.

- 엇 저건….

냄새는 아랑곳 않는 듯 여전히 신나서 고개를 돌려 대던 방원의 눈에 나무 창살 사이로 비친 햇빛에 일순간 그 몸채를 번쩍이는 칼 한 자루가 들어왔다.

  - 성님 저거이 저리 높은 데 있는 거 보이 이번에 왜놈들 대장 놈이 가지고 있었다던 크 칼 아님메.

  - 으…. 그러게 저 반짝반짝거리는 거 보이 맞는 거 같은데…. 왜놈들이 칼은 잘 만든다 카던데, 진짠갑다야.

방간이 코를 움켜쥐고는 고개를 들어 신기한 듯 그 칼을 바라보았다.

  - 성님….

  - 야야 니….

방원이 갑작스레 방간의 팔을 부여잡으며 음흉한 미소를 보이자 방간이 난처하다는 듯 급히 몸을 틀어 그 팔을 떼어 냈다.

  - 아… 성님….

  - 야 아이 된다. 아바이 아시면 큰일 치룬다야.

  - 아 성님 그냥 한 번만 만져 보기만 할꾸마 이 어두운데 저리 번쩍이니 신기하다 아이요.

방원이 뿌리쳐진 팔을 다시 들어 몸을 좌우로 꼬며 방간에게 비벼 댔다.

  - 아…. 야 그라면 잠시 만져 보기만 하고 바로 나가야 한디.

  - 야 알았수다. 히히히.

방원이 한껏 신난 듯 코를 비비고 웃어 대며 방간의 뒤로 움직였고 방간은 여전히 코를 움켜쥔 채로 허리를 숙이고는 자신의 목을 감싸 오는 동생의 허벅지 아래를 움켜쥐고는 몸을 일으켰다.

  - 야…. 이 무슨 얼음장 같….

손을 뻗어 날을 만지는 방원이 연신 감탄을 뱉었다.

　- 성님 이 날이 진짜 날카롭다. 이 쇠가 우리 쇠랑 다른가 보오. 참 신
　　기하다 감촉이….

　- 방원아 이제 다 봤으면 내려오기….

정신없이 칼날을 만지던 방원의 눈에 창틀을 파고 들어온 햇빛 한 줌이
칼등에 반사되어 비쳤고 본능적으로 그 햇빛이 들어온 곳으로 고개를 돌
리던 방원의 눈에 그 빛이 강렬히 쏘였다.

　- 어… 어….

급작스레 방원이 팔을 휘저으며 몸을 비틀거렸고 그 여파에 방간의 몸
이 흔들거리며 이내 뒤로 넘어갔다.

　- 아야야… 니 왜….

　- 아… 성님….

방간이 눈을 질끈거리며 방원에게 고개를 돌렸고 이내 바닥에 닿은 손
바닥으로 전해지는 축축함을 느꼈다.

　- 성님….

　- 방원아.

방원이 오른손 바닥을 보며 힘없이 방간을 보고 있었고 그 손날을 타고
내린 핏줄기들이 바닥을 흥건히 적시고 있었다. 다급한 방간의 외침이 무
기고 안을 가득 채우고는 사라져 갔다.

* * *

해가 서쪽 하늘 끝자락에 걸려 천천히 가라앉아 갈 때 저택의 모든 식솔

과 하인들이 마당에 모여 두 손을 모으고는 대청 위에 서서 한껏 인상을 쓴 성계를 흘겨보며 그 눈치를 살피고 있었다.

- 의원… 말해 보오….

- 장군…. 송구하오나…. 일단 급한 처치는 다 하였습니다만…. 워낙
  상처가 깊어…. 그 차도를 장담하기는 힘들 듯합니다….

- 하….

마당 앞에 나란히 서 있는 방간과 방원의 옆으로 이마에 깊게 패인 주름살을 움찔거리는 의원이 모은 손을 떨며 성계를 올려다보았고 들려온 말에 성계가 눈을 감으며 몸을 부르르 떨었다.

- 아니 이 보오, 화령 최고 의원이란 사람이 그래 밖에 못 함메.

- 아… 아니…. 그게… 창상[39]은 의술의 깊이로 따지기 힘든 것입니다…. 속병이면 약을 어찌 쓰냐로 차이가 있겠지만은…. 이런 상처는…. 전쟁에 많이 나가셨으니 아실 것 아닙니까…. 이런 창상은 어의가 와서 본다 해도 마땅함이 없을 것입니다….

지란이 성계를 잠시 쳐다보고는 의원을 향해 호통을 치듯 괴성을 질렀고 말을 더듬으면서도 눈에 힘을 주고 할 말을 다하는 의원의 모습에 괜스레 머쓱한 듯 애꿎은 땅을 밟아 댔다.

- 선생 어떻겠습니까….

- 네, 장군. 의원 말을 들어 보니…. 당분간 오른손은 쓰지 못하겠지요… 허나 선비들 중에도 왼손으로 글을 쓰는 이들이 제법 있으니 너무 걱정은 하지 않으셔도 될 것입니다…. 방원이 아직 어리니 지

---

39) 창상: 창검 등에 베이거나 찔린 상처.

금부터라도 왼손으로 쓰는 버릇을 들이면….

위로의 말을 전하면서도 끝내 말을 마치지 못하는 선생을 바라보던 성계가 이마에 손을 가져가며 방원을 바라보았다. 방간과 나란히 서서 고개를 숙인 방원의 오른손이 부목과 천에 둘러싸여 가슴 앞에 고정되어 있었다.

－ 의원, 얼마나 저리 하고 있어야 하겠습니까.

－ 네네… 보아하니… 적어도 반 년은….

－ 하….

성계가 다시 눈을 감으며 이마를 쓸어 만지다 이내 눈을 크게 뜨고는 소리를 쳤다.

－ 방간아, 어찌 된 것이냐.

고을 수령이 죄인을 심문하는 듯한 광경에 식솔들을 포함해 마당에 나와 있는 모든 이들의 눈빛이 흔들렸다.

－ 아바이… 그게….

－ 내 잘못했소, 아바이. 성님은 잘못 없수다.

－ 니 조용히 안 하니 내 방간이한테 물었다. 그리고 니 개경 말 쓰라
  아이 했니.

고성을 지르며 어린 아들을 윽박지르는 그 본인의 말투가 개경 말이 아닌 것에 대해 그 누구도 입을 열 수 없는 상황이었고 이내 들었던 고개를 다시 숙인 방원의 눈가에 눈물이 맺혀 뚝뚝 떨어졌다.

－ 아이 성님…. 의원이 반 년만 있으면 괜찮다 하지 않소…. 어찌 어린
  아한테 그리 역정을 내시오….

－ 니 닥치고 있으라. 이 집안 일이니 아무도 말 거들지 말라. 알겠니.

성계가 콧김을 내뱉으며 주위를 휙 둘러보았고 그 누구도 그 눈길을 제대로 맞출 수 없었다.

- 야…. 그래도 적당히 하는 게… 날도 찬다….

지란이 한껏 주눅이 들어 고개를 돌리며 속삭이듯 말했고 성계는 그에 전혀 개의치 않는 듯 다시 방간을 노려보았다.

- 와 그랬니.

- 아바이… 잘못했수다…. 내레 무슨 할 말이 있겠수까….

- 대감, 바람이 찬데 그만하고 안으로 드시지요…. 방원이도 많이 다쳤으니….

- 부인은 조용히 합서 어찌 애새끼들 간수를 했길래 집안이 이런 지경이란 말이요.

- ….

성계의 매몰찬 타박에 치맛자락을 잡은 부인의 손에 힘이 들어가며 떨렸다.

- 아바이 내 벌 받겠소, 어마이한테 뭐라 하지 마시우다.

방간이 눈을 부라리며 그 아버지의 눈빛을 마주하자 성계가 몸을 앞으로 기울이며 입술을 떨었다.

- 이런….

- 아버님…. 동생들이 호기심에 벌인 일이니 너무 책망하지 마시지요…. 방원이 다치긴 했으나 손이 떨어진 것보다야 다행인 일이 아니겠습니까….

옆에 서서 입을 굳게 닫고 있던 방우가 애처로운 눈빛으로 성계를 바라보았다.

- 하… 방우야….

- 네, 아버님.

어느 정도 마음이 가라앉은 듯 차분하게 자신을 불러오는 그 목소리에 방우가 들뜬 목소리로 답하였다.

- 가서 마구(馬具)[40] 가져오라.

- 아 아버님….

- 대감.

- 성님.

성계의 입에서 나온 말에 동시다발적으로 그를 부르는 외침이 퍼졌다.

- 가져오라.

- 대감 어쩌시려구 그러십니까. 설마 아이에게 매질이라도 하실 것이
  에요.

- 부인은 조용히 하라 하지 않았슴메.

- 성님 저 어린아한테 어쩔라고….

- 지라이 니 닥치고 있으라 했지비.

급격히 자신을 만류하는 그 목소리들에도 성계는 미동도 하지 않은 채 연신 거친 말들을 뱉기 바빴다.

- 안 가져오고 뭐 하고 섰니.

전쟁터에서 적군에게 보내던 기합보다 더욱 매서운 그 소리에 방우가 흠칫거리며 고개를 돌려 바라본 곳에서 방간은 애써 표정을 다스리며 그 어린 몸을 앞으로 내밀었다.

---

40) 마구(馬具): 말을 타거나 부리는 데 쓰는 도구.

- 성님… 내 괜찮소…. 언능 가져오기요 내 벌 받겠수다.

 - 방간아….

 - 성님…. 흐흑….

비장한 얼굴로 뻣뻣하게 서 있는 방간의 옆에서 방원이 연신 눈물을 흘리며 고개를 들지 못하고 있었다.

 - 하… 아버님….

 - 가져온나….

떨리는 목소리로 다시 한번 자신을 바라보는 방우에게 눈길을 주지 않은 채 성계가 나직하게 굵은 목소리를 뱉어 내었고 잠시 몸을 멈추고 있던 방우의 발걸음이 기어이 떨어졌다.

* * *

서늘한 바람이 횡횡거리며 저택 마당을 쓸고 지나갔고 치맛자락을 굳게 잡은 부인의 손등에 검붉은 빛깔이 어렸다. 이윽고 방우가 갈색 채찍을 손에 부둥켜 쥐고 고개를 푹 숙인 채로 차마 떨어지지 않는 발걸음을 천천히 옮기고 있었다.

 - 날래 가져오라.

 - 아버님….

성계의 채근에 방우가 보폭을 넓혀 여전히 고개를 숙인 채로 다가와 손을 들어 그에게 향했고 이내 성계가 손을 휙 저어 채찍을 낚아채고는 여전히 눈에 힘을 주고 자신을 바라보는 방간을 마주 보았다.

 - 방간이 니 뭐 잘못했니.

- 내… 잘못했수다….

- 기니깐 뭘 잘못했는지 말해 보라.

- ….

그의 기세에 눌리지 않으려 어린 몸으로 버티고 서 있던 방간이 채 답을 하지 못하자 채찍을 든 손을 부르르 떨며 성계의 발이 떨어져 대청마루를 내려왔다.

- 방간이 니가 방원이보다 성 맞지비.

- 야….

- 근데 니가 성이 돼 가지고는 동생 몸 상하는 거 보고도 못 지켜 줬으 이 그게 니 잘못이가 아이가.

- 야… 잘못 맞소….

자신의 잘못을 일러 오는 그 말에 방간이 여태껏 빳빳이 들고 있던 고개 를 들지 못하고 힘없이 말을 흐렸다.

- 그래 그럼 니 잘못했으이 벌을 받아야겠니, 안 받아야겠니.

- 야 받겠수다 내 내입으로 벌받겠다 했다 아임메.

- 그래 그럼 웃도리 벗고 돌아서라.

- 장군.

- 아버님.

- 대감.

- 성님.

성계의 단호한 말이 끝나기 무섭게 다시 한번 여러 괴성이 터져 나왔다.

- …방간아.

한 치의 미동 없이 성계가 방간을 바라보며 나직이 그 이름을 불렀고 이

내 방간이 몸을 돌리며 옷고름을 풀기 시작했다.

- 서… 성님 아이되오…. 내 잘못했수다 아바이 내를 벌 주소. 내가 졸
  라서 이리 된 기요 아바이….

방원이 왼손으로 방간의 팔을 잡고 흔들었고 눈물 콧물로 뒤덮여 구겨
진 얼굴로 애원의 목소리를 냈지만 그 역시 성계의 의중에 어떤 영향도
주지 못하였다.

- 방우야.

들려온 목소리에 방우가 침통한 얼굴로 방원에게 다가가 겨드랑이를
잡아채서 몸을 당겼고 허리를 비틀어 대며 구르는 양 발에 채여 모래가
사방으로 튀었다.

- 성님 성님….

옷고름을 풀다 슬쩍 그 모습을 본 방간이 광대가 흔들릴 정도로 어금니
를 꽉 깨물고는 다시 손을 움직여 피어오르는 모래 위로 벗은 옷을 던졌
다.

- 아 안돼….

치마 자락을 잡고 있던 손을 입으로 가져가며 부인이 눈물을 흘리기 시
작했고 서쪽 산 자락에 걸렸던 해가 그 모습을 감추며 어둠이 천천히 내
려앉았다.

- 똑바로 서라.

방간이 입을 굳게 다물고는 다리를 바닥에 굳게 대고 채 자라지 못해 아
직 가녀린 그 등에 힘을 주었다. 순간 불어오는 바람에 몸이 떨림을 느끼
며 방간은 사람들이 혹 자신이 이 순간을 두려워해 떠는 것이라 오해할까
싶은 마음에 불편함을 느꼈지만 그 감정은 곧 들려오는 소리에 삽시간에

지워졌다. 성계가 채찍을 잡은 손을 잠시 바라보며 눈 끝을 파르르 떨다가 이내 그 손을 들어 허공에 내리쳤고 '쉐엑'거리는 소리와 함께 얇은 소가죽으로 여러 겹 꼬아서 만들어진 그것이 소년의 등을 훑고 지나가며 '차악'거리는 소리를 사방에 울렸다.

- 어억….

온 힘을 주어 의기양양하게 버티리라 마음먹은 것과 달리 방간의 몸이 급격히 앞으로 고꾸라지며 힘없이 스러졌고 그 등 위로 붉은 자국이 선명하게 사선으로 새겨졌다.

- 아아….

- 어머님….

그 모습을 보던 부인의 몸이 동시에 스르르 무너지며 그 자리에 털썩 주저앉으며 목을 가누지 못하였고 그 모습에 아들들이 비명 같은 소리를 지르며 그녀에게 달려갔다. 팔꿈치로 겨우 바닥에 몸을 지탱하고 있는 방간의 귀에 형들의 발길 소리가 스쳐 갔고 눈앞에 바닥을 흥건히 적시며 흘러내리는 침 자국들이 흐릿하게 보였다.

- 하아… 하아….

- 일어나라.

- 성님….

한껏 인상을 쓰고 자신을 바라보는 지란의 눈길을 피하며 성계가 채찍을 다시 잡아 쥐었고 후들거리는 팔꿈치를 딛고 방간이 천천히 떨리는 몸을 일으켰다. 이내 다시 한번 채찍 휘두르는 소리와 그것이 피부에 닿는 소리가 들렸지만 방간은 다시 쓰러지지 않았다. 정확히는 몸은 잠시 휘청이며 서 있었지만 그 정신은 이미 아득히 멀어져 있는 것이었다. 주위의 소리와 눈앞의 광경들이 천천히 멀어져 가는 기분과 동시에 그 어떤 통증도 느껴지지 않았고 그저 자신이 곧 죽을 수도 있겠다는 생각이 듦과 동시에 이어져 들리는 세 번째 소리가 지나가고 심신을 통제할 수 없어 몸이 무너져 내릴 때 돌아간 얼굴이 향한 곳에 자신을 바라보고 오열하는 방원의 얼굴이 스쳐 가며 천천히 눈이 감겼다.

  - 님… 성님….
  귓가를 울리는 소리와 볼과 턱 주변에 느껴진 축축함에 방간의 눈이 천천히 떠졌다.
  - 방원이…. 스읍….
  정신이 천천히 돌아옴과 동시에 그 애절한 목소리의 주인이 누구인지 알게 되었을 때 느껴진 감촉에 방간이 본능적으로 침을 끌어 모아 삼켰다.
  - 성, 정신이 드오.
  - 아… 방원아….
  이내 엎드려져 있는 몸과 고개를 들어 보려 힘을 주었지만 그게 허튼 일이라는 것을 금세 깨달은 방간이 부르르 떨리는 몸의 힘을 풀고 눈을 굴려 방원을 찾았다.
  - 야 몸이 안 움직인다야….
  - 성님…. 미안하오…. 미안… 흐…흑….
  방원이 금세 얼굴을 들이밀어 방간의 눈동자를 살피고는 다시 터져 나오는 눈물을 참지 못하고 손바닥으로 눈 주위를 비벼 댔다.
  - 야야… 괜찮다야…. 울지마라 야…. 아…. 방원아 등이 너무 아프다
    야….

- 허… 윽…. 어 성 아프다고 잠시만….

방원이 눈물을 닦던 손을 아래로 내려 무엇인가 조몰락거리다 이내 손을 들어 이불을 걷어 내리고는 방간의 등으로 가져다 대었다.

- 아…. 야 니 뭐하니 아야 야야 차갑다 따갑….
- 성님 가만 있어 보기요….
- 아 아야야 야… 고만….
- 됐수다.
- 야 니 뭐 한 거니.
- 이거이 아까 의원 영감이 낸테 주고 갔수다. 매일 두세 번씩 발라 주면 상처가 빨리 낫는다고 내 보고 꼭 직접 발라 주라 그리 말했소…. 그래야 날래 낫는다고….

방원이 방간의 등에 새겨진 자국들을 정성스레 만지고는 이내 말을 하다 다시 맺혀 오는 눈물에 손을 눈에 가져갔다.

- 성님… 내 미안하오…. 내가 떼써서 이리 된 거 아님메….

여전히 움직여지지 않는 몸에 다시 힘을 주어 보고는 방간이 슬며시 웃음을 지었다.

- 방원아 내 참으로 괜찮다야…. 하나도 안 아프고 멀쩡하디…. 그니까 니 걱정하지 마라.
- 그게 참이요….
- 그래 그래 내 하나도 안 아프다 진짜 하루 자고 일나면 싹 다 나을거니께는…. 니 인자 울지도 말고 걱정도 그만 해라.
- 성….
- 아니…. 내가 아이라 니 걱정을 해야 하는데 니… 손이 그래 가지고

글공부 어이 하니 이제….

점점 또렷해지는 방간의 목소리에 방원의 얼굴에 금세 천진난만한 미소가 새겨졌다.

- 성님 내는 괜찮다. 선생께서 글은 왼손으로 써도 되니까 암 걱정하지 말라 했지비.

- 진짜가 니 오른손으로 써도 배암이가 몸에 먹물 달고 종이 위에 지나간 거 같던데…. 왼손으로 써가 글이 되간….

- 아… 성님….

- 핫하….

아픔을 감추고 어떻게든 웃는 모습을 보이려는 소년의 열연 덕일까 방원의 눈가에 맺혔던 눈물이 어느새 말라 있었다.

- 성님… 근데 왜 그랬수까…. 내가 졸라서 그런 건데…. 내 땜에 성님이 너무 많이 다쳤다….

- 야야 니 또 울라고 그라나 내 괜찮다 안 하니…. 이제 그만 해라야….

- 아니 아니 내 이제 안 울기요…. 그게 아니라 성님이 왜 글케 했는지 그거 묻는 기요…. 내도 언젠가 갚아야 하지 않겠수까….

- 야야 일 없다야 뭘 갚고 말고 하니….

- 그래도….

- 방원아 잘 들으라…. 아까 아바이 말씀 니도 들었제…. 내레 니 성아이가 그니깐 그런기다…. 성이 동생 대신 혼나는데 므시기 이유가 필요하겠니….

- …그라믄 나도 방연이보다 성이니까 성님처럼 해야겠네.

- 야 그걸 말이라 하니 봐 바라 야 내가 니 성이니까 혼나는 것도 내가 혼나는 기고…. 나중에 크면은 내가 니 성이니까 니가 장군할 때 내가 대장군 안 하겠니 원래 성 동생이 그런 거다.
- 음…. 그람 성이 대장군, 내가 장군 하면 방연이는 뭐 하는 기가.
- …뭐 해라 하지…. 그래 방연이는 소장군 해라 캐라야.
- 정신이 있음메 세상천지에 소장군이 어딨수까.
- 아이… 소장군 없다고…. 야야…. 근데 아바이는 어디 계시노.

스스로 생각해도 어이없는 농에 머쓱한 듯 방간이 급히 말을 돌렸다.

- 아바이 지란이 숙부집에 가신다던데….
- 그래…. 근데 방원아 이게 무슨 소리가.
- 무슨 소리.
- 야 니 안 들리니 무슨 이리 우는 소리 같은 거 안 들리니….

방간의 말에 귀를 열고는 잠시 입을 닫은 방원의 귀에 희미하게 "우우…." 하는 소리가 들렸다.

- 어어…. 참이네 성에 이리 들어왔는갑다 내 방우 성한테 가서 잡아 달라 말하고 올까.
- 그래 그래 방원아 내 잠이 너무 온다야. 방우 성한테 이리 꼭 잡아서 가죽 벗겨 달라 해라.
- 가죽 어따 쓰게.
- 가죽…. 우리 방원이 겨울 신 하나 만들어 주게….
- 참이가, 성 약속 했지비. 내 방우 성한테 빨리 잡아 달라 말 할구마….
- ….

귓가를 간지럽히는 이리 소리와 바닥을 타고 올라오는 뜨끈한 열기에 방간의 의식이 다시 한번 천천히 잠겨 갔고 그날 밤 달이 한참을 기울도록 새끼 잃은 이리의 애달픈 울음 소리와 닮은 그 소리가 화령 곳곳을 잔잔히 울렸다.

* * *

　여전히 무릎을 꿇은 방간의 앞에 서서 방원이 슬며시 오른손을 들어 손바닥을 잠시 쳐다보다 곧 손을 내리고 방간을 바라보았다.

　- 형님…. 대체 어쩌자고 이런 참혹한 일을 벌이신 겁니까….

　- 방원아….

　방간이 자신을 바라보는 그 눈길을 마주하지 못하고 고개를 숙이고는 어깨를 떨 뿐이었다.

　- 제가 어찌 형님을 해한다는 말입니까…. 그것이 정녕 말이 된다 생각하십니까…. 무슨 말이라도 좋으니 좀 해 보십시오.

　- …흐…흑….

　어깨를 떨던 방간이 기어이 굵은 눈물을 바닥에 뿌리며 쓰러지는 몸을 지탱하려 손바닥을 바닥에 짚었다.

　- 왜… 왜…. 혹 형님께서 정녕 옥좌를 원하시는 것입니까. 그렇다면 말씀을 하시지요. 제가 형님이 달라고 하는 것을 주지 못할 사람입니까.

　- …이미… 너의 것이 되지 않았느냐…. 주위 모든 이들이 하나같이 그렇게 말하고 다니는 것을…. 내가 어찌 네 것을 탐하겠느냐…

- 그러니까 왜 탐하지도 않으시면서 이런 의미 없는 짓을 벌이냐 그
  말입니다.
- …나를 죽일 것이냐….

방원의 채근에도 방간은 갈피를 잡지 못하고 있었고 이내 방원의 노기
가 다시 한번 그를 향했다.

- 제가 형님을 왜 아니…. 어찌 죽인다 말입니까 그게 세상천지에 가
  당키나 한 말입니까.
- ….
- 형님 고개를 좀 들어 보십시오 어찌 이리 난망한 상황을 만드시는
  겁니까.

방원의 절규에 방간이 마지못해 천천히 고개를 들어 그 눈빛을 채 마주
보지 못하고 허공에 시선을 둔 채로 한 마디 한 마디 힘겹게 입술을 움직
였다.

- 내… 너의 형이지 않느냐…. 그러니….
- 허… 형님께서 저의 형이니 저보다 더 높은 곳에 있어야 한다 뭐 그
  런 얘기를 하시는 겁니까.
- ….
- 형님, 우리가 무슨 열 살 먹은 촌뜨기 아이들입니까. 지금 형님과 제
  가 화령 말을 하고 있습니까 개경 말을 하고 있습니까. 세상이 이리
  변하였는데 어찌 그런 철없는 생각에 갇혀 있다는 말입니까. 형님이
  진정 저보다 높은 곳에 있고 싶으시면 그만한 공을 세우면 될 일 아
  닙니까. 제가 정몽주를 쳐 죽여 아버님께 골이 터져 나갈 때 형님은
  무엇을 하였으며, 아버님께서 회군의 결정을 하셨을때 그 계모 년과

배다른 동생 놈들을 누가 구했습니까. 또한 제가 무인년 삼봉을 처단하는 거사를 오랜 세월 인내하며 계획할 때 형님은 술 마시고 사냥이나 다닌 것이 그 인생의 전부가 아닙니까. 도대체 이 나라를 위해 무슨 일을 하셨길래 그런 허황된 마음을 품을 수 있다는 말입니까. 무슨 말이라도 좀 해 보십시오.

허옇게 피어오르는 입김을 연신 내뿜는 방원의 이마에 굵은 핏대가 검붉게 튀어나왔다.

- 방원아….

그제서야 방원의 눈길을 겨우 마주한 방간의 흔들리는 눈빛 밑으로 돌바닥을 움켜쥔 손톱 끝이 벌어져 붉은 피가 새어 나왔다.

- 이….

- 미…안하…다…. 흐….

- 허….

바닥에 닿은 그의 손끝에 맺힌 피를 보던 방원이 이를 갈다가 눈물과 콧물, 침이 뒤범벅된 채로 사과를 전하는 방간의 처절한 모습에 금세 몸의 경직을 풀고는 살짝 휘청였다.

- 미안하다…. 미안해…. 방원아….

- 이런…. 형님… 형님… 형님….

방원이 점점 크게 그를 부르며 결국 몸을 숙여 그의 어깨를 붙잡고는 한껏 인상을 쓰고 흐느꼈다.

- 어찌 이러셨습니까…. 어찌….

- 미안해….

잠시간 몸이 닿은 채로 흐느끼던 둘의 몸 위로 손톱만 한 눈송이들이 천천히 내려앉았다.

- 나를… 어찌하겠느냐….

- 무엇을… 제가 형님을 어떻게, 어찌하고 말고 한다는 말입니까…

- 방원아….

잠시간의 흐느낌의 여운을 금세 떨쳐 버리듯 방원이 몸을 급작스레 일으키며 고성을 질렀다.

- 숙번.

- 네… 네…. 고 공….

고개를 사선으로 숙이고 멍한 얼굴로 바닥을 바라보던 숙번의 몸이 들려오는 소리에 급히 반응하여 방원에게 향했고 방원은 그를 돌아보지도 않고 여전히 어깨를 미세하게 떨고 있었다.

- 박포는… 어찌 되었는가.

- 네 그게…. 한참 전에 그 집에 병사를 보내 놓았으니 별일이 없다면 지금쯤 형조에 압송이 되었을 듯합니다.

- 내 살펴보니 오늘 일은 그 자의 말 몇 마디가 불러온 참화인 듯하다. 지금 당장 그에게 가서 모든 일을 자백 받으라. 어떤 수단 방법을 가리지 말고 오늘 자정이 되기 전에 모두 처리하여야 할 것이다.

- 아…. 수단 방법이라 하심은…. 공…. 송구하오나 박포 또한 공신의 반열에 있는 자인지라…. 어명 없이 고신을 할 수는….

- 숙번아….

슬며시 어깨를 돌리며 자신의 눈을 바라보는 방원의 눈빛에 숙번의 모골에 순간 오싹함이 서려 왔다.

- 네…. 공 따르겠습니다….

- 내 오늘 일을 직접 주상전하께 보고할 것이니 남은 병사들을 빨리 수습하여 이 상황을 정리토록 하라.
- 네 공…. 허면 회안공은 어찌….
- 회안공 이방간은 지금 시간부로 가택에 연금한다. 전하의 교지가 내려오기 전까지 그 안위에 어떠한 위태함도 허락하지 않으니 만반의 주의를 기울이거라.
- 네, 공. 따르겠습니다.
- 방원아….

방원의 간단하면서 너무나도 명료한 그 명에 숙번이 정신을 가다듬고 제장들에게 손짓을 보냈고 방간은 여전히 무릎 꿇은 채로 미동 없는 방원의 어깨를 바라보았다. 곧 개성의 소요가 차츰 정리되어 갔고 서쪽 하늘을 황색의 황혼이 덮어갈 때 개성의 누런 안개가 차츰 걷혀 가며 다시 겨울 바람과 눈송이들이 서늘하게 휘날렸다.

18. 혈명

    마지막 남은 탁주가 반쯤 담긴 그릇을 내려 보는 아들의 눈빛에 초점이 없었다. 박포의 죽음으로 막을 내린 그날의 골육상전은 이전 포은과 삼봉의 일들을 들었을 때와 전혀 다른 결의 소회를 그에게 남겼다. 그의 권위에 도전하고도 목숨을 유지한 몇 안 되는 이중의 대표 격인 데다가 심지어는 그 여생을 그리 험난하게 보내지도 않고 있는 그 회안대군 이방간…. 아버지의 말에 담긴 그에 대한 처결은 세상 그 누구보다 냉혹한 심장을 가진 그가 유독 혈육에게만큼은 그 무자비함을 다 드러내지 않음을 드러내고 있었다. 물론 반쪽짜리 혈육에게는 그 무자비함을 뛰어넘는 잔혹함을 보였던 그이긴 했지만…. 그런 생각 중에도 아들은 결국 그가 혈육이라는 단 하나의 이유만으로 그의 화를 다 피해 냈다고는 생각할 수 없었다. 십수 년간 계속되다 결국 자신의 재위에까지 이어진 수많은 대신들의 그에 대한 상소와 간언들을 그리 묵살하면서까지 그의 목숨을 보전해 온 그의 또 다른 진위는 무엇일까…. 혹은 자신이 너무 원론을 넘는 일들을 확대하여 생각하고 있는 것인가…. 결국 답은 그의 입을 통해 들을 수밖에 없었고 지금의 자신이라면 그 어떤 일이라도 아버지를 추궁할 수 있는 상태라는 것을 인지한 아들이 곧 입을 열었다.

- 아버님…. 그럼 결국 숙부님께서 아버님의 혈육이기에 지금껏 보신을 하고 있다는 말입니까…. 송구하오나 소자는 잘 이해가….
- 허허…. 너는 혹 네 동복 중 누군가 일을 벌인다면 가차 없이 죽이기라도 할 것처럼 말하는구나….

아비가 잠시 쓴웃음을 짓고는 헤어진 동정 언저리를 쓰다듬었고 아들이 눈 끝을 구기며 다급히 답하였다.

- 어찌 그런 일이 있겠습니까….
- 왜 너는 그리 못할 거라 하면서 왜 내가 그리 하지 못한 것을 책잡듯이 말하느냐 그럼.
- 그게 아니라…. 아무래도 그때와 지금의 상황은 같지 않으니….
- 그래…. 그래 맞다…. 나와 형님은 한여름 밤에 서리가 내려앉아도 이상하지 않은 곳에서 나고 자라 스물이 넘어서야 왕자가 되었으니…. 너희들이야 뭐…. 풋….

대수롭지 않게 말을 하다 기어이 콧소리 가득 담긴 비웃음을 보이는 아버지에게 아들은 그 어떤 대꾸도 할 수가 없었다. 사람의 인생이야 하나하나 다 그들만의 고난이 있겠지만 적어도 날 때부터 왕족이었던 자신이 그 격난의 세월을 온몸으로 받아 가며 헤쳐 온 그의 말에 토시 하나 달 수 없는 것은 당연한 것이었기에 머쓱함을 애써 숨기려 그를 따라 애꿏은 동정 언저리를 쓰다듬을 뿐이었다.

- 하핫…. 그래, 그래. 내가 괜히 말장난이나 하고 있구나. 네 뭐가 궁

금한지 내가 모르겠느냐.

- 아…. 아버님….

곤란한 표정을 다 감추지 못한 아들을 바라보며 아비가 심술궂게 웃음을 보이며 곧 그를 달래 주기라도 하려는 듯 부드러움을 보이며 동정에 얹힌 손을 내려 그 손바닥을 펼치고는 그것을 바라보았다.

- 뭐 그가 나의 혈육이니 목숨을 보전한 것은 기정 사실이지만….

손바닥 중간에 가로로 비스듬히 새겨져 곡선이나 잡스러운 모양으로 펼쳐진 손금들을 가로지르는 그 하얗고 이질적인 선을 바라보던 아비가 천천히 손가락을 말아 쥐며 손을 내려 무릎 위로 올렸다.

- 애야…. 너 신하들이 허구한 날 회안을 벌주라 어쩌라 하는 소리들 지겹지 않느냐.

- 아버님…. 그야… 소자는 채 한 계절을 넘기지 못하고도 이리 머리가 아픈데 어떻게 그 긴 세월을 참아 내셨는지가…. 대단하십니다.

자신의 가려운 한 곳을 긁어 오는 그 음성에 반가워 아들의 입꼬리가 올라갔다.

- 그래…. 참으로 지리하고도 지리하도다…. 쯔….

- 그것들을 참아 낼 좋은 방도가 있다면 좀 일러 주시지요….

- 뭣 하러 참느냐. 그냥 그들 뜻대로 해 주면 제일 편한 일 아니더냐.

- 아버님.

아비의 의중을 파악하기 힘든 말에 아들이 다급한 고성으로 답하였다.

- 어어…. 이제 애비한테 그냥 막 고함을 지르는구나….

- 아니… 것이 아니라…. 되지 않을 일을 그리 아무렇지 않게 말을 하시니….

아비가 그릇을 들어 가슴 앞에 올리고는 깊게 들이마신 숨을 천천히 내쉬었다.

- 그들에게… 그냥 주거라….

- 주라 하심은….

- 그들의 일과가 무엇이냐 그저 하루 종일 자나깨나 임금을 어떻게 귀찮게 엮을까 하는 생각뿐이지 않으냐….

- 무슨 뜻인지 소자는 잘….

- 뜻이 무엇이겠느냐…. 그냥 되지 않을 거리라도 하나 던져 주고는 그네들이 스스로 내가 충신이다 하고는 언제건 임금을 물어 뜯을 수 있는 노리개 하나 주라는 뜻이지…

- 아아… 앗….

그제서야 아들의 머릿속을 한 줄기 섬광이 관통하며 밝게 비추었다. 끊임없이 무엇 하나를 붙들고는 자신의 충심을 피력하려는 그들의 모습…. 재위에 오르고 어렴풋이 느껴 가고 있는 그들의 모습과 그에 대한 자신의 생각들이 틀리지 않았음이 지금 선대왕이었던 그의 입을 통해 증명되고 있었다.

- 아버님…. 소자 이제 이해하였습니다….

- 그래 그래…. 내가 형님보다 혹 먼저 죽더라도 훗날 네가 내 형님을 어찌하는 일이 과연 있겠느냐….

- 그런 망극한 일이 어찌 있겠습니까….

- 그렇지… 그렇지만 저들은 사시사철 틈만 나면 그 일들을 들고 와서는 널 닦달할 것이다… 그럼 너는 어찌해야 하겠느냐.

- 그야….

아들이 잠시 미간을 찌푸리고는 이마를 쓰다듬다 이내 고개를 들었다.

- 적당히 들어주는 척하고는… 유야무야하는 것이….

아비의 손이 무릎 위로 '탁' 하는 소리와 함께 경쾌하게 내려앉았다.

- 그것이다. 바로 그것이야…. 저들은 나의 약점 하나를 잡고는 언제
건 그것을 흔들 수 있는 충직한 신하입네 하는 모습을 주위에 보이
는 것이고… 나는 그것을 애써 다 들어주지는 못하지만 그 뜻만큼은
인정하니 그래 네놈이 진정 충신은 충신이다. 이렇게 에둘러 치하해
주는 것…. 알겠느냐.

- 아… 참으로…. 헌데 아버님 참으로 지당한 말씀이긴 하나…. 너무
의미 없는 것에 힘을 소진하는 것이 아닐까 그것이 염려되옵니다
만….

- 쯔쯔…. 나랏일이 그리 순탄하기만 해서야…. 군왕이 종사를 대함
은 무릇…. 하이고 되었다. 술 다 마시고는 뭔 시답잖은 얘기를 하겠
느냐….

- 아…. 그냥 저도 또한 저들만큼 인내하는 법을 알아야 한다는 말로
이해하겠습니다….

- 그래, 그렇지. 이제 말귀가 좀 통하는구나. 저들도 사람인데 숨 쉴
구멍은 만들어 주어야 하지 않겠느냐. 백 날 천 날 내가 군왕이다 이
러면서 내 뜻대로만 하려 하면 그 나라가 온전히 돌아가겠느냐….
그러니까 저들도 가끔 임금한테 쓴소리도 좀 하고 그래야 그 사는
맛이 있을 테니…. 뭐… 네 영특하니 잘 알아듣겠지….

- 네네…. 아버님 잘 알겠습니다.

아들은 그제서야 그의 뜻을 온전히 이해할 수 있었다. 회안대군의 생존

은 오롯이 그가 아버지의 혈육이라는 것에서 이어진 사실인 것은 분명했다. 다만 그는 그것을 또한 다른 용도로도 이용하고 있었던 것이다. 절대일어날 수 없는 일을 그들에게 먹이로 던져 주고 또 그들의 그 반응을 마지못해 묵살하면서도 그 균형을 유지하는 척하는…. 자신의 아픈 부분을 감추지 않고 드러내어 도구로 사용하는 것은 군왕의 자질이 발현된 본능적인 행동이었을까 혹은 철저하게 계산된 행동이었을까…. 또한 그것을 온전히 이해하고 있는 자신의 그것은 그의 혈육이라는 것에서 기인하는 것인가 아니면 자신의 심연에 내재되어 있던 무엇인가가 천천히 발현되고 있는 것인가…. 여러 생각에 어지러운 머리를 붙들던 그에게 또 다른 형태로 어느새 자신에게 덧씌워져 있던 감각이 발동되어 갑작스레 차가워져 가는 공기가 느껴지기 시작했다.

'달그락' 어느샌가 마지막 그릇을 비운 아비가 무심하게 그릇을 빈 독 안에 던져 넣으며 잠시 흔들리다 이내 동작을 멈추고 엎어진 그릇을 바라보고 있었다.

- 허나…. 나는 내 형님을 살려 둔 것을…. 어느 정도 후회하고 있긴 하다….

- 아버님….

급격히 서늘해진 방 안 공기와 그에 맞지 않게 엉덩이부터 허벅다리를 달구는 바닥의 온기 사이에서 아들이 갈피를 잡지 못하고 마지막 남은 탁주가 담긴 그릇을 내려 보았다.

- 도야…. 이제 정말 자리를 파할 때가 되었지 싶다….

들려온 말에 못내 아쉬운 손을 들어 마지막 그릇을 입에 가져다 댄 아들의 코 끝으로 한동안 느껴지지 않던 역한 냄새들이 들이닥쳐 왔지만 그 이유를 생각할 겨를 없이 아들은 마지막 탁주를 목으로 천천히 넘기고는 양손에 들린 그릇을 배 밑으로 천천히 가져갔다.

- 네 아버님…. 오늘 소자는 너무나도 많은 것들을 배운 듯합니다.

- 그 중에 제일은 탁주인 듯하구나….

- 하핫….

심상치 않은 기운으로 여전히 고개를 돌리지 않고 농을 건네는 그의 모습에 아들이 멋쩍게 웃으면서도 느껴지는 한기를 경계하듯 몸을 쭈뼛대고 있었다.

- 오늘 이 자리를 내 너에게 청한 것은….

- 네 아버님….

- 너와 내가 각각 하나씩 해야만 하는 일이 있기 때문이다.

- 네, 네…. 일이라 하심은 무슨….

서늘한 눈빛으로 몸을 돌려 자신을 향하는 아버지의 동작에 목젖을 건드리며 고여 있는 침을 급히 삼키며 아들이 눈을 크게 떴다.

- 들어주겠느냐.

- 아버님 무슨 일이 되었든 제가 할 수 있는 일이라면 성심을 다하겠습니다.

- 그래….

알 길 없는 그의 질의에도 아들은 '할 수 있는'이라는 단어를 언지하는 모습을 본능적으로 보였으며 포은이나 삼봉을 거론하던 때보다 훨씬 무거워져 있는 그 공기들을 느끼며 저 입에서 흘러나올 말들의 무게를 가늠조차 할 수 없는 채로 그릇을 잡은 손에 힘을 줄 뿐이었다.

- ….

금방이라도 어떤 말이 쏟아질 듯이 흔들리는 입술을 한 채로 아비가 한참을 망설였고 그 시간들이 억겁으로 느껴질 만큼 머리가 어릿거릴 때 그의 입에서 방안을 모두 꽁꽁 얼려 버리기라도 할 듯한 냉기의 한숨이 폭포처럼 쏟아져 나왔다.

- …양녕을… 죽이거라….

- 아… 아버님….

아비는 말을 끝마치며 눈가의 살들이 금방이라도 찢어질 듯이 양 눈을 질끈 감았고 아들은 자신의 귓가에 들린 그 말을 바로 받아들이지 못한 듯 멍한 눈으로 그를 바라볼 밖이었다.

- 그…게… 무… 아버…님…. 무슨 말씀을 하시는…. 지금….

흘러나온 말의 뜻을 제대로 인지한 아들의 눈에 비친 아비의 모습이 좌우로 일렁이며 물가에 비친 형상처럼 다가왔다. 가라앉았던 취기가 일순간 시위를 떠나 가슴에 박힌 화살처럼 명치 언저리를 때려 왔고 온몸이 높은 파도 위를 거닐 듯 상하좌우로 울렁거렸다. 심신을 다스릴 수 없는 지경에도 아들은 자신이 들은 것이 맞는지, 그게 사실이라면 그것을 어찌 대해야 할지 어떤 움직임이라도 보여 상황을 인지해야 한다는 그 한 줄기 생각으로 입술 끝에 정신을 집중했다.

- ….

- 아버님…. 무슨 말씀을 하신 건지 여쭈었습니다…. 취기가 오르셔서 잘못 말씀하신 것이지요.

- 양녕…. 네 형… 이제를… 죽이라 내 말하였다….

찡그린 눈을 간신히 뜨며 아비가 여전히 떨리는 그 몸을 통제하지 못하였고 입 밖으로 나오는 단어 한 음절, 음절이 처절하게 떨리면서도 또한 극히 선명하게 아들의 머릿속을 헤집었다.

　- 아버님…. 어찌 그런…. 그런 참혹… 말이 안 되는…. 왜 그러시는
　겁니까 지금 무슨 말씀을….

순간 코끝을 지나 인중을 적셔 오는 묽은 느낌에 급히 손바닥을 들어 입
위를 가리는 아들의 몸이 이어져 오는 헛구역질에 출렁거렸다.

　- 우욱….

　- ….

잠시 몸을 추스른 아들의 눈에 탁주 빛깔로 뒤덮인 손바닥이 들어왔고
의아함을 느낄 새도 없이 급히 고개를 들어 바라본 곳에 본 적 없는 눈빛
으로 여전히 몸을 떨고 있는 아버지의 모습이 보였다. 그 눈빛에 담긴 것
은 할아버지를 말할 때 담겼던 회한이 아니었고 포은을 말할 때 담겼던
애틋함이나 조소가 아니었으며 또한 삼봉을 말할 때 담겼던 애증은 더더
욱 아니었다.

　- [진심이다…. 진심….]

그 눈에 무엇이 담긴지는 알 길 없었으나 온몸 구석구석을 타고 전해져
오는 그 기운에 그것이 그의 진심이라는 것만큼은 자명했다.

　- [어찌… 어찌… 형님을….]

　- ….

여전히 침묵한 채로 뜻 모를 눈빛만을 힘겹게 보내는 그를 보는 아들의
머릿속에 통제할 수 없을 만큼 흔들거리는 심신을 잡고 어떤 말이나 행동
이라도 해야 한다는 생각이 스쳐 가자 이내 온몸의 핏줄들을 태울 듯이
뜨겁게 휘돌던 피들이 천천히 식어 갔다.

　- 어째서입니까…. 그런 말을 하시는 연유라도 알아야 소자는 무슨 답

이라도 드릴 수 있을 것 같습니다….

- 네… 그것을 몰라서 묻느냐.

- 네, 모르겠습니다. 설령 안다고 하여도 아버님의 입을 통해 직접 들어야만 하겠습니다.

아비의 몸과 목소리는 여전히 잔 진동으로 후들거렸고 아들의 목소리에는 결연함이 가득 묻어 있었다.

- 너를 위해서다…. 내… 형님을 살려 두고도 무탈하게 재위를 지킨 것은… 그것이 내 스스로 온갖 역경을 딛고 거기에 올랐기에 기반한다. 허나 너는 그렇지 못하다…. 네 힘이 아닌 그저 왕의 아들이란 이유 하나로 용상을 물려 받은 네가… 그런 후환을 감당할… 정도가 되지 못할 것이니….

- 소자 할 수 있다고 분명히 말씀드렸습니다.

- 닥치거라. 그깟 치기로 감당할 일이 아니니 내 이러는 것이다.

결연함을 넘어 아비를 다그치기라도 하듯 그 말을 끊는 아들의 목소리에 기어이 아비의 몸에 서려 있던 잔 진동들이 증폭되며 그 입술이 거칠게 움직였다.

- ….

기껏 토해 냈던 자신의 화기를 그대로 덮어 버리는 그의 기운에 아들이 잠시 숨을 멈추었다. 할 수 없다…. 자신의 아버지는 그에게 그리 말하고 있었다. 하지만 그것을 인정할 수 있는가…. 어찌해서 그는 자신을 온전히 믿지 못하는 것인가…. 나이가 어리고 경륜이 일천하기에 그런 것인가, 아니면 그 말 그대로 자신이 어떤 역경 없이 우연과 필연 사이에서 운 좋게 왕위를 물려 받았기 때문인가…. 허나 이런 이유를 따짐이 무슨 의미가 있을 것인가…. 원론은 무엇이며 이 일을 어찌 풀어내야 할 것인가… 순간 일의 원론을 생각하던 아들의 머리에 천차만별의 색을 가진 수천, 수만 개의 실들이 어지럽게 흩어져 부유하며 스치고 엮이고 흩어져 없어지기를 반복하다 천천히 점멸되어 하나하나 흐려져 갔고 종국에 서너 개의 실 가닥들이 남아 선명하게 뇌리에 각인되었다. 원론은 '양녕대군 이제'이다. 명확한 사실 하나가 그의 숨결을 다시 틔워 냈다. 복잡할 필요가 없었다 양녕에 대한 것을 온전히 파악한다면 이 모든 상황의 해결점이 열릴 것이다. 그 종국의 결이 어떤 것일 지는 알 길 없었지만 방법은 오직 그것뿐이었다. 양녕대군 이제 그는 아버지에게 어떤 의미인가…. 세 명의 아들이 조졸하는 것을 지켜본 그에게 양녕은 세상의 전부와도 같았을 것이다. 그가 장자이고 세자이기 때문을 떠나 분명 아버지와 어머니는 그이외의 형제들에게 보인 적 없는 눈빛을 그에게 보인 적이 수차례이다. 그것이 편애인지 아닌지를 어렴풋이나마 짐작하며 속 끓이던 어린 시절과 달리 자식을 낳은 지금 시점의 아들은 그 부모의 심정을 이해할 수 있었다. 그렇게 이전의 자식들과 달리 무탈하게 장성하는 그를 보며 그 아버지가 느꼈을 감정은 양녕이 후일 잦은 탈선으로 그의 심기를 무참히 찢어 놓는 과정에서도 사그라지지 않았다. 자신이 이복 형제들을 죽이고 또한 형님들을 제치고 왕위에 올랐기에 그 후대에 그것을 전할 때 그 어떤 흠집도 남기지 않고 전하고 싶었을 그 심정과 함께 양녕은 조선의 왕인 이방원에게 그 존재 자체가 절대적이었을 것이다…. 결국 그를 폐세자 하는 결단을 내리던 날, 온 신료들 앞에서 하염없이 흘렸던 그 눈물들이 그것을 증명하고 있었다. 그런 그가 그에게 절대적인 사람인 양녕을 죽이라 그의 동생이며 그의 자리를 이어받은 자신에게 말하고 있다…. 그렇다면 양녕은 자신에게 어떤 사람인가…. 그는 얼마만큼의 형제애를 그에게 느끼고 있는 것인가 과연 아버지의 명을 거칠게 거절하면서까지 그를 비호하여야 하는 것이 맞는가…. 그저 나이가 들수록 어찌 저리 사람이 모나질 수 있는가 하며 철없어 보이기만 했던 형이었고 때로는 그 능력과 상관없이 자신보다 먼저 세상에 나왔다는 이유 하나로 자신이 은연중에 그리 갈망했던 것을 손쉽게 가져갔던 그에게 시기 질투를 가지기도 했었지만…. 정작 그는 그가 자연스럽게 가졌던 그것을 특별히 여기지도 않았다. 심지어 자신의 생에 가장 큰 아픔을 남겼던 성녕대군의 죽음에 그는 궁중에서 활이나 쏘며 그 시간을 보냈다. 그날 충녕대군이었던 아들은 세자이던 그에 대한 형제애를 모두 버린 것과 다름없이 시간을 보내 왔다. 원론은 희미하게나마 그 모습을 드러냈다. 아버지는 분명 폐세자가 된 양녕에 대한 안타까움과 더불어 그의 성품과 행실을 떠나 부자간의 사랑만큼은 분명히 가지고 있으나 자신의 후임인 아들의 앞길을 위하여 그를 죽이려는 결심을 힘들게 하였다. 그리고 아들 자신은 자신이 죽여야 되는 대상인 그에게 그 어떤 특별한 애틋함이나 안타까움을 가지고 있지 않았다. 결론은 아버지의 말대로 그를 죽이는 것이 그 자신에게 실이 될 것은 없었다. 물론 특별한 정이 없는 형제일지라도 그 죽음이 사람으로서 자신에게 어떤 아픔도 주지 않을 일은 아니겠지만…. 냉정하게 자신이 이어 나갈 재위 기간 동안의 안정적인 면을 본다면 그 아픔은 충분히 묵과할 수 있는 일이었다. 그럼에도 왜 아들은 선뜻 아버지의 뜻을 쉽사리 받아들이지 못하고 이렇게 어떤 결단을 내리지 못하는 것인가…. 그 생각의 순환 속에 생각치 못한 실 하나가 엮여 들어옴으로 그 모든 실타래들이 복잡하게 얽힌 매듭들을 풀고 천천히 사라져 갔다. 그것은 바로 '삼봉 정도전'이었다. 포은과 달리 그 어떤 감정도 느낄 수 없었던 삼봉의 죽음….
포은의 죽음은 그가 그날 죽었든 살았든 지금의 자신이 왕위에 오르는 것
에 영향을 끼쳤다고 보기에는 너무나도 거리감이 있었다. 물론 그 사건을
통해 그의 아버지의 인생에 많은 변곡점이 있기야 했지만 지금의 자신의
모습에까지 관여했다고 말하기에 그 시점과 의의가 마땅치 않았다. 반면
삼봉의 죽음…. 그것은 너무나도 자신과 직접적으로 연결되어 있었다. 무
인년의 일을 기점으로 아버지는 훗날 조선의 3대 임금이 되었고 그 길 속
에서 여러 일들을 거쳐 지금 자신의 모습이 만들어진 것이다. 그런 상황
에 자신이 삼봉의 죽음을 애도한다는 것은 어찌 보면 자신의 존재에 대한
부정일 수도 있었다. 물론 그것을 직접적으로 생각했기에 그의 죽음에 감
흥을 느끼지 못한 것은 아니었다. 그것은 자신의 심연에 자리 잡은 그 탐
욕의 한 줄기에 의해 자의적이지만 인지할 수 없게끔 이루어진 것이었다.
바로 '이기심'이라는 탐욕의 줄기…. 그가 아버지에게 수차례 언급했다던
'내가 아니면 할 수 없다는 생각' 그것이었다. 몇 달이 채 안 되는 시간 동
안 왕으로 지낸 자신은 이제 다시는 절대 그 자리를 자신이 아닌 누군가
가 그것을 차지한다는 것에 대해 생각할 수 없는 존재가 되어 있었다. 내
것이어야만 하는 왕의 자리…. 내가 아니면 그 누구도 할 수 없다는 그 생
각…. 그것들이 간접적으로 삼봉의 죽음에 대한 모든 감정들을 애써 외
면하게 하였고 지금 양녕대군의 죽음에 대한 결단에 영향을 미치고 있었
다. '내가 아니면 할 수 없다'는 곧 '나만 할 수 있다'와 상통해 있으며 '누군
가가 한 것은 마땅히 나도 할 수 있다'라는 생각으로 귀결되어 있었다. 그
의 전임이었던 아버지가 반란을 일으켰던 형제를 살려 놓고도 재위를 지
킴은 물론 신생국 조선의 혼란을 수습함과 동시에 차후 수백 년을 강성하

게 이어 나갈 기틀을 마련했다는 것은 곧 자신 또한 그것과 같은, 아니 그 보다 더한 일을 해낼 수 있다는 것을 의미했다. 심지어 양녕대군은 회안 대군처럼 그 어떤 반란의 조짐을 보이지도 않았다. 물론 앞으로 그것이 없을 거라 단정할 수 없겠지만 적어도 지금 상황은 아버지가 놓였던 그 상황보다는 비할 바 없이 안정적이다. 그렇다면 결국 자신 또한 그것을 할 수 있음은 물론 무조건 적으로 해내야만 했다. 그것이 자신이 가진 탐 욕 덩어리들을 정당화할 수 있는 일이었고 스스로 가진 자신감에 대한 증 명이기 때문이다. 결국 자신은 양녕대군을 살릴 것이고 그 아버지보다 더 위대한 업적들을 만들어 나갈 것이다. 그게 아들의 결론이었고 결론을 도 출한 아들의 머릿속을 곧 명경지수처럼 맑은 기운이 채워 나갔다.

- 아버님, 저는 절대 형님을 죽일 수 없습니다…. 아니 그럴 수 있다
  하여도 절대 그리 하지 않을 것입니다.
- 뭐, 뭐라….

별안간 당황한 모습은 온데간데없이 그 어느 때보다 차분하지만 강직 한 어조로 자신의 뜻을 거절하는 아들의 모습에 아비의 턱 끝이 움찔거리 며 몸이 앞으로 기울었다.

- 네 뭐라 하였느냐 내 말을 듣지 않겠다는 말이냐.
- 네, 듣지 않겠습니다…. 송구하오나 아버님…. 이 나라의 군왕은 바
  로 저입니다. 아버님께서 제게 어떤 청을 하실 수는 있겠지만 그것
  을 듣고 안 듣고는 순전히 저의 뜻입니다. 허니 저는 아버님의 청을
  거절하고 제 뜻을 펼치겠습니다. 자식 된 도리로 불효를 행함은 마
  땅히 사죄드리며 또한 그에 대한 벌은 무엇이든 달게 받겠습니다.
- 이… 이…. 네가 어찌 군왕이 되었느냐…. 또한 내 뜻을 거스르고 그

자리를 온전히 지킬 수 있다 생각하느냐.

- 네, 아버님께서 형님을 폐세자하고 저를 세자로 책봉해 주셨지요. 그래서 지금 제가 조선의 군왕이 되었습니다. 그렇다면 제가 묻겠습니다. 제가 아버님에게 왕위를 받았다 하여 그 말만을 그대로 따라 한다면 제가 조선의 군왕이 맞는 것입니까. 아버님께서 후대를 그리 생각하셨다면 저에게 이런 부탁을 가장한 명을 내리어 저를 허수아비로 만드실 수 없는 것입니다. 그 모습을 아버님 말대로 약아빠진 신하들이 지켜본다면 후에 저를 믿고 따르겠습니까. 그것이 정녕 아버님께서 원하는 후대의 모습입니까.

- 뭣, 뭐라…. 네가 어찌 이리 방자한 모습을….

- 제가 말하였지 않습니까. 저는 제 방법을 쓰겠습니다. 말해서 설득하고 들어서 수용할 것입니다. 허나… 결정은 오로지 군왕의 것입니다. 그러니 저에게 어떤 강요도 할 수 없으십니다. 저에게 선위를 하신 순간부터 이 나라 조선은 저의 것이고 또한 저의 뜻이 곧 조선의 뜻입니다.

- 허….

아들은 한 치 흐트러짐 없이 허리를 세우고 아비를 바라보았고 아비는 기울어진 몸을 지탱하느라 허벅지에 올린 손끝에 많은 힘이 들어가 살을 꽉 부여잡고 있었다. 평생 논리로 져 본 적이 손에 꼽을 그였고 또한 무패의 명장이던 그 아버지만큼이나 정치에서 패배를 모르던 그였지만 지금 자신을 거칠게 몰아붙이는 아들의 말에 쉽사리 대응할 수 없었다. 그도 그럴 것이 자신이 걱정하는 그 당사자가 직접 그 걱정을 거절하고 스스로 해내겠다 주장하고 있으니 그를 어찌 논리로 이길 재간이 있을 것인가….

- 양녕은… 아직 젊다…. 또한 이 나라 중신들 중에는… 여전히 적장 자만을 적통으로 생각하는 이들이 부지기수이다…. 네 어찌 그들을 다 감당하겠느냐.

- 아버님….. 의미 없는 질문입니다…. 저는 이미 뜻을 정하였습니다. 제가 어떤 뜻을 가진 지를 아버님께 말씀드리는 것은 마땅하나 그 방법을 제게 물어볼 권리가 아버님께 없으시고 제게 그것을 답할 의무 또한 없습니다. 방법은 소자가 소자의 방식대로 찾아서 행할 것이니 유념치 마시길 청합니다.

- 또 그 설득하고 말로 하겠다는 그딴 말밖에 할 수 없겠지…. 그것이 통하겠느냐…. 군주란 말을 할 때와 칼을 들어야 할 때를 가려야….

- 아니요, 저는 칼을 들지 않을 것입니다. 저는 어떻게든 제 방식으로 할 수 있다는 것을 보여 드릴 것입니다. 아버님께서 칼을 든다 말하시는 것은 어불성설입니다. 만약 후대가 그리 걱정되셨다면 제게 보위를 전하기 전에 아버님께서 군왕일 때 그리 하셨어야 하는 것입니다. 왜 이제 와서 제게 그런 방법을 강요하시는 것입니까. 그 수많은 사람들을 무참히 대하셨던 분이 결국 자식만큼은 그 손으로 어찌할 수 없으시니 그런 것 아닙니까. 그러시면서 저에게는 형제를 죽이라 명하시니 이게 가당키나 한 일이라 생각하십니까.

- 네, 네 이놈….

다시 시작된 눈싸움에서 아비의 눈동자는 거칠게 찍어 누른 바둑돌이 여진을 남기듯 떨렸고 아들은 시종 결연한 자세로 그것을 받아낼 뿐이었다. 상 위로 튀어 내린 침들이 천천히 스며들어가 자취를 감추어 갈 때 아비의 기울어진 몸이 천천히 뒤로 젖혀졌다.

- 네… 정녕 할 수 있겠느냐….

체념 섞인 채로 천천히 흘러나오는 말에 아들의 머릿속에 평생 느낀 적 없는 어떤 쾌감이 번져 갔다. 무사가 죽음을 넘나드는 격전을 벌이고 살아남았을 때 그 검술이 진일보하는 것과 같은 부류의 감정이었다. 길지 않은 평생 범인들이 느낄 만한 '아버지'라는 단어와 전혀 다른 결로 느끼며 겪어 왔던 그에 대한 감정과, 불과 방에 들어올 때만 해도 그의 말 한 마디, 한 마디에 민감하게 반응하던 그 순간들이 탁주 한 독을 다 비워 낸 그 시간 동안 많은 것이 바뀌어 있었다. 그리고 지금 자신은 그 절대 넘을 수 없을 것 같던 그 존재를 뛰어 넘고 있었다.

- 아버님…. 소자… 아버님께서 전해 주신 이 자리를… 신명을 다해 지켜 낼 것입니다…. 허니 그에 대해 어떤 걱정도 하지 않으시길… 간청 드리옵니다….

- 네가….

아비가 천천히 양손을 들어 얼굴을 덮고 천천히 얼굴을 쓸어내렸다. 손가락 끝이 입술 즘에 닿았을 때 그 동작이 멈추고 곧 그의 양 어깨가 들썩였다.

- 고…맙…다….

이내 그의 감겨진 눈 사이로 투명한 액체들이 비집고 나오기 시작했고 이내 그것들은 눈 밑으로 흘러 손과 소매를 지나 처연하게 밑으로 떨어져 내렸다.

- 아…버님….

그 광경을 보는 아들의 눈가에도 금세 물기가 맺혀 흘러내렸지만 그것은 아비의 것에 비할 바가 아니었다. 그토록 사랑하는 아들을 죽여야 하는 결단을 내렸을 순간과 그 결단을 기어코 막아서서 자신은 그를 살리고 모든 것을 짊어지겠다 말하는 또 다른 아들을 보는 그 심정이 어떤 것일지⋯. 감히 아들은 끊임없이 이어져 떨어지는 아버지의 눈물을 살피며 그가 삼킨 탁주들이 그대로 다 눈으로 나오는구나라는 생각을 하며 금세 정돈되어 가는 마음과 눈가의 물기를 슬며시 닦아 냈다. 한참을 몸에 모든 물기를 토해 내듯 흘리던 아비의 눈물이 차츰 말라 가고 그 눈꺼풀이 천천히 열렸다. 어떤 떨림 한 점 없이 검은빛이 한층 옅어진 그 눈동자를 슬며시 빛내며 아비의 촉촉하게 젖어 잠긴 음성이 들려왔다.

　- 도야⋯ 내가 미안하구나⋯.
　- 아버님⋯. 제가 평생 아버님께 들어본 적 없는 두 단어를 지금 연속
　　으로 들으니 정신이 혼미하옵니다⋯. 어찌 자식에게 고맙다, 미안하
　　다 이런 말씀을 하십니까⋯. 소자 참으로 민망하오니⋯ 거두어 주십
　　시오.
　- 핫⋯ 그래⋯. 내가 아비 된 도리를 다한 것이 없다 보니⋯.
　- 아버님⋯.
　- 내 진즉 네게 깃든 왕의 자질을 알았음에도⋯ 쓸데없는 아집으로 그
　　자리를 제때 전하지 못한 것이 너무나도 속상하구나⋯.
　- 아버님⋯ 어찌 그런 말씀을⋯.
　- 허나 이제라도 너의 진면목을 보게 되었으니 내 생에 이보다 기쁜
　　일이 더 있을 것인가⋯. [허나⋯.]

　아비가 잠시 끝말을 채 입에 담지 못하였지만 아들은 그것을 전혀 눈치채지 못한 듯 그저 생기 어린 눈으로 밝은 표정을 지었다.

　- 아버님 이제 그런 말씀은 그만하시지요. 앞으로는 그간의 마음의 짐

을 다 덜어 놓으시고 편히 지내시며 부디 소자를 믿고 지켜봐 주시
길… 소자 아들로서 진심을 담아 청하옵니다.

- 그래…. 그리 해야지…. [허나….]

- ….

말끝이 시원하지 않은 듯한 느낌에 아들의 눈살이 슬쩍 찌푸려졌다. 눈
물을 한껏 보임으로써 오늘의 일이 다 정리되었을 것인데 어째서 또 다른
서늘한 기운이 느껴지는 것일까…. 비어 있는 독과 그 옆에 놓인 동경과
포은이 썼던 시가 적힌 종이 자락을 잠시 바라본 아들이 이내 고개를
돌려 뜻 모를 기운을 풍기는 그를 바라보았다.

- 아버님 무슨 더 하실 말씀이라도….

- 도야….

- 네, 아버님.

- 그래…. 네가 할 일은 네가 하지 않겠다 하니 그것으로 족하고….

- 그게 무슨….

반사적으로 말을 흐리는 아들의 뇌리에 다시 한번 검은색 날실 하나가
쏜살같이 스쳐 갔다.

[너와 내가 각각 하나씩 해야만 하는 일이 있기 때문이다.]

- [분명 각각 하나씩 해야만 할 일이라고 하셨으니…. 그럼 나의 일이
아닌 아버님의 일…. 그것이 무슨….]

당황스러움과 이유 없이 엄습해 오는 불안함에 휩싸여 떨려 오는 손끝
을 바라보던 아들이 고개를 들었을 때 다시 한번 건조한 음성을 내뱉는
짙은 칠흑의 눈동자를 빛내는 아버지의 얼굴이 천천히 눈동자에 다가왔
다.

- 사은사로 간 사돈이 곧 명나라에서 돌아올 때가 되었겠지….
- 네, 아버님. 장인어른께서 곧 조선 땅에 들어오실 거라는 기별이 있었….

들려오는 말에 반사적으로 답을 하던 아들이 이내 말을 마치지 못하고 몸을 휘청였다.

- 아…아…. 아…버…ㄴ….
- ….
- ㅅ… 설…ㅁ… ㅏ….

막 말을 트는 어린 아이처럼 혹은 그보다 더 못하게 말을 더듬는 아들을 바라보는 아비의 표정에 그 어떤 감정도 비치지 않았다. 그제서야 아들의 머릿속에 다시 한번 날실 몇 가닥이 이전과 달리 힘없이 엉켜 복잡하게 어지러졌다.

보위에 오르고 얼마 되지 않아 당시 병조참판이던 강상인이 군사에 대한 것을 자신에게만 보고하고 상왕인 아버님에게 아뢰지 않은 것이 문제되어 옥사에 가두어지고 그에 대한 고신을 윤허해 달라는 간언에 인준을 내려 준 적이 있었다. 그때 그의 관직을 파하고 지방에 안치한 것으로 일단락되었던 일들이 요 근래 다시 수면 위로 올라와 그가 다시 조사를 받게 되는 과정에 또 한 번 고신에 대한 윤허를 해 달라는 요청이 있었다. 처음에는 얼떨결에 또한 아버지가 연루된 일이었기에 고민 없이 윤허했던 일이었지만 지금은 그 마음이 달랐었다. 분명 그 사안들이 가볍지는 않았으나 연거푸 고신을 윤허할 정도의 사안인가라는 생각에 머뭇거리던 자신에게 직접적으로 관여한 것이 아버지였다. 그저 늘 그래 왔듯 공신에 대한 견제와 숙청일 거라 생각한 일이었다. 그랬던 일들이 지금 떠오름과 동시에 자신의 장인인 심온과 강상인의 관계…. 그리고 아버지가 말한 해야만 할 일…. 그것들의 연관성과 너무나도 쉽게 도출되는 결론… 과녁은 강상인이 아니었다….

- 아… 안 됩니다…. 아버님…. 어찌 이러시는 겁니까….

실 가닥들이 나타낸 과녁을 인지한 아들이 이내 심신을 붙잡고 다시 한 번 그에 맞서기 위한 몸부림을 시작하였다.

- 무엇이 안 된다 하느냐.

- 제가… 어찌 입에 올릴 수 있겠습니까…. 아버님 제발 거두어 주십시오.

- ….

아들의 다급한 움직임에도 아비는 마치 절간의 석불상처럼 미동 없이 무거운 기운을 뿜으며 입을 굳게 다물었다. 다시 한번 예의 넘을 수 없는 벽으로 다가오는 그를 바라보는 아들의 머릿속에 부인의 얼굴과 음성이 비치는 듯했다.

- 아버님 어찌 답이 없으십니까 소자가 간청 드리지 않습니까.

- …해 보거라….

- 무슨….

- 설득한다… 하지 않았느냐 해 보거라.

무거움을 뚫고 나온 아비의 말에 아들의 정신이 다시 아득해져 갔다. 설득하라…. 그 말의 의미는 너무나도 자명했다. 애초에 양녕에 대한 것이 오늘 자리의 끝일 거라는 자신의 생각이 이처럼 한심할 수가 없었다. 결국 모든 목표는 자신의 장인인 심온이었다. 친 혈육에 대한 온정 외에는 티끌만큼도 찾아볼 수 없는 그였고 공신은 말할 것도 없이 이미 보였던 외척에 대한 지독했던 그의 행동들…. 어려서 기억이 안 나는 것일까 혹은 외면할 수밖에 없었던 것일까…. 외숙부들에 대한 기억과 그 후로 한껏 어두워졌던 어머님의 얼굴…. 어떻게 이것을 예상하지 못했던 것일까…. 아니 예상했다 하여 자신이 무엇을 할 수 있었겠는가…. 스스로 그 누구보다 총명하다 생각했던 자신이 세상 그 누구보다 초라해 보이고 같잖게 여겨졌다. 설득은 불가능한 것이었다. 모든 결과는 정해져 있었고 모든 일들이 그에 따라 진행될 것이다. 지금 자리에서 그가 혹 설득을 당하는 척해도 의미가 없을 것이다. 강상인의 입에서 심온의 이름이 나오는 순간 그의 뜻과는 관계없이 또 일이 진행될 것이었다. 아니 그것 자체가 그의 뜻일 것이다. 하루아침에 세상이 뒤집어지지 않고서야 그의 뜻이 변한다는 것은 있을 수 없었다. 애초에 그가 해야 할 일이라고 정해진 순간 그 일은 이미 진행된 것이다…. 설득하라는 그 말은…. 어쩌면 조금의 몸부림이라도 쳐서 마음의 짐이라도 덜길 바라는 아버지의 아들에 대한 배려 정도일 뿐일 것이다. 그럼에도 아들은 무엇이라도 해서 길을 찾아야 했다. 그렇지만 아무리 생각해도 그가 찾을 수 있는 길은 없었다…. 혹 그런 길이 있었더라도 그가 진즉에 치워 버렸을 것이었다…. 아들은 잠시간의 온기 속에 잊고 있었던 것이다. 그가 그런 사람이라는 것을….

- 아버님… 안 됩니다…. 제발 뜻을 거두어 주십시오 제발 간청 드립니다.

- 설득하라 하지 않았느냐. 그리 자신 있어 하더니 아비인 나하나 교화하지 못할 것이었더냐.

- 아버님 제발…. 제발 거두어 주십시오. 제발 청하옵니다….

결국 아들이 찾은 길은 너무나도 원시적인 것이었다. 사실 그 외에 다른 길이 없으니 그것만이 아들의 유일한 선택지였다.

- ….

- 아버님… 제발….

- 떼쓰는 것 외에 정녕 할 것이 없느냐…. 분명 네가 방법을 찾겠다 그
  리 자신하더니….

- 아버님….

눈물 맺힌 눈으로 살면서 지어 본 적 없는 애처로움을 담은 표정으로 아
들이 아비를 올려 보자 아비가 무거운 기운을 살짝 풀고는 손을 들어 볼
을 쓰다듬었다.

- 내가 방법을 하나 알려 주랴.

혹 일말의 희망이라도 있을 것인가란 생각으로 아들의 몸이 들려온 소
리에 움찔거렸다.

- 아버님 무슨 말씀이라도 다 따르겠습니다…. 제발 알려 주십시
  오….

- 나를 죽이거라.

- 네… 그게 무슨….

아들이 뜻 모를 말에 의아함을 가득 담아 그를 바라보았지만 곧 들려오
는 말에 찰나 가졌던 일말의 희망은 산산조각 나 무너져 내렸다.

- 네가 이 나라 임금이니 나를 죽이면 모든 일이 네 뜻대로 되지 않겠
  느냐. 역모로 엮던 암살을 하던 네 뜻대로 해 보거라. 그게 유일한
  길이다.

- ….

아비는 자식에게 자신이 평생 써 온 칼을 건네 그 칼로 자신을 죽여 그

뜻을 지키라 하고 아들은 자신의 뜻을 지킬 유일한 방법이 아비의 칼임을 알고서도 그 칼을 받아 그 뜻을 행하는 순간 자신이 지키고 싶은 사람을 지키면서 동시에 그 아버지를 죽여야 하며 마음속에 담아 두었던 신념과 자신만의 칼을 한번 뽑아 보지도 못하고 버려야 하는 것⋯. 그것은 아들이 머릿속에 실 가닥들을 정렬해 놓고 억겁의 시간 동안 풀려 해도 풀 수 없을 것이었다.

- 못 하겠느냐. 나를 죽여 그를 살리면 되는 간단한 것인데 그걸 왜 못 하는 것이냐.

- 아버님⋯. 어찌 이렇게까지 하시는 겁니까⋯. 왜⋯.

- 내가 그 물음에 답해야 할 의무가 있느냐⋯.

- 아버님⋯.

자신이 했던 말 그대로 찔러 오는 그 냉기에 아들이 몸을 숙여 얼굴을 무릎에 붙이고 그저 흐느끼는 것 외에는 할 수 있는 것이 없었다. 조롱 가득 담긴 듯한 그 어투는 아비가 평생 보여 왔던 그의 칼의 마지막 수였다. 그 칼을 피해 간 이는 조선 땅에 단 한 명도 존재하지 않았다. 자신 또한 그것을 피해 갈 수 없을 것이었다⋯. 엎드려 흐느끼는 어깨를 힘겹게 들어 아들이 아버지를 바라보았지만 흘러 넘치는 탁한 눈물 때문인지 그의 형상이 온통 흐릿하게 비쳤다. 어찌 눈물이 투명하게 비치지 않고 탁하게 보이는 것인가⋯. 그 자체가 지금 자신의 심신을 반증하듯이 나타내는 것인가 혹은 아무 의구심 없이 들이켰던 그 탁주들이 그 모습 그대로 흘러 나오는 것인가⋯. 아들의 눈물은 아버지가 보였던 그것과 확연히 다른 빛깔을 비추고 있었다⋯. 이미 아들은 자신의 패배를 자인하고 있었던 것이다⋯. 그것을 승부라 부르는 것이 온당한지는 알 길 없이 모든 것이 결정된 이 상황 속에서도 아들은 처절한 몸부림을 떨치며 무엇이라도 하여야만 했다. 그런 아들의 눈에 손바닥을 흥건히 적신 탁주 빛깔을 띤 누런 액체들이 비쳤다.

- 제발… 멈추어 주십시오…. 아버님… 아버님…. 손에 너무 많은 피를 묻히셨습니다…. 그 업을 어찌 다 등에 지시려 하십니까…. 제발… 제발….
- 뭐라 하였느냐.

별안간 방안을 가득 채운 정색 가득한 목소리에 아들의 몸이 들리며 순간 멈칫했다. 어떤 감정도 담지 않던 그가 돌연 다른 어조를 보이는 것은 만에 하나라도 어떤 길이 있을까라는 불확실한 생각에 아들의 눈가의 눈물들이 일순간 멈추었다.

- 뭐라 하였는지 묻지 않느냐.
- 아…. 혹 업에 대한 말 때문….

혹 불교를 극히 혐오하는 그에게 '업'이라는 단어가 거슬렸던 것일까…란 생각은 이어 들려온 그의 말에 온데간데없이 사라져 갔다.

- 보거라.

아비가 돌연 오른손을 천천히 뻗어 아들의 얼굴 앞으로 가져가고는 이내 손바닥을 펴 천천히 앞뒤로 돌리며 다시 주먹을 쥐었다.

- 피가 어디 있느냐.

격앙된 외침에 몸을 흠칫하며 뒤로 물리면서도 아들의 머릿속은 의아함으로 가득 찼다. 내가 취한 것인가 그가 취한 것인가…. 그 단어와 문장이 직접적인 피를 말하는 것이 아님을 그가 모를 리가 없을 텐데 무엇이 무쇠같이 차갑고 단단하던 그의 심중에 어떤 파장을 일으켰을까….

- 피가 어디에 묻어 있는지 잘 보라 하지 않느냐.

- 아버님 어찌 그런….

- 정몽주, 정도전, 이방석, 이방번, 민무구, 민무질, 민무휼, 민무회….
  그들 중 누구의 피라도 내 손에 묻은 것이 있는가…. 내가 포은의 머
  리를 철퇴로 내리쳤느냐 삼봉의 목을 베었느냐 민 씨들에게 사약을
  들고 가 먹였느냐…. 눈을 뜨고 보거라 어디 피가 묻어 있다는 말이
  냐.

- 아버님….

도저히 의중을 알 수 없는 그의 언행에 아들은 어떤 말도 할 수 없이 몸
을 떨었고 별안간 아비가 양손으로 동경을 잡아 들고는 상 위로 내리치듯
이 놓았다.

"궁" 묵중한 무게감에 상다리가 후들거리며 곧 부러질 듯 흔들렸고 그
소리에 아들의 몸이 한껏 뒤로 밀려났다. 이어 아무런 말없이 굳은 표정
을 짓고 있던 아비가 천천히 오른손을 동경 위로 올리며 눈을 감았다.

- ….

입을 벌린 채 흐트러진 자세로 그저 멍하니 아버지를 바라보는 아들의
귓가에 어금니가 통째로 갈려 나갈 듯한 파열음이 들려왔다. 아비는 손을
내민 채로 온 힘을 다해 어금니를 깨물고 있었다. '빠득'거리는 소리가 금
세 지나가고 뻗은 아비의 주먹 위 손등에 굵은 핏줄들이 튀어나오기 시작
했다. 터질 듯이 솟아난 핏줄 반대편에 손가락 끝이 모여 손바닥에 새겨
진 선을 파고 들기 시작했고 손끝이 짓이겨지고 짧은 손톱이 드러나 선에
닿았을 때 그 선이 천천히 벌어지기 시작했다. 주먹 끝부터 팔꿈치를 지
나 어깨까지…. 아비의 온몸이 쉴 새 없이 떨렸고 그 모습을 바라보는 아

들의 머릿속이 하얗게 새어 가고 있었다. 그 어떤 생각도 할 수 없이 멍하니 눈을 뜬 아들의 눈에 아버지의 이마 위로 거칠게 튀어나온 핏줄들이 들어왔다. 여러 갈래로 퍼져 나가는 그 검붉은 핏줄들을 보며 아들은 어느 여름밤 하늘에서 보았던 낙뢰의 모습이 저와 같았음을 기억하고 있었다.

"쾅 쾅 쾅" 그 어떤 소리도 울리지 않는 공간에서 아들의 귓가에 낙뢰 소리가 연달아 들려왔고 그 소리 한 번, 한 번에 아들이 몸을 휘청이다 결국 쓰러지듯 앞으로 고꾸라졌다. 힘이 들어가지 않는 목을 겨우 가누어 고개를 들었을 때 아비의 이마에 서린 낙뢰 자국은 사라져 있었다. 곧 낙뢰가 일고 비가 쏟아지듯…. "뚝뚝"거리는 소리가 들려왔다.

벌어진 선에서 새어 나온 핏물이 천천히 내려와 손날을 타고 동경 위로 떨어졌다. 곧 그 소리는 "후두둑"으로 바뀌었고 동경 위를 적신 붉은 피들은 자연스레 옆으로 퍼져 나가며 곧 상 위로 스며들고 있었다. 그 모든 장면이 천천히 선명하게 머릿속에 새겨지는 것을 느끼는 아들의 가슴에 뜻 모를 공허함이 밀려왔다. 아비가 천천히 오른손을 내리고 왼손을 슬쩍 들어 시문이 적혀 있는 종이를 들고 잠시 바라보는 듯하다… 그것을 동경 위로 가져가 덮었다. 붉은빛이 낭자한 동경 위에 놓여진 종이는 금세 그 붉은빛들을 흡수하고 있었다.

다시 손을 들어 종이 끝을 잡은 아비가 천천히 그것을 들어 올려 어떤 감정도 비치지 않는 아들의 얼굴 앞으로 가져갔다.

　- 읽거라….

　- ….

종이 위에 스며든 붉은 자국들 사이를 얇은 실들이 투박하게 지나고 있었고 그 선이 완벽히 이어져 있지 않은 데다 글자로 보이는 그것이 대칭으로 보였지만… 그 글자는 아들의 뇌리 속에 선명하게 새겨져 왔다…. 어찌 그 글자를 못 알아볼 수 있을 것인가….

　- 읽으라 하지 않느냐….

　부자의 공허함이 맞부딪혔고 아들은 그 어떤 생각도 없는 무심의 상태로 천천히 입을 열었다.

　- 방… 원….

　아들의 입에서 새어 나온 자신의 이름에 반응하듯 아비의 두 눈에 다시 눈물이 고이기 시작했다.

　- 어디… 내가 어디에… 피를 묻힌 것이냐….

　말을 흐리는 아비의 눈에 고인 눈물들이 다시 흘러내리기 시작했다. 그 눈물에 무엇이 담겨 있는 것인가…. 천천히 돌아오는 정신을 붙잡는 아들의 얼굴이 일그러졌다.

　- 아… 흐….

　평생…. 아니 천고의 시간을 죽었다 살아나기를 반복한다 해도… 그의 고독을 이해할 수 없을 것이었다…. 그에 아들은…. 그 어떤 말도 하지 못한 채 이마를 바닥에 대고 눈물을 흘렸다.

　아비의 눈물은 투명했고 아들의 눈물은 탁했다.

　그 밤 독 하나를 다 비운 부자는 각자의 방식으로 소화해 낸 탁주들을 다시 다 쏟아 낼 때까지 눈물을 멈추지 못하였다.

19. 어명

세종 원년(1418년) 12월.

　겨울바람이 부는 압록강 어귀는 낮밤 없이 스산했다. 강 이북의 추위
와 황량함은 겨울에만 국한되지 않아 사시사철을 그곳에서 사는 사람들
은 자연스레 거칠고 투박하게 야인의 삶을 살아야 했고 강의 남쪽은 조선
땅에서는 최북단이기는 했으나 적어도 강 너머의 삶에 비해서는 그 사정
이 나았다. 오랫동안 강의 남쪽에서 터전을 잡고 살아온 민가에서는 백두
산 어디쯤에서 발원한 압록강이 영험한 산신의 기운 아래 남쪽을 지켜 준
다고 더러 여기고는 하였다. 하지만 그 산신의 가호는 자연 앞에서만 어
느 정도 효험이 있는 듯했다. 오랜 기간 북방 민족 혹은 중원의 나라들의
힘이 팽창하고 그 힘을 뻗쳐 삼한 땅에 미칠 때에 첫 관문은 항상 압록강
이었다. 까마득한 옛날 이름조차 제대로 전해지지 않는 위대한 왕들이 다
스리던 고구려 시절에는 그 어떤 세력도 쉽사리 압록강에 도달하지 못하
고 소멸해 갔다는 이야기가 전해졌지만 그것은 말 그대로 전해져 내려오

는 전설일 뿐이었다. 하지만 조선말을 쓰며 자신의 뿌리를 옛 조선에 두고 있다 생각하며 그 고단한 핏줄을 이어 오고 있는 이들은 그것을 그저 전설로 치부하지는 않았다. 한파가 몰려와 강이 얼고 야인들이 출몰하면 또 고단한 몸을 이끌고 집을 나서 그 생을 이어 나갈 사투를 벌일 그들에게 그 잊혀져 가는 전설 조각들은 운신의 원동력이기 때문일 것이다.

　명나라의 힘이 천지에 맹위를 떨치고 조선이 개창 후 수십 년을 거치며 안정기로 접어들어 세상이 균형과 평화의 물꼬를 트기 시작하자 그 교차점에 위치한 의주에도 따뜻한 겨울이 도래했다. 농업에만 기대어 삶을 유지하기 힘든 이곳 사람들에게 평화로운 국제정세는 축복 그 자체였다. 온갖 복장을 갖춰 입은 상인들이 시전을 가득 채웠으며 위화도 밑으로 길게 늘어진 검동도 건너편에 위치한 포구 어귀에 상인을 포함한 수많은 사람들이 발길을 옮기고 있었다. 그 수많은 행렬 속에 고개를 두리번거리며 행렬을 가지는 수십의 사람들이 있었으니 이제 막 물가를 건너 조선 땅을 밟은 사신 행렬이었다. 말을 타고 자줏빛 관복을 걸친 이들 주위로 그들을 수행하는 이들이 말의 걸음에 뒤처지지 않으려 분주히 걸으며 주위를 살피고 있었다. 혹독한 추위와 그늘을 찾기 힘든 요동을 건넌 흔적일까 말 탄 이, 걷는 이 가릴 것 없이 그 낯빛이 검고 생기라고는 찾을 수 없었다. 그럼에도 그들은 고국에 돌아온 안도감과 돌아갈 집의 후끈한 구들에 대한 생각으로 지친 심신을 힘겨이 이끌고 포구를 지나 성문을 지나 도성으로 가는 가장 빠른 길을 찾아 산길로 걸어 들어가고 있었다.

　- 대감마님 여기가 조선 땅이 맞긴 한가 봅니다. 저 까마귀들 울음 소리가 다르게 들립니다.

　높은 곳에서 잣나무 가지를 스치며 내려오는 까마귀 소리를 들으며 무

엇이 그리 신이 났을까 알 수 없이 연신 경쾌한 발걸음을 내딛는 앳된 청
년이 말 위에 앉은 이를 바라보며 흥겹게 말했다.

- 영홍아 네가 조선 땅에 들어온 것이 그리 좋은가 보구나. 저 까마귀
  들이 조선 하늘, 명나라 하늘 가리지 않고 드나들 것인데 그 울음이
  다를 게 있겠느냐.

심온이 아비가 자식을 부르듯 다정하게 종복의 이름을 부르며 그 흥에
겨운 말을 받아 주었다.

- 네 마님 그야 그렇지만…. 저는 조선이고 명나라이고 상관없이 마님
  을 뫼실 수 있으면 어디든 다 좋습니다.
- 허허 내 보아하니 네 연경에 있을 때가 보아온 중에 가장 신이 나 보
  이던데 그 말이 사실이냐.
- 아니… 그야…. 워낙 크고 넓은 것 천지인 데다 거기 궐은 아직 짓고
  있는 중인데도… 그 끝이 안 보이게 크고…. 어휴…. 비천한 몸으로
  마님 덕에 명나라 구경도 다 하고….

당황하여 횡설수설하는 영홍을 바라보며 심온이 슬며시 미소 지었다.
종의 자식으로 태어나 평생을 그 길을 이어야 할 이 아이는 어렸을 적부
터 신분에 어울리지 않게 인물이 훤칠했다. 짙고 곧은 눈썹에 눈매가 날
카롭게 떨어졌으며 미간에서부터 미려한 선을 그리며 이어져 내려온 콧
대가 날렵하였다. 보기 좋게 턱 끝 살이 뭉툭했으며 닫힌 입술 사이 선은
곧게 일직선을 유지하였고 그 색은 선홍색으로 선명했다. 종살이를 하는
고된 일과에 피부는 검었지만 아마 비단옷 치장하여 시전에 같이 나가면
누가 보아도 영락없는 대갓집 도련님으로 보일 만한 외모였다. 비록 입을
열었을 때는 그 촐랑거림과 가벼운 말들이 그의 신분을 여실히 드러내겠

지만 그 언변들이 가볍긴 해도 같이 있을 때 즐거움을 주는 류의 것이었
다. 심온이 그를 어려서부터 아끼고 직접 이름까지 지어서 내려 준 것은
그만큼 그에 대한 애정이 남다르다는 것을 보여 주는 것이었다. 심지어
생사를 어느 정도 내려놓아야 하는 고단한 사행길에 그를 동행시킨 것은
신분 고하를 떠나 그 아이가 자신에게 주는 심리적 즐거움과 안정감이 크
다는 것을 의미하고 있었다.

 - 하하 홍아 조선말을 하고 있는 게 맞느냐 내 통 알아듣지 못하겠구
   나 그사이 명나라 말을 다 배워 온 것이냐 네 이참에 역관이라도 한
   번 해 보겠느냐.
 - 아이고 마님…. 저 같은 천 것이….
 - 아니 신분이 아니면 할 수 있다 말하는 것이냐 하하 그놈 언제 그 어
   려운 명나라 말을 다 배웠을꼬…. 나는 듣기만 해도 속이 울렁거리
   던데….
 - 마님…. 이름 두 자 말고 쓰는 법도 모르는 놈한테…. 그만 놀리십시
   오….
 - 하하 그래그래…. 하아…. 잣나무 향이 참 좋구나….

심온이 고개를 들어 돌리며 숲속 공기를 음미하고는 뒤의 행렬을 둘러
보았다. 사람들뿐 아니라 말들의 걸음걸이도 하나같이 비틀대는 것이 금
방 쓰러져도 이상하지 않을 듯 보였다. 그럼에도 사지 멀쩡하게 조선 땅
을 밟은 것은 그나마 다행스러운 일이긴 했다. 요동의 늪지대에서 도저
히 대열을 따라 걷기 힘들다 하여 두고 온 이들의 얼굴이 스치자 금세 마
음이 무거워졌다. 도성에 들어 사정을 고하고 다시 요동으로 사람을 보낼
때까지 그들이 과연 버틸 수 있을 것인가…. 현지의 민가에서 언제까지

외지인들에게 아량을 베풀어 줄지는 알 요량이 없었다. 그저 자신이 조금이라도 더 서둘러 발길을 옮기는 것 말고는 수가 없었기에 그저 무거운 마음을 애써 정돈하며 비틀거리면서도 묵묵히 발걸음을 옮기는 말에게 고마운 마음이 들어 그 목덜미를 쓰다듬을 뿐이었다.

- 에….

- 왜 그러느냐 홍아.

- 마님…. 소리가….

- 소리라니 무슨….

- 어어….

영홍이 귀를 쫑긋 세우고 심온을 올려 보자 뒤의 행렬에서도 여러 일행이 의아함을 담은 목소리를 내었다.

- 대감 말발굽 소리가….

수행원 하나가 다급한 표정으로 허리춤의 칼집에 손을 얹고는 심온의 옆으로 다가왔다.

- 아니 말이라니…. 여긴 사신 행렬이 드나드는 곳이라 비적떼는 없을 것인데….

- 대감…. 비적이 아닙니다…. 발굽 소리 간격이…. 군마인 듯싶습니다.

- 구… 군마라니…. 국경에 야인들이 출몰하지도 않았었는데…. 게다가 이 길은 군사들이 다니는 길도 아니지 않은가.

- 까닭은 소인도 잘….

핏줄이 솟은 채로 칼집을 움켜쥔 수행원의 어두운 낯빛에 심온의 심장이 급격히 떨려 왔다. 비적 떼가 아무리 천지를 분간치 못한다 하여 사신 행렬을 급습하는 일은 있을 수 없는 것이었고 더군다나 지금은 전시 상황도 아니었다.

- 대감, 수가 많지는 않은 듯합니다…. 어림잡아…. 열댓 정도…. 지적인 듯하니 일단 방비를 하겠습니다.

- 그러게….

- 마님 혹시 도성에서 마중을 나온 것이 아닐는지요….

급히 몸을 돌려 뒤를 달려가는 수행원 옆으로 들려온 영홍의 말에 심온의 명치 주위가 웅웅거리며 울려 왔다. 수많은 인파의 환송을 뒤로하고 사행길을 떠나던 그날부터 심심찮게 느껴졌던 기분이 다시 시작된 것이다. 불쾌함과 막연한 불안함이 섞여 명치 주위를 쥐고 흔드는 듯한 느낌에 심장이 빠르게 뛰었고 뜻 모를 초조함이 온몸 구석구석을 덮어 왔다. 간간히 시작되었다 어느 순간 사라졌던 그 기분이 어찌 홍이가 말한 마중이란 단어를 듣는 순간 그 어느 때보다 더 크게 자신을 덮쳐 오는 것일까…. 거칠지만 일정한 박자를 맞추어 가며 들리던 말발굽 소리가 지척에 다가와 머릿속을 때리듯 울리자 일순간 떠오른 무엇인가에 심온은 그 기분의 정체를 알게 되었다. 어느 평범하게 날씨가 좋던 날 조회를 끝마치고 특별한 일과가 없던 그날 대낮부터 시작된 고관들의 술자리…. 평소의 자신과 다르게 분위기에 취해 쉬지 않고 들이켰던 술잔들…. 어느 순간 번뜩이며 눈을 떴을 때 느껴졌던 극심한 두통과 사방에 내려앉은 어둠…. 어찌 집에 돌아왔는지 기억조차 나지 않던 그 상황과 불쾌하게 가슴을 괴롭히던 그 기분들…. 밤새 냉수를 들이켜며 기억의 꼬투리를 잡아 보려 아무리 애써도 떠오르지 않던 기억과 그 불쾌감에 짓눌려 다시 잠들지 못했던 그 밤…. 날이 밝고 복장을 갖춘 후 한껏 움츠린 몸으로 입궐하여 온 눈치를 지나는 사람들에 고정하다 전날 술자리에 동행했던 이를 발견했을 때 터질 듯이 요동쳐 오던 심장…. 그 증폭되어 온 심신을 난자하던 기운에 맞서며 힘겨이 입을 떼어 전날 자신이 혹 무슨 실언이나 품행을 보이지 않았는지 물었을 때 상대의 입이 열리기까지의 순간이 수십 년으로 느껴질 만큼 초조했던 그 기분…. 바로 그것이었다. 어째서인지 알 길 없었지만 지금 자신을 괴롭히는 그것은 그때의 것과 그 결이 같았다. 차이라면 그때는 별일 없었으니 마음 쓰지 말라는 그 답을 들은 직후 그 기분이 거짓말처럼 온데간데없이 사라졌었다는 것이고…. 지금은 들려오는 말발굽 소리가 가까워질수록 그 기분이 더욱 커져 간다는 것이었다.

 - 후….

천천히 말 위에서 달려오고 있는 이들의 모습이 다가오자 각기 활과 칼집에 손을 대고 있던 이들의 입에서 안도의 한숨이 동시에 새어 나왔다.

 - 대감 관군인 듯합니다. 마음을 놓으시지요.

심온의 눈에 비적도 아니고 야인도 아닌 조선의 관복을 입은 이들의 모습이 비쳤지만 그 기분은 여전히 달아나지 않고 명치 주변을 흔들고 있었다.

 - 아마 마중을 나온 것이 맞는 것 같습니다.

수행원이 영홍을 슬쩍 바라보며 안도의 미소를 쉬었지만 어째서인지 고삐를 잡은 심온의 손이 심하게 떨리고 있었다.

 - 대감 어디 불편하신 곳이라도….

 - 마중을 어찌 의금부에서 나온다는 말인가…. 여기가 도성 근처도 아닌데….

그제서야 수행원이 다가오는 이들의 붉은 옷과 검은 관모 위에 가로로 달린 채 사선으로 누워 흔들리는 꿩 깃과 그를 둘러싼 붉은 실들을 발견하고는 자신도 모르게 다시 칼집 위로 손을 옮겼고 이내 십여 필의 말 위에 올라탄 이들이 사신단의 앞에 서서 말을 세우고는 천천히 말에서 내려 그 앞으로 다가왔다.

- 심온대감 되십니까.

허리를 숙이며 인사를 건네 오는 이의 모습에 심온을 괴롭히던 그 기분이 살짝이 사그라지는 듯하였다.

- 그렇네만…. 무슨 일이 있는 것인가 도성에 있어야 할 사람들이 어찌 이 국경에….

- 의금부진무 이욱 인사드립니다.

심온의 떨리는 목소리에 별다른 답 없이 이욱이 허리를 다시 한번 숙이고 고개를 들며 행렬 주위를 살피는 듯했다.

- 자네… 어찌….

- 혹 명나라에서 동행하신 분은 안 계십니까.

- 대감께서 묻고 계시지 않습니까.

심온의 말을 가차없이 끊는 이욱의 언행에 수행원의 검은 얼굴이 급격히 일그러졌다.

- 아… 괜찮네…. 그래 명에서 동행한 이는 없네만…. 이제 내 물음에도 답해 주겠는가.

기분이 나쁠 법도 하였지만 심온이 애써 마음을 다잡으며 이욱을 바라보았고 답을 들은 이욱의 무표정하던 얼굴 근육이 순간 꿈틀거렸다.

- 오거라.

뒤를 살짝 돌아본 이욱이 뒤의 부하에게 눈짓을 보내자 이내 눈짓을 받은 이가 가슴팍에서 무언가를 꺼내며 걸어 나왔다.

   - 아니 이게 무슨 경우인지…. 이분이 뉘신지 알고 이리 무도한 행실

     을 보이는….

   - 죄인 심온은 어명을 받으시오.

일그러진 얼굴로 짜증을 내뱉던 수행원의 검은 얼굴이 순간 들려온 말에 핏기가 사라지며 잿빛으로 변하였다.

   - 어… 어명이라니…. 그 무슨….

   - 죄인이라니요 나리, 대감께서는 주상전하의 장인이 되시는….

   - 어어….

명치 언저리에 머물던 기운이 들려온 어명이라는 소리에 순간 심온의 온몸 구석구석으로 퍼져 나가며 감각을 마비시켰다. 영홍이 몸을 앞세우며 감히 이욱에게 맞서던 순간 들려오는 수행원의 탄식에 급히 고개를 돌렸고 이내 널어놓은 주단이 바람에 스르르 미끄러 떨어지는 모습으로 말 위에서 천천히 미끄러져 내리는 심온의 모습을 발견하고는 다급히 발을 굴렀다.

   - 마님….

괴성을 지르며 도약한 영홍이 겨우 심온의 어깨 아래를 받아 들어 몸을 지탱하였고 이내 심온이 몸을 휘적이며 겨우 중심을 잡고 땅에 발을 디뎠다.

   - 어명을 전한다는 말을 못 들은 자가 있는가.

그 모습을 지켜보던 이욱이 여전히 말 위에서 당황한 채 갈피를 잡지 못한 이들을 향해 일갈을 토해 내었고 때마침 스산하게 불어온 바람에 잣나무 가지들이 그 몸을 떨며 으스스한 소리를 증폭시켰다.

- 다…들… 내려오시게….

휘청이던 심온이 영홍의 손을 떼어내며 뒤를 돌아보았고 이내 일행 중 말 위에 있던 이들이 서둘러 땅으로 내려왔다.

- 마님… 세상에 어떻게 이런 일이….

- 홍아…. 내 괜찮으니 뒤로 물러서거라…. 절대 아무 짓도 하지 말고…. 혹 내게 무슨 일이 생기더라도 너는 어떻게든 도성에 들어 소식을 알려야 하느니라, 알겠느냐.

- 마…님…. 흐…흑….

- 대감…. 이런 일이….

여전히 잿빛 얼굴을 한 수행원이 터진 울음을 참지 못하고 어깨를 들썩이는 영홍의 어깨를 슬쩍 두드리고는 떨리는 눈을 심온에게 향했다.

- 자네… 그동안 고마웠네…. 지금 긴 얘기를 할 처지가 못 되는 듯하니… 이 아이를 좀 부탁하겠네…. 아마 무슨 착오가 있는 듯하니 너무 걱정하지 말게나….

- 대감….

순간 주고받는 둘의 눈빛에 많은 감정이 오고 갔다. 무려 100여 일에 가까운 날 동안 그 험난한 사행길을 동행하였으니 그 기간 생긴 막역한 감정들이야 어떨지 당사자가 아니고서는 알 길이 없었다. 원수지간에도 사행길을 살아서 함께 다녀오면 그 원한이 잊힌다 할 정도로 그 길의 험난함은 이루 말하기 힘든 것이었다. 그럼에도 닥쳐온 상황 속에 수행원은 허리춤의 칼을 쉬이 잡을 수 없었다. 또한 심온은 그저 지금 상황을 회피하기보다는 받아 내는 것으로 자신의 수행하고 긴 시간 동고동락한 이들을 지키는 것이 우선이라 판단하고 있었다.

- 어명을 받으라 말하였는데 지금 무엇을 하고 계신 겁니까.

- 아….

어떠한 여유의 시간도 허락치 않으려는 듯 이욱의 서늘한 채근이 이어졌고 심온이 몸을 돌려 잠시 탄식을 내뱉고는 이내 몸을 정돈하며 천천히 몸을 숙여 무릎을 땅에 붙였다. 이내 이욱이 손을 들어 뒤의 부하에게 무엇인가를 건네받았고 그 모습을 보는 심온의 눈이 거세게 감겼다. 어명이 담긴 교지일 것이다…. 그리고 그 안에 어떤 내용이 들어 있을지 이제는 충분히 짐작이 갔다….

- 죄인 심온은 어명을 받들라….

교지를 펼쳐 들고 한 음, 한 음 뚜렷하게 글을 읽어 가는 이욱의 입을 바라보던 심온의 몸이 축 늘어졌다. 순간 육신과 정신이 분리된 듯 들려오는 소리에 집중하려는 그 의식과 달리 손끝 발끝에 힘이 들어가지 않음을 느낀 심온은 그저 육신이라는 껍데기 속에 갇혀 허우적대는 자신의 자아를 마주하는 것 외에 할 수 있는 일이 없었다.

* * *

화로에 담긴 나무조각 하나가 한참 동안 그 몸을 다 태워 낸 듯 일순간 탁 소리를 내면서 부러져 옆으로 내려앉자 검은 재와 불똥이 화로 위로 튀어 올랐다. 대수롭지 않게 그 화로를 받치는 발을 툭툭 건드려 보는 나졸과 달리 두터운 참나무 몸통을 깎아 만든 창살 뒤로 고개가 꺾어지기라도 한 듯 축 늘어뜨린 심온의 귀가 그 소리에 반응해 슬쩍 꿈틀거렸다. 옥사에 나눠진 공간이라고는 장정 여럿이 달려들어 한참을 도끼질을 해야

뜯어낼 법한 창살을 경계로 한쪽에 심온이 생사를 알 길 없게 벽에 반쯤 몸을 기대 있었고 한쪽에는 화롯불을 하나 두고 두 명의 나졸이 서 있을 뿐이었다. 바닥에 아무렇게나 깔린 짚 더미들에 온갖 혈흔과 토사물 등이 묻어 있고 그 토사물을 따라 들러붙은 구더기에 각종 벌레들이 뒤엉켜 바닥을 채우고 있었다. 옥사에 햇빛이 들만한 창살은커녕 화로 옆에 있는 유일한 통로 하나도 사람 하나가 겨우 지나갈 정도인 것으로 봐서 어지간한 중죄인이 아니고서는 올 법한 곳은 아닌 모습이었다.

- 끄….

잠시 정신을 차린 것인지 심온의 고개가 슬쩍 들렸지만 나졸들은 고개 한번 돌려 보지 않고 멍하니 화롯불만 바라보고 있었다. 그사이 천천히 돌아오던 심온의 이성이 코끝을 밀고 들어오는 온갖 역한 냄새에 반응해 재빨리 뇌리 속에 자리를 잡아 갔고 어느 정도 돌아온 정신에 고개를 다 들지도 못한 채 급히 눈이 떠졌을 때 그 이성은 제일 먼저 자신의 무릎 아래를 찾고 있었다. 정신을 잃은 그 동안에도 어렴풋이 무릎 아래에 감각이 없다는 것을 인지하고 있었다. 온갖 고신을 당하다 유리 조각이 낭자한 바닥에 무릎이 꿇려진 채로 그 위로 놓여지던 돌덩이들을 보다 혼절을 한 듯싶었다. 얼마나 시간이 지났을까조차 짐작지 못한 채 고통은커녕 어떤 감각조차 느껴지지 않는 무릎 주위를 바라보는 심온의 눈가에 끝없는 처연함이 감돌았다. 이미 자신의 생사가 정해진 것을 어렴풋이 짐작하면서도 혹 살아서 이 곳을 나갔을 때 평생을 앉은뱅이로 살아야 하는가 하는 걱정이 드는 스스로가 한없이 가소로웠다. 순간 상황에 어울리지 않는 감정들로 기운 없이 깜박이던 심온의 눈에 여러 의문스러운 빛이 스쳐 갔다. 관직생활을 하는 동안… 아니 고관의 아들로 태어나 평생을 듣고 보아온 일 중에 하옥된 당일에 이런 모진 고신을 받은 사람에 대해서는 들어 본 적이 없었다. 심지어 자신은 죄인이기는 하나 명색이 이 나라 임금의 장인이 아니던가…. 이토록 모진 고신을 윤허했을 거라고는 평소 보아온 그 사위의 사람됨을 봤을 때 있을 수 없는 일이었다. 아니 애초에 자신에게 없는 죄를 뒤집어 씌운 것 자체가 그가 할 만한 일은 아니었다…. 그렇지만 그에 대한 의문은 그리 어려운 난제가 아니었다. 이 일의 뒤에 서서 그 그림자를 드리운 이는 아마 왕이 아닌 상왕일 것이다…. 평생을 자신의 권위에 광적인 집착을 보였던 그라면…. 자신의 후대를 이을 자식에게 그 어떤 결점이나 위험요소를 남겨 둘 사람이 아님을 진즉 알고 있었지만…. 사람은 결국 자신이 그 상황에 처하기 전에는 모든 것을 통찰할 수 없다는 것을 심온은 지금 격하게 느끼고 있었다. 선위를 하기 전 양녕의 폐위와 관련된 일들부터 보이기 시작했던 상왕의 인간적인 면모들에 자신의 마음 한곳에 있던 경계심이 허물어져 있었던 것이다. 분명 이일은 예방하고 대책을 세울 수 있었다. 외척에 그토록 진저리를 치던 그의 모습을 익히 보아 왔던 자신이 어찌 그것을 놓친 것일까…. 자책은 아무런 의미가 없었지만 의미 여부와 관계없이 마음이 괴로운 것은 어쩔 수 없는 것이었다. 허나 이해가 되지 않는 것이 있었다. 자신을 숙청해야 하는 대상이라 정해서 행하는 것까지야 그럴 수 있다지만 그 방법이 도를 넘을 정도로 잔혹하지 않은가…. 육신의 괴로움은 이미 그 한계를 초월하며 별 다른 고통이 더 이상 느껴지지 않았지만 그렇기에 그는 그 문제를 계속 생각하는 것 외에 할 수 있는 것이 없었다. 이리 혹독한 고신이 아니더라도 평생 왕래가 여의치 않은 한지에 유배를 보낼 수도 있었을 것이고 죽이고자 한다면 사약을 내리거나 자결을 명하면 되었을 일이었다. 어째서일까…. 한참을 답을 구하려 안쪽 볼살을 어금니로 깨물어 대던 그의 뇌리에 한 가지 잔상이 스쳐 갔다. 돌덩이를 자신의 무릎 위에 천천히 내려놓던 이 중에 유독 두꺼운 목에 짙은 주름을 가지고 있던 그…. 좌의정 박은이 호조판서였던 시절에 그 주변에서 잔심부름을 하던 이가 분명했다. 두꺼운 목과 울렁이는 목청 주변으로 짙게 패인 주름들이 잔상으로나마 확연하게 자신의 머릿속에 각인되어 있었다. 순간 팔을 들어 맞장구를 치고 싶었지만 육신이 마음대로 제어가 되지 않음을 느끼며 심온의 입에서 얕은 웃음소리가 흘러나왔다.

- 흐…흐…. 으…흣….

들려온 소리에 고개를 힐끔 돌려 심온을 바라본 나졸이 벽에 기대어 고개를 숙인 그의 모습을 확인하고는 금세 다시 고개를 돌렸다. 저 정도 상태에서 실성한 이들을 보아온 것이 한두 번이 아니었기에 별다른 경계심이 들지 않음일 것이다.

자신에게 잠시 머물렀던 그 시선을 아는지 모르는지 지금의 상황에서도 문제 하나를 푼 것에 기뻐하는 자신의 모습을 스스로 비웃으며 심온은 여전히 사색과 망상의 중간에서 자신을 돌아보고 있었다. 순간 순간 떠오르는 기억의 조각에서 양녕대군이 폐세자되고 자신의 사위인 충녕대군이 세자의 자리에 올라서던 날 궁궐의 뜰에서 우연히 만나 축하 인사를 건네면서도 한쪽 눈 끝을 슬며시 올리며 알 수 없는 표정을 짓던 박은의 얼굴이 생각나자 볼 살 안쪽을 깨물어 대던 어금니에 힘이 들어갔다. 자신의 아래라 생각되는 이에게 한없이 권위적인 모습을 보이다가 어느 정도 비슷한 수준의 사람에게는 세상 사람 좋은 척하며 실없는 농담이나 던지던 그 모습…. 상왕의 앞에서는 꼬리 내린 개처럼 어찌할지 몰라 항시 안절부절못하던 그 모습들이 스쳐 가고 그와 어느 정도 거리를 두라고 조언하던 하륜의 얼굴이 스칠 때 어느새 심온의 입안이 흘러나온 피로 가득 차 있었다. 그 피를 삼키지도 뱉어 내지도 못한 채 여전히 어금니에 힘을 주던 심온의 귓가에 어떤 인기척이 들려왔다. 이내 분주하게 소리를 지르며 나졸들이 자리를 비우는 듯한 소리가 들려오고 화롯불을 가리며 드리운 검은 그림자가 희미하게 눈에 들어올 때 심온은 그것의 정체를 단번에 짐작할 수 있었다.

- 사…ㅇ…왕… 전하…. 오셨습니…까….

- ….

상왕이 그 지위에 걸맞지 않은 여러 곳이 해어지고 색이 바랜 검은 비단 옷을 입고 참나무 창살 앞에 바짝 붙어 심온을 내려 보고 있었다. 온몸에 피 칠갑을 하고는 한쪽 무릎 아래가 꺾인 채로 고개조차 들지 못하고 인사를 건네 오는 심온의 처절한 모습을 바라보는 그의 눈가에 어떤 감흥도 비치지 않았다.

- 소신이… 불…충…하여… 인사를 제대로 올리지도 못하니… 용서
  하여 주십시오….

입에 머금었던 피를 줄줄 흘리며 말하는 덕일까 심온의 말투가 점점 예전의 것으로 돌아오고 있었다.

- 몸이… 많이 상한 듯하오….

- …커… 헉….

남아 있던 피를 토해 내듯 뱉어 낸 심온이 여력을 모아 힘겹게 고개를 들었지만 풀어헤쳐진 머리에 그 눈빛이 가려져 있었다.

- 어찌… 이리 험한 곳을 찾으셨습니까….

- …그런 것을 묻고 싶은 것이 아닐 듯하오만….
- 허…흐…으…. 좋습니다…. 묻고 싶은 것을 물으면 답을 주시겠습
  니까….
- …왜 그러셨소.

동문서답하듯 금세 자신이 하고 싶은 말을 하는 상왕의 모습에도 심온
은 별다른 감정을 느끼지 못하였다. 평생을 보아 온 모습이었으니…. 아
마 지금 이 순간도 결국 그가 원하는 대로 흘러갈 것이었다. 그렇지만 심
온은 그 흘러가는 그의 뜻 안에서도 한 가지는 어떻게든 건져 내야 한다
는 다짐으로 남은 여력을 끌어모아 그에 맞서기 시작하였다.

- 무엇을 말하십니까….
- …자복을 하시는 게 어떻겠소….
- 흐…허허허허… 자복….
- ….
- 좋습니다… 내 자복하겠습니다…. 뭐라 하면 되겠습니까. 강상인과
  더불어 주상을 능멸하고 이 나라 종묘사직을 농간하였다 그리 자복
  하면 족하겠습니까.
- ….

꺼져 가는 생명의 불씨를 붙잡고도 자신에 맞서는 기세로 언성을 높이
는 심온의 모습에 상왕의 눈빛이 조금은 흔들리는 듯 보였다.

- 왜 답이 없으십니까. 뭐 또 나와야 할 이름이 있겠습니까. 아니 아까
  다른 옥방에서 안수산의 이름을 들은 듯한데 그의 이름도 말하고 또
  누구 이름을 원하십니까…. 다 말해 보십시오 상왕전하. 제가 다 들
  어 드리겠습니다.

- 되었소…. 이제 묻고 싶은 것을 물으시오.

- 허….

자신의 필사의 기세에도 고저라고는 찾을 수 없는 언성을 유지하며 금세 다른 용건을 묻는 상왕의 모습에 심온의 입에서 탄식이 흘러나왔다. 타고난 기질 자체가 다른 것일까…. 평생을 그 앞에서 단어 하나 말투 하나 수없이 고심해서 입 밖에 꺼냈던 자신이 생에 처음 혼을 토해 내는 심정으로 그에 맞서려 했지만 그 모든 것은 허사였다. 결국 그는 자신이 원하는 것만 받아 가려 하고 있었고 자신은 어린아이 손에 잡힌 벌레만도 못하게 무기력한 모습을 보일 뿐이었다. 대체 저 육신 안에 사람의 혼이 들어 있기는 한 것일까…. 뒷목을 덮어 오는 진저리에 잠시 잊고 있었던 온몸의 감각이 돌아오는 듯 오한이 느껴졌다. 그렇지만 심온은 남은 여력을 더 짜 내어야 했다. 어쨌든 그가 직접 찾아온 것은 그만큼의 연민 혹은 그 비슷한 그 어떠한 감정이라도 남아 있을 것이라 그렇게 믿고 싶었다. 그 계산속에서 식솔들…. 특히 이 상황에서 그 누구보다 마음고생을 하고 있을 딸아이의 모습이 뇌리에 진하게 맴돌았다.

- 제 집안은… 어찌하실 겁니까….

- …죄인의 집안이니… 주상께서 지엄한 국법에 따라 행하시겠지요.

- 허…. 국법….

- 허나…. 공비(恭妃)[41]께서는…. 이미 주상의 배필로서 아들을 여럿 두었고…. 그 성품과 행실의 훌륭함이 조선 땅 그 누구에도 비할 바 없으니….

---

41) 공비(恭妃): 중전, 소헌왕후 심 씨.

- 제 딸의 안위는… 지켜 주시겠다….

- 그렇소.

- …그렇지요…. 저를 죽이고 제 처자식을 다 노비로 삼으셔서도… 제 딸은 죽일 수가 없겠지요…. 또 다른 왕비를 구한다 한들… 또 그 집 안을 풍비박산 내야 할 테니…. 허… 그래…. 전하께서도 이제 많이 늙으셨나 봅니다…. 그냥 사실대로 말하면 될 것을…. 뭣 하러 저승 갈 이에게 자식 칭찬을 다 해 주십니까….

- 그것은… 허례가 아니라 사실이오만….

그 말에 담긴 어떤 진심을 느꼈을까 뻗쳐 있던 심온 주변의 기운이 천천히 가라앉는 듯했다. 딸아이를 살려 준다는 그 말에 어떤 안도감을 느끼는 심온의 마음이 복잡했다. 그 부인과 남은 식솔들은 어찌 될 것인가…. 아니 멸문을 당할 일을 딸아이가 어떻게든 버텨 내 주기만 한다면…. 시간이 지났을 때 다른 출구가 생길 것인가…. 그 어느 하나 확신할 수 없었지만 적어도 상왕의 입에서 나온 말을 전적으로 신뢰할 수 있다는 점은 심온에게 어느 정도의 안도감을 안겨 주었다. 그가 살린다 하였으면 분명 그리 할 것이었다…. 박은… 유정현…. 혹은 그 어떤 이들의 위협에도 상왕은 조선 땅 그 어떤 것보다 단단한 방패막이 되어 자신의 딸을 지킬 것이었다. 그렇기에 이 상황에서도 상왕의 장수를 바랄 수밖에 없음을 인지한 심온의 입가에 또 한 번의 헛웃음이 새어 나왔다.

- 허헛….

- ….

늘어진 머리칼 사이로 검게 변한 입술을 움직이며 어떤 결단이 담긴 듯한 비장함을 토하는 심온의 말에 잠시간의 침묵은 깨어졌다.

- 상왕전하…. 이곳은 더럽고 험한 곳이라 전하 같은 존귀한 분이 계실 곳이 아니옵니다…. 이제 그만 돌아가시지요….

처참함 속에 빛나는 심온의 비장한 모습에 기어이 상왕의 두 눈이 천천히 감겼다.

- 내… 그대….

- 되었습니다. 돌아가십시오.

순간 심온은 상왕의 다음 말을 차마 들을 수 없었기에 평생 단 한 번도 해 보지 못했던 그의 말을 끊어 내는 고성을 질러야만 했다. 이유는 알 수 없었지만 심온의 귀에는 이미 그다음 말이 들린 듯하였다. 그렇기에 그는 절대 그 말을 직접적으로 듣고 싶지 않았다. 이미 상왕이 젊었을 적 즐겨 입던 그 옷을 꺼내 입고 이런 장소에 직접 발을 들였다는 사실로도 그것은 충분한 일이었다. 더 이상 상왕의 다른 모습을 목도하게 된다면 그것은 죽음을 결심한 자신의 마음을 흔드는 것이 될 것이다. 그리고 무엇보다 상왕은 절대 그런 모습을… 그런 말을 해서는 안 되는 사람이었다…. 자신의 생사보다 그의 입에서 흘러나올 뻔한 그 말을 듣는 것이 더 두려운 이유는 무엇이었을까….

- …돌아가라….

- …어찌… 죄인과 계속 말을 섞으려 하십니까…. 전하께서 원하는 것은… 다 들어드릴 것이니… 이제… 이승에서 뵙는 일은 없을 것입니다….

- ….

말을 마친 심온의 고개가 힘없이 고꾸라졌다. 기력을 다한 것인가…. 더 이상의 대화를 원치 않는 것일까…. 혹 살려 달라 애원을 한다면 그 목숨만은 부지할 가능성이 티끌만큼이라도 있을 것인데 어찌 순순히 모든 것을 내려놓는 것인가…. 수없이 놓여졌던, 아니 스스로 만들었던 이와 같은 상황 속에서 단 한 번도 스스로에 대한 의심 한 점 없이 단호한 모습을 보였던 상왕이었지만 오늘만큼은 그 기억 속 어떤 날들보다 마음이 편치 않았다. 그의 말처럼 자신이 늙었기 때문인가…. 얼마 전 자신의 손에 새겨진 상처를 스스로 찢어발겼던 그날 보았던 아들의 탁한 눈물이 떠올라서였을까…. 하지만 마음이 편치 않은 것은 이 모든 상황과 하등 관계가 없었다. 이미 종결을 눈앞에 둔 이 상황은 결국 그대로 흘러 갈 것이다…. 다만 죽음을 목전에 둔 이의 마지막 말을 듣고서도 쉽사리 발을 떼지 못하는 것…. 그것 하나만이 그의 불편한 마음을 대변할 뿐이었다.

* * *

얼마간의 시간이 흘렀을까 평소 그의 모습과 다르게 한참을 창살 밖에 서서 자신을 지켜보던 그의 기운이 점점 멀어져 갔다. 몽롱해져 가는 정신을 붙잡고 멀지 않았을 자신의 죽음을 그려 보던 심온의 귓가에 익숙한 목소리가 들려왔다.

- 대감… 마님….

힘겹게 고개를 든 심온의 흐릿한 시야 속에 구더기들이 들끓는 짚 더미 위로 무릎을 꿇고는 두꺼운 창살을 껴안고 오열하는 영홍의 모습이 보였다.

- 호… 홍이가 아니냐….

- 마님… 이게… 이게… 끄윽….

연신 '껵껵'거리며 고개를 위아래로 흔드는 영홍의 모습을 보는 심온의 눈가가 촉촉해져 갔다.

- 네가… 어떻게 여기에 있는 것이냐.

- 끄… 마님… 제가 매일같이 대궐 문 앞에 가서 마님을 좀 살려 달라 엎드려 빌었는데…. 매일 저를 끌고 가 매질을 하던 이들이 갑자기 저를 이리로 끌고 왔습니다…. 마님… 이를 어찌….

- 아….

그제야 어느 정도 상황이 이해가 된 듯 연신 벽에 기대어져 있던 심온의 등이 벽에서 슬쩍 떨어져 몸이 앞으로 기울었다.

- [상왕전하의… 마지막 배려인 것이겠지…. 그나마 유언 한 마디라도 남길 수 있게 되었으니… 이 얼마나 감읍할 일이던가….]

좌정하지는 못했지만 다시 선비의 모습으로 허리를 곧추세운 심온의 눈가에 결국 맺혔던 것들이 줄줄 흘러내렸다.

- 홍아….

- 네… 네 마님….

- 너를 내게 보낸 것은… 나의 유지라도 남기게 해 주려 함이 아니겠 느냐….

- 마 마님… 유지라면… 돌아가신다는 말씀이십니까…. 어찌합니까 어찌… 마님… 끄…. 이 놈은 이제 어찌 살아가라고…. 허… 헝… 끅….

유지라는 말에 온몸을 발작하듯 떨며 오열하는 그 모습에 심온의 심장이 한없이 아려 왔다. 피 한 방울 안 섞인 더군다나 주종 관계인 그가 자신의 죽음을 저리도 애달파 해 주다니…. 그나마 자신이 그리 나쁘게 살아오지는 않았다는 증거가 저 아이일까….

- 홍아…. 내가 네 이름을 지어 줄 때가 생각 나느냐….

- 마…님…. 헤엄칠 영 자에… 큰물 홍 자를 내려 주시며… 큰… 큰…
  물을 헤엄치듯… 끅… 그리… 살아가면… 꺼…끄….

- 그래… 네… 천한 신분으로 태어난 것은 안타까우나… 거기에 얽매
  이지 않고 큰 물속을 힘차게 헤치고 나가듯… 그리 살아가면… 분명
  좋은 일들이 많을 것이라… 내 그리 네 이름을 지어 주었던 것이 기
  억이 나는구나….

- 마님… 저는… 마님…이 없이… 세상을 살아갈… 수가 없습니다….

- 홍아…. 이 또한… 그저 큰 물살 하나에 지나지 않을 것이다…. 네
  가… 아직 어려 이 고난을 헤치기 쉽지 않겠지만… 마음을 굳게 먹
  어야 한다…. 그것이 네가 나에게 이름을 받은 것에… 보답을 하는
  유일한 길이다….

- 마…님… 끄….

- 홍아… 시간이 많지 않을 것 같구나…. 내 유언 한 마디라도 남겨야
  마음 편히 이승을 편히 떠날 수 있을 듯한데… 네가 좀 전해 주겠느
  냐.

- …어디… 누구에게 전하면 되겠습니까.

- 문중 누구라도 좋다…. 이 일로 화를 피한 집안 사람이 있다면 그 누
  구에게라도 꼭 전해야 한다…. 할 수 있겠느냐….

- 네… 마님…. 제 목을 걸고서라도 마님의 뜻을 전하겠습니다….

영홍이 눈가를 급히 닦으며 비장한 표정으로 온 신경을 심온의 입에 집
중하였다.

- 그래…. 내 너를 믿으마…. 잘 듣거라 홍아….

- 네…. 네 마님….

- 공비…. 내 딸아이에게 아비의 죽음을 슬퍼하지 말고… 버텨 내야 한다 꼭 전하거라…. 이 모든 흉사가 나의 죽음으로도 모두 끝나지 않을 것이니… 그저 세월에 기대어 꼭 버텨 내라 그리 전해야 한다…. 또… 모든 식솔들에게 나의 미안한 마음을… 꼭 전하여야 한다…. 부디… 어떻게든 살아만 있으라고…. 그리하면 훗날 분명 좋은 일이 있을 것이라….

말을 채 마치지 못한 심온이 두 눈을 굳게 닫았다. 평탄하게 살아온 그 인생이 뇌리 속에 하나하나 펼쳐져 선명하게 다가왔고 그중 모든 일의 근원에 있다 할 수 있는 딸아이의 모습들이 유독 강렬하게 다가왔다. 핏덩이에 둘러싸인 채 처음 울음을 터뜨리며 세상에 나오던 그날 그 앙상한 몸으로 손발을 허공에 휘젓던 모습…. 목을 처음 가누던 날 자신의 팔에 안긴 채로 빙긋 웃음 짓던 그 입꼬리…. 막 걸음마를 떼고 팔자걸음으로 아장아장 걷는 모습에 딸아이가 저리 걸어서 어쩌냐며 부인과 마주 보며 웃음 짓던 순간… 처음 머리를 묶어 주던 날과 매화꽃이 이쁘다며 꺾어 달라 앙칼진 목소리로 조르던 그 몸짓…. 글 배우는 것이 지겹다 눈물을 뚝뚝 흘리며 투정 부리던 그날의 모습과 대군의 비로 간택되던 날 매화나무를 바라보며 한참을 눈물 흘렸던 자신의 모습까지…. 그 스쳐 가는 장면들에 몸속에 남아 있는 모든 물기가 눈가로 몰려 쏟아질 듯한 느낌이 들었지만 심온은 차마 더는 눈물을 흘릴 수 없었다. 이제 자신은 눈앞으로 다가온 죽음으로 이승의 고통은 모두 등지게 될 것이었고 남은 식솔들과 특히 딸아이는 남은 평생을 온갖 고통 속에서 살아야 할 것이다…. 그런 그들의 앞날을 생각하면 자신이 지금 눈물을 흘리는 것은 사치였다. 그리고 그런 아련한 기억들 속에서도 한 가지 다른 감정 하나가 그의 심장을 끝없이 불쾌하게 하고 있었다.

- 마님….

- 그리고….

말을 멈추고 한참 망설이는 심온의 모습에 비장하게 닦았던 눈물이 다시 새어 나오는 것을 애써 참던 영홍의 귓가에 돌연 온갖 독기가 서린 심온의 음성이 소름 끼치게 들려왔다.

- 앞으로 심 씨 집안 자손 그 누구도 박 씨 집안 사람과 혼인을 하지 말라….

20. 노인

세종 29년(1447년).

봄이 올 듯 말 듯 한 변덕스러운 날씨 속에서도 개성의 거리는 날씨와 무관하게 활기가 넘쳤다. 댕기 머리를 늘어뜨린 여러 아이들은 각각 무리를 이끌고 온 도성을 헤집으며 뛰어다녔고 만월대의 흔적을 고스란히 간직한 옛 성터에는 수많은 유생들이 그 경치를 벗 삼아 차가운 바람을 맞아 가며 경서를 펼쳐 들고는 환담을 나누고 있었다. 골목 곳곳에 늘어진 좌판에는 가죽신 짚신 가릴 것 없이 많은 이들의 발길이 오고 갔으며 어느새 선죽교가 되어 버린 옛 선지교 옆 냇가에는 커다랗게 자란 대나무들이 그 잎사귀들을 부산하게 흔들고 있었다.

- 아이고⋯. 근데 이게 다 어디로 가는 것입니까.

대로변을 따라 무엇인가가 가득찬 수레를 끄는 소의 고삐를 힘겹게 흔들어 가며 나졸 하나가 뒤를 돌아보았다.

- 아아⋯. 자네는 여기 온 지가 얼마 안 되었으니⋯. 모르겠구만 그래.

수레 뒤에서 건들거리며 걷던 나졸이 입가를 간지르며 물어 오는 이의
눈을 마주 보았다.

- 그 선죽교 인근에 고택이 하나 있는데 알고 있는가.

- 그 뭐 거기 고택이 한두 개 있습니까….

- 아니 아니, 그냥 평범한 곳 말고…. 그… 딱 한눈에 봐도 와 이거는
  한 100년은 넘어 보인다 싶은 곳 말일세.

- 아…. 어딘지 알 것 같습니다.

고삐를 잡은 나졸의 낯빛이 금세 밝아졌다.

- 그래 그래 거기 가는 것일세.

- 네…. 근데 거기 어떤 귀하신 분이 살길래 관아에서 나졸들을 시켜
  가며 이런 것들을 보내는 것입니까.

수레를 덮은 거적을 슬쩍 잡아 올리는 나졸의 손짓에 뒤의 이가 급히 손
사래를 쳤다.

- 에헤이 이 사람 그 손 언능 내리게나…. 그 함부로 열고 그러면 안
  된다네.

- 네…. 그리 중한 물건입니까.

의문 가득한 물음에 입가를 연신 긁어 대던 나졸이 턱을 쓱 문지르며 고
개를 치켜들었다.

- 그 뭐가 들었는지가 중한 것이 아니라네….

- 그럼 뭐가….

- 잘 들어 보게나…. 내가 개성에 온 지가 여섯 해 정도가 되는데….
  이게 참 신기한 것이… 잊을 만하면 관아에서 그 집으로 물건을 보
  낸단 말이지…. 비단에… 곡식에…. 전에는 한여름에 얼음을 한 수

레 가득 채워 보내더란 말이지….

- 에에…. 그 귀한 얼음을 말입니까.

- 그래…. 근데 이게 참 신기한 게 내가 아무리 봐도 그 집에 벼슬을
  하는 이가 없는 것 같거든….

- 혹… 왕족이 사는 것입니까…. 근데 왕족들은 이곳 땅에 왕 씨들 원
  혼이 맴돈다고 발을 잘 안 들인다 들었는데….

- 음…. 일전에 듣기로는 금상께서 개성에 오셨을 때…. 그 집에 들른
  적도 있다고 하니… 나도 그리 생각해 보기는 했는데….

- 네에… 주상전하께서요….

고삐를 끌던 나졸이 급히 놀라며 발을 멈칫거렸다.

- 쉿… 나도 들은 얘기네….

- 그… 그래서요….

- 뭘 그래서야…. 그랬었다는 말 그대로지….

- 아니 전하께서 들리실 정도면 고명한 왕족 사는 곳 아닐까요… 근
  데 왜 잘 알려지지 않았을….

- 아니…. 잘 들어 보게…. 그 집 주인 성씨가 이 씨가 아니라네….

- 에… 그럼 왕족도 아니고 고관 댁도 아니란 말 아닙니까….

- 그렇지.

- 그럼 그 집 정체가 뭔지 알기는 하는 것입니까.

분위기를 한껏 잡고 정작 자신의 궁금증을 풀어 주지 못하는 그의 모습
에 신입 나졸이 금세 빈정거리며 몸을 앞으로 돌렸다.

- 아니…. 뭐 나라고 어찌 알겠냐만은…. 혹 선왕께서 숨겨 둔 자식이
  아닐까 싶기도 하고…

- 참내… 그 말 같지도 않은 소리를…. 선왕께서 자식들을 그리 끔찍이 아껴 첩실 자식 가릴 것 없이 다 부족함 없이 살고 있는 것을 조선 백성 중 모르는 이가 있소…. 뭔 말 같지도 않은 소리를….
- 하이고… 그러니까 나도 답답한 것이지….
- 에잇 괜한…. 그 뒤에서 보고만 있지 말고 와서 고삐 좀 잡으슈….
- 그, 그래 좀 교대하세나….

머쓱함을 가득 품은 채 고삐를 건네 받는 그를 향해 신입 나졸이 문득 고개를 돌려 물어 왔다.

- 그래서 그 집주인 이름이 뭐랍니까.
- 에… 그 이름은 잘 모르겠고…. 주위에서 전 씨네 가옥이라 하면 다 알아듣는 눈치던데….

* * *

전 씨네 가옥 안채 문틈으로 희미한 신음 소리가 새어 나오고 있었다.

- 으… 끄… 으… 어….

연신 거친 숨을 몰아쉬는 입가와 이마에 깊은 주름이 진 채로 땀에 흠뻑 젖은 노인이 어떤 악몽이라도 꾸는 것일까 온몸이 경직된 채로 경련을 일으키고 있었다.

- 궐에 이런 곳이 있었는가.
- 아 아니…. …군마마가 아니십니까….

그 어떤 수식어로 표현할 수 없는 짙은 어둠 속에서 들려오는 소리들은 평생 노인이 다시는 마주하고 싶지 않았던 기억의 조각들이었다.

- 그래…. 내 방해해서 미안하네. 하던 일 계속하게나.

- 으 읍읍 으으윽….

- 잠깐 저기 저 놈이 할 말이 있는 것 같은데 재갈을 한번 풀어 봐 주
  겠나.

- 네 이놈 이방원, 네가 포악하기 그지없는 짓으로 포은대감을 죽이고
  도 모자라 이제 우리를 이리 욕보이는 것인가 하늘이 정녕 두렵지
  않은 것인가.

- 하… 하늘이라 하였는가…. 하늘이 왜 두려워야 하는가…. 그래 물
  론 천둥번개가 치고 폭우가 내리면 살짝 움츠릴 수는 있겠지만 그
  외에 내가 하늘을 두려워해야 하는 이유가 있는 것인가….

- 네, 네… 이 짐승만도 못한 놈이 끝까지 말장난을 하며 조롱을 하는
  것인가 네 죽어 영혼이 갈기갈기 찢겨 업화의 불속에서 끝없이 몸부
  림치게 될 것이다.

- 하…. 무능한 왕 씨들 같으니라고…. 그저 할 말이 없으면 부처님이
  어쩌고 내세가 어쩌고…. 쯧쯧… 안타깝구나…. 내 흥이 다 떨어졌
  으니 하던 일들을 계속하시게나.

- 네 대군마마.

- 으… 으….

- 잠깐 저기 어린아이가 무슨 할 말이 있는 것 같은데 저 아이 말만 마
  저 들어 보도록 하지.

- 사… 살려 주시오…. 끄… 무슨 일이라도 하겠습니다…. 제발 살려 주시오….
- 네 이놈 왕선. 네가 서해 용왕의 자손으로 나서 어찌 목숨을 구걸하는 것인가.
- 아니오, 아니란 말이오…. 나는 그런 것 모르겠소. 오늘 모임도 저는 전혀 몰랐습니다. 문중 사람들이 모여 차 한잔 하자기에… 제발 살려 주시오…. 내 여생을 약속한 여인과… 그 여인의 복중에 자식이 자라고 있소…. 제발 제발 살려만 주시오 뭐든 다 하겠으니….
- 왕선 네가 감히 문중에 알리지도 않고 혼례를 올리기라도 했다는 말인가… 선열들을….
- 허…. 허하하하… 하핫….
- 대감….
- 아니 지금 저자가 뭐라 한 것이냐…. 하하… 아니… 지금 비굴하게 목숨을 구걸하는 저 아이를… 하… 참으로 안타깝도다…. 이 와중에 문중이니 선열이니…. 내 일말의 연민조차 느낄 필요가 없는 이들이 아닌가….
- 이놈 더 이상 우리를 능멸하지 말거라….
- 후…. 저놈 입을 다시 막아 보거라. 내 저 어린아이와 할 말이 있으니….
- 네 대감.

- 그래 네 나이가 어떻게 되느냐.
- 오… 올해 열다섯입니다….

- 그래 무슨 일이든 다 한다 하였느냐….

- 네… 네… 목숨만… 태어날 아이 얼굴이라도 한 번 볼 수 있게… 제
  발….

- 칼을 줘 보게.

- 네…. 대감….

- 자 보거라 이것이 왕(王) 자인데… 이것을 버리고 살아갈 수 있겠느
  냐.

- 아….

- 왜 갑자기 마음이 흔들리느냐….

- 아닙니다…. 목숨만 살려 주신다면… 버리…겠습니다….

- 자… 이렇게 삿갓모양 팔(八)자를 하나 씌우면 이 글자가 된다…. 이
  성씨로 여생을 보내겠느냐.

- 으 읍읍으….

- 아하…. 고놈 참 재갈을 물고도 거품을 무는구나 아주…. 자 빨리 답
  하거라.

- …겠습니다…. 전(全) 씨로… 살아가겠습니다….

- 그래…. 네 분명 시키는 일은 다 한다고 했지.

- 네…. 끄으… 다… 다… 하겠습니다….

- 군관…. 이 아이를 제하고 모두 참하시오….

- 하 하오나… 대감…. 이미 명부가 다 올라간 이들인지라 한 명을 누
  락시키기가….

- 그 정도는 일선에서 착오가 있었다 보고하고 수습할 수 있는 일이 아니던가…. 왕 씨 한 명이 더 살아 있다 하여 이 나라에 무슨 해를 끼치겠는가….

- 허나….

- 자네…. 내 아무리 끈 떨어진 신세이나…. 사람 앞 일은 모르는 것이 아니던가…. 이번 기회에 이 나라 왕자와 안면을 터 놓는 것이 자네에게 손해를 끼칠 일은 없지 싶은데….

- …따르겠습니다….

- 그래… 내 자네를 기억하겠네 자 여기 칼 받으시게…. 이런 흙이 좀 많이 묻었구만…. 수일 내로 내 사가로 한번 들르도록 하시게나 내 칼을 하나 내리도록 하지.

- 대감… 감읍하옵니다….

- 그래 내 괜한 호기심에 너무 시간을 많이 뺏은 것 같네…. 하던 일을 마무리 하시게나.

- 으 으으읍으으으….

- 네 대감…. 참하거라.

그 어떤 것도 분간할 수 없는 어둠 위로 돌연 하얀 빛줄기가 내려와 한 지점을 비추자 집중하여 바라본 그곳에 목이 베어진 채 눈가에 핏기를 머금고 자신을 노려보는 수급이 있었고 그 눈빛과 눈이 마주친 순간 노인의 상체가 튀어 올라오듯 급격히 들렸다.

- 하…하…아…. 흐….

떨려서 쉬이 움직이지 않는 손을 힘겹게 들어 얼굴을 감싸고 한참을 흐느끼는 노인의 소리가 문틈 사이를 새어 나갔고 마침 안채 앞을 지나던 노복이 얼핏 들려온 그 소리에 발걸음을 멈추었다.

- 주… 주인 어르신…. 혹 기침하신 것입니까….
- …홍복이구나….
- 아이고… 어르신…. 아이고… 이 일을 어찌…. 몸은 괜찮으신 것인
  지요….
- 내 갈증이 이는구나….
- 아이고… 잠시만 기다려 주시면… 이 보게나들 어르신께서 기침하
  셨다네 어서 물부터 떠 오게나….

연신 아이고 소리를 내며 발을 동동 구르던 노복이 시끄럽게 집안 사람들을 부르느라 정신이 없었고 노인은 소란 속에서 숨을 깊게 내쉬며 마음을 가다듬었다.

* * *

- 아버님 불편하신 곳은 없으십니까.
- 그래…. 내 오히려 몸이 가벼운 듯하구나…. 내 이번에 얼마나 누워
  있은 것이냐….
- 그것이…. 가을 끝 무렵 즈음….

말을 흐리는 아들의 얼굴을 살피는 노인의 눈빛에 어떤 비애가 느껴졌다. 이미 세상을 떠난 자신이 너무나도 사랑했던 그 여인의 뱃속에 있던 그 생명은 어느새 백발이 서린 채로 자신을 대신해 집안을 이끌고 있었다. 평생 떠올리고 싶지 않던 기억이 선명하게 꿈으로 들려온 데다 이제

맨정신을 유지할 수 있는 주기가 점점 짧아지는 것이 의미하는 바를 노인은 잘 알고 있었다.

- 받거라….
- 이것은….

떨리는 손으로 목함을 건네 오는 노인의 몸짓에 아들이 순간 놀라며 두 손을 모아 그것을 받쳐 들었다. 수시로 절을 올리고 잠잘 때조차 머리맡에 항상 두던 그것을 건네는 아버지의 마음이 함께 담겨 있는 듯한 느낌에 아들의 가슴이 한없이 아려 왔다.

- 이제… 네가 모든 것을 다 해 주어야 할 듯싶구나…. 내 얼마나 더 살 수 있을지….
- 아버님…. 어찌 그런 약한 말씀을…. 집안일들은 소자가 계속하여 챙길 것이니 이제 몸을 돌보셔서 더 오래 사셔야지요….
- …무슨 부귀를 더 바라겠느냐…. 그나마 벽에 똥칠이라도 하기 전에 떠나야 너희들이 험한 꼴을 보지 않을테니….
- 아버님… 어찌….
- 금상께서는… 강건하시겠지….
- 네 전하께선 무탈하십니다…. 그렇지 않아도 오늘 오전에 또 수레 하나를 가득 채워 내려 주셨습니다….
- 하… 그 은덕을 어찌… 다 갚을 수 있을 것인가…. 그래 이번에는 무엇을 내려 주셨더냐.
- 네 이번에 문경에서 백자를 진상 받았다 하시는데 그 빛깔이 참으로 곱고 빼어나다 하시며 저희 집안에 일부 내려 주셨습니다. 한번 보시겠습니까.

노인은 손을 슬며시 들어 목함을 든 채로 짐짓 몸을 일으키는 아들을 다시 앉게 하였다.

- 되었다…. 그보다… 내 정신을 잃기 전에 금상께서 무슨 글자를 만드셨다 들었었는데….
- 아 맞습니다. 전하께서 새로운 문자를 만들어 반포하신다 하여 아버님께서 저에게 특별히 잘 챙겨 보라 이르셨습니다.
- 그래 잘 살펴보았느냐. 어떻더냐.
- 네… 그것이….
- 왜 그러느냐 신통치 않은 것이냐….

내내 건조하게 평정을 유지하던 노인의 눈가에 다급함이 스쳤다.

- 아 아닙니다. 그것이 아니라…. 오히려 그 반대라….
- 무슨 말인지 알아듣게 말해 보거라.
- 네 아버님… 처음 전하께서 그것을… 아 그것이 아니라 '훈민정음'이라는 명칭이 있습니다.
- 훈…민정음… 이라…. 훈육… 백성…. 정 자와 음자는 무엇이냐.
- 네, 바를 정 자에 소리 음 자입니다. 풀어 읽어 백성을 가르치는 바른 소리라 칭합니다.
- 바른 소리…. 백성을 가르친다…. 그래 계속 해 보거라.
- 네, 처음 훈민정음이 반포되었을 때 사대부를 비롯해 유생과 상인들까지 글을 읽을 줄 아는 이들은 하나같이 그 모양이 세모, 네모, 동그라미 같은 것들이라 참으로 상스럽다 하며… 다들 꺼려하며 배워 볼 생각조차 하지 않는 듯했었으나….
- 뭐 뭐라…. 감히 금상께서 하신 일을… 고얀….

- 아, 아닙니다 아버님 다 들어 보시지요….

- 그래 계속 일러 보거라.

- 네네…. 처음에는 다들 그리 생각을 했었고 저 또한 아버님의 말씀
  이 없었다면 그들과 다르지 않았을 것입니다…. 그런데 이것이… 참
  으로 신묘한 것이… 글을 아는 이들 중 열에 한두 명 정도가 처음에
  호기심으로 그 글자를 익혀 보고는 하는 말이 사흘 밤낮이 채 안 되
  어 그 글들을 다 익혔다고…. 세상의 모든 소리를 그 글자로 다 담을
  수 있다 하며….

- 뭐라 그게 말이 되느냐. 어찌 글자를 익히는 것에 며칠이 안 걸린다
  는 말이더냐…. 내 평생을 글을 읽고 살아도 아직 모르는 글자들이
  있을 것인데…. 그 글자가 몇 자이길래….

- 네, 아버님…. 그것이… 총 28자입니다.

- 뭐라…. 네가 나를 정신이 왔다 갔다 한다 하여 희롱하는 것이냐.

커져 가는 동공으로 잔뜩 인상을 찌푸린 노인의 모습에 아들이 급히 손
사래를 쳤다.

- 아 아닙니다…. 아버님 소자가 어찌 그런 일을 하겠습니까…. 소자
  또한 말을 하면서도 참…. 아직 믿기 힘들어…. 당혹스럽습니다….
  허나 참으로 28자가 맞습니다.

- 그게… 그게… 가능하느냐.

당황한 와중에도 진중함이 담긴 아들의 눈빛에 노인이 잠시 마음을 가
라앉히려는 듯 양손으로 허벅지 안쪽을 꽉 하고 눌렀다.

- 네 아버님 가능한 정도가 아니라… 말 그대로 세상의 소리들을 표현
  할 수 있습니다…. '정음' 할 때 그 뜻이 말 그대로 소리를 뜻하는 것

이었지요….

- 허… 어찌 그런 일이….

- 놀라시는 것이 당연하시겠지요…. 아 그리고 혹시나 해서 집안 사람
  들에게도 한번 알려 줘 봤는데… 홍복이가 하루만에 자기 이름을 쓸
  수 있게 되었습니다.

- 뭐, 뭣이… 복이가….

글자는커녕 말귀를 전달하는 것조차 여의치 않을 정도로 어딘가 맹한
구석이 있는 홍복이 글자를 익히고 쓴다는 도저히 믿기 힘들 법한 말들에
노인이 한껏 인상을 쓰고는 고개를 슬쩍 숙였다.

- 이럴 것이 아니라… 아버님께서 직접 한번 살펴보시는 것이 어떻겠
  습니까.

- 하… 되었다…. 금상께서 하신 일 중에 허투루 된 것이 단 하나도 없
  으니…. 내 어찌 그분을 의심하겠느냐….

- 네 아버님…. 차후에 생각이 있으시면 언제든 소자가 준비해 올리겠
  습니다.

여전히 떨리는 눈으로 생각을 정리하지 못한 노인과 목함을 잡은 두 손
에 한껏 힘이 들어가 있는 아들 사이에서 잠시간의 침묵이 흘렀고 중요한
사실을 잊고 있었던 노인이 급히 고개를 들었다.

- 선지교는… 계속 잘 챙겨 보았느냐….

- 네 아버님 소자가 어찌 그 일을 게을리하겠습니까…. 금일 새벽에도
  다녀 왔사온데… 그 자국이….

- 그만…. 말하지 말거라.

노인이 돌연 손을 휘저으며 아들의 말을 급히 끊었다.

- 아 아버님….

- 내… 직접 보고 싶구나….

- 아버님 이제 막 기침하셨는데…. 날이 아직 제법 쌀쌀합니다…. 소
  자에게 맡기시고 날이 좀 풀리면 나가시는 게….

- 이놈…. 전하께서 날씨를 분간하며 살피길 원하셨다면 어찌 선지교
  지척에 집을 마련해 주셨겠느냐…. 더 이상 말하지 말고 채비를 하
  거라.

노인의 고집에 아들이 잠시 고개를 숙여 목함을 바라보았다. 평소 한없
이 자애롭다 가도 선지교 일에 저리 예민하게 반응하는 그 모습…. 목함
위로 꺼끌하게 일어난 겉 표면에 묻어 있는 세월의 흔적은 곧 자신의 아
버지의 인생 그 자체와 같은 것이었다.

- 네 아버님…. 곧 모시겠습니다.

* * *

중천을 지나 하늘에 비스듬히 떠서 빛과 함께 내려 보내는 태양의 그 온
기와 잦아든 바람 덕에 바깥은 다행스럽게도 제법 포근했지만 그 포근함
을 혼자 받지 못한 것인지 선죽교 끝에 서서 노인을 지탱하고 있는 지팡
이가 잔잔하게 후들거리고 있었다. 양손을 앞으로 모으고 그 뒷모습을 바
라보는 아들의 눈가에도 슬픈 기운이 막연히 서려 있었다. 그 저택의 식
구가 아니고 서는 이해할 수 없는 그 슬픔을 등과 눈가에 올려 둔 채로 부
자는 말없이 바닥을 바라보았다.

- [언젠가는 이 붉은 것들이 다 사라질 것인가…. 내 살아서는 그것을

정녕 보지 못하는 것인가…. 전하…. 포은과 전하께서 떠나신 지가 얼마나 많은 시간이 흘렀는데 어찌 이것은 이리 사라지지 않고 더 선명해지는 것입니까…. 저는… 이제 어찌해야 하는 것입니까….]

지팡이에 기댄 몸을 떨며 고뇌에 빠져 있던 노인의 눈에 핏자국 앞으로 다가오는 짚신이 보였다.

- 애야… 잠시 딴 곳에 가서 놀지 않으련….

다가오는 아이를 발견한 아들이 급히 손을 뻗었지만 노인이 곧 뒤를 돌아보며 그 손을 막아 세웠다. 핏자국으로 다가오던 그 발걸음은 자국의 한 뼘 정도를 남겨 둔 거리에서 멈추었다.

- 할아버지께서 매일 이거 보러 오시는 분이시군요.

댕기 머리를 어깨로 넘긴 여자아이가 배에 손을 얹고는 허리를 숙였다 들며 노인을 올려다보았다. 양쪽 입 끝을 한껏 치켜 올리고는 잇몸이 훤히 보일 정도로 밝게 웃으며 자신을 올려 보는 그 모습에 노인의 무거운 마음이 일순간 가벼워졌다.

- 그래 애야…. 나를 아느냐.

- 네 원래 매일같이 나오셔서 이 자국을 살피신다고 저희 어머니께서 말씀해 주셨어요. 그런데 요즘은 통 안 보이신다고…. 할아버지 어디 편찮으세요.

- 허허… 괜찮단다…. 그래 혹 내가 안 보여서 걱정이라도 한 것이니.

- 네 그럼요. 원래 든 자리는 몰라도 난 자리는 안다고 어른들이 말했어요.

순진한 것인지… 혹 자라면서 열치레라도 심하게 한 것인지 알 수는 없었지만 노인은 소녀의 뜻 없는 그 웃음에서 알 수 없는 마음의 평온을 느끼고 있었다.

- 그 말이 무슨 뜻인지 알고 쓰는 것이니.

- 히히…. 근데 할아버지 여기 빨간 게요 엄청 옛날에 훌륭하신 분이
  흘린 피라고 하던데 그거 알고 계세요.

- 허허… 그랬다더냐…. 너는 그것을 어떻게 아는 것이니.

- 네 어머니께서 매일 자기 전에 옛날 애기를 해 주세요. 근데 이 빨간
  거 흘리신 분은 엄청 훌륭하신 분이고 그분을 다치게 한 사람은 정
  말 나쁜 사람이었다고 하던데….

- 애야 부모님께서 찾으시겠다 이제 그만….

소녀의 말을 차마 들을 수 없던 아들이 다시 한번 손을 뻗었지만 노인은
또 그 손을 막으셨다.

- 그래…. 애야 그래서 그 나쁜 사람은 어찌 되었다고 하든.

- 네 근데… 그 나쁜 사람이… 세상 사람들을 엄청 잘살게 해 줬대
  요…. 그래서 왜 나쁜데 그런 착한 일을 하냐고 물어보니까 그 빨간
  게 무서워서 그랬대요. 그래서 그 훌륭하신 분이 매일 밤마다 귀신
  으로 와서 저 빨간 거를 다시 칠하고 간대요. 그래야 그 나쁜 사람이
  그게 무서워서 더 사람들을 잘살게 해 줄 거라고….

- 그래…. 그럼 그 나쁜 사람은 아직 살아서 세상 사람들을 잘살게 하
  고 있는 것이니.

- 네 그런데… 그 나쁜 사람은 지금 땅속에 누워서 사람들이 잘 사는
  지 지켜보고 있대요….

- 그래… 애야 옛날 애기를 해 주어서 참으로 고맙구나…

- 히힛 할아버지 이제 자주 나오실 거에요. 제 친구들은 여기 오는 걸

별로 안 좋아해요.

- 그래 그래…. 이 할애비가 옛 얘기도 잘 들었으니 다음에 만나면 엿가락이라도 하나 사 줘야겠구나…. 혹시 이 할애비가 아니더라도… 뒤에 아저씨를 만나면 꼭 달라 하여라.

- 아 정말요 히… 그럼 저는 친구들 보러 가 볼게요 할아버지 건강하세요.

여전히 할 말만 하고 허리를 숙였다 금세 몸을 돌려 뛰어가는 소녀를 보는 노인이 씁쓸한 미소를 지었다.

- 참…. 저 아이 부모가 누군지는 모르나… 정말 이야기 지어내는 재주는 없는 사람들이구나….

- 아버님….

- 다음에 저 아이를 보면은 좀 챙겨 주거라…. 행색을 보아하니 그리 넉넉한 집안 아이는 아닌 것 같은데…. 어려서 많이 아팠나 보구나…. 그 부모 속이 어떨꼬…. 웃는 게 저리 이쁜데….

- 네 아버님….

- 너는 어찌 생각하느냐….

- 무엇을… 말하심인지….

- 전하께서… 참으로 나쁜 사람이었고 또 사람들을 잘살게 해 주었다는 말….

- 아버님….

아들은 어떤 말도 하지 못한 채 다시 몸을 떨기 시작하는 노인을 부축하려 손을 뻗었다.

- 괜찮다….

다가오는 손을 물린 노인이 지팡이를 잡은 손에 힘을 주고 허리를 힘껏 세워 천천히 고개를 돌렸다. 제법 따뜻해진 공기 속에 수많은 사람들이 길을 걷고 있었다. 무리 지어 뛰어다니는 아이들의 발에는 최소한 짚신이 신겨져 있었고 마실을 나온 여염집 규수들의 옷자락은 때문지 않은 채 고운 흰색 빛을 발하고 있었다. 수레를 끄는 상단의 상인들은 시종 농담을 주고받았으며 창을 어깨에 기댄 순라군들의 얼굴에 특별한 근심이 없었다. 시체 썩은 냄새가 온 사방에 퍼져 나가던, 짚신은 고사하고 더 이상 기울 수도 없을 정도로 해어진 옷을 걸친 사람들이 시체처럼 걸음을 옮기던… 몇몇 비단옷을 입은 이들의 비릿한 웃음만이 감돌던 그때… 자신이 왕족으로 디디고 서 있던 그때의 세상은 온데간데없이 바뀌어 있었다.

- 흐윽….

순간 지팡이를 짚은 손을 힘없이 놓으며 노인이 돌바닥에 무릎을 꿇고 핏자국 위로 고개를 숙였다.

- [전하…. 세상은 이제 변하였으나… 그 세상을 변하게 한 전하는 사람들에게 나쁜 사람으로 기억되고 있는 듯합니다…. 전하께서는 분명 그러거나 말거나 껄껄 웃어넘기고는 사냥을 나가시겠지요…. 허나 전하…. 저는 이제 어찌합니까…. 어찌 저에게 이런 참혹한 일을 남기셔서… 저의 후손들에게 그 무거운 업을 지게 하신 것입니까…. 고려의 마지막을… 그 마지막 흔적을…. 어찌 왕 씨의 핏줄들에게 지켜보라 하신 것입니까…. 전하는 정말 나쁜 사람이 맞는 것 같습니다…. 허나 그럼에도 저는…. 전하….]

어찌할 바를 몰라 눈을 질끈 감은 아들의 귓가에 처연한 울음소리가 들려왔다.

- 허… 윽… 으… 윽….

노인의 눈가에 맺힌 눈물이 '뚝뚝'거리며 붉은 자국 위로 떨어졌지만 그 자국들은 그 돌덩이 위에 태초부터 무늬로 얼룩져 있었던 듯이 그 빛이 바랠 기색 없이 눈물 속에서 더욱 붉은빛을 발할 뿐이었다….

　필자의 현재 본업은 화물차 운전기사이며 역사나 문학에 관련한 어떤 전공을 한 적이 없음을 우선 밝힌다. 그저 평범한 역사 애호가인 필자에게는 특이한 취미가 하나 있으니 그것은 어떤 역사적 인물의 생과 특정한 상황에 몰입하여 무한한 상상을 펼쳐 보는 것이다. 직업 특성상 하루의 절반씩을 도로 위에서 매일 똑같은 풍경을 지나치는 그 지루한 시간들은 취미에 아주 유용한 도구이기도 하였다. 담덕이기도 했다가 유신이기도 했다가 또 어떤 때는 원균같은 이들의 생도 이해해 보려 해 보았지만 그것은 정말 쓸데없는 일이었다. 수없이 많은 역사적 인물들에 동화된 듯이 그 인물들을 헤아려 보려 노력했던 그 오랜 시간 동안 한국사 역사상 절대 이해할 수 없는 분들이 계셨으니 바로 '세종대왕'과 '충무공 이순신'이다.

　둘의 공통점은 위대하고 찬란하다는 것이다. '어떻게 사람이 이런 일들을….' 나 같은 범인이 평생을 노력해도 헤아릴 수 없는 것들투성이다. 과연 저분들이 나와 같은 인간이라는 범주에 속한 존재가 맞는 것인가…. ('충무공 이순신'에 관한 이야기는 이 소설과 관계가 없음으로 더 이상 언급하지 않음.) 아!! 두 분 다 대한민국의 화폐에 새겨져 계신 것도 있다.

　세종대왕과 그의 업적 중 최고라 할 수 있는 '훈민정음'…. 경이롭다. 아니, 그 어떤 좋은 단어로도 그것들을 설명하기엔 부족하다.

이 땅의 모든 유구하고 찬란한 문화유산을 합쳐도 훈민정음에 비할 바 못되고 한반도 역사상 모든 군주들과 위인들의 업적을 합하여도 세종대왕의 한글 창제에 미치지 못한다.

감히 필자가 세종과 한글에 대해 언급해 보는 위 문장에서 이 소설은 시작되었다.

세종대왕 아니, 인간 '이도'는 기록을 통해 추론해 볼 수 있는 우리 역사상 존재했던 많은 이들 중 단연코 최고의 천재이다. 많은 이견이 있어 왔던 훈민정음의 창제 과정에 대해서 근래 학계 등의 주된 의견은 세종의 개인 창제설에 많은 힘이 실리는 모양새이다. 필자도 그 의견에 전적으로 동의한다.

원론적으로는 세종이 수많은 분야에서 천재성을 보였던 기록들에 의거하고 있으며 언해본의 "…내 새로이 28자를 만드니…"라는 문구를 통해 완벽히 증명된다고 생각한다. 복잡할 것 없이 얕게나마 연구하고 들여다본 세종은 혹 누군가 훈민정음 창제에 많은 관여를 하였거나 도움을 주었다면 분명 그에 대한 기록을 남겼을 인물이라는 것이다. 말 그대로 자신이 직접 만들었음을 그 문구를 통해 간략히 설명한 것이 아닐까….

그렇게 세종 개인의 천재성이 집약된 훈민정음…. 하지만 어떤 누군가가 아무리 대단한 문자를 새로이 만들어 냈다고 한들 그것을 사람들이 알지 못하고 쓰지 못한다면 그것을 문자라 칭할 수 있을 것인가…. 그렇기에 세종이 천재이며 동시에 한 나라의 국왕이었기에 현재 대한민국의 국문이 한글인 것이며 그로 인해 우리는 그 어떤 복지에 비할 바 없는 최고의 특권을 자연스레 누리며 살고 있는 것이다.

하지만 여기서 한 가지 의문이 생긴다. 그가 임금이기는 했으나 어떻게

성리학의 나라인 조선에서 한자가 아닌 글자를 만들어 반포할 생각을 하였고 또한 성공하였는가…. 그 계기는 너무나도 명확히 '애민정신'에 기초한다. 그렇다면 그 계기 외의 요소들은 어떻게 되는 것인가. 간단하다. 그 전대왕이었던 '태종대왕 이방원'이 자연스레 남겨 준 최대의 유산인 '왕권'.

태종이 아닌 그 어떤 왕권이 강력했던 조선의 왕 다음에 세종이 있었더라도 훈민정음이 그렇게 성공적으로 창제, 반포 될 수 있었을까…. 세조, 성종, 숙종, 영조 등등…. 전적으로 불가능했을 것이라는 게 필자의 의견이다.

그렇다면 대체 왜 태종 다음 대에서만 그것이 가능했을까? 이방원이 많은 사람들을 죽이고 왕권을 다졌기 때문에? 말이 안 되는 소리다. 단순히 죽인 숫자만 놓고 비교해 보았을 때 조선의 여타 다른 왕들에 비하면 태종이 죽인 사람 숫자는 현저히 적다. 그렇다면 그 죽인 사람들의 면면이 다들 굵직해서인가? 어느 정도는 맞는 말이다. '정몽주, 정도전' 이 둘의 이름만으로도 이방원의 존재감은 압도적이다. 그렇다면 이방원이 존재감이 큰 사람들을 죽였기에 그 시대의 신하들이 그를 두려워하여 그렇게 강력한 왕권이 구축되었다는 말인가…. 글쎄…. 그러했다면 그의 사후 세종대에 왕권이 와해되거나 현저히 떨어졌어야 맞다. 필자의 생각의 결론을 말하자면 그것은 오로지 단 하나. 그가 정치를 잘했기 때문이다. 이방원은 누구처럼 붕당을 만들어 자신의 힘을 유지하려 숙청을 하지도 않았고 누구처럼 단순히 미쳐서 사람을 죽이지도 않았다. 자신의 자식을 질투하는 못난 모습을 보이지도 않았고 그저 계획없이 공포만 심어 놓고 정국을 등한시하지도 않았다. 신생국 조선이 나아가야 할 길…. 그 이정표를 세운 이방원은 그 길로 나아가기 위한 일들을 거침없이 해냈다. 신권을 견제하고 세수를 확보하기 위해 노비변정사업을 하였고 양안을 작성하고 호패법을 실시하였다. 6조 직계제를 시행하여 재상에게 권력이 쏠릴 수 있는 일을 방지하였다. 국방에 힘써 우리 역사상 몇 안되는 대외 정벌인 대마도 정벌을 계획, 추진하였고(그 실효성에 대해서는 의견이 분분하지만 대외 정벌을 진행할 수 있었던 상황에 대한 이해 정도로 하자.) 신문고를 설치하여 백성들의 목소리를 직접 들으려 하였다. 익히 알고 있는 장영실을 궁에 처음 들인 것도 이방원이었다. 그의 치세 동안 우리 역사상 유례없는 국가 재정 흑자를 기록하기도 하였다. 물론 공만큼 과도 존재하지만 그가 작중의 주연인 것을 떠나… 그에 대한 설명을 하기 시작하면 후기가 아니라 공부가 될 것 같기에 그의 정치적 과는 언급하지 않기로 하고… 그의 숙청에 대해서 간략히 살펴보자면 그의 칼에는 명확한 목표가 정해져 있었다. 아버지를 왕으로 세우기 위해 정몽주를 피살하였고 자신이 살아남고 또한 왕이 되기 위해 정도전 일파와 이방번, 이방석을 죽여야만 했다. 왕이 된 후로는 그 숙청의 칼을 단하나 '왕권'을 위해서만 휘둘렀다. 그 왕권 안에는 자신의 왕권과 후대의 왕권이 모두 포함되어 있었다. 그 칼날은 공신들을 가리지 않았고 자신의 외척이자 동시에 당시 세자의 외갓집인 민씨 집안에게 참혹하게 휘둘러졌다(민씨 형제들의 경우에는 분명 그 칼날을 자처한 부분도 존재한다). 후에 양녕이 폐세자 되고 세자가 된 충녕이 즉위하자 그는 그 인생에 마지막이라 할 수 있는 칼 끝을 세종의 장인인 심온에게로 돌린다. 심온은 44살의 나이에 국구이자 영의정이었으며 그가 명나라로 사행길을 떠날 때 온 도성에 그를 마중하는 인파가 몰려들었다고 한다…. 그것으로 심온은 태종의 마음속에 숙청해야 할 대상으로 각인되기에 충분했던 것이다….

이렇든 태종의 칼에는 명확한 목표가 있었고 그 목표는 자신만을 위한 것이 아닌 자식, 즉 후대의 평안함도 포함되어 있었던 것이다. 물론 그 과정에서 유명을 달리하신 분들 한 분 한 분께는 조의를 표하는 바이며 어떤 이유로도 살인이 정당하다는 뜻은 아니다. 하지만 태종 이방원이 살았던 그 시기는 왕조시대였고 그는 그 왕조의 왕이였다. 어느 정도 그 상황을 대입하여 살펴봐야 하는 요소가 있음은 물론, 앞서 언급했듯 여타 다른 숙청을 자행했던 임금들과 비교해서 그 양이 적으며 그 의도 또한 어느 정도 이해할 수 있다는 점만은 참작해서 그를 이해해야 할 것이다.

태종은 뛰어난 결단력과 실행력을 바탕으로 정치에 임했고 또한 자신만의 틀을 정해 놓고 그 틀을 기준으로 숙청을 행했다. 그저 생색내려 하지 않았을 뿐 그는 분명 백성들을 사랑하는 군주였으며 신하들을 효율적으로 통제할 수 있는 방법을 누구보다 잘 아는 군주였다. 그런 그가 다져 놓은 조선을 완성할 수 있는 이는 또한 세종대왕뿐이었으니 전혀 다른 모습으로 우리 역사에 위대한 족적을 남긴 이 부자의 결실 속에서 우리는 살아가고 있는 것이다.

이방원의 삶은 전체적으로 명확하다. 그 삶의 순간순간들의 원인, 과정, 결과가 소상히 기록으로 남아 있고 또한 많은 드라마나 대중매체들로 인해 우리는 이미 그를 잘 알고 있다.

하지만 우리는 익히 알고 있는… 머릿속에 어렴풋이 각인된 정형화된 느낌의 이방원만을 기억하고 있는 것은 아닐까.

그를 이해하려 노력해 볼수록 태종대왕이 아닌 인간 이방원의 모습에 더욱 몰입하게 되는 스스로의 모습에 적잖이 놀라며 써 본 적 없던 글을 쓰기 시작하여 어느새 후기를 적고 있다.

오직 숙청의 대명사로 기억되는 모습…. 세종의 전임으로 세종이 태평성대를 여는 초석을 다져 놓은 것으로만 묘사되는 모습….

나는 내 독특한 취미의 시간을 이방원의 그저 정형화된 모습만을 기억하는 것으로 소비하고 싶지 않았기에 그의 다른 모습들을 상상해야 했고 수없이 그려야만 했다.

그는 과연 자신의 아들이 그토록 위대한 치세를 이어 나갈 것을 상상해 본 적이 있을까…. 후대인들이 자신의 이름에 묻은 피를 당연시 여기는 것을 섭섭하게 생각하지는 않을까….

나의 결론은….

아니, 나는 아직 결론을 다 내리지 못하고 있다.

나는 전쟁에 나간 아버지를 조바심 내며 기다려 본 적이 없다.

스승과 같은 사람들을 죽여야만 하는지 고심해 본 적이 없다.

나의 목숨과 욕심을 위해 형제를 죽여야만 하는 결단을 해 본 적이 없다.

이제 막 돌이 지난 딸아이를 키우는 나는… 세 명의 자식을 연달아 앞세워야 하는 그 슬픔을 겪어 본 적도… 꿈에서라도 그런 상상을 하고 싶지도 않다.

무엇 하나 그의 삶의 꼬투리만큼이라도 겪어 본 적 없는 내가 그를 이해해 보려 노력하는 것이 가능한 것인가를 역설적이게도 그에 대한 소설 한 권을 다 쓴 지금에서야 하고 있다.

책이 나오고 코로나가 수그러들면 그때서야 이 책을 들고 헌릉을 찾을 것이다. 그때 즈음 내 머릿속에 어느 정도 결론이 들어 있을 것인가….

　방황하던 학창시절… 애정 어린 관심을 애써 외면하던 저를 끝내 놓지 않아 주신 김영수 은사님께 감사의 인사를 전합니다. 은사님의 전공 교과가 '국사'였기에 제가 역사에 관심을 가지고 인생을 살아오다 오늘 날에 이르렀습니다.

　어떤 형태가 되었든 비용과 시간을 들여 이 책을 읽어 주시는 모든 독자 분들께 마음 깊은 곳으로부터 진심을 담아 감사 인사를 드립니다. 응원과 질책 모두 달게 받아들여 더욱 나은 모습을 보여 드릴 수 있게 항상 노력 하겠습니다.

2021. 4. 19. 새벽녘에
민강 드림.

ⓒ 민강, 2021

초판 1쇄 발행 2021년 6월 10일

지은이   민강
펴낸이   이기봉
편집   좋은땅 편집팀
펴낸곳   도서출판 좋은땅
주소   서울 마포구 성지길 25 보광빌딩 2층
전화   02)374-8616~7
팩스   02)374-8614
이메일   gworldbook@naver.com
홈페이지   www.g-world.co.kr

ISBN   979-11-6649-889-3 (03810)